OTRO-MUNDO

Maxime Chattam

OTRO-MUNDO

LOS TRES HÉROES

Traducción de Amelia Ros García

Volumen I

Argentina - Chile - Colombia - España
Estados Unidos - México - Uruguay - Venezuela

Título original: *Autre-monde – L'Alliance des Trois*
Editor original: Albin Michel, París
Traducción: Amelia Ros García

Copyright 2008 © *by* Éditions Albin Michel
All Rights Reserved
© de la traducción 2009 *by* Amelia Ros García
© 2009 *by* Ediciones Urano, S.A.
 Aribau, 142, pral. – 08036 Barcelona
 www.mundopuck.com

ISBN: 978-84-96886-18-6
Depósito legal: B. 1.146 - 2010

Fotocomposición: A.P.G. Estudi Gràfic, S.L.
Impreso por Romanyà Valls, S.A. – Verdaguer, 1 – 08786 Capellades (Barcelona)

Impreso en España – *Printed in Spain*

A Clémentine y a Antoine.
Y a nuestros padres,
que asumieron la responsabilidad de amarnos.

Índice

PRIMERA PARTE: La Tormenta

SEGUNDA PARTE: La isla de los panes

TERCERA PARTE: Los cínikos

Existen lugares en la Tierra donde el mundo no es como lo conocemos.
Lugares donde todo es posible. Hasta lo impensable.

Puede tratarse de una tienda sombría, atestada de libros o de objetos extraños, como la que da inicio a esta historia, de una callejuela estrecha por donde nadie se atreve a pasar e incluso de un hueco entre dos matorrales, en medio del bosque. Basta con saber mirar. Y dejar que la magia actúe.

Porque esta novela es un libro de magia.

Pero ten cuidado, si decides volver la página, necesitarás una varita mágica: tu alma soñadora. Algo que muchas personas pierden al hacerse adultas. ¿La conservas aún?

En ese caso, vamos a empujar juntos la puerta de este mundo... nuevo.

Maxime Chattam, Edgecombe, 2 de mayo de 2007

PRIMERA PARTE
LA TORMENTA

1

Primer signo

La primera vez que Matt Carter se enfrentó a una sensación «anormal» fue justo antes de las vacaciones de Navidad. Aquel día debería haber sospechado que el mundo andaba mal, que iba a pasar algo grave. Pero aunque se hubiera tomado este fenómeno en serio, ¿qué habría podido hacer? ¿Acaso podía imaginar hasta qué punto cambiaría todo? Es más, ¿habría podido impedirlo? Desde luego que no. No habría podido hacer nada, salvo asustarse. Y esto hubiera sido mucho peor.

Era un jueves por la tarde, el penúltimo día de clase. Matt acompañaba a Tobías y a Newton a La Guarida del Dragón, una tienda especializada en juegos de rol, *wargames* y juegos de mesa. Habían salido del colegio y caminaban por las largas calles de Manhattan, en Nueva York.

Matt tenía catorce años, aunque por su estatura parecía dos años mayor. Le encantaba pasear por la ciudad, entre los cañones de edificios relucientes. Siempre había poseído una imaginación desbordante y, en sus momentos de fantasía, se decía que Manhattan era una fortaleza de cristal y acero, con cientos de torres que protegían a sus habitantes de un peligro exterior. Él se sentía un caballero entre la gente, a la espera del día en que la aventura apelara a sus talentos, sin adivinar ni por un instante que ésta tomaría un giro inesperado, tan implacable como inquietante.

—Para ser diciembre, no hace frío. ¿Os habéis dado cuenta? —preguntó Tobías.

Tobías era un chico negro, menudo e hiperactivo: cuando no daba pataditas en el suelo o movía los dedos, hablaba. Un día, el médico le dijo que «sufría ansiedad», pero el chico no lo creyó, él sólo desbordaba energía, y punto. El muchacho era un año menor que sus compañeros y era un hacha en los estudios, motivo por el cual lo habían adelantado de curso.

Y, una vez más, tenía razón: las ventiscas habituales de esa época del año aún no habían hecho su aparición y la temperatura se negaba a descender por debajo de cero.

—Con los *scouts* —continuó Tobías—, vamos a ir de acampada al condado de Rockland en vacaciones. ¡De acampada en pleno mes de diciembre!

—No nos des la vara con tus *scouts* —protestó Newton.

Newton, por el contrario, era tan alto y tan fuerte para su edad que carecía de sutileza, sobre todo comparado con su pequeño amigo. Sin embargo, resultaba un inestimable compañero de juegos de rol debido a su imaginación e implicación.

—¡Lo que no quita que sea verdad! —insistió Tobías—. Llevamos dos años seguidos casi sin nieve. Os lo digo: es la polución, que trastorna todo el planeta.

—Sí, bueno, pero, mientras, ¿qué os van a regalar por Navidad? —preguntó Newton—. ¡Yo espero la nueva Xbox! Con Oblivion, ¡me encanta este juego!

—Yo he pedido una de esas tiendas que se montan solas cuando las sacas de la funda —comentó Tobías—. También unos prismáticos para la observación de aves y la suscripción a *World of Warcraft* para el año próximo.

Newton hizo una mueca, como si la tienda y los prismáticos no pudieran ser regalos aceptables.

—¿Y tú, Matt? —inquirió Tobías.

Matt caminaba con las manos metidas en los bolsillos de su abrigo negro, que ondeaba al viento. Los mechones de su media melena castaña le azotaban la frente y las mejillas. El muchacho se encogió de hombros.

—No sé. Creo que este año prefiero ignorarlo. Me gustan mucho las sorpresas, tienen más... magia —dijo en un tono poco convincente.

Tobías y Matt se conocían desde la escuela de primaria y el primero entendió que esta Navidad tendría un sabor particular para su amigo: sus padres le habían comunicado que se iban a separar. Al principio, a finales de noviembre, Matt se había tomado la noticia con filosofía: él no podía hacer nada, era la decisión de sus padres y muchos de sus compañeros vivían así, un tiempo en casa de su padre y, a la semana siguiente, en casa de su madre. Luego, según pasaron los días, Tobías observó que su amigo languidecía a medida que las cajas de cartón se amontonaban en la entrada: la mudanza estaba prevista para primeros de año. Matt se concentraba menos en las partidas de rol e, incluso en el colegio, sus notas —ya de por sí nada extraordinarias— cayeron en picado. La realidad del divorcio lo tenía absorbido.

Como no sabía qué responder, Tobías dio una palmada amistosa en la espalda de su amigo.

Los muchachos bajaron Park Avenue siguiendo la vía del tren que partía la arteria en dos y llegaron a un barrio menos cuidado. Los tres sabían que a sus padres no les gustaba que anduvieran por ese lugar. Las aceras estaban cubiertas de basura y las paredes de pintadas. En el cruce con la Ciento diez, el trío giró: casi habían llegado a La Guarida del Dragón. Aquí, los edificios no eran tan altos, pero la calle era tan estrecha que el sol no tocaba el suelo. Las sombras de las casas lo convertían en un lugar siniestro.

Newton señaló el mugriento escaparate de una tienda cuyo cristal se había vuelto opaco a causa del polvo. Solo resultaba legible el letrero que flotaba sobre la entrada: EL BAZAR DE BALTHAZAR.

—Vamos, tíos, ¿seguís siendo unos gallinas?

Matt y Tobías intercambiaron una breve mirada. El Bazar de Balthazar servía a los chicos del colegio para probar su valor. El lugar no resultaba nada acogedor, pero lo más temible era su propietario. El viejo Balthazar odiaba a los niños, según se decía, y no dudaba en echarlos a la calle a puntapiés en el trasero. Sobre él se habían forjado muchas leyendas y pronto circuló el rumor de que el bazar estaba embrujado. Nadie lo creía, pero todo el mundo se cuidaba de acercarse. Sin embargo, a principios de curso, Newton había entrado en la tienda solo. Y había salido después de pasar los cinco minutos reglamentarios para superar la prueba. Newton era así: sentía la necesidad de demostrar su audacia, aunque fuera con cosas pueriles.

—No tenemos miedo —dijo Tobías—, es que se trata de una historia estúpida.

—¡Es una demostración de valor! —replicó Newton—. Sin este tipo de pruebas, ¿cómo quieres demostrar tu coraje?

—No necesitamos esta clase de idioteces para ser valientes.

—Entonces, ¡demuéstrame que es una tontería, que no hay nada que temer y que eres un hombre de verdad!

Tobías suspiró.

—No hay nada que demostrar, es una estupidez y ya está.

—Sabía que te echarías atrás —se rió Newton.

Matt dio un paso hacia la calle.

—Vale, iremos Tobías y yo.

El interesado, sorprendido, puso unos ojos como platos.

—Pero… ¿qué te pasa? —farfulló.

—Ya que sois dos —continuó Newton—, tenéis que volver con algo.

Tobías frunció el ceño, la cosa tomaba mal cariz.

—¿Qué? ¿Cómo? —preguntó.

—Tenéis que mangar algo a Balthazar. Cualquier cosa, pero volved con un objeto. ¡Entonces seréis unos tíos valientes! Y contaréis con todo mi respeto.

Tobías sacudió la cabeza.

—Es una completa idiotez…

Matt lo agarró del hombro y tiró de él para cruzar juntos la calle en dirección a la vieja tienducha.

—Pero ¿qué haces! —protestó Tobías—. ¡No tenemos que ir! ¡Newton es un estúpido y dice esto para reírse de nosotros!

—Tal vez, pero al menos dejará de darnos la tabarra. Vamos, no hay nada que temer.

Tobías caminaba a su lado, profundamente molesto con la idea de realizar algo que no sentía. «Matt nunca lo hubiera hecho antes de que sus padres se divorciaran —pensó—. Ya no es el mismo. Está como el clima. ¡Todo se va a pique!»

Matt se detuvo un instante delante de la puerta del bazar. El establecimiento era tan viejo que parecía de la época de los indios. La pintura verde oscuro de la fachada estaba desconchada y dejaba al descubierto la madera podrida. El escaparate tenía una costra gris tan espesa que no se podía saber si había luz en el interior.

—Parece que está cerrado —dijo Tobías con un deje de esperanza en la voz.

Matt movió la cabeza y empuñó el picaporte.

La puerta se abrió chirriando y los muchachos entraron.

El interior era mucho peor de lo se podía imaginar desde la calle. Las paredes estaban cubiertas de estanterías de madera que llenaban la larga tienda en todos los sentidos y la transformaban en un laberinto. Cientos, miles de objetos se amontonaban sin orden ni concierto: figuras decorativas; pisapapeles con forma de estatuilla; joyas tan antiguas como la tienda; libros con la encuadernación de cuero resquebrajada; insectos disecados dentro de unas cajas transparentes, sujetos con chinchetas; cuadros renegridos y muebles cojos, todo ello cubierto por una impresionante capa de polvo, como si nadie los hubiera tocado desde hacía siglos. Aunque, al final, lo más sorprendente era la iluminación, pensó Matt. Perdida en medio de aquella leonera, una bombilla desnuda apenas difundía una débil luz, mientras el resto del local quedaba abandonado a su misteriosa penumbra.

—En serio, creo que deberíamos salir de aquí —susurró Tobías alzando sus ojos inquietos al techo.

Sin decir una palabra, Matt rodeó la primera serie de armarios abiertos, que mostraban colecciones de sellos, de mariposas y de tarros llenos de canicas multicolores, los cuales atrajeron de repente la atención de Tobías.

Matt examinaba el lugar con la mirada sin detectar ninguna presencia humana. El bazar parecía interminable y el muchacho creyó percibir un murmullo que procedía del fondo.

Tobías lo agarró del brazo.

—Vamos, creo que es mejor salir, prefiero que Newton me llame gallina a robar algo aquí.

—No vamos a robar nada —respondió Matt sin detenerse—. Tú me conoces, yo no soy así.

—Entonces, ¿qué estás haciendo? —se desesperó Tobías.

Pero su amigo no contestó y siguió avanzando en dirección al murmullo.

El silencio de Matt —más perturbador aún que el lugar donde estaban— acabó por paralizar a Tobías. El chico no pudo añadir nada más, dividido entre un miedo tenaz que le ordenaba salir corriendo y una auténtica fascinación por la multitud de canicas que relucían tenuemente a través de los recipientes de cristal. ¿Cuántas habría? Quizá mil o dos mil —imposible saberlo—. Algunas tenían un brillo violeta y naranja o negro y amarillo que les daba cierta apariencia de ojos monstruosos.

De repente, Tobías se dio cuenta de que su amigo se había adentrado en la tienda y, como no quería quedarse solo, se lanzó tras sus pasos.

Las canicas se giraron para seguirlo con la mirada. Tobías reprimió un grito. Se inclinó sobre ellas. Nada. Todas las bolas permanecían inertes, solo eran canicas. Lo había imaginado. Sí, era eso: un efecto óptico o, sencillamente, un desvarío de su cerebro provocado por la angustia. El chico se incorporó y, más tranquilo, recuperó los colores. No había pasado nada. Todo iba bien. Este lugar no era más que el resultado del delirio de un viejo huraño. Sí, todo iba bien.

Tobías corrió a reunirse con su amigo, que acababa de desaparecer detrás de una pila de libros centenarios.

Matt avanzó por el suelo abarquillado y el murmullo se oyó con más claridad. Era una voz con entonaciones controladas, como la de los presentadores de los informativos de televisión.

A medida que se acercaba, el joven fue consciente de que no estaba allí por casualidad. En otro momento, no habría aceptado el desafío de Newton, se habría limitado a ignorarlo, sin responder ni una palabra. Él siempre había sabido no embarcarse en este tipo de tonterías, tenía buen olfato para distinguir lo que había que hacer de lo que era preferible evitar. Y esta vez, precisamente, estaba haciendo *lo que era preferible evitar*. ¿Por qué? Porque era así desde hacía algunos días, algunas semanas en realidad. Desde que su padre le dijo que se iba a mudar de barrio y que al principio no se verían mucho. Después, «cuando lo hubiera arreglado todo», Matt se iría a vivir con él… si su madre los dejaba en paz. A Matt no le gustó nada este último comentario. Al día siguiente, su madre le vino con un discurso similar: ellos dos vivirían juntos, aunque su padre dijera lo contrario. Sus padres siempre habían sido muy diferentes: ella de campo, él de ciudad; ella diurna, él nocturno, y así todo. Lo que antes llamaban su «complementariedad», ahora se convertía en el símbolo de su ruptura: eran el día y la noche. Por supuesto, estaba Matt, su sol. Desde lo alto de sus catorce años, el muchacho supo enseguida hacia dónde se dirigían: hacia una guerra por conseguir su custodia. Dos compañeros suyos habían pasado por esta prueba. Una pesadilla.

«¿Y quién dice que demasiado amor no es perjudicial?», pensaba Matt lleno de rabia. Sus padres se iban a destrozar por él. Desde entonces, no había vuelto a ser el mismo, no conseguía concentrarse y le sorprendían sus propias reacciones. No actuaba como el Matt de siempre.

Y no estaba allí por casualidad. A cada paso, el chico identificaba un poco más sus motivaciones reales, las que lo empujaban hacia *lo que era preferible evitar*. Quería sembrar el caos en su familia. Hacer estupideces para que cayeran sobre sus padres y sobre su relación con ellos. Quería hacerles sufrir como ellos le hacían sufrir desde el mes pasado.

Matt se sorprendió ante este destello de lucidez.

«¿Por qué actúo así? ¡Yo soy el estúpido en esta historia!» Y, por un momento, estuvo tentado de dar media vuelta y salir de allí.

Pero no tuvo tiempo.

Había llegado a la trastienda, donde se encontraba un antiguo mostrador de cerezo, una estructura de madera cubierta por una pesada plancha de mármol negro. Sentado detrás, un anciano de nariz larga y afilada, prácticamente calvo a excepción de dos mechones blancos encima de las orejas, escuchaba un transistor. El hombre se inclinaba hacia delante, como para pegar la frente al aparato, y parecía que sus minúsculas gafas rectangulares estaban a punto de caerse de la nariz. Su cabeza se volvió en dirección a Matt, sin que el resto del cuerpo se moviera, y miró al adolescente de arriba abajo, con aire suspicaz.

—¿Qué estás haciendo aquí? —preguntó el anciano con voz cascada.

«¡Este tipo parece sacado de una película!», pensó Matt sorprendido, sin responder a la pregunta.

—¿Y bien? ¡Te estoy hablando! —insistió el viejo Balthazar sin ninguna cortesía.

—Yo... Quería comprarle una cosa.

—¿Comprarme qué?

Matt rebuscó en los bolsillos del vaquero para encontrar algo de dinero y sacó seis billetes de un dólar, que enseñó al anciano; toda su fortuna.

—¿Qué tiene por seis dólares?

Balthazar frunció el entrecejo y sus pequeños ojos negros se estrecharon aún más. Parecía a punto de explotar.

—¡Aquí se viene a buscar algo concreto! —gritó el anciano—. ¿Dónde te crees que estás?

—En una... tienda —respondió Matt sin perder la calma.

Esta vez, Balthazar saltó de su asiento. Llevaba una gruesa bata de lana gris sobre un traje tan polvoriento como su comercio. Apoyó las manos en el mármol del mostrador y se inclinó para mirar a Matt a los ojos.

—¡Menudo insolente! Soy capaz de encontrar cualquier cosa a poco que se le ponga precio, cualquier cosa, ¿me oyes? ¿Y me preguntas qué puedo venderte por seis dólares? ¡Aquí las cosas no funcionan así, no soy de esa clase de tiendas!

Matt empezó a sentir que su valor flaqueaba, no tenía ganas de seguir allí y estaba a punto de largarse cuando percibió un movimiento extraño bajo la manga del anciano. Apenas tuvo tiempo de atisbar el extremo de una cola untosa, marrón y negra, que se agitó antes de desaparecer bajo el tejido. El chico se quedó con la boca abierta. ¿Una serpiente? ¿Este pirado tenía una serpiente enrollada alrededor del brazo, debajo de la bata? Ahora sí que era el momento de salir corriendo.

Pero Tobías apareció detrás de él. Balthazar lo vio y esta vez las mandíbulas se le hincharon bajo la fina piel de los carrillos de tanto como resoplaba.

—¿Y para esto venís varios, mocosos? —profirió.

Tobías no pudo reprimir un gemido de miedo al ver que el anciano se incorporaba y rodeaba el mostrador para dirigirse hacia ellos. Matt retrocedió dos pasos cuando apareció la figura completa de Balthazar.

Lo que divisó le heló la sangre: por detrás de la bata, salía otra cola de serpiente mucho más voluminosa, del tamaño de una gran berenjena. La cola se retorció antes de subir a toda velocidad, como si hubiera comprendido que estaba a la vista.

Matt oyó los pasos de Tobías, que corría hacia la salida.

—¡Largaos enseguida!

El muchacho retrocedió cada vez más rápido, mientras Balthazar se precipitaba sobre él. Luego huyó, hizo eslalon entre las altas estanterías y por fin vio la puerta que se cerraba tras el paso de su amigo. La luz del día que se filtraba por la abertura parecía lejana, casi irreal. No obstante, Matt llegó hasta ella, accionó el picaporte y, desde el umbral, sin saber con certeza la razón, se volvió para contemplar el antro de Balthazar.

En el extremo del pasillo, envuelto en la penumbra del bazar, el viejo lo observaba también. Mientras la puerta se cerraba despacio, Matt lo vio sonreír, contento consigo mismo. Y, en el último segundo, el joven distinguió una lengua bífida que salía de los labios de Balthazar, la lengua vibrante de una serpiente.

2

Magia

La segunda y última vez que Matt se enfrentó a un fenómeno fantástico fue justo antes de la Tormenta.

Su encuentro con Balthazar lo había perturbado bastante, pero al comentarlo con Tobías se dio cuenta de que era el único que había visto todo aquello y optó por callarse. ¿Se debía al divorcio de sus padres? ¿Se sentía tan dolido que tenía visiones? ¡Pero él no había sufrido una alucinación! ¡Balthazar tenía una serpiente alrededor del brazo y una enorme cola de reptil en la espalda! Y le había sacado la lengua, ¡una lengua bífida! «La penumbra, el miedo», se había dicho sin demasiada convicción.

El viernes por la tarde la campana del colegio anunció el comienzo de las vacaciones. Matt regresó directamente a casa, no tenía ánimo para salir con sus amigos. El muchacho vivía en un apartamento situado en la planta veintitrés de un rascacielos de Lexington Avenue. Su habitación estaba decorada con pósteres de películas, *El señor de los anillos* ocupaba un lugar preeminente. Sobre unos estantes reposaba su colección de figuras del mismo film: Aragorn, Gandalf y toda la Comunidad del Anillo estaban en primera fila, enfrente de la cama.

Matt encendió el equipo de música. De inmediato, sonaron los primeros acordes, potentes y agresivos, de System of a Down. El muchacho se dejó caer sobre la cama y observó el entorno. Todo aquello era nuevo para él, esta mezcla entre el Matt al que le gustaba soñar con mundos fantásticos y el Matt realista que había surgido de repente el verano pasado, durante sus vacaciones en Vermont con su primo

Ted, dos años mayor que él. Esta faceta suya que acababa de descubrir había nacido después de conocer a Patty y a Connie, dos chicas de dieciséis años. Por primera vez en su vida, se había interesado por su aspecto, por lo que decía a los demás y por lo que podían pensar de él. Quería llamar la atención de las dos muchachas, hacerse el importante. Ted se había hecho cargo de su educación, le había puesto sus primeros discos de *heavy* y le había dado consejos para ligar con las chicas. A principios de curso, el Matt que se encontró con sus compañeros había sufrido una metamorfosis. Incluso en el aspecto físico: perdidas las redondeces de la infancia, sus rasgos se habían afinado, dibujando más ángulos que curvas. El muchacho eligió un atuendo que le encantaba: zapatillas deportivas, vaqueros, jersey o camiseta de colores oscuros y un abrigo negro con capucha que le llegaba hasta las rodillas y que le gustaba sentir cómo flotaba al viento. Matt se había dejado crecer el pelo, que comenzaba a ondularse sobre las orejas y la nuca como si formara signos de interrogación.

En aquellos días, estos dos mundos se mezclaban, chocaban a veces. El de los juegos, de las figuras que tanto le gustaban, y el del joven que crecía. Matt se preguntaba sobre la conducta que debía seguir: ¿debía sacrificar sus pasiones juveniles en nombre de la madurez? Newton había optado por algo así. Tobías aún no había experimentado el cambio, se vestía de cualquier manera y sólo hablaba de los *scouts* y de los juegos.

El solista de System of a Down berreaba sus canciones. Lentamente, Matt se sumió en el sueño, un sueño agitado por siluetas de padres que se pelean en voz baja en un rincón, según su costumbre; luego, por las formas sensuales de Patty y de Connie y, al final, por un hombre con lengua y ojos de serpiente…

La Navidad llegó antes de lo que Matt esperaba, los días desfilaron al ritmo de las partidas de rol con Newton y Tobías. Este último al final se había quedado en la ciudad: las previsiones meteorológicas habían obligado a su grupo de *scouts* a anular las salidas al bosque. Al principio de las vacaciones, los padres de Matt debieron ausentarse tres días por motivos de trabajo. El muchacho tuvo que insistir mucho para quedarse solo en la casa. Ellos querían llamar a Maât, la canguro habitual desde hacía años. Maât era una vecina de la misma planta, de origen egipcio. Su piel morena era una imagen de su carácter: cálido y sonriente. Era una mujer gruesa, dulce y generosa, que durante años había cuidado del pequeño Matt por la noche, cuando sus padres no podían volver pronto. Él conservaba buenos recuerdos de ella, pero ahora deseaba más libertad. Y aunque sentía cariño hacia Maât, debía confesar que esta soltera recalcitrante lo ponía nervioso con sus atenciones. En definitiva, que el chico pudo disfrutar de tres días de soledad, ya que Maât solo le hizo una visita la última noche.

El día de Navidad, Matt notó con satisfacción que sus padres hacían un esfuerzo por estar tranquilos y casi llegó a pensar que se iban a reconciliar. Cuando vio la pila de regalos que le habían traído, el muchacho, en un primer momento, se dejó inundar por la alegría, antes de comprender que lo estaban mimando porque aquella era la última Navidad que pasarían los tres juntos. Su sonrisa murió en los labios cuando se dirigía hacia el último paquete, el más grande. En cuanto vio un extremo, supo lo que era y explotó de felicidad: la espada da Aragorn.

—¡Es una réplica auténtica! —precisó su padre, orgulloso—. No una imitación llena de aire. ¡Si la afilas, es un arma de verdad! Tendrás que tener cuidado, buen hombre.

Matt la sacó del embalaje y la blandió en el aire, sorprendido por su peso: ¡resultaba tremendamente pesada! La hoja brillaba bajo sus ojos captando las luces del techo como si fueran estrellas élficas, pensó. Venía con un soporte para la pared y un estuche de cuero con correas que permitían llevarla a la espalda, como en la película.

—¡Gracias! ¡Ya sé dónde la voy a poner! —dijo Matt—. ¡Estoy impaciente por ver la cara de mis amigos cuando se la enseñe!

Al día siguiente, se vistió deprisa y pasó por el salón, donde su padre veía un canal de informativos. El presentador comentaba las terribles imágenes de una tormenta:

«Es el tercer ciclón en dos meses en esta región hasta ahora respetada por la meteorología, y eso sin mencionar la oleada de terremotos que sacude Asia.»

Una periodista tomó el relevo:

«Sí, Dan, es la pregunta que está en boca de todos: con estas estaciones que no se parecen a lo que conocemos y las catástrofes naturales que se suceden desde hace unos años, podemos preguntarnos si el planeta no está cambiando mucho más rápido de lo que pensábamos, como consecuencia del calentamiento...»

El padre de Matt cogió el mando a distancia y cambió de cadena. Esta vez salieron las imágenes de unos soldados que patrullaban por una ciudad lejana, acompañadas de una voz monocorde, en absoluto preocupada por lo que estaba contando: «Las tropas armadas controlan la ciudad mientras los conflictos continúan sacudiendo el país. Recordemos que...» Un nuevo canal: la previsión meteorológica.

«Recomendamos a las personas que sufren insuficiencia respiratoria o asma a no realizar esfuerzos dado que hoy la calidad del aire será de seis, una mala noticia que no debe hacernos olvidar que pronto será Noche...» La tele se apagó y su padre volvió la cabeza hacia Matt.

—¿Vas a salir, hijo?

—He quedado con Tobías y con Newton. ¡Voy a enseñarles mi espada!

—Negativo, no puedes salir con eso, te recuerdo que es un arma, está prohibido. Si quieres que la vean, que vengan a casa.

Matt suspiró, pero asintió.

—Vale, la dejo aquí. Voy a casa de Newton, vamos a probar su nueva videoconsola.

Cinco minutos después, Matt recorría las calles del East Side, envuelto en su abrigo hasta las rodillas, con una bufanda enrollada alrededor del cuello. El frío se había presentado en la ciudad sin avisar, de repente, en una noche, como si quisiera recuperar todo el retraso en cuestión de horas. Todavía no eran las nueve de la mañana y los coches circulaban con normalidad por las calles cubiertas de hielo.

Matt tomó la calle Noventa y seis, una arteria más tranquila, donde un puñado de transeúntes, sin apartar la vista de los pies, intentaba no resbalarse.

Se acercaba a un oscuro callejón sin salida cuando vio una luz azul, que desapareció con la misma celeridad. El adolescente aminoró el paso. El destello azul surgió otra vez e iluminó la acera.

¿Un rótulo luminoso? ¿En esta callejuela? Matt no lo recordaba. Sin embargo, aquello parecía un neón potente y caprichoso. El muchacho se detuvo a la entrada de la calle sin salida. Era estrecha y estaba envuelta en sombras. Una lengua de hormigón penetraba entre dos edificios para permitir el acceso a los contenedores de basura y a las escaleras de incendios.

Matt entró en el callejón. La penumbra era tan intensa que le costaba distinguir el final.

El destello azul brilló de nuevo, iluminó la parte de atrás de un contenedor y rozó las ventanas del primer piso. Matt se sobresaltó. «¡Por todos los diablos! ¿Qué era aquello?»

En el mismo lugar, se movió una forma humana, pero desde donde él estaba no podía distinguir más.

En ese momento, un zumbido eléctrico inundó el aire; a continuación, se extinguió.

Matt vaciló. ¿Debía asegurarse de que aquel tipo no estaba herido o salir corriendo?

El relámpago azul reapareció y barrió el suelo sin elevarse, lamiendo el asfalto y fundiendo el hielo. Procedía de la tierra, constató Matt, y se desplazaba como un cable eléctrico recién cortado: con vivas sacudidas. «¡Como una serpiente!», pensó sintiendo un desagradable escalofrío. Esta vez, la luz no se apagó tan rápido, sino que continuó moviéndose de forma ondulante. El relámpago terminaba en pequeños haces de chispas azules, como dedos, que rozaban los periódicos abandonados. Estos últimos ardieron de inmediato. Luego, como si acabara de encontrar lo que buscaba, la luz se detuvo frente a dos contenedores.

Entonces Matt oyó un gemido. Alguien necesitaba ayuda. Sin pensarlo dos veces, se adentró en el callejón.

Apenas tuvo tiempo de atisbar unas zapatillas de deporte gastadas que se agitaban y un pantalón sucio cuando el relámpago se precipitó sobre la forma humana. A continuación, la luz despareció con un chasquido seco y dejó a su paso un humo espeso y repugnante —con olor a experimento de química, como los que practicaban en clase—. El chico retrocedió de un salto y, con el corazón desbocado, esperó un momento antes de intentar moverse. Cuando por fin se acercó al lugar donde había vislumbrado las piernas, sólo vio la ropa amontonada. Como si el hombre se hubiera volatilizado.

«¡Imposible!»

Sin embargo, alrededor de él, los periódicos se consumían, liberando tímidas llamas azules y amarillas. Todo había pasado muy deprisa. Tal vez no lo había visto bien…

«¡No! ¡Esta vez estoy seguro! ¡Era real! ¡Un hombre ha sido… engullido por un relámpago procedente del suelo!»

Matt retrocedió.

—¡Mierda…! —murmuró.

«Pellízcate, date una bofetada, pero haz algo —se dijo—. ¡No te quedes aquí! ¡Esa cosa podría volver!» Pero ¿adónde ir? ¿Volver a casa para avisar a sus padres? ¿A la policía? Nadie lo creería.

«¡Los amigos!» Al principio, se reirían de él, pero confiaba en ellos y acabarían por creerlo.

Matt oyó un zumbido eléctrico al final del callejón y huyó sin esperar más.

Para su sorpresa, ni Tobías ni Newton se rieron de él cuando les contó su aventura. Tal vez a causa del miedo que aún se leía en su cara. Entonces continuó con la historia de la serpiente en el Bazar de Balthazar y Tobías explotó:

—¡Lo sabía! ¡Esas canicas! ¡Eran ojos! ¡Sabía que no lo había soñado!

El chico narró a su vez la historia de las canicas en forma de ojos que lo habían seguido con la mirada. Entonces, Newton adoptó un aire grave para añadir:

—Un tío del colegio contó el otro día que había visto unas luces azules salir del subsuelo en los aseos. Estaba convencido de que no se trataba de un problema eléctrico. Vamos, decidme, chicos: ¿estamos exagerando o pasa algo realmente?

—Todo esto me agobia —confesó Tobías—. ¿Dices que solo quedaba la ropa?

Matt asintió.

—Seguramente, se trataba de un vagabundo, visto lo que llevaba puesto. Por el camino, de pronto me he dado cuenta de que ya no se ven muchos en los últimos tiempos, ¿os habéis fijado?

—Es invierno y se refugian en algún sitio —intentó quitar importancia Tobías, para tranquilizarse.

—No, hasta esta mañana no hacía frío —replicó Newton—. Tienes razón, Matt, algo pasa con ellos. Cada vez se ven menos, y lo peor es que nadie los busca, nadie les presta atención. Pueden desaparecer del todo antes de que alguien se dé cuenta. Estos individuos no existen para los viandantes.

—¡Vaya! Esto me hace pensar en la ropa que a veces se ve en la calle o en los arcenes de la autopista —se alarmó Tobías—. ¡Siempre nos preguntamos cómo puede perder alguien un zapato, una blusa o unos calzoncillos! De eso se trata, ese relámpago se lleva a la gente desde hace tiempo sin que nadie se haya dado cuenta.

—Salvo que esto cada vez sucede con más frecuencia —observó Matt.

Tobías hizo una mueca, asustado. Luego preguntó:

—Entonces, ¿por qué los medios de comunicación no hablan de ello?

—Están demasiado ocupados con las catástrofes y las guerras —aventuró Matt al acordarse del informativo de la mañana.

Newton hizo un gesto para indicar que no estaba de acuerdo.

—¿Y si fuera porque ningún adulto lo puede ver? Primero, Tobías; luego, tú y ese tío del colegio… Solo adolescentes, ningún testigo adulto.

Tobías se cruzó de brazos.

—Estamos mal —dijo.

Newton se disponía a comentar algo cuando su madre entró en la habitación.

—Chicos, tenéis que volver a casa enseguida. Acaban de decir que esta tarde habrá una terrible ventisca.

Los tres adolescentes se miraron en silencio.

—De acuerdo, señora —dijo Matt al final para darle las gracias.

—¿Queréis que os lleve en coche?

—No, está bien, vivimos cerca. Tobías y yo regresamos juntos.

—En ese caso, no tardéis mucho. En dos o tres horas, se va a levantar mucho viento y las calles de Nueva York quedarán convertidas en gigantescos ventiladores.

La mujer salió y cerró la puerta. Newton señaló el ordenador.

—Estamos en contacto por el Messenger, ¿os parece?

Los otros dos chicos asintieron y pronto Matt caminaba con Tobías por Lexington Avenue, donde ya soplaba un fuerte viento.

—No me gusta nada esta historia —gimió su pequeño compañero—. Siento que todo va a ir mal. Tendríamos que decírselo a nuestros padres, ¿no crees?

—¡A los míos desde luego que no! —gritó Matt para hacerse oír—. No creerán ni una palabra.

—Puede que tengan razón, ¿no? Ya no sé qué pensar. ¿Y si nos hemos asustado por una tontería? Si hubiera relámpagos que surgieran del suelo para llevarse a la gente, se sabría, ¿verdad?

—Escucha, tú haz lo que quieras. Pero yo no se lo pienso decir a mis padres, eso es todo.

Llegaron al edificio donde vivía Tobías. La casa de Matt estaba en la manzana siguiente.

—Quedamos en el Messenger dentro de una hora —confirmó—. Ya me contarás lo que te han dicho tus viejos.

Tobías sintió cierta vergüenza, pero acabó por asentir. Antes de separarse, Matt puso una mano en el hombro de su amigo.

—Estoy de acuerdo contigo en una cosa: yo también tengo la impresión de que todo irá mal.

3

La Tormenta

Matt subió a su habitación. Su padre se había instalado en el salón, delante de la tele, y su madre estaba en el despacho, hablando por teléfono.

La espada brillaba encima de la cama. Aún no había tenido tiempo de colgarla en la pared. Encendió el ordenador y lanzó el Messenger para chatear. Newton ya estaba conectado con su alias: Tortutoxic. Matt le escribió:

Grominable: Aquí estoy.

Enseguida empezó la conversación:

Tortutoxic: Tns q kmbiar 2 alias. S idiot.

Grominable: Y tú deja de escribir como un troll. Me gusta mi alias, es divertido. Y nadie desconfía de la gente que se subestima. ¡Es práctico!

Tortutoxic: Grominable ok. Q hcs?

Grominable: Por última vez, escribe con normalidad, ¿para qué sirve tener una lengua si la maltratamos?

Tortutoxic: Es una lengua viva ¿no? Es para vivir, para evolucionar.

Grominable: Sí, una lengua viva, y tú le haces sufrir.

Tortutoxic: OK, está bien, la voy a acariciar en el sentido del pelo, vale, señor Pierce.

El señor Pierce era el profesor de lengua inglesa. Matt se levantó y encendió la televisión pequeña que tenía en la habitación. Se topó con una edición especial del informativo. El presentador recomendaba a la gente que no saliera de sus casas porque una ventisca *colosal* —la palabra hizo que Matt arrugara el ceño, *colosal* no salía normalmente de la boca de los presentadores, aquello no era buena señal— se acercaba a Nueva York y se esperaban ráfagas de viento de más de ciento cincuenta kilómetros por hora y nevadas *colosales*. Esta vez, Matt se levantó. Los presentadores nunca repetían la misma palabra en una frase, era como si un peluquero quisiera cortar el pelo con el secador: no se cometen este tipo de errores cuando se es adulto y profesional. Entonces, la repetición de *colosal* revelaba el alto grado de pánico que reinaba en la redacción. Matt se lanzó sobre su teclado:

Grominable: ¿Has visto la tele? Creo que están aterrados, hasta en los informativos. Las cosas van mal.

Tortutoxic: Sí. Previsión de alerta meteorológica todo el tiempo. También estaba chateando con mi primo de Boston, y desde hace cinco minutos, nada. Acabo de llamarle y hay una avería en la línea. ¡En los informativos, dicen que la ventisca está encima de Boston en este momento!

Tobías se conectó:

KastorMagic: Hola, tíos. He hablado con mis padres. No me han creído.

Tortutoxic: ¿En serio? ¿Y qué esperabas? ¿Qué buscaran en la guía el número de los cazafantasmas para salvarnos?

KastorMagic: No sé. ¿No te han enseñado a contar con tus padres? Pues intento fallido.

Matt iba a participar en la charla cuando la televisión atrajo su atención. La imagen se velaba, el presentador parecía temblar con las interferencias. «Es la transmisión vía satélite, quiere decir que la tormenta se acerca.» Y como para confirmarlo, una sombra gigantesca se extendió por la avenida. Corrió a la ventana. Toda la calle estaba sumida en un claroscuro crepuscular que provocó el encendido de cientos de luces en los edificios. Tuvo la impresión de que un pájaro gigante se había posado sobre las azoteas. Oteó el cielo: una nube negra cubría toda la ciudad. Una nube *colosal*.

El viento sopló en la avenida y golpeó la ventana con un silbido estridente.

La pantalla de la tele se veía nevada; a continuación, se le fue el color. Luego, después de un pop, la imagen desapareció por completo. Pantalla negra, reemplazada enseguida por la carta de ajuste. Matt zapeó y descubrió que la mayoría de las cadenas estaban en la misma situación. Todas las emisiones se cortaban, una tras otra.

El muchacho se sentó delante del ordenador.

Grominable: Ya está, tenemos la ventisca encima de nosotros. ¡Ha llegado más rápido de lo que habían anunciado! ¡Y no hay tele!

Tortutoxic: ¡No me digas! En mi calle cunde el pánico. A la gente le ha pillado desprevenida. ¡Todo el mundo está tocando el claxon! Tengo los...

Newton no acabó la frase. Matt esperó un minuto, pero nada. De pronto, apareció un mensaje en la pantalla: «Conexión interrumpida». Matt intentó repetir la operación, incluido el reinicio del *router*, sin éxito.

—¿Qué está pasando…?

De repente, se apagó la luz de la habitación. Matt se encontró en un cuarto oscuro y silencioso.

—¡Se ha ido la luz! —gritó su padre desde el salón—. Voy a buscar las velas en la cocina, que nadie se mueva.

Matt se desplazó en su sillón con ruedas hasta la ventana y vio cómo se apagaban las luces de los edificios, unas tras otras, fachada tras fachada. La oscuridad inundó la ciudad. Aún no era mediodía y parecía que se trataba de los últimos segundos del atardecer, cuando la luz adquiere ese tono tan extraño que llamamos espectral. Y eso era exactamente: la luz de los fantasmas, la que no disipa las tinieblas, sino que apenas evidencia la vida durante un breve instante.

El padre del chico llamó a la puerta y dejó en el escritorio una pequeña palmatoria con una vela encendida.

—No te preocupes, hijo, pronto volverá la electricidad.

—¿Has visto los informativos, papá? La ventisca no debía llegar hasta esta tarde.

—¡Se han vuelto a equivocar! Ya te digo: ¡tendrían que despedir a los tíos que hacen la predicción del tiempo! ¡Cada vez aciertan menos!

Su padre estaba de buen humor y se tomaba la situación a la ligera. «¡A no ser que lo haga para tranquilizarme!», pensó Matt.

—¿Y un corte de estos puede durar mucho tiempo?

—¿Un corte de luz? Depende, pueden ser dos minutos o dos horas, en función de la reparación que deban realizar. No te inquietes, en este momento una tropa de técnicos está haciendo todo lo posible para recuperar la normalidad.

El optimismo de su padre lo mataba. Era algo frecuente en los adultos. Demasiado optimistas o demasiado pesimistas. Pocas veces, había visto a la gente permanecer serena, sin exagerar. Además, las películas lo reflejaban a la perfección: en caso de catástrofe, unas personas gritaban y arrastraban a los demás al drama, y otras, que se creían invulnerables, no corrían mejor suerte. Los héroes eran aquellos que sabían quedarse en el medio, tomándose las cosas sin demasiada emoción, con la perspectiva justa y necesaria. ¿Sucedía así en la vida diaria? La gente buena, los «héroes» de este mundo, ¿eran capaces de controlarse en todas las circunstancias?

—Vamos, es el momento de sacar las buenas novelas de terror —dijo su padre—. ¿No tienes un Stephen King para hincarle el diente? ¡En estas condiciones es una oportunidad de lectura inolvidable! Si no, debe de haber alguno en mi biblioteca.

—Tengo todo lo que necesito; gracias, papá.

Su padre lo miró fijamente durante un instante sin encontrar las palabras apropiadas, las que le hubiera gustado decir a su hijo. Luego le guiñó un ojo antes de salir y cerró la puerta.

La llama de la vela difundía una claridad ambarina. Sin duda, era un momento ideal para leer, pero a Matt no le apetecía nada. Estaba demasiado inquieto por lo que pasaba fuera. Se giró hacia la ventana.

Ahora, grandes copos de nieve flotaban en el viento, maniobrando con la potencia y la destreza de los aviones de caza. En unos minutos, la avenida desapareció detrás de una espesa cortina con forma de remolino. Matt ya no veía nada, era el fin. El joven se compadeció de todas las personas que estaban aún en la calle y que intentaban volver a sus hogares con una visibilidad tan escasa. ¡Ni siquiera verían la punta de sus dedos!

Las horas pasaban y Matt acabó por aburrirse. Cogió un cómic y lo hojeó con pereza. Por la tarde, intentó encender la televisión y luego la radio, pero fue inútil, la electricidad no había vuelto. La nieve golpeaba incesantemente contra la ventana.

Al final del día, su madre llamó a la puerta de los vecinos para asegurarse de que todos estaban bien y, entre los seis apartamentos de la planta, se organizaron para preparar la cena, ya que algunas viviendas solo disponían de cocinas eléctricas. Al final, el gas tiene sus ventajas, repitieron divertidas en el pasillo algunas personas, y una especie de convivencia de buena voluntad se instaló entre los vecinos, que dejaron abiertas las puertas de sus viviendas. Por la noche, la familia Carter cenó en compañía de Maât y de los Gutierrez, una pareja de jubilados que vivía en el piso de al lado. Nadie de la planta tenía hijos de la edad de Matt y su único compañero del edificio se encontraba de vacaciones en California.

El chico no se quedó a la sobremesa y dio las buenas noches a todos. Maât se despidió de él con más cariño que sus padres, quienes estaban enfrascados en una conversación con los Gutierrez. El chico cogió al pasar un paquete de galletas y se encerró en su habitación. Provisiones para el hambre nocturna, linterna para iluminar el camino si le entraban ganas de hacer pis y una formidable tormenta fuera para alegrar la noche. A fuerza de ver a todo el mundo bromear con la situación, Matt había decidido tomársela también a la ligera o, en todo caso, con más ánimo y menos angustia. Sí, la ventisca era descomunal; sí, había llegado antes de lo previsto, pero esto no significaba que fuera el fin del mundo. «Salvo por esas señales extrañas que se producían desde hacía unos días.» El viejo vendedor con lengua de serpiente, los ojos-canicas, los relámpagos-devora-gente, todo era demasiado raro. Al mismo tiempo, a medida que pasaban las horas sobre estos recuerdos, le resultaban menos inquietantes. Aquello debía tener una explicación racional, propia de los adultos que Matt y sus amigos no llegaban a comprender. ¿Tal vez una droga que los terroristas habían puesto en el agua potable de la ciudad para provocar alucinaciones? ¿Por qué no? ¡Se hablaba tanto de los terroristas! Cuando era niño, una vez que estaba llorando porque tenía miedo de los terroristas, su abuelo le dijo: «Antes que los terroristas, fueron los comunistas y los nazis. Y antes que los nazis, los ingleses, y antes que ellos, los indios. En resumen, este país siempre ha necesitado inventarse enemigos. Y te voy a decir una cosa: unos se han convertido en amigos y otros no existen o son inofensivos. El mundo es así, hijo, si no tienes enemigos, no avanzas. Vamos, tranquilízate y utilízalo como un motor para progresar en la vida. ¡Sé fuerte!» Aunque, a continuación, su madre le había dicho que su abuelo era un «cateto republicano». Pero esto último Matt no lo comprendió entonces y tampoco lo comprendía ahora. A pesar de todo, la amenaza terrorista era una explicación plausible de lo que había visto.

Se metió en la cama con la linterna y una pila de cómics que había sacado de los cajones. El paquete de galletas también estaba entre las sábanas, al igual que su espada. El muchacho dudó: no podía dormir con el arma. ¿Qué pensarían Connie y Patty si le vieran dormir con una espada? Se reirían de él, seguro. A su edad… «Vale, pero ellas no están aquí», resolvió Matt.

El viento había arreciado y golpeaba la ventana, oscura a esas horas de la noche. En la calle, no se apreciaba ninguna luz, ni siquiera el resplandor de las velas en los edificios de enfrente. Solo la noche opaca y el estruendo de la tormenta.

Matt acabó por quedarse dormido. Se despertó por primera vez con las voces de los Gutierrez, que se despedían y agradecían la hospitalidad con muestras de gran efusividad, y una segunda vez, de madrugada, debido a una detonación.

Se sobresaltó. Parpadeó al mismo ritmo acelerado de los latidos de su corazón. Alguien había disparado en algún lugar —¿en el apartamento?—. Ni un ruido, ni una luz en las otras habitaciones. Entonces se dio cuenta: la tormenta había cesado. Como un acto reflejo, miró su despertador, pero la pantalla estaba muda: la luz no había vuelto. Su reloj de pulsera señalaba las tres y media.

En camiseta y calzoncillos, Matt se levantó y se acercó a la ventana. La avenida seguía oculta por la oscuridad. Una espesa capa de nieve cubría el alféizar. Entonces, una nueva detonación se estrelló contra el silencio, en otro punto de la ciudad, produciendo un ruido considerable. El joven dio un paso atrás de forma instintiva.

—¿Qué es ese alboroto? —murmuró, esta vez convencido de que no se trataba de un disparo.

Volvió a pegarse contra el frío cristal de la ventana y escrutó la oscuridad.

Un intenso destello azul iluminó el horizonte y, durante una fracción de segundo, los contornos de los edificios se proyectaron como sombras chinescas en el cielo.

—¡Guau! —exclamó retrocediendo de nuevo, esta vez por el efecto de la sorpresa.

Tres relámpagos simultáneos rasgaron la oscuridad de la noche: relámpagos azules. A continuación, a lo lejos, la ciudad se iluminó de forma intermitente bajo estos destellos. Matt contó una docena de relámpagos que aparecían sobre los edificios, como manos inmensas que quisieran agarrarse a ellos. Luego se duplicaron, y, en menos de un minuto, el muchacho ya no podía contarlos. Eran como la luz que se había llevado al vagabundo del callejón, pero en versión gigante. Se deslizaban por las fachadas a toda velocidad y Matt tuvo la impresión de que tocaban los muros como se palpa una fruta para saber si está madura antes de comerla. Aún peor: avanzaban, venían hacia él.

—¡Oh, no, eso no! —clamó en voz baja.

Tenía que salir a la calle. «¿Y encontrarme fuera con esas cosas? No, no es buena idea.» Al contrario, debía estar a cubierto y quizá pasaran por encima o por su lado sin causar estragos.

Matt oteó el horizonte: se acercaban muy deprisa.

Se desató de nuevo el viento y unas volutas de nieve se levantaron dibujando remolinos. Esta vez el viento soplaba en el otro sentido. ¿Qué pasaba? ¿Venía otra tormenta en dirección opuesta?

Un trueno retumbó en la avenida al tiempo que un relámpago gigantesco surgía del suelo y se arrojaba sobre un edificio al otro lado de la calle. Matt vio el enorme arco eléctrico trepar de ventana en ventana y extender sus tentáculos crepitantes para alcanzarlas lo más rápido posible. «¡Es una gran mano! ¡Eso es! ¡Una gran mano!» Entonces, cuando creía haber visto lo más aterrador, entornó los ojos y descubrió que las extremidades del relámpago no se limitaban a escalar el edificio, sino que reventaban las ventanas, se introducían por ellas y salían a continuación dejando tras de sí una estela de humo blanco.

«¡Esta cosa está desintegrando a la gente! ¡Como al vagabundo de esta mañana!»

Los absorbería a todos. Desaparecerían en una fracción de segundo. Matt saltó sobre su pantalón, se lo puso a toda prisa y se calzó las deportivas sin perder tiempo en ponerse los calcetines. No sabía a dónde ir, pero no podía quedarse allí. Quizás en el pasillo estuviera protegido de esas cosas infames…

Otro chasquido feroz lo sobresaltó mientras un nuevo relámpago aparecía en la fachada de enfrente.

Sobrevivir sólo era cuestión de tiempo.

Tenía que avisar a sus padres.

Un destello azul lo cegó y el suelo empezó a temblar. Un rugido subió desde los cimientos. Tenían en el edificio un relámpago que trepaba hacia Matt y devoraba a la gente de planta en planta.

—¡No hay tiempo! —dijo en voz alta cuando vio su abrigo en un rincón de la estancia.

Corrió hacia el pasillo. Su padre dormía en el sofá del salón y su madre en la habitación. «¡Deprisa!»

Las paredes comenzaron también a temblar. El rugido sonó más fuerte, era ensordecedor.

Justo antes de que Matt entrara en el salón, las ventanas estallaron.

El relámpago lo arrasó todo. Acompañado por el ulular de un intenso viento, atravesó el apartamento de un lado a otro. Cuando llegó donde se encontraba Matt, el muchacho apenas tuvo tiempo de taparse la cara con las manos para protegerse, antes de que el resplandor lo fulminara y saliera dejando tras de sí un humo denso y blanco.

4

Otro-mundo

El frío lo despertó. Matt abrió los ojos con dificultad, los párpados le pesaban. Tenía todo el cuerpo dolorido, como si hubiera corrido un maratón el día anterior. Enseguida fue consciente del helor que lo envolvía.

¿Dónde estaba? ¿Qué había pasado?

De repente, el enfrentamiento implacable con el relámpago le vino a la memoria y se incorporó demasiado rápido. Su cabeza empezó a dar vueltas y el joven apoyó una mano contra la pared del pasillo para no desplomarse. Había luz, la claridad del amanecer. El parqué estaba helado. Una corriente de aire levantó delante de él unos papeles, que flotaron blandamente por el apartamento, como nubes extraviadas. El chico se dirigió al salón con un nudo en el estómago. ¿Qué les había ocurrido a sus padres? El salón se encontraba en tal estado que, si hubiera pasado por allí una manada de elefantes, no habría causado tantos desperfectos. Todo estaba tirado por el suelo, los libros revueltos con la vajilla, las figuras rotas a los pies de los muebles, algunos de los cuales estaban volcados. Reconoció unos calzoncillos y una vieja camiseta de los Rangers sobre el sofá: la ropa que su padre solía ponerse para dormir. El gran ventanal de cristal había desaparecido: el viento de la avenida se colaba en el apartamento, junto con los copos de nieve. Matt tragó saliva. Dio media vuelta y fue a la habitación de sus padres. También estaba vacía y devastada. El joven recorrió todas las habitaciones desiertas. Ni una sola ventana quedaba intacta y, aunque estaba anestesiado por la emoción, tiritaba. Tiró de las sábanas de la cama donde dormía su madre: el camisón apenas arrugado se encontraba en medio del colchón. «Igual que el vagabundo en el callejón… ¡Solo queda la ropa!» Matt sacudió la cabeza para ahuyentar las lágrimas. No quería creerlo. «¡No, están en alguna parte, quizás en casa de los Gutierrez o de Maât!» Todo aquello parecía una pesadilla. Salió al rellano y tocó el timbre de las otras puertas. Como no obtuvo respuesta, llamó con los nudillos.

Nadie abrió.

Matt no percibía ningún sonido ni señales de vida. ¿Podía ser el único superviviente? «Eso no, por favor, eso no», se dijo, sin dirigir la plegaria a nadie en concreto.

El muchacho volvió a su casa y descolgó el teléfono: no daba tono, al igual que el móvil. La televisión tampoco funcionaba, la electricidad no había vuelto aún. Se inclinó por el ventanal, ahora abierto al vacío. Veintitrés plantas más abajo, la avenida parecía aspirarlo. Matt se agarró al marco. La nieve tapizaba el paisaje, no se veía ningún coche, solo ese espeso muletón blanco. ¿Toda la ciudad estaba afectada? ¿Todo el país?

¿Qué iba a hacer? Sintió un agujero en el estómago y el pánico se le subió a la garganta, acompañado de una oleada de lágrimas que inundó sus ojos. ¿Qué iba a hacer?

Matt sintió que las piernas le flojeaban y se dejó caer en el suelo. Tenía las mejillas tan frías que no sentía correr las lágrimas. Era el fin, el fin de todo lo que había sobre la Tierra. El muchacho se hizo un ovillo y empezó a temblar.

Al cabo de un momento, se le acabaron las lágrimas. Su cuerpo quería vivir, luchar. De repente, tomó conciencia de la vida que aún ardía en su interior. La vida y la esperanza. ¿Qué sabía del exterior? ¿Qué sabía de lo que les ocurría a las personas devoradas por los relámpagos? ¿Y si todavía vivían en alguna parte? «¿Y si no habían desaparecido, y si estaban todos abajo, refugiados en un gimnasio o en algún lugar por el estilo?» Esto le parecía poco probable: sus padres nunca lo habrían abandonado allí. «Tengo que ir a ver. Seguro que hay gente en la calle.»

La temperatura había anestesiado su pánico y su miedo. Matt intentó moverse y le costó mucho trabajo ponerse de pie. Cubrirse y calentarse eran sus prioridades. En ese momento, subió un grito de la avenida, un chillido infantil, un alarido de terror, que desapareció en el acto. Se asomó de nuevo mientras un escalofrío le recorría todo el cuerpo, pero no vio nada de particular. Sin embargo, ese niño había visto o sufrido algo terrible para gritar de ese modo.

Aunque podía deducir una buena noticia: no estaba solo.

Matt volvió a su habitación, se envolvió en una manta de lana para entrar en calor y se sentó en la cama para reflexionar. Lo primero de todo, tenía que bajar a la calle: tal vez se encontrara con los vecinos de las otras plantas —tomaría la escalera de servicio, el ascensor estaba descartado, pues, aunque funcionara, algo de lo que Matt dudaba mucho, el riesgo de acabar encerrado el resto de sus días no le seducía en absoluto—. Si no se cruzaba con ningún vecino, entonces rastrearía la calle en busca de supervivientes. «Esta palabra no, "superviviente" quiere decir que los demás están muertos y eso no lo sé, quizá se encuentren… en otro lugar.» El rostro de sus padres vino a azuzar su pena, pero él la ahuyentó. Tenía que hallar la clave del misterio para… ¿salvarlos?

Matt comprobó la hora en su reloj y se dio cuenta de que no funcionaba. Maldijo la contrariedad y se lo quitó de la muñeca para abandonarlo en el escritorio.

Tenía que equiparse bien y no olvidar nada porque ¡tardaría en volver a subir los veintitrés pisos! ¿Qué necesitaba? Ropa de abrigo, una linterna, agua y comida para reponer fuerzas durante el día. «¡Vendas! —pensó—. Para curar a los posibles heridos.» Sí, pero ¿qué podía curar él con unas simples vendas? «¡Y un arma!» ¿Con qué se podría encontrar en la calle? «¡En Nueva York no hay peligro de que te ataque un oso!» De todas maneras, cogería una. Se dio la vuelta y acarició la hoja de su espada. Eso serviría.

Esperó un cuarto de hora para entrar bien en calor, y mientras estalló un escaparate en la calle. Miró por la ventana y se quedó un minuto observando sin ver nada.

«Vamos, hay que irse.» Se puso un grueso jersey, negro de cuello vuelto; su gabán hasta la rodilla, que no abrigaba lo suficiente para este tipo de clima, pero tenía la ventaja de estar a mano, y cogió los guantes. Se colgó en bandolera su bolsa de tela en la que metió el paquete de galletas de la noche anterior, una botella de agua y las tres manzanas que descubrió en el frigorífico. Con la linterna y las vendas acabó de llenar la bolsa.

Por último, Matt cogió el estuche de cuero con correas que había pensado colgar en la pared y se lo ató a la espalda para ceñirse la espada. Movió los hombros para acostumbrarse al peso. Por fin estaba listo.

En menos de una hora, había pasado de la desesperación a la determinación, sin darse cuenta de que su ánimo saltaba de una emoción a otra con una facilidad alarmante. Un adulto habría comprendido que estaba a punto de sufrir una crisis nerviosa.

Matt salió del apartamento y se dirigió a la vivienda de Maât. Golpeó varias veces la puerta y la llamó:

—¡Maât! ¡Soy yo, el pequeño Matt! ¡Vamos, ábreme!

Curiosamente, mientras esperaba en la penumbra, se emocionó con una oleada de buenos recuerdos sobre ella, que había sido su canguro y, en ocasiones, su niñera. La mujer le repetía siempre que estaban hechos para entenderse. Solo Maât podía comprender a Matt. Estos últimos meses —desde que volvió de las vacaciones con su primo Ted—, él la había evitado: su dulzura y su atención le recordaban demasiado al niño que había sido, precisamente aquel del que intentaba escapar. Sin embargo, en este instante, habría dado cualquier cosa por verla aparecer y que lo cogiera en brazos.

Matt insistió durante mucho tiempo antes de tomar la decisión de marcharse.

Se dirigió a la puerta de las escaleras y la empujó. El hueco estaba sumido en una profunda oscuridad. Ni una luz ni un ruido, salvo el viento que silbaba como el aullido de un lobo pasando debajo de las puertas.

—Es el momento de demostrar tu valor —se animó Matt al tiempo que encendía la linterna.

El muchacho inició el descenso agarrado a la barandilla con una mano. La espada no era muy práctica: botaba con cada escalón y su peso parecía duplicarse con cada sobresalto. Matt se puso a hablar en voz alta para tranquilizarse:

—En primer lugar, iré a casa de Tobías. Luego pasaremos por la de Newton y puede que me encuentre con gente por el camino.

La linterna proyectaba un cono blanco delante de él y no tardó en descubrir la causa de su malestar: todo lo que no podía ver. Sin embargo, en un hueco de escalera como este, no podía ver nada. Los rellanos se sucedían según los gruesos números de color rojo: dieci-nueve…, dieciocho…, diecisiete…

De repente, una puerta chirrió varias plantas más abajo y se cerró de golpe.

Matt se quedó inmóvil.

—¿Hay alguien ahí? —preguntó sin mucha convicción.

No hubo respuesta, sólo el viento aullando a la muerte.

—¿Hay alguien ahí? —repitió, esta vez más fuerte—. Soy Matt Car-ter, del apartamento dos mil trescientos seis.

Su voz se propagó por los treinta pisos de escalones de hormigón y Matt tuvo la impresión de que una docena de chicos hacían la mis-ma pregunta.

Siempre sin respuesta.

Reinició el descenso, intrigado. ¿Era el viento, que había abierto una puerta? Probablemente.

Quince…, catorce…, trece…

Matt estaba a punto de pisar el siguiente rellano cuando un rugi-do lo detuvo y se quedó con el pie suspendido en el aire. Dirigió la linterna hacia el origen del ruido y apareció un caniche blanco.

—¿Qué haces aquí? ¿Te has perdido?

El perro estaba sentado y lo miraba con sus pupilas negras. Matt se acercó y, de repente, los labios del animal se abrieron para mostrar dos filas de dientes pequeños y puntiagudos.

—¡Vale, te dejo en paz! ¡Tranquilo! ¡Sé bueno!

Pero el caniche se abalanzó sobre el muchacho. Matt dio un salto hacia atrás al tiempo que las mandíbulas del animal se cerraban sobre los vaqueros. El perro estaba enganchado a su pantalón y rugía. Era un rugido gutural como Matt no había oído nunca. Resultaba muy sorprendente en un perro, sobre todo de ese tamaño.

Preso del pánico, dio una patada al aire para librarse del animal. El pequeño monstruo cayó al suelo y, en un reflejo cruel y salvador a la vez, Matt le asestó un puntapié, un golpe magistral que impulsó al perro por debajo de la barandilla y lo lanzó a un vacío de doce pisos.

Matt se llevó la mano a la boca y oyó un sonido horrible, un impacto blando y líquido. El perro ni siquiera había chillado.

¿Qué he hecho?, se preguntó enloquecido.

Acababa de matar un caniche. Le invadió tal sentimiento de culpa que estuvo a punto de echarse a llorar, pero enseguida repasó las circunstancias de su acción. El perro lo había atacado. Él se había defendido. Sí, eso era, «legítima defensa», como decían en el canal que emitía juicios todo el día. Matt se removió, tomó aire y reemprendió la marcha.

Cuando llegó a la planta baja, habría dado cualquier cosa por no ver el cadáver ensangrentado del perro justo debajo de sus narices. El muchacho volvió la cabeza y corrió hacia el vestíbulo.

Nadie a la vista. Las puertas del edificio estaban cerradas. Tiró de una hoja y una oleada de nieve se estrelló a sus pies. El viento glacial lo sobrecogió. Ante sus ojos, se extendía una capa de nieve virgen de unos cincuenta centímetros de espesor. Caminar en esas condiciones se anunciaba agotador.

—Pues sí que empezamos bien —gruñó el muchacho.

Matt consiguió salir del edificio y no tardó en confirmar a cada paso su predicción: aquello era infernal. La nieve le llegaba a los muslos y debía alargar mucho la zancada. Además, pronto empezó a preocuparse por dos elementos: de una parte, el cielo gris, poblado de unas nubes tan bajas que ocultaban la cima de los edificios más altos; de otra, el silencio imposible que reinaba por todas partes. En esta ciudad ruidosa a cualquier hora del día o de la noche, ahora solo se oía el ulular de las ráfagas en las profundas arterias. Este silencio en medio de un paisaje de acero y cristal creaba una angustiosa paradoja. Y había algo más que no llegaba a definir, que no conseguía identificar, pero que planeaba alrededor de él.

El joven empujó la puerta del restaurante situado en la esquina de la calle, un local pequeño que normalmente estaba lleno. Por el suelo yacían prendas dispersas. Zapatos, calcetines, ropa interior… Solo faltaban los cuerpos dentro.

El muchacho apretó los dientes, pero no pudo reprimir un sollozo y se echó a llorar, apoyado contra la barra. ¿Dónde estaban todos? ¿Qué les había ocurrido a sus padres? ¿Y a sus vecinos? ¿Y a los millones de habitantes de la ciudad?

Una vez liberada la emoción, Matt salió sin echar una mirada atrás. Aún tenía la esperanza de encontrar a otros supervivientes, lo único que pedía para mantener el tipo era no ver ropa tirada por todas partes. Esto le recordaba a los fantasmas y no lo soportaba.

Tardó una media hora en llegar a casa de Tobías, mientras que en circunstancias normales empleaba cinco minutos. Iba a entrar en el edificio cuando un rumor procedente de la nieve atrajo su atención: a unos cincuenta metros, unos copos se levantaron y una forma intentaba salir de la nevada. «Un perro —adivinó, y era de gran tamaño—. Si es como el caniche de hace un momento, más vale no esperar.» Y el chico buscó refugio a toda prisa.

El hueco de la escalera era igual que el de su casa: oscuro como boca de lobo. «Empezamos de nuevo», suspiró. Matt subió hasta el piso de Tobías, y esta vez no sufrió ningún ataque, pero al pasar por el sexto oyó a un gato enfurecerse detrás de la puerta con tanta rabia que el chico remontó los escalones de cuatro en cuatro. Aunque el mundo se hubiera vuelto loco en unas horas, una cosa permanecía inalterable: ¡después de subir doce pisos siempre le dolían los muslos y las pantorrillas!

El rellano no disponía de ninguna abertura al exterior y Matt mantuvo la linterna encendida, pegada contra él. Si pasaba cualquier cosa, no podría asir la espada y la linterna al mismo tiempo, el arma era demasiado pesada para manejarla con una sola mano. «No había ninguna razón para que pasara nada malo», se dijo para tranquilizarse.

Se dirigió a la puerta de Tobías y llamó con los nudillos. Como no obtuvo ninguna respuesta, gritó:

—¡Tobías, soy yo, Matt! ¡Abre! Vamos, por favor, date prisa.

Pero nada. No tuvo más remedio que rendirse a la evidencia: Tobías también había desaparecido.

—No es verdad —dijo mientras sentía un nudo en la garganta y las lágrimas le inundaban los ojos—. No quiero quedarme solo.

Un rugido sordo, semejante al de un oso o un león, surgió a su espalda. Procedía del apartamento de enfrente.

Matt se puso tenso.

Después la puerta que retenía la... *cosa* retumbó como si la derribaran desde el interior. El muchacho se hizo un resumen de la situación: de un momento a otro, iba a aparecer un animal salvaje que se colocaría entre él y la escalera de incendios.

Las bisagras de la puerta temblaron, a punto de reventar.

Matt no tuvo tiempo de pasar por delante para escapar. Miró al otro lado: una pared, sin salida. Movió la cabeza. Se encontraba en una trampa.

La puerta estalló en pedazos y una sombra imponente saltó al umbral.

Ni del todo humana, ni del todo animal.

5

Mutantes

Matt sintió que le fallaban las piernas y se cayó de espaldas. Durante un segundo creyó que la emoción le había privado de sus fuerzas, pero luego comprendió que había caído dentro del apartamento de Tobías. La puerta se había abierto justo cuando se apoyaba en ella.

Su amigo le miraba desde arriba con una curiosidad teñida de incredulidad. La cosa gruñó de nuevo en el rellano y el chico levantó la cabeza, aterrorizado. Unos pasos pesados se acercaban. Matt rodó por la moqueta con todo el equipo y Tobías pudo echar los cerrojos.

—¡Esa cosa acaba de derribar la puerta de un apartamento! ¡Hay que largarse! —gritó Matt.

—Mis-padres-han-cambiado-la-puerta-después-del-robo-del-verano-pasado, esta-es-blindada, ¿crees-que-será-suficiente? —preguntó Tobías a toda velocidad, sin respirar siquiera.

Matt se levantó.

—Pronto lo sabremos.

Y, en efecto, la puerta empezó a temblar, sacudida por fuertes golpes.

—¿Qué es esa... esa... cosa? —preguntó Matt—. Parece uno de esos perros llenos de arrugas, esos que da la sensación de que tienen demasiada piel, un...

—Sharpei —completó Tobías desfigurado por el miedo.

—Eso, parece un hombre con una piel de sharpei que tuviera dermatitis. Estaba cubierto de pústulas...

Su amigo tenía la boca abierta; los ojos, fuera de las órbitas y las manos le temblaban.

—Tobías, ¿estás bien?

El interpelado asintió con la cabeza. Sin embargo, Matt comprendió que se encontraba en estado de choque.

—¿Has visto el exterior? —preguntó Tobías.

—Sí, vengo de allí.

—¿Es... es el fin del mundo?

Matt tragó saliva. ¿Qué podía responder? ¿Qué sabía él de lo que había pasado? Dudó. Su amigo no se encontraba bien. En cualquier caso, estaba peor que él. Debía dar ejemplo.

—No, no, porque todavía nos encontramos aquí. Si fuera el fin del mundo, ¿crees que estaríamos hablando los dos?

Tobías asintió sin convicción. Luego levantó el brazo y señaló la puerta que daba a la cocina:

—Hay un... mutante como el del rellano ahí detrás. Cuando me he despertado esta mañana, estaba allí. He conseguido cerrar la puerta antes de que saliera.

Ahora fue Matt quien puso unos ojos como platos.

—¿Qué? ¿Quieres decir que son dos?

—El de la cocina es menos agresivo, aunque ha intentado lanzarme un cuchillo. Creo que son... torpes.

La tensión subió un grado, Tobías articulaba despacio.

—Escucha, Matt, tengo un mal presentimiento. Mira, cuando lo he visto aquí, esta mañana, con la cabeza metida en el frigorífico, atiborrándose de comida, me ha... me ha dado la impresión de que era mi padre.

Las lágrimas empañaron sus ojos.

Matt lo miró, sin decir una palabra.

—Tenía los mismos hábitos —precisó Tobías, sin contener las lágrimas—. ¡Era... era un hombre-sharpei negro, con la ropa de mi padre! ¿Te das cuenta....?

Entonces Matt hizo lo que nunca hubiera creído posible en otras circunstancias: abrazó a su amigo y le dio unas palmadas afectuosas en la espalda.

—Como diría mi abuelo: vamos, llora un buen rato, luego te encontrarás mejor, es como cuando te tiras un pedo.

Una risa loca, incontrolable, sacudió a Tobías.

—Por otra parte, no sé si podemos creer a un «cateto republicano» —añadió Matt mientras soltaba a su amigo.

Tobías se rió a carcajadas antes de confesar:

—No sé lo que es un «cateto republicano».

—Para ser sinceros, yo tampoco.

Y los muchachos se rieron de nuevo. Era una risa que les sentaba bien y mal. Tenían los nervios a punto de estallar.

—Debemos encontrar un medio de salir de aquí —comentó Matt cuando se tranquilizaron—. No podemos esperar a que el… mutante, como tú dices, salga. Estaríamos acorralados entre éste y el otro.

—¿Y dónde quieres ir?

—Si tú y yo estamos aún vivos, quizá Newton también haya superado la noche.

—¿Y después?

—No tengo ni idea, Tobías, lo veremos cuando llegue el momento, cada cosa a su tiempo. Ahora habría que salir de aquí. ¿Se puede acceder a la escalera de incendios, en el exterior del edificio?

—No, es por el cuarto de la basura, que está en el rellano. Tendríamos que pasar por delante del mutante —un destello brilló en los ojos del muchacho—. ¡Espera! Por la ventana del baño podemos saltar a la pasarela.

De repente, Matt se dio cuenta de que no había ninguna ventana rota.

—¿No han caído relámpagos en tu casa?

—¿Esta noche? ¡Un montón! Bueno, no en el apartamento, pero han caído en toda la ciudad y en el edificio, que sonaba por los cuatro costados. Hubo un momento en que se produjo un enorme resplandor y perdí el conocimiento. Me he despertado hace poco. Nada funciona, ni el teléfono ni los aparatos eléctricos.

Matt hizo una señal para indicar que lo comprendía y que prefería hablar de otra cosa, sobre todo al ver que los ojos de su amigo se llenaban otra vez de lágrimas.

—¿Tienes ropa de abrigo? —preguntó cuando reparó en el pijama de Tobías.

—Sí, ya voy... Espérame aquí —dijo el muchacho mientras se secaba las lágrimas.

—Coge una linterna, si tienes.

Matt iba a decirle que hiciera acopio de provisiones, pero cambió de opinión cuando se acordó de lo que se escondía en la cocina. «¡Dice que puede ser su padre! Entonces unas personas habrían desaparecido y otras se habrían... metamorfoseado en hombres-sharpei-con-dermatitis, en mutantes.» Se preguntó si las viviendas que no habían sido atacadas por los relámpagos estarían llenas de mutantes, y si en las otras se habrían volatilizado sus moradores. Pensó otra vez en sus padres y el nudo doloroso apareció de nuevo en su garganta. ¿Qué les había pasado? Tuvo que tragar saliva varias veces para contener los sollozos que estaban a punto de estallar.

Matt esperó cinco minutos, durante los cuales oyó al mutante del pasillo golpear la pared y gruñir. ¡Entonces dedujo que el monstruo chocaba con las cosas! «¡Este individuo no ve en la oscuridad!»

Su amigo volvió metido en una trenca y cubierto con un impermeable verde. Matt quiso objetar que era demasiada ropa, pero prefirió callarse. Tobías debía hacer las cosas a su manera.

—Aquí dentro llevo mi material de *scout* —reveló mientras daba unas palmadas en la mochila.

—Perfecto, vamos.

Actuaron según el plan previsto y todo se desarrolló de la mejor manera, para tranquilidad de Matt. El muchacho temía que tuvieran que pasar la noche vigilando la puerta de la cocina.

En la calle, con la nieve por encima de las rodillas, los chicos se dirigieron a la casa de Newton. Después de una hora de esfuerzos, habían recorrido las tres cuartas partes del camino y estaban jadeantes y sudando.

Tobías fue el primero en descubrirlo.

—¡Allí! —gritó—. ¡Hay otras personas!

—No grites, si son mutantes, prefiero que no nos encuentren.

Matt no consiguió identificarlos. Tobías sacó unos prismáticos flamantes de la mochila y analizó la situación. No podía creer que estuvieran vagando por Nueva York, rodeados de un silencio absoluto y de toda esa nieve, sin haber visto a ningún ser vivo... hasta ese instante.

—¡Así que...! —exclamó Tobías—. Son unos niños. Espera, hay dos, no, tres adolescentes con ellos. Son al menos diez.

—¿No hay adultos?

—No veo ninguno.

Entonces, Matt se puso a gritar con todas sus fuerzas en dirección a ellos.

—Parece que no te oyen —observó Tobías sin quitarse los prismáticos.

—Normal, están demasiado lejos y el viento sopla hacia nosotros.

—¿Intentamos unirmos a ellos?

—Imposible. Nos llevan demasiada ventaja y, con toda esta nieve, nunca podremos alcanzarlos. Sigamos con nuestro plan —concluyó Matt con cierto pesar en la voz.

Tobías guardó los prismáticos y recuperó el ritmo de la marcha al tiempo que echaba breves vistazos a las formas que desaparecían por la esquina de una calle lejana.

—¿De verdad crees que no queda ningún adulto? —preguntó Tobías al cabo de un rato.

—No tengo ni idea. Prefiero no pensarlo.

Los muchachos llegaron a casa de Newton y subieron con precaución. Recorrieron la planta entera sin encontrar nada. Todas las ventanas estaban rotas. Sobre su cama deshecha, había una camiseta y unos calzoncillos abandonados.

—A lo mejor se ha escondido en algún sitio —aventuró Tobías.

—No lo creo —replicó Matt con voz sombría mientras contemplaba la ropa sobre la cama.

Esos extraños relámpagos habían desintegrado a su amigo, al igual que a las demás personas.

—¿Y ahora qué hacemos?

Matt se encogió de hombros.

—Creo que debemos salir y buscar a otras personas, cuanto más numerosos seamos, mejor. Quizá si reunimos un buen número de testimonios, conseguiremos entender lo que ha pasado.

—¿Crees que hay gente que ha escapado de esas... cosas?

—Sí, el grupo que hemos visto antes es la prueba. Tú y yo, también.

De repente, Matt se dio cuenta de que no había comido nada desde el día anterior y que empezaba a sentir hambre, y añadió:

—Debe de ser cerca del mediodía, vamos a comer algo.

—No estoy seguro de poder tragar...

—Haz un esfuerzo —le cortó Matt—. Con lo que desgasta caminar por la nieve, necesitas toda tu energía.

Se hicieron unos sándwiches con lo que encontraron en el frigorífico: jamón y queso. Después Matt se tomó el tiempo de untar el pan de molde con mantequilla de cacahuete.

—Al menos, esto nos llenará el estómago.

Luego bajaron a la calle.

—¿En qué dirección? —preguntó Tobías.

—No estamos lejos del East River, vamos a echar un vistazo. Allí podremos ver la otra orilla del río y comprobar si los barrios de Queens y Brooklyn están afectados.

Tobías asintió vivamente. La idea de que, en el resto de la ciudad, todo pudiera ser como antes le gustaba.

Avanzaron con gran dificultad, levantando mucho las piernas en cada paso.

Al cabo de un momento, Tobías comentó:

—¿Has visto? ¿Parece que ha desaparecido todo lo que rueda?

Matt se golpeó la frente con el guante. Eso era lo que le inquietaba sin que consiguiera ponerle palabras. ¡Las calles estaban completamente vacías!

—¡Ni siquiera me había dado cuenta! ¿Dónde habrán ido los coches?

—¿Y si los relámpagos no solo desintegraran a las personas?

Matt asintió. «Sí, esa era la única explicación. Los seres vivos y los coches —se dijo sin llegar a creérselo—. Esta historia es una completa locura. Debo de estar durmiendo, pronto despertaré y todo será normal.» Enseguida, la voz de la razón le hizo conectar con la realidad: «No, no, no. Todo esto es real. ¿Has tenido alguna vez tanto frío cuando dormías? Además, los sueños nunca duran tanto tiempo y hace varias horas que… ¡todo esto es real!»

A medida que se acercaban al río, el viento era más fuerte y les cortaba las mejillas con su lengua glacial. El East River apareció entre dos edificios: una banda ancha de agua oscura. En la orilla opuesta, el barrio de Queens parecía tan tranquilo como el suyo.

—No tiene pinta de haber más animación allí enfrente —observó Tobías sin ocultar su decepción.

Matt se limitó a escrutar las lejanas fachadas, a cientos de metros de distancia.

—¿Puedes pasarme los gemelos? —reclamó de repente.

Tobías lo complació y él orientó los prismáticos hacia un pequeño parque, al otro lado del río. Había visto bien: tres individuos se escondían detrás de un árbol, en cuclillas. Examinando los alrededores, Matt no tardó en localizar la causa de su temor: un mutante, inclinado hacia delante, caminaba despacio, como si buscara a alguien. Era imposible avisarlos, estaban demasiado lejos.

—¿Qué pasa? —se impacientó Tobías.

—Veo a tres personas. Espera…, se han levantado. Son adolescentes, no, también hay un niño menor de diez años. Han echado a correr, con un mutante pisándoles los talones.

Tobías se incorporó.

—¿Los va a coger?

Matt esperó unos segundos antes de responder:

—No…, ellos son rápidos, pero él, no —devolvió los gemelos a su amigo—. Bueno, al menos ya sabemos algo del resto de la ciudad: que todo está igual.

—¿Crees que se ha transformado el mundo entero?

Para evitar que a Tobías se le saltaran las lágrimas una vez más —y porque no estaba muy seguro de que él mismo pudiera contenerse—, Matt se mostró tan optimista como le era posible:

—Por el momento, no sabemos nada. Quizá todo Estados Unidos, quizá no. Aunque todo el país haya desaparecido, no sabemos qué ha sido de América del Sur y tampoco de Europa. Antes o después, llegará el auxilio.

Tobías clavó sus ojos en Matt, con los labios fruncidos, dudando si debía creer o no a su amigo. De repente, su mirada se desvió y fue a posarse a lo lejos, sobre el inmenso puente que unía Manhattan con Queens. Cogió los prismáticos a toda prisa para examinarlo. Se quedó boquiabierto.

—Oh, no, no es verdad —fueron sus primeras palabras.

6

Un castillo en la ciudad

Aunque la cara de Tobías estaba pálida desde que comenzó el cataclismo, esta vez Matt vio cómo se tornaba gredosa.

—¿Qué? —preguntó angustiado.

—¡El... el... el puente... está infestado de mutantes! —farfulló Tobías sin soltar los gemelos—. ¡Hay al menos... cien! ¡Pero... están locos! ¡Se pelean entre ellos..., es un tumulto!

—De acuerdo, al menos ya lo sabemos: no hay que acercarse al puente —intentó relativizar Matt.

—¿Y si el resto de los puentes están así? Manhattan es una isla, ¿no? ¿Nos vamos a quedar atrapados aquí hasta que acaben por encontrarnos?

Matt alzó las manos para indicarle que se calmara.

—Tobías, debes controlarte, es importante. Si nos vence el pánico, no saldremos de esta. ¿Vale?

El chico guardó los prismáticos y asintió.

—Tienes razón. Me controlo. Me controlo.

Matt no estaba muy seguro de que su amigo aguantara mucho tiempo repitiéndose estas palabras, pero si la cosa funcionaba durante unas horas, eso era mejor que nada. El tiempo de encontrar un refugio y a otros supervivientes, esperaba él. «La unión hace la fuerza, ¿no? Debemos agruparnos, lo más posible.»

—¿Sabes qué? —propuso Matt—. Vamos a volver al centro de la ciudad y buscaremos un sitio donde escondernos. Con un poco de suerte, por el camino nos encontraremos con gente...

Se interrumpió al ver una mueca en el rostro de Tobías.

—¿Qué sucede?

—Ves cómo me controlo, ¿eh? —articuló el muchacho, crispado de pies a cabeza.

Tobías empezaba a asustarlo. Matt captó su mirada, la siguió y se dio la vuelta.

A lo lejos, hacia el norte, todo el horizonte estaba oscuro. No como si estuviera cubierto de nubes, sino como un muro de tinieblas que avanzaba hacia ellos.

—¡Mierda! —murmuró Matt.

Multitud de relámpagos serpenteaban en la oscuridad y, al contrario de las tormentas habituales, no desaparecían al cabo de uno o dos segundos, sino que seguían brillando mientras se desplazaban por el suelo.

—¡Parece…, parece que rastrean las calles! —constató Matt.

—Y vienen hacia aquí.

El muro aún estaba lejos y no avanzaba deprisa. Matt calculó que quizá disponían de una hora antes de que estuviera encima de ellos.

—¡Tengo una idea! —exclamó Tobías—. ¡Vayamos al banco donde trabaja mi padre! Hay una enorme caja fuerte en el sótano. Apuesto a que, con todo lo que ha pasado y sin electricidad, no hay alarma ni nada. No deberíamos tener ningún problema para refugiarnos allí. Esos malditos relámpagos no podrán descender a tanta profundidad y atravesar la puerta.

—¡No sueñes! Nunca podremos entrar, ¡la caja fuerte estará cerrada!

—No, precisamente, mi padre me contó que estaban de obras y no había dinero ni nada. ¡La puerta se encuentra completamente abierta!

Matt no estaba muy convencido, pero el rugido que llegó hasta ellos le recordó la urgencia de la situación.

—Vale —cedió—. No hay que perder tiempo, vamos a toda velocidad.

—Si queremos tomar el camino más rápido, hay que cruzar Central Park.

Matt se crispó. Atravesar el inmenso parque que encerraba una franja de espesa vegetación en medio de la ciudad no le entusiasmaba en absoluto. En pleno día, el lugar podía ser a veces inquietante, con sus senderos laberínticos, su lago de aguas grises y sus rocas afiladas. Y ahora que todo era posible, ¡no se atrevía ni a imaginar lo que se podían encontrar!

—No remolonearemos —dijo—, el parque es tan salvaje…

Los muchachos intercambiaron una mirada cómplice y se pusieron en marcha enseguida. El banco se encontraba a varios kilómetros de allí, había que darse prisa.

Por el camino, Tobías preguntó:

—¿Tú crees que nuestros padres…?

—Toby, prefiero no hablar de ello. Ahora no.

—De acuerdo, lo comprendo.

Su aliento acompasado se convertía en bocanadas de vaho que se evaporaban y se aceleraban a medida que caminaban más rápido. Llegaron a la Quinta Avenida, que bordeaba Central Park. Matt se quedó estupefacto al no descubrir ningún vehículo en este eje que atravesaba la ciudad de parte a parte. Sólo un pasadizo de acero y cristal con su muletón de nieve, y nadie a la vista.

«¿Dónde habrán ido a parar todos los coches? ¿Qué clase de tormenta puede desintegrar a la gente, volatilizar los vehículos y dejar el resto?», se preguntó Matt.

Mirando más de cerca, el chico se dio cuenta de que eso no era del todo cierto: unas formas humanas se desplazaban a lo lejos, en dirección al sur. Los gemelos lo confirmaron: un grupo de personas avanzaban despacio hacia ellos, a varios kilómetros de distancia.

—La cosa mejora —ironizó Matt—. Son los mutantes. Aún están a bastante distancia, pero no debemos quedarnos aquí porque nos encontraremos acorralados entre ellos y la tormenta.

El lindero del extenso bosque estaba cuajado de sombras temblorosas. Matt sabía que aunque lo atravesaran por el lado más estrecho, debían cubrir un kilómetro, lo que consideraba demasiada longitud para un lugar tan poco acogedor.

Cuando intentaron cruzar la avenida, se sintieron arrastrados por un potente viento que les pegó la ropa al cuerpo. A pesar de todo, consiguieron pasar al otro lado, escalaron una pequeña tapia y saltaron al parque. Enseguida el bramido del viento amainó. En el parque, la nieve había sido en gran parte retenida por el follaje de los árboles y no les llegaba más arriba de la pantorrilla, lo que fue un alivio para las doloridas piernas de los muchachos.

—Propongo que recorramos la avenida en dirección sur para rodear el lago. Luego giramos para no encontrarnos con los mutantes y, hacia el centro del parque, debemos salir cerca del banco. ¿Te parece bien? —sugirió Matt.

Tobías confiaba totalmente en su compañero. Tenía la sensación de que su propia mente no distinguía la realidad con la agudeza de siempre. ¿Era eso el «estado de choque»? ¿O simplemente el cansancio?

Para gran alivio de Matt, no vieron nada alarmante en las profundidades de Central Park. Por el contrario, lo más inquietante procedía del norte y tenía forma de montaña de tinta que cubría todo el cielo y se acercaba con sus relámpagos que rastreaban las calles.

—¡Hay que acelerar el paso! —ordenó.

No sabía si el viento se había calmado o si se encontraban al abrigo de la vegetación; en cualquier caso, apreciaba ese respiro. Caminar contra las ráfagas glaciales les había agotado, sin hablar del silbido que aún zumbaba en sus tímpanos.

De repente, el bosque se iluminó con un resplandor azul y fugaz.

—¡Oh, no! —gimió Tobías—. ¡Los relámpagos! ¡Ya están aquí!

—Más rápido, Toby, más rápido.

Zigzaguearon sorteando los troncos marrones. La luz empezaba a declinar, aunque no serían más de las tres de la tarde. El muro negro planeaba sobre ellos. Desde que habían dejado el camino, Matt les guiaba. El muchacho confiaba en su sentido de la orientación y esperaba no equivocarse. Se movían por un auténtico bosque: era difícil creer que se encontraran en el centro de Nueva York y que, aparte de algunas rocas o algunos árboles especialmente altos, no había ningún punto de referencia.

El trueno restalló detrás de ellos. «Ya está, ya tenemos encima la maldita tormenta —pensó Matt inquieto—. ¡Nunca llegaremos al banco a tiempo!» Desde el principio, sabía que no era un buen plan. «Necesitamos una solución de repliegue.»

En ese momento, se encontraban en un lugar poblado de matorrales y ramas bajas, que no constituía el escondite ideal para soportar una tormenta como aquella. Un resplandor azul abrió el cielo detrás de Matt. Un nuevo trueno. El aire se cargaba de electricidad, el joven sentía cómo se erizaban los pelos de la nuca. La tormenta estaba muy cerca, en cuestión de minutos la tendrían encima. Una brisa hizo que la capucha de Tobías golpeara contra sus hombros. Luego tomó fuerza y, de repente, se convirtió en un viento feroz que estuvo a punto de tirarlos al suelo. La nieve se levantó y formó remolinos alrededor de ellos, los árboles crujían y las ramas se agitaban de un modo tan violento que eran una auténtica amenaza.

Agarrados a los abrigos, los muchachos se dieron la mano y aceleraron el paso, con la frente baja.

Se abrieron paso a través de un cañaveral de juncos altos y apareció un pequeño lago. Enfrente, erigido sobre una roca roja, se encontraba un castillo como los que salían en las películas de fantasía. Un quiosco construido sobre columnas de piedra marcaba la entrada; a continuación, había un patio y, luego, el edificio principal, flanqueado por un torreón que sostenía a su vez una alta torre.

—¡El castillo de Belvedere! —gritó Tobías—. ¡Podríamos refugiarnos ahí, creo que nunca llegaremos al banco!

—¡Es exactamente lo que yo pensaba! —gritó Matt a su vez, por encima del ruido del viento.

Tres relámpagos consecutivos partieron el cielo. Había anochecido. La nieve revoloteaba y los copos blancos se estrellaban contra los dos muchachos.

Los chicos rodearon el estanque hechos un ovillo para ofrecer menos resistencia a la tormenta que intentaba barrerlos. Entonces, Matt divisó una jauría de perros que corrían con los dientes al descubierto, huyendo de la tormenta. Empujó a su amigo para que caminara más deprisa. Tobías subió los escalones y pasó primero bajo el quiosco del castillo. El viento con su aullido se metió en el edificio. Un trueno formidable hizo temblar los muros. Matt, jadeante, cerró la puerta tras él.

Vieron el cielo oscurecerse a través de las ventanas y, en cuestión de un segundo, la capa de tinieblas cubrió la ciudad.

Matt oyó la respiración entrecortada de su amigo y luego reconoció el sonido de rebuscar en la mochila. Tobías encendió la linterna que acababa de sacar de sus cosas.

—No... No logro creerlo —jadeó mientras iluminaba el espacio delante de él—. Lo hemos conseguido.

La borrasca sacudió la puerta, los dos adolescentes se sobresaltaron.

—¿Y ahora qué hacemos? —preguntó Tobías.

Matt se quitó la bolsa colgada en bandolera que le martirizaba el hombro y la cadera, desabrochó las correas de la espada y, con gran alivio, liberó su espalda de este peso. El arma sonó al tocar el suelo.

—No tenemos elección, creo. Hay que esperar a que se aleje —comentó.

Pero el muchacho estaba en tensión y con el oído al acecho.

Se inclinó para recoger la espada, que sacó del tahalí, y la levantó. Sus músculos se contrajeron, después de todos los esfuerzos que acababan de realizar, no podría mantenerla así durante mucho tiempo.

—Nada nos garantiza que estemos solos aquí —susurró con dificultad en medio del estrépito de la tormenta—. Estaba abierto.

Tobías se sobresaltó como si hubiera recibido una pedrada en la cabeza.

—¡No digas eso, no quiero salir!

Matt exploró la gran sala donde se encontraban, Tobías iba a su lado para iluminar con la linterna. Las paredes eran de piedra. Los muebles, de color verde claro o naranja oscuro, exponían instrumentos de observación: catalejos, microscopios y guías de la fauna que se podía ver en Central Park. En la planta de arriba, examinaron unos quince pájaros disecados; luego subieron por la escalera de caracol hasta la cima de la torre. Una puerta daba a una terraza, pero se limitaron a volver a bajar sin inspeccionarla: no tenían la menor intención de dejar pasar el frío y la nieve. Más tranquilo, Matt dejó su preciosa arma sobre un aparador y se apostó junto a una ventana con forma de ojiva.

—Veo los relámpagos que rastrean, no están lejos de aquí —dijo.

Se dio cuenta de que su voz temblaba un poco. Inspiró profundamente para intentar calmarse. «De todas maneras, no sirve de nada asustarse.» Por ahora, había que entrar en calor, tenían los pantalones empapados.

Tobías había sacado tres velas de la mochila. Las encendió y las repartió por la habitación.

—Las he cogido antes de salir, reflejo de *scout*. ¡Ves, los *scouts* no están tan mal!

—Nunca he pensado lo contrario —respondió Matt en voz baja, sin mirarlo—. Era algo entre Newton y yo, para hacerte rabiar.

—Ah.

Tobías parecía ofendido con la idea de que sus amigos se hubieran aliado para meterse con él.

—¿Crees que está...? Quiero decir: ¿piensas que Newton se ha convertido en uno de esos mutantes?

Matt seguía observando la progresión de la tormenta.

—No, no lo creo. Tengo la impresión de que los mutantes son adultos. Son altos y bastante fornidos. La noche pasada, unas personas se han volatizado y otras se han transformado en esas criaturas repugnantes. Parece que los únicos supervivientes son... niños o adolescentes.

Tobías se inclinó para mirar la llama de una vela. El fuego le calentó la nariz.

—¿Crees que el mundo se va a quedar así? —murmuró con una voz temblorosa a su vez—. ¿Qué nunca volveremos a ver a nuestros padres ni a nuestros compañeros?

Matt no respondió, sentía un nudo en la garganta. Ante su silencio, Tobías se calló y los dos chicos se quedaron inmóviles, con las piernas húmedas, mientras la tormenta azotaba Manhattan y cubría la isla con su manto oscuro. Solo los relámpagos iluminaban las inmensas fachadas sin vida de los edificios. Matt tuvo la sensación de estar en el corazón de una ciudad fantasma. En un cementerio arquitectónico. Los relámpagos surgían del suelo; se paseaban para rastrear las calles y el interior de algunos inmuebles, como por azar; luego desaparecían y se volvían a formar más lejos.

—Se acercan —advirtió Matt después de dos horas de guardia—. Esta especie de gran nube negra ha llegado antes que ellos. Me pregunto qué podrá ser.

—¡Me importa un bledo! Lo único que me interesa saber es por qué ha desaparecido todo el mundo. Y dónde está la gente.

Dos relámpagos se materializaron en el bosque de Central Park, pero Matt no consiguió distinguirlos con claridad.

—Voy a subir, desde arriba los veré mejor —comentó.

El muchacho ascendió a lo alto de la torre y se instaló junto a la ventana redonda, al lado de la puerta que conducía a la terraza. Desde allí, vio uno de los dos relámpagos que avanzaba y, poco a poco, se acercaba a ellos. Su extremo se dividía en cinco pequeñas ramificaciones de rayos.

—Son auténticas manos —musitó.

Matt sintió como si le taladraran el estómago cuando vio la luz intermitente del relámpago que se dirigía hacia ellos. Estaban indefensos, esconderse en un armario no serviría de nada, esas cosas se deslizaban por el suelo y se colaban en todas partes. La larga mano azul no dejaba de temblar y perdía intensidad a intervalos. Su velocidad aminoró y Matt no podía creer lo que veían sus ojos cuando el relámpago se retorció sobre sí mismo y desapareció dejando una pequeña estela de humo. En la lejanía del parque, el otro relámpago experimentó la misma transformación. Entonces se dio cuenta de que un tercero intentaba entrar en el bosque, pero sufría la misma suerte. «¡Parece que no soportan el bosque!», se dijo en tono triunfal. De repente, un movimiento más discreto atrajo su atención a los pies del castillo: un grupo de monos corrían y saltaban en un árbol. Matt bajó los escalones a toda prisa para reunirse con Tobías.

—La buena noticia: me parece que los relámpagos tienen dificultades para avanzar entre la vegetación. La mala: unos babuinos han acampado delante de la puerta.

—¿Unos babuinos? —repitió Tobías, incrédulo.

—Te lo juro, no lo he soñado, monos en pleno invierno, en Nueva York.

Tobías chasqueó los dedos.

—¡Claro! ¡Vienen del zoo de Central Park!

—¿Ah? ¿Y hay animales peligrosos en el zoo? Porque parece que se han escapado.

—Los babuinos no son monos muy simpáticos. Pueden atacarnos si nos descubren, lo he visto en un reportaje de la tele. Pero existe un peligro y no pequeño: en este zoo hay osos polares. ¡Si tienen hambre, estamos listos!

Matt suspiró. Era lo que les faltaba.

—¿Qué hacemos entonces? —preguntó Tobías.

—Esperaremos a que pase la tormenta —propuso Matt—. ¿Tienes una idea mejor?

Su amigo movió la cabeza.

—Pasaremos la noche aquí y mañana veremos —aprobó el muchacho.

Acto seguido, se levantó y arrimó un escritorio a la puerta de entrada.

—Ya está… —jadeó después del esfuerzo—. Esto contendrá a los indeseables el tiempo de organizarnos, en caso de que…

Mientras en el exterior se desataba la furia de los elementos, los dos amigos tomaron los sándwiches de mantequilla de cacahuete, sin saber con certeza si había anochecido más allá de la nube pegajosa que planeaba sobre sus cabezas. Los relámpagos continuaban recorriendo las avenidas, escalando y asaltando los edificios, y dejando al salir un humo blanco que no auguraba nada bueno. Al cabo de un momento, Matt sintió que el frío le calaba hasta los huesos y abrió todos los armarios para buscar ropa seca. Encontró unas mantas viejas, con las que se arroparon después de quitarse los pantalones, que pusieron a secar delante de las velas. Aunque este calor les pareció poca cosa, era mejor que nada.

Tobías se durmió el primero, hecho un ovillo con las mantas, debajo de la mesa. Matt prefirió quedarse cerca de la ventana. Consideraba una suerte que su amigo estuviera con él. Solo, se habría vuelto loco. Con Tobías, resultaba diferente. Él era como su hermano. Su amistad se remontaba a la escuela primaria. Un día, Matt vio a este chico enclenque llorando. La madre de una de sus compañeras le había prohibido a su hija que jugara con él porque era negro. Matt descubrió al mismo tiempo el racismo y a su mejor amigo. Lo consoló y, a partir de entonces, se hicieron inseparables.

A continuación, los rostros de sus padres se dibujaron en su pensamiento. De forma simultánea, las lágrimas inundaron sus ojos. ¿Qué les había pasado? ¿Estaban muertos? Y, por primera vez desde que había ocurrido el drama, Matt se sintió sacudido por violentos sollozos hasta el agotamiento.

El joven se mantuvo de guardia mucho tiempo, hasta que los párpados se le cerraron de golpe.

Se despertó aterido. Todas las velas se habían apagado. La pieza estaba tan oscura como el exterior. Se enrolló en la manta, le dolía la espalda de dormir sobre esa encimera de madera. Iba a darse la vuelta para conciliar de nuevo el sueño cuando vio un resplandor con el rabillo del ojo.

Levantó la cabeza y miró por la ventana.

Docenas de luces se paseaban por la noche en silencio.

7

Los zancudos

Las luces se movían por pares, como faros flotando a tres o cuatro metros del suelo. Matt pegó la frente al cristal para intentar comprender qué era aquello. Unas quince luces avanzaban por el bosque algo más deprisa que el paso de un hombre.

Matt se incorporó, empuñó la espada —prefería tenerla consigo— y subió a lo alto de la torre de observación.

Otros faros avanzaban del mismo modo por las avenidas que bordeaban el parque y por todas las calles que el muchacho podía divisar. Cincuenta pares fulgurantes, tal vez más. De repente, un cono de luz intensa barrió el patio del castillo y Matt distinguió una silueta de cuatro metros de altura que se acercaba. Iba vestida con un abrigo largo, coronado con una capucha de la que salían dos luces, como proyectores en la cima de un mirador ambulante, pensó Matt. Dos palos negros, zancos quizá, salían del abrigo a guisa de piernas. La forma, que Matt acababa de bautizar como «zancudo», avanzaba por la nieve sin producir el menor ruido.

«Busca algo. ¡O a alguien!» ¿Sería la continuación de los relámpagos? ¿Una criatura que persigue la última fuente de vida para volatilizarla?

El corazón del chico casi se le salió del pecho cuando, abajo, la voz de Tobías rasgó el silencio de la noche:

—¿Matt? ¿Matt? ¿Dónde estás?

El joven dejó el arma en la torre y saltó a la escalera, bajó a toda prisa, estuvo a punto de torcerse un tobillo, se agarró en el último momento a la barandilla y aterrizó delante de Tobías, en la sala principal.

—¡Cállate! —ordenó, autoritario—. Una especie de zancudos rondan fuera. ¡Uno está aquí al lado! ¡Muy cerca!

—¿Especie de qué?

—De seres inmensos, con faros en lugar de ojos.

La nieve crujió delante de la puerta de entrada.

—Ya llega —avisó Matt mientras buscaba un escondite—. Ven, ayúdame, hay que quitar el escritorio de delante de la puerta.

—¡Todo lo contrario! ¡No hay que dejarlo entrar!

—¡Créeme, un escritorio no se lo va a impedir! ¡En cambio, podría advertirle de una presencia en el interior! ¡Ayúdame, no hay tiempo para discutir!

Tobías puso cara de desesperación, pero ayudó a Matt. Entre los dos levantaron el escritorio en silencio y lo colocaron en su lugar.

Mientras, el zancudo llegó hasta la puerta. Iba a entrar de un momento a otro.

Matt abrió un armario que se encontraba debajo de la ventana y empujó a Tobías; luego se metió él y cerró. Estaban apretujados uno contra otro, hechos un ovillo.

—Tengo miedo —gimió Tobías.

Matt se llevó el índice a los labios, aunque el cuchitril estaba muy oscuro. Entonces, descubrió una minúscula ranura en la madera, suficiente para observar la estancia.

El portalón del castillo chirrió al abrirse y una luz blanca iluminó el vestíbulo. Tobías, aterrorizado, puso una mano sobre la muñeca de su amigo y apretó.

Matt pegó un ojo al agujero y vio un zancudo que se inclinaba para entrar en la habitación.

«No, no se inclina, son las piernas…, los zancos, ¡se recogen bajo el abrigo!»

En dos pasos, la criatura estuvo en el interior sin hacer ningún ruido. Con los zancos recogidos, «solo» medía unos tres metros. La capucha giraba, pero no se podía ver lo que ocultaba, a excepción de los dos potentes haces de luz que salían de ella. Eran los ojos...

El zancudo examinó la sala, paseó su mirada deslumbrante por el suelo, los muebles y las paredes. La capucha se giró en dirección a los muchachos y Matt tuvo que cerrar los párpados; el haz pasó por el aparador sin detenerse. El chico contenía la respiración y la mano de Tobías seguía agarrada a su muñeca. Entonces se dio cuenta de que, detrás de la ventana opuesta, otro zancudo caminaba a lo largo del muro. En este caso, los zancos se estaban alargando. «¡Para examinar la planta de arriba desde el exterior! ¡Están registrando todo el castillo!»

De repente, el zancudo que estaba en la sala emitió un silbido, casi un aullido. Acababa de posar sus faros sobre la bosla de Matt y se acercó a ella.

El abrigo se abrió y dejó al descubierto un brazo blanquecino de piel gruesa y una mano con unos dedos el triple de largos que la media humana. La mano palpó la mesa, como una araña inmunda, antes de tocar la bosa. Entonces el zancudo se puso a olfatear. Luego se incorporó y lanzó una sucesión de gritos similares a los de las ballenas: una alternancia de quejidos y chillidos agudos, tan fuertes que Matt apretó los dientes para no soltar un gemido. «¡Va a alborotar a todo el barrio!» Precisamente, eso era lo que el zancudo hacía: pedir refuerzos. «Estamos perdidos. Nos han descubierto, se acabó.» Y se había dejado la espada en lo alto de la torre, imposible ir a buscarla. La única opción era huir, con la esperanza de que el zancudo fuera más lento que ellos, algo bastante improbable. Pegado contra Tobías, Matt se dio cuenta de que estaban dentro de un armario, a cuatro patas, enrollados en unas mantas y sin pantalones. No tenían ninguna oportunidad de escapar.

Entró un segundo zancudo. Cesaron los gritos y, para sorpresa de Matt, empezaron a hablar. Tenían unas voces susurrantes, casi inaudibles. Emitían un sonido gutural.

—¡Sssssssch... él... está... aquí! Sssssssssch.

Al oír lo que el zancudo decía mientras levantaba su bolsa, Matt sintió un violento escalofrío.

—Sí... sssssssch. Aquí. Ssssssssch... no lejos. Sssssssch. Aún... en ciudad... ssssssssch —respondió el otro.

—Deprisa... ssssssssch. Encontrarlo. Sssssssch. Antes que el sur... ssssssssch.

—Sí... ssssssssch. Antes que el sur... Sssssssch... Él lo quiere. Ssssssssch.

El zancudo que tenía la bolsa entre sus horribles dedos la sacudió.

—¿Cogerla... ssssssssssch?

—Sí... sssssssssch. Para Él. Ssssssssch... Él querrá... ssssssssch... verla. Ssssssssch.

La mano se retrajo y metió la bolsa de Matt en el interior del gran abrigo. A continuación, los dos zancudos dieron media vuelta y salieron. Luego recuperaron su tamaño normal y se alejaron sin hacer ruido.

—¿Lo has oído? —acabó por soltar Matt en un susurro.

—Sí. ¿De qué hablaban? ¿De nuestras cosas?

—De mi bolsa.

—Oh, no es una buena señal. ¿Quién es ese él del que han hablado?

—¿Cómo quieres que lo sepa? ¡Obedecen a algo y, cuando los ves, se te quitan las ganas de conocer a su amo! Esto no me gusta. ¡Me... me buscaban a mí! —dijo en voz alta, agitado por la indignación—. ¡Por todos los diablos! ¡Quiero que esto acabe!

Matt abrió el armario ante la mirada asustada de Tobías y salió cuando se aseguró de que no había ningún zancudo en el patio.

Luego se tapó la boca con la mano y fue a sentarse en el banco. Tobías lo siguió con aire circunspecto.

—Quizá... —se atrevió tímidamente a decir—, quizá se han equivocado y buscan a otro.

Matt permaneció en silencio.

—¿Qué tenías en la bandolera? —preguntó Tobías—. ¿Qué se han llevado?

Matt pensaba a toda velocidad, pero no en lo que Tobías le preguntaba. Analizaba lo que acababa de oír y lo que convenía hacer.

Era urgente, lo sentía. Estas criaturas no tardarían en volver y, si ellos no actuaban deprisa, los descubrirían. Matt no tenía ni idea de lo que pasaba, ni por qué o por cuenta de quién lo buscaban los zancudos, pero tampoco tenía ganas de saberlo.

—Debemos largarnos —dijo al fin—. Ir al sur. Eso es lo que ellos temen: que llegue al sur antes de que me encuentren. No sé lo que hay allí, pero parece inquietarlos.

—¿Y si el mundo no hubiera cambiado en el sur?

—Coge tus cosas, nos vamos de la ciudad.

8

Carreras en plena noche

Los muchachos se pusieron los pantalones todavía húmedos. Matt recuperó su espada y se la ató a la espalda.

—¿Cómo vamos a salir de la ciudad? —preguntó Tobías—. Si todos los puentes están como el que hemos visto a mediodía, es misión imposible.

—No cruzaremos ningún puente. Bajaremos hacia el sur.

—Pero no se puede. ¡No hay ningún puente para salir de Manhattan por el sur!

—Te lo acabo de decir: no vamos a atravesar ningún puente. Iremos por un túnel. El túnel Lincoln, por debajo del río, nos llevará al otro lado de la ciudad.

—¿Y qué te hace pensar que no estará ocupado por los... los mutantes?

—No ven en la oscuridad. El que estaba en el rellano de tu casa se daba de bruces con todo. Incluso parecen tontos, no creo que vayan a meterse en un lugar oscuro. Porque la electricidad del túnel debe de estar cortada, como en todas partes.

Tobías suspiró.

—De todas maneras, no tenemos elección, ¿verdad?

Matt se acercó a la salida, se aseguró de que había vía libre y saltó a la nieve. Tobías lo siguió.

No tardaron en distinguir las luces blancas de los zancudos que patrullaban por las avenidas. Matt dobló hacia el bosque para evitar a estos rastreadores de mirada penetrante. Cuando una rama crujió de repente cerca de ellos, el joven pensó enseguida en los osos polares del zoo y se dispuso a correr con todas sus fuerzas. Pero, en lugar de eso, vieron a un hombre o, más bien, a un mutante, ya que tenía el rostro arrugado y la piel cubierta de enormes pústulas. Estaba sentado y golpeaba una lata de carne en conserva contra una piedra, sin haberse percatado de su presencia. Esta visión de un adulto deforme en medio de Central Park, incapaz de abrir una lata de conserva, provocó en Matt tanta pena como miedo.

El muchacho pensó en sacar su espada, pero prefirió limitar los movimientos para no alertar al mutante. Este último golpeó la lata con violencia y emitió un rugido de cólera al comprobar que no lograba abrirla. Matt y Tobías consiguieron alejarse sin que los descubriera.

Por fin alcanzaron los límites del parque. Matt se dio cuenta de que lamentaba salir del amparo de la vegetación que tanto temor le había causado durante el día. Había que cruzar la gran avenida Broadway para tomar otras calles más discretas, pero tres zancudos recorrían los alrededores.

—¡Vamos a darnos prisa sin hacer ruido! —advirtió Matt—. Si una de esas cosas nos ve, se pondrá a gritar como antes para alertar a sus compañeros y estaremos perdidos.

—Con toda esta nieve en medio de la calle, no podremos correr —observó Tobías—. Mira, ¿y si pasamos por allí? —señaló con el dedo la entrada del metro—. Bajamos, seguimos las vías y salimos cerca del túnel Lincoln —sugirió.

Matt iba a mostrarse de acuerdo cuando vieron un zancudo salir del metro.

—Mala idea… —rectificó Tobías.

—Mantenemos el plan inicial. ¿Estás listo? ¡En marcha!

Matt echó a correr inclinado hacia delante para no llamar la atención, seguido de cerca por Tobías. Tenían que levantar mucho las piernas, que se hundían hasta los muslos con cada paso. En el cruce siguiente, apareció un zancudo: sus ojos rastreaban el suelo delante de él. Matt aceleró la marcha. El zancudo dudó, pero al final enfiló en dirección hacia ellos. Los zancos dejaban una estela de profundos agujeros en la nieve. La criatura caminaba con más facilidad y velocidad que ellos. Sus ojos barrían la nieve dos metros por delante. Si levantaba la cabeza, o al menos la capucha que le servía de cabeza, los dos muchachos no se le escaparían. Matt echó un vistazo a su compañero, que lo seguía al mismo ritmo.

Por fin llegaron a la acera opuesta antes de que el zancudo se les echara encima. Tobías descubrió un entrante, se metió y tiró de Matt. El zancudo pasó por delante de ellos sin aminorar la marcha.

—¡Por poco! —suspiró Tobías cuando la criatura se hubo alejado.

A partir de entonces, todo se desarrolló mejor. Los muchachos encontraron su ritmo, avanzando de esquina en esquina y esperando a que los zancudos estuvieran lo más lejos posible para cruzar las calles. De este modo, bordearon veinte manzanas en una hora y por fin llegaron cerca de la entrada del túnel Lincoln, exhaustos por la marcha forzada a través de la nieve y la agotadora vigilancia en todo momento. Entre dos bloques de edificios, vieron que un zancudo localizaba dos mutantes que titubeaban y, después de haberlos examinado minuciosamente, el zancudo se marchó ante las miradas atónitas de los dos humanoides. Si no se podía hablar de alianza, al menos, existía una «neutralidad amistosa» entre las dos especies, observó Matt. *Neutralidad amistosa* era la expresión favorita de su profesor de historia del colegio. Recordarlo le entristecía profundamente. Todo lo que estaba relacionado con su vida cotidiana anterior a la tormenta le rompía el corazón. ¿Nunca recuperarían su pacífica existencia? ¿Habían perdido a sus padres, a sus amigos y el confort de una vida *normal* para siempre? Matt prefirió no pensar más en ello para evitar que se le formara de nuevo el nudo en la garganta y que no pudiera controlar sus emociones. No era el momento de derrumbarse.

Tobías lo agarró de la manga y señaló una gran tienda de deportes.

—¿No crees que deberíamos hacer una pausa para aprovisionarnos? Después de todo, el sur es muy grande y podemos tardar días en llegar. Estaría bien contar con el equipo adecuado.

—¡Excelente idea!

Como la puerta estaba cerrada, Matt sacó su espada, se aseguró de que no hubiera ningún zancudo en el horizonte y dio un fuerte golpe con la empuñadura en la luna del escaparate. El arma rebotó y el muchacho estuvo a punto de caerse al suelo. Movilizó de nuevo todas sus fuerzas, agarró el puño del arma con las dos manos y esta vez dejó caer la espada con todo el peso de su cuerpo. La luna se transformó en una gruesa tela de araña, el cristal se resquebrajó, un agujero marcaba el punto de impacto, pero resistía.

—¡Caramba! —se extrañó Tobías—. Nunca hubiera creído que fuera tan difícil.

A la tercera fue la vencida: el cristal cedió. Matt dio un paso hacia atrás y la luna se vino abajo. Por suerte, la nieve amortiguó la caída e impidió que el estrépito se oyera en toda la calle.

—Es temporada de rebajas —anunció Matt sin alegría.

Encendieron la linterna de Tobías —Matt había perdido la suya con la bolsa— y recorrieron los pasillos mientras examinaban los productos. Tobías se detuvo delante de las mochilas y eligió una grande con intención de sustituir la suya. La nueva tenía bolsillos por todas partes y era de mayor capacidad. Matt prefirió una pequeña, para que no obstaculizara sus movimientos al llevar la espada en la espalda y, con gran alegría, encontró una bolsa parecida a la suya. A continuación, pasaron a la sección de sacos de dormir y eligieron dos, último grito: según las instrucciones, no ocupaban sitio y ofrecían un calor sin igual.

—De todas maneras, si se trata de publicidad engañosa, no sé a quién vamos a reclamar —dijo Tobías, al que las compras le habían devuelto el aplomo.

Siempre había sido un chico práctico. Emprender una gran aventura no le inquietaba, a condición de disponer del material adecuado. En los lineales siguientes, el muchacho se apropió de linternas y pilas, bastones luminosos y comida liofilizada, un hornillo de gas con cartucho y menaje de mesa. Luego pasaron a la ropa. A continuación, llenaron las mochilas de accesorios diversos, para que no les faltara de nada y estaban a punto de marcharse cuando el mostrador de las armas de fuego llamó la atención de Tobías.

—Nunca me han gustado —confesó el chico—, pero creo que las circunstancias han cambiado. No me parecería mal un fusil de...

Se detuvo delante de los estantes e iluminó la capa de metal que los recubría.

—Vaya... Parece que las armas se han fundido...

—No todas —corrigió Matt al tiempo que señalaba otro pasillo.

Los arcos de competición se alineaban en los expositores.

—Te lo digo: todo lo que sucede desde ayer no es verdaderamente normal —comentó Tobías—. ¿Que el mundo cambia? Por qué no... ¿Que la gente se volatiliza y se transforma en mutantes? ¡Lo acepto! Pero que los vehículos desaparezcan y las armas se fundan es algo que no acabo de entender.

—Es la Tierra que se rebela contra el hombre, la polución y las guerras —aventuró Matt sin mucha convicción.

Tobías se volvió hacia él, muy serio.

—¿Lo crees?

Matt se encogió de hombros.

—No, bueno, no tengo ni idea. Venga, no nos dispersemos.

Tobías asintió vivamente y examinó los arcos. Eligió un modelo de tamaño medio y un carcaj con tapa, que llenó con una gran cantidad de flechas. Los dos chicos terminaron de aprovisionarse equipándose con sendos machetes de caza, que uno se colocó en el cinturón y el otro en el muslo.

Cinco minutos después, habían salido a la calle y caminaban hacia la entrada del túnel Lincoln.

Oyeron un ligero chapoteo que los intrigó. Matt aceleró el paso.

La entrada del túnel apareció ante ellos. El chico se quedó paralizado de repente.

Su huida no iba a ser fácil.

9

Viaje a través de las tinieblas

El túnel estaba inundado.

La calle bajaba hacia un gran agujero tenebroso, donde se movía un agua negra que cubría un tercio del subterráneo.

Contemplaron el acceso impracticable durante varios segundos, abatidos. Luego Tobías comentó:

—Con una barca, es posible. Hay al menos dos o tres metros de aire sobre el nivel del agua, más de lo que necesitamos.

Matt miró a su compañero. Por primera vez, se mostraba optimista.

—¿Y de dónde sacamos la barca?

—¡Te recuerdo que acabamos de saquear una tienda de deportes!

Matt asintió; luego añadió:

—Tendremos que remar durante mucho tiempo. ¡Bajo tierra y a oscuras! ¿Estás dispuesto?

Tobías se lo pensó antes de contestar:

—Entre eso y pasar otra noche en la ciudad, creo que prefiero remar.

—Entonces, vamos.

Volvían sobre sus pasos cuando Matt se detuvo a la altura de un soportal de piedra. Unos escalones subían hacia una puerta acristalada. El muchacho vio ropa de color azul marino y una joya que brilló débilmente bajo la luz de la linterna. Era el uniforme de un policía, con una insignia dorada. Matt se arrodilló. El día anterior, un hombre estaba ahí, un policía, y ahora solo quedaba de él esos jirones. El arma, colgada del cinturón, se había fundido, pero el abrigo seguía hinchado por el chaleco antibalas. Matt lo sacó y se lo puso debajo del jersey.

—¡Es Kevlar, mejor que una armadura! —exclamó entusiasmado.

Luego captó la mirada descompuesta de Tobías, que no se apartaba del montón de ropa. Matt puso una mano en el hombro de su amigo.

—Intenta no pensar en ello —le aconsejó—. Resulta difícil, pero es necesario. Si no, no saldremos de ésta.

Tobías soltó un profundo suspiro y reemprendieron la marcha. En la tienda de deportes, encontraron un bote inflable automático y tres remos. Matt insistió en que cogieran uno de más, por si acaso.

De nuevo ante la entrada del túnel, los jóvenes desataron las correas que sujetaban el bote y Tobías leyó brevemente las instrucciones antes de tirar de una goma para liberar la espita del cartucho de aire. La barca se desplegó y se hinchó sola. La operación apenas duró quince segundos.

—Como los botes salvavidas de los aviones —comentó Tobías.

A continuación, montaron las mochilas, subieron a bordo y, sin mirar atrás, se impulsaron con los remos para entrar en el túnel. A Matt se le encogió el corazón: dejaba la ciudad y su apartamento. A sus padres. ¿Qué habría sido de ellos? No tenía la menor certeza de si llegaría a saber algún día la verdad, de si los encontraría, ni siquiera de si saldría con vida. Lo que Tobías y él estaban viviendo en ese momento era una auténtica pesadilla. Por más que aconsejara a su amigo que no pensara, la desesperación y el miedo los acechaban, buscando el menor signo de desfallecimiento para apoderarse de ellos.

Tobías lo sacó de sus pensamientos cuando se movió de su sitio para coger una linterna y sujetarla con una cincha adhesiva ancha, de color gris, a la proa.

—¡Y pensar que estuve a punto de impedirte que cogieras esa cinta adhesiva! —admitió Matt.

Tobías apretó el botón y la lámpara les iluminó el camino. Luego volvió a su puesto y cogió los remos.

Los chicos calcularon que el agua tendría una profundidad de dos metros y medio. Caían unas gotas del techo de la bóveda que luego se convirtieron en auténticos chorros, lo que causó bastante inquietud a los dos adolescentes.

Después de media hora de esfuerzos, se encontraban bajo el río Hudson, vigilando las filtraciones de agua cada vez más numerosas. ¿El túnel amenazaba con derrumbarse? Sin necesidad de ponerse de acuerdo, los dos muchachos empezaron a remar con más fuerza, a pesar de tener los brazos anquilosados y los hombros doloridos.

De repente, Matt vio unas burbujas explotar en la superficie. Al principio, eran minúsculas y no prestó atención, pero después adquirieron el tamaño de una pizza y ya no pudo ignorarlas.

—¿Has visto eso? —preguntó en voz baja.

—Sí, parece que nos siguen.

—Están debajo de nosotros y no nos dejan ni un metro.

—Y yo no puedo seguir remando a esta velocidad, me duele todo.

Los problemas nunca vienen solos: la linterna-faro empezó a mostrar signos de debilidad. Tobías soltó su remo para darle unos golpecitos, pero la luz vaciló cada vez más hasta que se apagó. El muchacho apretó el botón de encendido varias veces, en vano.

—Houston, tenemos un problema —dijo Tobías sin reírse, con un miedo que se filtraba en la voz.

Matt cogió su linterna y accionó el interruptor. Nada.

Ahora numerosas burbujas explotaban en la superficie produciendo un gorgoteo. Matt buscó a tientas en su bolsa y encontró un bastón luminoso. Lo rompió y una luz verde iluminó la pequeña embarcación que, a la deriva, se dirigía hacia una pared húmeda.

Tobías suspiró de alivio y fijó la luz a la proa.

—Creía que nos íbamos a convertir en malditos topos —soltó.

Matt se inclinó para seguir las emisiones de burbujas que parecían formar un círculo alrededor de ellos.

—Estamos rodeados.

De repente, algo levantó el fondo de la embarcación, volcó las bolsas y desapareció con la misma rapidez. Los jóvenes se aferraron a los remos. Luego se miraron iluminados por la luz espectral y, sin decir una palabra, se pusieron a remar a toda velocidad. El túnel parecía infinito, mientras sus hombros y sus brazos se esforzaban al máximo. El agua chapoteaba por todos lados, sin que Matt pudiera distinguir los remolinos que provocaban ellos de los de la *cosa*, fuera lo que fuese. Matt se imaginaba un gusano enorme sin saber por qué, sentía que era exactamente eso. Una especie de cruce entre anguila y lombriz, de varios metros de largo, que daba vueltas alrededor de ellos como un depredador hambriento en torno a su presa.

Luego hubo un cambio en las tinieblas, a lo lejos, y se vislumbró una pálida claridad a bastante distancia.

—¡La... salida! —jadeó Tobías.

Los jóvenes sudaban, sin aliento; sus músculos ardían.

El gusano-anguila les golpeó de nuevo, esta vez con más fuerza, y empujó el bote hacia uno de los muros, con el que chocaron. Tobías se cayó de espaldas, por suerte, en el interior de la barca.

—¡Rápido! —gritó Matt al tiempo que le tendía el remo que acababa de recoger—. ¡Esa cosa se ha vuelto agresiva!

Redoblaron esfuerzos, las caras crispadas y las articulaciones blancas de tanto apretar el mango de los remos... La salida estaba cada vez más cerca. Alrededor de ellos, el agua borboteaba, el gusano-anguila levantó en dos ocasiones el fondo de la barca, como para tantearlo. Matt tenía miedo de que mordiera el bote. Lo sentía venir con una boca llena de dientes acerados que iba a cerrarse sobre sus pies y a devorarlos en medio de esa agua negra.

El final del túnel se perfiló: una ligera pendiente en curva, donde se estrellaban pequeñas olas.

Veinte metros más.

De repente, la barca recibió un nuevo impacto, un golpe brutal que estuvo a punto de tirar a Matt por la borda. Luego el gusano-anguila pasó por debajo y dio otro golpe. Uno de los lados se levantó en el aire, ellos se agarraron al bote, a punto de hundirse. Durante un segundo, estuvieron en un equilibrio precario; después Matt soltó el remo y rodó hacia el otro lado para hacer de contrapeso con su cuerpo. El fondo de la barca cayó restallando contra el agua y Matt se encontró con los brazos en cruz y la cara a diez centímetros de los inquietantes remolinos. A continuación, sintió una piel viscosa deslizarse bajo sus dedos y se estremeció. El gusano-anguila también se agitó al sentir el contacto del muchacho y Matt adivinó que se volvía. «¡Para enseñarme los dientes! ¡Va a morder!» Contrajo los abdominales y saltó hacia atrás en el momento en que una masa fría rozaba sus manos.

Tobías remaba desesperadamente.

Estaban a punto de conseguirlo.

Curiosamente, el agua estaba cada vez más tranquila. Ya no había burbujas ni estelas amenazantes alrededor de ellos. El gusano-anguila se había marchado.

Atracaron en la orilla de asfalto. Tobías saltó a tierra jadeante. Tendió la mano a su compañero para levantarlo y los dos recuperaron las mochilas a toda prisa con intención de alejarse lo más rápido posible de allí.

Subieron por la doble vía alumbrados con la luz del bastón fluorescente. Mientras estaban bajo tierra, había amanecido. Sin embargo, no veían el sol, tan solo una densa bruma que lo cubría todo. Aunque eso no impidió que los dos muchachos percibieran el cambio radical que había sufrido el entorno. Matt conocía la salida del túnel Lincoln: antes había enormes cruces de autopistas, gigantescas pancartas publicitarias y algunos edificios, pero nada de vegetación. Ahora oían un rumor continuo, como el del viento en un follaje frondoso.

Apenas salieron del túnel, bajo sus suelas crujieron las raíces y las hojas que cubrían la carretera. Diez pasos más allá, el asfalto había desaparecido, sepultado por una alfombra de hiedra y lianas.

—Aquí también ha pasado algo. Algo diferente —comentó Matt en un tono lúgubre—. No reconozco nada.

10

De Caribdis en Escila

La luz verde del tubo no era lo bastante potente como para atravesar esa sustancia y los dos muchachos no veían nada más allá de dos metros. No obstante, se dieron cuenta de que todo lo que les rodeaba estaba cubierto de ramas, lianas, helechos y una hiedra enorme, como si llevara creciendo veinte años.

—Pellízcame —le pidió Matt a su amigo—. Parece que la vegetación ha invadido el mundo en dos noches.

—¡Ni siquiera hay nieve! —dijo Tobías inclinándose sobre el parapeto de la carretera para otear los alrededores.

—Cada vez mejor. ¿Funciona tu linterna?

Tobías intentó encenderla, sin éxito.

—No, en realidad, no funciona ninguna —informó después de haber probado con varias—. ¿Qué hacemos ahora? Esperaba encontrar a otras personas...

—Seguimos con nuestro plan: ir hacia el sur.

—¿Atravesando eso? —objetó Tobías al tiempo que señalaba la bruma que los rodeaba.

—Sí. No me voy a quedar aquí, esperando a que los zancudos nos encuentren. En el sur hay algo que les da miedo, quiero saber qué es.

—¿Eres consciente de que el sur del que hablan puede ser Florida? ¡Vamos a caminar miles de kilómetros!

Matt se ajustó la mochila, la bolsa y la espada, colocada entre los omoplatos en bandolera; luego echó a andar y dijo:

—Es posible. En cualquier caso, yo voy.

Tobías murmuró oscuras protestas, pero cogió su gran mochila y corrió para alcanzar a su compañero.

—¿Te has dado cuenta de que no funciona ningún aparato eléctrico? —preguntó—. No tenemos reloj ni linterna ni nada. Esta noche, cuando oscurezca, no podremos continuar.

—Nos quedan varios tubos luminosos y tú eres *scout*, ¿no? ¿Sabes hacer fuego? Podemos hacer la comida y calentarnos.

—Da igual, es peligroso. ¡Después de ver lo que ha ocurrido en Nueva York y lo que ha pasado aquí, no me atrevo a imaginar lo que nos espera!

—Tobías...

—¿Qué?

—Imagina menos y camina más.

El chico hizo una mueca, pero recibió el mensaje y se calló.

Los jóvenes avanzaban a través de la niebla con su resplandor verde. Caminaron durante una hora antes de que la carretera llegara a las afueras de una ciudad. Por lo que podían distinguir, las calles estaban vacías, no había ninguna silueta en el horizonte y no se oía ningún ruido. Luego aparecieron las tiendas: peluquería, licorería, correos... Al pasar delante de una iglesia, Tobías propuso:

—Podríamos encender una vela, por si acaso...

—¿Por si acaso qué?

—Bueno, ya sabes..., Dios y todo eso.

—¿Tú eres creyente?

Tobías se encogió de hombros.

—Mis padres lo son.

—Me extrañaría mucho que eso fuera suficiente. Además, francamente, ¿has visto el estado de la ciudad? ¿Crees de verdad que Dios existe cuando ves el mundo?

—No es Él necesariamente quien decide sobre el mal, podemos ser nosotros. Él es un espectador y nos deja hacer...

—En ese caso, no merece la pena pedirle ayuda. Estará tan perdido como nosotros.

Acto seguido, Matt cambió de dirección sin avisar y enfiló hacia la iglesia.

—Creía que no servía de nada —se extrañó Tobías, que no acababa de comprender a su amigo.

Matt entró en el edificio, tan desierto como el resto de la ciudad, y se apoderó de un gran paquete de velas, que guardó en la mochila.

—Al menos, si quieres encender una vela, que sirva para guiar de verdad nuestros pasos —comentó antes de salir.

El centro de la ciudad no presentaba ningún signo de vida. Los jóvenes se sentaron en los escalones del ayuntamiento para beber de las cantimploras y aliviar las espaldas de su peso.

—¿Te has dado cuenta de que no se oyen los pájaros? ¡Ni siquiera en pleno día! —señaló Tobías.

Matt se incorporó y asintió.

—Es verdad. Ni trinos ni ruido de alas.

Se preguntó por ese extraño silencio. ¿Tan hábiles habían sido los relámpagos, o es que había otra explicación? El chico se sentía inquieto, esta bruma lo agobiaba. Además, les privaba de visibilidad, de manera que se veían obligados a decidir el camino en función de los metros siguientes, sin perspectiva, y se sentía terriblemente vulnerable con ese tubo luminoso que brillaba en esa nube sin fin. Examinó los alrededores. Ni siquiera podía ver hasta dónde llegaba la vegetación que los rodeaba.

De repente, Tobías agarró con fuerza el brazo de su compañero.

—¡Ay! ¿Qué te pasa? —protestó Matt por el dolor.

El chico estaba boquiabierto, con el dedo índice tendido hacia la calle, justo delante de ellos.

Alto como un gato y tan largo como un autobús, un ciempiés negro salía de la bruma y avanzaba moviendo las patas como una ola; sus finas antenas tanteaban el camino.

Matt se llevó una mano a la espalda para asir el puño de la espada. Parecía que el insecto gigante no los había visto, ya que continuó deslizándose sin producir el menor ruido y desapareció tan deprisa como había llegado.

—Quiero... quiero que todo esto acabe —murmuró Tobías, agotado.

Matt soltó el arma y se levantó.

—No te rindas —le instó en tono afable—. Debemos resistir. Venga, vamos, es mejor que no nos quedemos aquí.

—¿Y adónde vamos? —gritó Tobías.

Su amigo percibió el pánico en su voz.

—Al sur, tal vez encontremos algo que nos ayude.

—¿Cómo puedes saberlo, eh?

—Ya te lo he dicho —contestó Matt encogiéndose de hombros—. Si los zancudos tienen miedo de que me haya marchado allí, será por alguna razón. Siento que debemos ir.

—Tu maldito instinto, ¿no?

Matt miró los ojos enrojecidos de su amigo.

—Sí —dijo—. Tenemos que ir al sur, estoy convencido. ¿Te acuerdas de cuando nos perdimos en los Catskills? Yo encontré el refugio del grupo. ¿Y la vez en que jugábamos en el parque cerca de Richmond Tower? ¡Sentí que no debíamos ir y esos tres enormes cretinos nos atacaron! Cada vez que siento algo, funciona. Confía en mí. Tenemos que partir para el sur.

Tobías se levantó con dificultad.

—Espero que no te equivoques —murmuró mientras se ajustaba la mochila y el arco.

Reemprendieron la marcha, tomaron la calle principal y la siguieron hasta las afueras. Allí, Tobías se separó de su compañero para coger una botella de leche que había en el porche de una casita de madera. Feliz con su botín, se olvidó por un momento de la bruma asfixiante.

—¡Es raro ver botellas de vidrio! Ya no se suministra la leche cada mañana.

—Porque tú eres un chico de ciudad —ironizó Matt sin alegría.

Más que nada, la presencia de la leche delante de la casa le recordaba la desaparición de todos los habitantes de la región, quizá, de todo el país.

Después de una hora de caminata, la carretera doblaba hacia el este, cosa que no gustó nada a Matt, aunque no se atrevió a abandonarla. No se distinguían los arcenes, más allá de las sombras de una vegetación densa y baja. No había ningún árbol, ninguna planta alta, solo alfombras interminables de hiedra y lianas, y mares de helechos. Cruzaron una vía férrea que la vegetación había más o menos respetado y que conducía en la dirección correcta. Sin embargo, Matt no la siguió. La carretera tenía un aspecto tranquilizador, servía de arteria que unía los órganos de lo que había sido una civilización: las ciudades. El muchacho quería atravesarlas; fuera de ellas, había menos seguridad y menos escondites.

Un kilómetro más lejos, cuando las señales indicaban la proximidad de una población, los muchachos aminoraron la marcha al oír estertores y rugidos en la bruma, justo delante de ellos. El tubo luminoso que les servía de linterna comenzaba a apagarse y Matt aprovechó para lanzarlo a lo lejos, a los campos salvajes que bordeaban el camino.

Alguien emitió una salva de gruñidos a menos de cien metros de la carretera. Enseguida siguió otra, mucho más cerca. Luego otras en la lejanía, y así sucesivamente. Matt contó nueve. Sonaron unos pasos pesados.

—¿Piensas lo mismo que yo? —preguntó Tobías.

—¿Mutantes?

—¡Eso parece! Los mismos gritos desagradables. Podemos evitarlos si atravesamos los helechos.

Matt hizo una mueca. No tenía ganas de meterse en esa extraña vegetación.

—¿Tienes otra idea? —susurró Tobías—. ¡Es el momento de decirla porque la cosa se acerca!

—La vía del tren.

—¿Qué? ¿Tenemos que retroceder?

—Conduce hacia el sur. Por aquí, no sabemos a dónde vamos y esto está plagado de mutantes.

—Creo que estaremos más seguros en las ciudades que en el campo.

—Es lo mismo que pensaba yo, pero... parece que los mutantes son... los adultos que no han desaparecido. Por tanto, habrá más en las ciudades y los pueblos.

Los ruidos de pasos se oían más cerca.

Tobías volvió la cabeza en dirección a lo que se les venía encima y capituló ante la urgencia:

—Vale, demos media vuelta. Rápido.

Salieron corriendo. Matt esperó a que hubiera al menos unos trescientos metros entre ellos y los gruñidos para romper otro bastón luminoso, que propagó una luz verde a su alrededor. Los jóvenes encontraron la vía del tren y caminaron entre los raíles con el miedo en el estómago.

—¿Cómo puedes estar seguro de que va hacia el sur? —preguntó Tobías después de un largo silencio.

Matt sacó un pequeño objeto del bolsillo del abrigo, abrió la mano y apareció una brújula.

—La he cogido en la tienda de deportes.

—¡Aunque los aparatos eléctricos no funcionen, el magnetismo terrestre siempre está operativo!

—Eso espero —admitió Matt sombrío.

Los jóvenes pisaban las traviesas, una tras otra, al tiempo que observaban la presencia de lianas enrolladas en los raíles. No tardaron en caer hipnotizados por la cadencia de sus pasos, perfectamente sincronizados. Consiguieron relajarse, pero entonces sintieron cansancio y hambre. Aún no era mediodía cuando se sentaron en los raíles para hacer una pausa. Bebieron casi toda la botella de leche y comieron barritas energéticas, sin decir una palabra. La bruma no se había disipado, apenas dejaba pasar un leve halo blanco del sol. Una luz crepuscular.

De vez en cuando, algunos árboles proyectaban una sombra imponente. Por un momento, las dudas se apoderaron de Matt. ¿Y si caminaban hacia ningún sitio?, ¿hacia un destino sin fin? ¿Y si no había nada en el sur? Enseguida el joven entrecerró los párpados y ahuyentó estos malos pensamientos. Ignoraba lo que era, pero algo en el sur inquietaba a los zancudos. También era seguro que lo buscaban por orden de su... amo, ese famoso «Él». Matt estaba convencido de que debía alejarse sin perder tiempo de Nueva York.

Reemprendieron la marcha sin demora. La falta de sueño, las preocupaciones y la digestión formaban un cóctel soporífero que volvía su paso vacilante. Cuando fue evidente que no podían más, Matt levantó el brazo y propuso hacer un alto. Sacaron los sacos de dormir, e instaló el suyo sobre las traviesas.

—¿Vas a dormir ahí? —se extrañó Tobías.

—Sí, ¿de qué tienes miedo? De los trenes, desde luego que no.

—Yo no podría. Prefiero las raíces.

A pesar de la tensión y la incomodidad, los muchachos se durmieron enseguida.

Fue un sueño sin sueños. Un sueño frío.

Mientras descansaban, una sombra pasó por encima de ellos, entre la capa de bruma y el sol. Una sombra silenciosa que revoloteó un minuto sobre ellos, como si pudiera sentirlos, aunque los dos muchachos permanecieran invisibles, prisioneros de su sarcófago vaporoso. Al final, la sombra recuperó altitud y se diluyó en el horizonte.

11

Escaleras en las nubes

Cuando recuperó la conciencia, Tobías se alarmó de no ver nada, antes de darse cuenta de que el tubo luminoso se había apagado. Habían dormido mucho más tiempo de lo previsto. Había anochecido y la bruma seguía siendo igual de compacta.

Pensó despertar a Matt, al que distinguía a un metro de distancia, cuando sintió que algo le sujetaba los pies. Un escalofrío glacial le recorrió el cuerpo.

En unas horas, había crecido una liana y se había enrollado alrededor de sus piernas. Tobías se soltó con rapidez y sacudió a su compañero.

—Matt..., Matt..., se ha hecho de noche.

El muchacho abrió los ojos y luego se incorporó.

—No sé qué hora puede ser, pero es noche cerrada —dijo Tobías—. Y el tubo se apagó. Hay que romper otro.

Matt asintió, tras lo cual se despertó del todo. Abrió la bolsa de tela y contó seis tubos.

—Yo debo tener otros seis —añadió Tobías—. Para aguantar una semana. ¿Qué hacemos? ¿Nos ponemos en marcha?

Matt se tomó un momento para pensar antes de responder.

—No perdamos tiempo, estamos despiertos, más vale marcharnos. Pero antes me gustaría comer algo consistente.

Tobías sacó las raciones de comida liofilizada y colocaron el hornillo de gas sobre una traviesa de la vía férrea. El aparato emitió una llama danzante que tiñó sus caras de una luz azul. No tardó en desprenderse de la cacerola un suave aroma, la sopa de pollo con fideos empezaba a tomar consistencia ante sus ojos. Cuando la comida estuvo lista, Matt se alegró de cortar el silbido del hornillo: se sentía terriblemente vulnerable al lado de esa luz que imaginaba visible desde lejos, a pesar de la sustancia que los envolvía.

Comieron de buena gana y luego limpiaron los utensilios.

—Se va a acabar el agua —observó Tobías—. A este ritmo, tendremos que pasar mañana por una ciudad.

—Encontraremos una sin problemas. Venga, vamos.

Encendieron un nuevo tubo para guiar sus pasos y reemprendieron la marcha. De vez en cuando, oían un rumor en los matorrales o entre los árboles, pero no conseguían distinguir ninguna forma.

Matt abría la marcha, avanzando entre los raíles. Después de unas tres horas de caminata —no tenían ningún medio de saber la hora exacta—, hicieron una pausa para beber agua y darse un masaje en los pies. Luego continuaron devorando kilómetros.

Más tarde, Matt percibió un cambio en la luminosidad: pronto amanecería. Otro día más. Caminaban de un modo mecánico, poniendo un pie delante de otro, por puro reflejo, después de una noche entera de balanceo agotador. Matt ya no prestaba atención a los ruidos ambientales, solo avanzaba con los hombros doloridos a causa de las correas de las bolsas.

De repente, se dio cuenta de que un muro bajo bordeaba el talud sobre el que se encontraban. Se volvió hacia Tobías.

—Creo que nos acercamos a algo.

El chico, acunado también por la cadencia de sus pasos, abrió mucho los ojos, como si se despertara.

—¿Sí? Empiezo a estar cansado.

—Sigamos un poco, a lo mejor encontramos un sitio seco donde pararnos.

El muro se elevaba y Matt se acercó y se asomó, pero no divisó nada más que bruma. Ni vegetación ni construcciones, solo el viento soplando más abajo.

Entonces cogió una piedra del balastro y la lanzó al vacío. La piedra cayó y desapareció en el vaporoso capullo que los envolvía sin producir ningún sonido.

—¡Guau! —gritó Matt—. ¡Creo que estamos en un puente!

De inmediato, Tobías comprobó el espacio entre los dos parapetos: era estrecho. Si venía un tren, no tendrían donde meterse. «No hay ninguna razón para que circule un tren, ya no...», pensó, sin saber si esto debía consolarlo o deprimirlo. Tiró de la manga de Matt.

—Venga, no perdamos tiempo —dijo acelerando el paso.

Tenía prisa por cruzar el puente. Pero, unos cincuenta metros más adelante, la vía no parecía asentarse sobre tierra firme. El viento soplaba más fuerte, a buena distancia bajo sus pies, mientras que a su altura no corría la menor brisa.

—Este lugar es extraño, no me gusta —dijo Tobías.

De repente, un chasquido seco sonó por encima de sus cabezas, como un trozo de tela agitado por el viento. Matt dio un paso hacia un lado y tropezó con la grava, Tobías se puso en cuclillas y se protegió la cara. El chasquido sonó otra vez, más alto, más lejos.

—Era... un pájaro enorme —murmuró Tobías.

Matt se incorporó con el corazón desbocado.

—Nos ha rozado, lo he sentido en la nuca. Ha pasado muy cerca.

Sin añadir una palabra, reemprendieron la marcha a paso ligero, escrutando la masa impenetrable que los envolvía, con la seguridad de que si esa criatura caía de nuevo sobre ellos, no la verían hasta el último momento. Pero ya no hubo vuelo de pájaros ni ruido de alas gigantescas.

En cambio, aparecieron dos luces blancas detrás de ellos, a la entrada del puente. Dos faros potentes, uno al lado de otro, que se acercaban a toda velocidad.

—¡Por todos los diablos! —gritó Tobías—. ¡Ves... ves cómo puede haber trenes!

Matt movió la cabeza, lívido.

—No es un tren, es un zancudo. Y creo que nos ha descubierto.

Su sospecha se confirmó cuando los gritos de ballena sonaron a su espalda. Quejidos y chillidos estridentes rasgaron la bruma algodonosa.

—¡Corre! —gritó Matt—. ¡Corre!

Bajó la cabeza y tiró de su amigo.

De inmediato, empezaron a rodar las piedras detrás de ellos: el zancudo se había lanzado en su persecución.

¿Tenían alguna oportunidad de despistar a un zancudo? Matt lo dudaba. ¿Debía guardar su energía para un eventual enfrentamiento o presentar batalla y blandir su espada? Sus piernas devoraban los metros como si descartaran esta última posibilidad. El muchacho oía los zancos del monstruo hundirse en la grava con la regularidad de una máquina. La longitud de sus patas bastaba para proporcionarle ventaja. No tardaría mucho en alcanzarlos. Matt estaba sin aliento, su equipo le dificultaba considerablemente los movimientos. Estuvo a punto de deshacerse de él, de tirarlo todo, hasta el arma, para escapar.

De repente, una forma de contornos geométricos se perfiló delante de ellos. Unas aristas sobresalían en la bruma. Una rampa, un tejado…, un andén. Una estación se erigía sobre el puente. Tobías y Matt llegaron jadeando y subieron al andén sucio y abandonado. Grandes manchas de óxido cubrían los muros, surcados a su vez por anchas grietas que se abrían como los cortes del pan antes de la cocción. Los tubos de neón estaban llenos de barro y había telarañas en todos los rincones.

Los dos muchachos corrían por el andén cuando el zancudo pisaba el peldaño de hormigón. Una escalera mostraba una salida y Matt se agarró a la barandilla para saltar, seguido de Tobías. La estructura metálica se prolongaba por debajo de la estación. Entonces, se encontraron ante una encrucijada: en un lado, una línea recta que pasaba bajo el puente; en el otro, una escalera de bajada, tan estrecha como empinada. Matt optó por la segunda vía. Más que bajar los peldaños, el joven saltaba, con Tobías pegado a los talones. De repente, la escalera formaba un rellano antes de girar en el otro sentido, dibujando zetas gigantescas. La estructura, suspendida de cables y vigas con remaches, se parecía a la Torre Eiffel. Matt y Tobías se detuvieron, sin aliento. Ya no se oía al zancudo. Matt se atrevió a mirar por encima de sus cabezas. Su perseguidor estaba parado ante la entrada de la escalera. Incluso con los zancos recogidos, era demasiado grande para pasar. Matt vio que dudaba y se inclinaba hacia delante para intentar deslizarse por el hueco de la escalera. No se encontraba cómodo, sus largos dedos lechosos se agarraban a las paredes de rejilla. Matt, cuyos pulmones ardían, observó cómo el zancudo retrocedía con intención de marcharse, levantaba la cabeza y lanzaba sus agudos chillidos para pedir ayuda.

Tobías, agotado, se dobló por la mitad y apoyó las manos en las rodillas.

—¡Creo… que… tengo asma… otra vez!

—¡Nunca has… tenido… asma!

—Mis pulmones… silban… a veces.

—Para —le cortó Matt—. Más vale seguir por aquí…, por donde esa cosa… no puede seguirnos.

Continuaron descendiendo más despacio mientras se preguntaban hasta dónde bajarían. La bruma se aclaraba y flotaba cada vez más. El viento hizo su aparición y les acarició el pelo. Unos diez metros más abajo, silbaba con más intensidad y les azotó las mejillas. Allí, la bruma había desaparecido, sustituida por un torbellino de nubes que se deshacía poco a poco, dejando entrever las copas de un bosque situado abajo. ¿Desde qué altura habrían descendido? ¿Cien metros? Quizás el doble, calculó Matt antes de pisar los últimos escalones, entre unos pinos altos. Los dos muchachos se dejaron caer sobre el musgo, con las piernas paralizadas por el esfuerzo.

En cuanto recuperaron el aliento, se dieron cuenta de que el lugar estaba iluminado. Unos champiñones tan altos como una rueda de camión irradiaban una luz blanca.

—¡Qué pasada! —se rió Tobías—. ¡Parecen farolas! ¡Mira! ¡Hay por todas partes! Vamos a ahorrarnos los tubos.

Matt ya estaba recorriendo los alrededores: había un sendero que atravesaba el bosque de un lado a otro. Volvió a toda prisa hacia Tobías.

—¡Vamos por el buen camino! —gritó.

—¿Cómo puedes saberlo?

Matt se limitó a empujar a su amigo hasta un viejo cobertizo escondido bajo helechos y zarzas, en el cruce entre un sendero y el camino que venía de las escaleras. Allí, apoyada contra el tronco de un árbol, una gran tabla brillaba bajo la luz tenue de los champiñones. Cuando miró bien, Tobías se dio cuenta de que no brillaba la plancha, sino la pintura.

La habían utilizado para escribir un mensaje.

12

Encuentro nocturno

«No vayáis al norte. Los adultos han desaparecido. Unos monstruos los reemplazan. Somos nueve. Vamos al sur. Hay que seguir a los escarabajos.»

Tobías recobró un poco de esperanza.

—Tenías razón, el sur es el futuro —reconoció—. Pero ¿qué es esa historia de los escarabajos?

Matt hizo una mueca.

—No tengo ni idea. Vamos, no sé cuánto tiempo permanecerán bloqueados los zancudos, pero no quiero estar aquí cuando bajen.

El alba alzó tímidamente su suave franja de luz sobre el horizonte, aunque la fronda era tan espesa que, de no ser por los champiñones luminosos, parecería totalmente de noche.

—¿Crees que si corto un trozo seguirá dándonos luz? —preguntó Tobías mientras caminaba.

—No tienes más que probar.

El muchacho sacó su machete y cortó con cuidado una larga lonja de carne blanca.

—¡Funciona! —gritó—. ¡No necesitamos los tubos!

El chico se guardó con delicadeza su trofeo en el bolsillo, sin que la luz perdiera intensidad. Después continuaron por el sendero durante varios kilómetros, mientras salía el sol. Cuando se hizo totalmente de día, el resplandor de los champiñones se atenuó, hasta extinguirse.

Caminaron durante toda la jornada por un bosque denso, sin más descansos que para comer y relajar sus miembros doloridos. Al final de la tarde, no se encontraban en estado de continuar. Salieron del sendero y se instalaron al abrigo de la vegetación. Matt se sentó en un tronco, se quitó los zapatos y los calcetines y descubrió cinco enormes ampollas.

—¿Te has fijado en que la nieve ha desaparecido a este lado del túnel? —preguntó Tobías.

—Y el clima es más suave, no hace nada de frío —susurró Matt mientras hacía una mueca al localizar una sexta ampolla.

Tobías se inclinó sobre los pies de su amigo y puso mala cara.

—¡Estoy seguro de que tengo tantas como tú! ¡No quiero verlas! Los pies me duelen un montón.

A continuación, el chico preparó el hornillo de gas y cenaron en silencio, demasiado cansados para conversar. Cuando les entró sueño, Tobías propuso que establecieran un turno de guardia.

—No resistiremos, los párpados se nos cierran solos, necesitamos dormir todo lo que podamos. No creo que hacer guardia sirva de mucho.

Tobías acabó por quitarse los zapatos para airear los pies y se dio un masaje en los tobillos.

—¿Crees que vamos a caminar mucho tiempo así? —preguntó en un tono grave.

Matt percibió en su voz, más que inquietud, resignación y un repentino abatimiento. ¿Podía censurarle por ello? ¿Podía pasarles algo peor? Marchaban solos, sin saber lo que buscaban, sin promesa de respiro, apenas guiados por una intuición.

«¡Pero siento que debemos ir al sur!», intentó tranquilizarse Matt. «Los zancudos temían que yo estuviera allí. En el sur, hay algo que nos ayudará. Los otros supervivientes lo saben», se repitió recordando las palabras escritas sobre la tabla: «Hay que seguir a los escarabajos».

—No lo sé —respondió por fin—. Caminaremos el tiempo que haga falta. Es mejor no darle más vueltas, la incertidumbre produce angustia y eso es lo que no necesitamos.

Tobías se rió.

—¡Hablas como un profe!

Matt frunció el ceño antes de reconocer que su amigo tenía razón. Desde el inicio de su aventura, él se había comportado como un líder, hasta en la actitud: autoridad y fuerza aparente —pues no era más que una ilusión—. Tobías había mostrado signos de debilidad que él había tenido que compensar. Matt había tirado de su amigo y ya no había vuelto a ser el adolescente aterrado que era en realidad. «¡Todo es mentira! ¡Estoy muerto de miedo! ¡Tengo ganas de llorar como un crío!» Al mismo tiempo, adivinaba que eso llegaría, pero no ahora. Debía ser fuerte. Debía encontrar el camino hacia el sur, hacia la esperanza.

A pesar de todo, una pregunta lo atormentaba hasta el punto de hacer vacilar su determinación. ¿Por qué él? ¿Por qué los zancudos lo perseguían a él en particular? ¿Por qué no a Tobías? ¿Y quién era ese «Él» por cuenta del cual lo buscaban?

«Me conviene hacerme menos preguntas y dormir más», se dijo para ahuyentar las dudas. En el fondo, presentía que antes o después volvería a oír hablar de ese «Él», los zancudos no iban a olvidarlo. «A menos que lleguemos al sur antes de que nos encuentren...» La confusión enturbió sus ideas, todo se mezcló en su cerebro, necesitaba escapar de la realidad por un tiempo, dormir. Y eso hicieron, después de haberse asegurado de que estaban bien ocultos entre los helechos.

En un entorno tan bello, los dos muchachos soñaron. Con un mundo normal. Con las clases, los profesores que detestaban, los que adoraban. Las comidas en familia...

Matt abrió los ojos.

No estaba en su casa ni en la seguridad de su cama.

Aún era de noche, una noche opaca, más oscura si cabe debido a las copas de los árboles. Hacía frío, la humedad se había metido dentro del saco, le dolía la espalda y tenía agujetas por todo el cuerpo. Esta aventura tenía un sabor amargo, en comparación con las que había soñado en sus juegos de rol.

Alrededor de ellos, se oía el zumbido de los insectos. Dos búhos intercambian impresiones enfatizadas con sibilinos uh-uh. En esta región, no había champiñones luminosos, para gran pesar del adolescente. De repente, sonó un grito agudo en la noche, como Matt nunca había escuchado antes. El grito ascendió y flotó varios segundos en el aire antes de extinguirse. Parecía un quejido que se tornaba en la risa obscena y entrecortada de una hiena. Una hiena enorme y degenerada.

Tobías se incorporó de un salto.

—¿Qué es eso…, qué es eso? —farfulló.

—Lo que me ha despertado, creo.

Matt había cogido su espada, aunque no la había sacado de su tahalí.

Un árbol empezó a crujir, muy cerca. Luego algo sacudió la vegetación con violencia.

—¡Allí! —gritó Tobías mientras señalaba una pesada rama que aún temblaba—. ¡Madre mía! ¡Esa cosa debe de ser enorme!

Se lanzó sobre su arco y buscó las flechas a tientas. Luego ajustó una y se levantó para escrutar los alrededores.

Matt dejó escapar un gemido y se acercó despacio para murmurar:

—¡Ya lo veo! Está ahí arriba… En cuclillas, donde el tronco se separa en dos.

Tobías levantó los ojos y se puso tenso. Una forma extraña, tan alta como un hombre, acechaba. Matt insistió:

—¿Lo has localizado?

—Ssssí… Sí. Teng… Tengo miedo, Matt.

Éste permaneció impasible. Él también estaba aterrorizado. Distinguía unas largas garras en lugar de las manos y los pies. De repente, la criatura se inclinó para ver mejor a los dos muchachos.

Un escalofrío sacudió a Matt.

La cabeza del monstruo parecía un cráneo recubierto de una piel blanca, sin carne; la mandíbula prominente replegaba los labios sobre unos dientes acerados y anormalmente largos. Una inmensa boca llena de colmillos que no dejaba de producir una espesa baba. Sus ojos brillaban, atentos.

Una abominación hecha para cortar, para arrancar. Un depredador.

De repente, Matt supo que iba a saltar sobre ellos.

Entonces, tiró del puño de su pesada espada y la hoja apareció ante él. Sus dos manos se unieron bajo el pomo, imperturbable, mientras se preguntaba si aguantaría durante mucho tiempo. Matt luchaba para no derrumbarse y gritar de miedo.

Con el rabillo del ojo, distinguió la punta de una flecha. Tobías acababa de apuntar a la bestia. El triángulo de metal temblaba tanto que Matt dudó que pudiera alcanzar el objetivo, aunque permaneciera inmóvil.

De pronto, la criatura volvió la cabeza y aspiró aire. Parecía vacilar, miró una vez más a los dos chicos, olfateó de nuevo en dirección al sendero y soltó un grito de rabia dirigido a sus presas.

Antes de que Tobías pudiera disparar la flecha, el monstruo había desaparecido, saltando de árbol en árbol para fundirse con la noche.

Tobías suspiró y se dejó caer sobre su saco de dormir.

—Algo se acerca por el sendero —susurró Matt—. Algo que ha provocado la huida de ese... bicho.

En el momento en que pronunciaba esas palabras, una forma animal se dibujó entre las sombras del camino. Los muchachos regresaron rápidamente al abrigo de los helechos.

—¿Has visto de qué se trataba? —preguntó Tobías.

—No, era grande, con pelos, parecía una pantera o un oso, pero ha pasado demasiado deprisa.

El paso pesado de la bestia aplastaba el ramaje; luego se hizo más lento. Los jóvenes oyeron entonces ligeros silbidos: el animal olfateaba el suelo.

—Nos huele —insinuó Matt sin ver nada.

Tobías asintió, invadido nuevamente por una angustia sorda. ¿Qué clase de monstruo podía ahuyentar a un depredador como el que los había descubierto antes?

Entonces la bestia se abrió paso entre la maleza y caminó hacia ellos.

Matt se incorporó con la espada hacia delante, dispuesto a golpear, a pesar del terror que le privaba de todas sus fuerzas. Tobías hizo lo mismo y tensó su arco con la energía del desesperado.

Apareció un perro enorme.

Con el morro flotando y la mirada tierna, parecía un cruce entre un san bernardo y un terranova. Tobías sintió que la cuerda del arco resbalaba entre sus dedos húmedos.

—¿Qué hacemos? —balbuceó.

El perro, que se mostró sorprendido por el recibimiento, abrió la boca y sacó su gran lengua rosa. Jadeaba como si estuviera contento. Parecía un gran oso de peluche.

—Guarda el arco —aconsejó Matt—. No es malo.

Cuando bajaron las defensas, el animal se acercó y se frotó contra Matt, a quien gratificó con un lametón satisfecho.

—¿Qué haces aquí? Este no es lugar para perros.

—¿Tiene collar?

—No, nada de nada.

—Es curioso, hasta ahora los únicos perros que he visto se habían vuelto salvajes.

El animal se paseó por el campamento improvisado, olfateando las bolsas y los lugares donde habían dormido.

—Quizá nos sigue la pista por cuenta de los zancudos —aventuró Tobías.

—No. No es nada agresivo, es un perro bonachón.

—¡Entonces debe pertenecer a alguien! ¡Y seguro que no está lejos!

—No —repitió Matt—. Tiene el pelo lleno de nudos, hace tiempo que no lo cepillan. Relájate, Toby. Este perro es… un amigo.

—¿Un amigo? —protestó el chico indignado—. ¡Una cosa enorme se presenta en mitad de la noche y tú lo adoptas de inmediato!

—Hay que buscarle un nombre —propuso Matt.

—¿Un nombre? ¿Quieres… de verdad que lo llevemos con nosotros?

De repente, el perro volvió la cabeza hacia Tobías y lo miró fijamente. El chico se quedó boquiabierto.

—¿Ha... comprendido lo que acabo de decir?

—En tiempo normal, te diría que es imposible, pero ahora...

Tobías levantó las manos ante el animal.

—No tengo nada contra ti, solo que...

—*¡Pluma!* ¡Se llamará *Pluma!* ¡Es un nombre que le va!

Matt se echó a reír. Sintió que llevaba una eternidad sin hacerlo. El perro plantó sus pupilas marrones en las del chico.

—¿Te gusta?

La larga cola se agitó con ritmo. En otras circunstancias, Matt no le habría prestado atención, pero el mundo había cambiado. Sus referencias habían cambiado. Ahora eran muy distintas de las de su antigua vida. *Antigua vida.* Estas dos palabras le hacían daño.

—Mira —dijo Matt a Tobías—, no parece hambriento, debe arreglárselas bien para comer, puede caminar en silencio y...

Tuvo una idea. Cogió su mochila y se acercó a *Pluma.*

—¿Podrías llevar esto sobre el lomo?

Tobías se echó a reír.

—¿Crees que va a contestarte?

Pluma se volvió hacia él y lo miró otra vez, como si fuera tonto. Matt colocó la mochila sobre el lomo del perro, que no rechistó.

—Desde luego, habrá que fabricar un sistema de arneses cuando atravesemos por una ciudad, pero no creo que eso sea un problema.

Tobías levantó las cejas.

—Ahora vamos a formar equipo con un perro. ¡Y un perro sabio, además!

Completamente despiertos, los chicos decidieron recoger sus cosas y ponerse en camino. Matt iba a romper un tubo luminoso, pero Tobías sacó el trozo de champiñón del bolsillo. Aún brillaba, con tanta intensidad como una lamparilla y proyectaba una luz de un blanco perfecto. Cogió un largo palo de madera que podía servirle de bastón y pinchó en un extremo el fragmento luminoso.

—Yo encabezaré la marcha —dijo.

El episodio del perro había serenado los ánimos. *Pluma* solo era un compañero grande y lleno de pelo, sin comparación con la criatura que habían visto, pero les daba tranquilidad.

Caminaron toda la noche, con *Pluma* saltando a su lado. Tobías no podía evitar vigilarlo, no compartía el entusiasmo de su amigo por el perro. Sospechaba que escondía una trampa, todo era surrealista. ¿Qué hacía en estos parajes un perro como ese? ¿Por qué los seguía? ¿Simplemente porque eran la única forma de vida amistosa con que se había cruzado? ¿Porque eran los últimos representantes de la raza humana, sus antiguos amos, que había olfateado? Algunas horas más tarde, ante la aparente placidez del perro, la desconfianza de Tobías amainó y el chico acabó por resignarse. Después de todo, *Pluma* estaba tan contento como Matt de haber encontrado a unos seres simpáticos en medio de este extraño bosque, lo que podía explicar su entusiasmo por acompañarlos. En cuanto a su inteligencia..., nada era como antes, había que aceptarlo.

Durante su larga marcha, *Pluma* se detenía de vez en cuando para observar las tinieblas del bosque, lo que alarmó a los muchachos. Sin embargo, nada perturbó su avance y pudieron continuar hasta el final de la mañana, momento en que hicieron una pausa y Tobías señaló con el dedo a *Pluma,* que orinaba sobre unas plantas de diente de león.

—Mmm..., creo que es hembra.

Matt hizo un gesto para indicar que le daba igual. Solo le importaba la presencia del perro.

Siguieron caminando durante todo el día. Hicieron una pausa de dos horas para comer y, sorprendidos, se dieron cuenta de que tenían fuerzas suficientes para seguir por el sendero hasta que anocheció. En este lugar, el bosque se aclaraba por fin.

Y, antes de que sus últimas fuerzas los abandonaran y se sumieran en un profundo sueño, los jóvenes vieron los escarabajos.

Millones de escarabajos rojos y azules.

13

Primera violencia

L legaron a la cima de la colina con la respiración entrecortada. Lo primero que pensó Matt fue en contemplar los dos ríos de luz que discurrían apaciblemente uno junto al otro: el primero era rojo como una corriente de lava y el segundo azul como un glaciar iluminado por dentro. Ambos fluían al paso de un hombre caminando.

Luego el trío se acercó a este espectáculo fascinante.

Al pie de la colina, una vieja autopista sepultada bajo las lianas serpenteaba durante varios kilómetros antes de desaparecer a lo lejos, en una curva. La carretera estaba cubierta por millones, tal vez miles de millones, de escarabajos que marchaban juntos, en la misma dirección. En perfecto orden, no chocaban. Avanzaban como una disciplinada sucesión de pequeñas procesiones, que entonaban un canto marcado por el repiqueteo de las patas. Era un zumbido solemne e hipnótico.

Las dos vías estaban atestadas, la izquierda por escarabajos iluminados por una luz roja que les salía del tórax y la derecha por escarabajos de vientre azul.

Todos marchaban hacia el sur.

Tobías se acercó y señaló con el dedo hacia una pequeña columna azul que no iba en la dirección correcta y serpenteaba por la maleza. El joven se quitó la mochila y buscó la botella de leche. Bebió las últimas gotas que quedaban y se inclinó para coger varios escarabajos, que metió en la botella antes de cerrar con el tapón.

—¡Tendremos luz!

—No hagas eso, es cruel —le reprendió Matt.

—Ahora rige la ley de la selva, gana el más fuerte y hace lo que quiere.

Matt sacudió la cabeza, decepcionado por la actitud de su amigo, hasta entonces tan respetuoso con la naturaleza. Estaba cambiando con el mundo. «No, solo está impactado por todo lo que nos pasa; volverá a ser el mismo», quiso convencerse. Lo peor que le podía pasar ahora era perder a su amigo, la única referencia que le quedaba de esa realidad que había sido antes la suya.

Tobías levantó la botella a la altura de la cara. Su piel de ébano se tiñó de azul debido al resplandor de los insectos que se agitaban en su prisión.

Su gesto se arrugó de repente. Murmuró algo que Matt no pudo oír y se apresuró a liberar a todos los escarabajos.

—Vamos, chicos —dijo en voz baja—, daos prisa. Disculpadme, no sé lo que me ha pasado.

Volvió junto a Matt y *Pluma*, que lo observaban con la misma dignidad en la mirada.

—Lo sé, lo sé —reconoció Tobías—, he sido un estúpido. Venga, subamos. Vamos a buscar un rincón para dormir.

Sin añadir una palabra, se pusieron en camino y encontraron una concavidad en la colina, entre dos rocas, donde pasaron la noche. *Pluma* se acurrucó entre los dos muchachos, ofreciendo su presencia tranquilizadora. Su aparición había sido inesperada, Matt no salía de su asombro. ¿De dónde venía? ¿Por qué los acompañaba como si los hubiera buscado a ellos y a nadie más? Dudó de que algún día pudiera encontrar las respuestas, en el caso de que existieran. ¿No podía ser *Pluma* un perro vagabundo que había escapado de la transformación en animal salvaje, como él y Tobías habían sobrevivido a los relámpagos? El joven se durmió con una mano sobre la gran pata peluda y enseguida se sumió en un sueño profundo.

Esta noche fue apacible, sin pesadillas.

Al amanecer, los chicos compartieron con *Pluma* el agua que les quedaba en sus cantimploras. Debían pasar por una ciudad. El cielo estaba cubierto de nubes bajas, pero no hacía frío.

Durante toda la mañana, siguieron la autopista luminosa desde la cima de la colina; luego se desviaron en las proximidades de una ciudad o, al menos, de lo que quedaba de ella. La vegetación lo cubría todo, había trepado por los edificios y se había enredado en los cables eléctricos como si quisiera invadir y transformar lo que había sido una aglomeración urbana en una auténtica jungla. Allí, se abastecieron de botellas de agua y aprovecharon para saquear una tienda de comestibles, pues sus provisiones empezaban a escasear. *Pluma* se alejó bajo la atenta mirada de Matt: ¿iría también a por provisiones? Tobías, al fondo de la tienda, inspeccionaba los estantes de golosinas, mientras que Matt hojeaba un cómic con el corazón encogido. Al ritmo con que la naturaleza cubría la civilización, pronto no podría encontrar ninguno. Ya no habría novedades, ni siquiera iría al cine a ver una película con sus amigos.

Cuando la puerta del fondo se abrió, Matt no prestó atención, absorbido como estaba por sus reflexiones nostálgicas. Pero cuando la voz cavernosa de un hombre cortó el silencio, el joven se sobresaltó y se tiró al suelo cubierto de un espeso musgo verde.

—¡No te muevas!

Tobías soltó un grito y quiso escapar, pero la mano del hombre se abrió y lo agarró del pelo.

—¡Quédate aquí!

Matt levantó los ojos y se dio cuenta de que el hombre no lo había visto, solo se metía con Tobías. Era un individuo bastante bajo, pero robusto; una corona de cabellos castaños rodeaba su cabeza y una barba poblada le tapaba la cara.

—No te puedes ir así, ¿es que te doy miedo?

—Suélteme —protestó Tobías.

—Si lo hago, te vas a largar. Lo veo en tu mirada.

—¡Me hace daño!

El hombre se volvió para inmovilizar al chico en un rincón y le soltó del pelo.

—¿Mejor así? —preguntó sin amabilidad.

Le tendió la mano.

—Me llamo Johnny.

Tobías no respondió.

—No eres un chico muy educado. Bueno, digamos que has tenido la suerte de encontrarme. El mundo ahí fuera se ha vuelto tremendamente peligroso.

El muchacho se relajó un poco.

—Déjeme pasar, por favor.

Pero Johnny no se movió.

—¿Adónde quieres ir? —preguntó el hombre—. Fuera no hay nada, ya has debido darte cuenta. Vamos, ven conmigo a la parte de atrás. Te haré visitas. Tú y yo nos vamos a apoyar, ¿verdad? Nos ayudaremos mutuamente.

Tobías intentó escapar, pero Johnny le cogió del brazo.

—¡Suélteme! —gritó—. ¡Suélteme!

—¡Cierra el pico! —El tono se volvió agresivo—. ¿No estás contento de ver a un ser vivo? ¡Deberías considerarte afortunado por haber dado conmigo y no con esas jaurías de perros! Ellos te despedazarían en un momento.

Tobías quiso liberarse, pero Johnny le dio una bofetada tan violenta que el muchacho se quedó lívido.

—¡Basta! —ordenó el hombre—. Ya has visto que ahora el mundo es diferente. No seas idiota, tú solo no tienes ninguna oportunidad ahí fuera. Yo te protegeré. Los dos nos haremos favores —añadió con un tono de perversidad—. ¿Entiendes lo que quiero decir, verdad? Te gustará, confía en mí.

Como Tobías no rechistaba, Johnny inclinó la cabeza.

—A menos que formes parte del grupo de ayer tarde. Es eso, ¿eh? ¿Te has perdido o tus compañeros siguen por la zona? ¡Vamos, habla!

El hombre agarró a Tobías del cuello y lo levantó.

—No hagas que me enoje, te aseguro que no te gustará nada que me enfade contigo.

Matt no sabía cómo reaccionar. Este Johnny no era normal. Estaba seguro. Se parecía a uno de esos degenerados que su madre temía siempre. Sin embargo, tenía que actuar, no podía dejar a Tobías en sus garras. «¿Qué hago? Mi espada...»

El individuo le gritó a Tobías una vez más.

Matt agarró la empuñadura del arma, sacó la hoja de la vaina y, sin hacer ruido, se acercó para sorprender al agresor por detrás.

Pero en el momento de asestar el golpe vaciló. No se atrevió ni a clavar la espada en la espalda de Johnny ni a cortarle con el filo. En un segundo, se dio cuenta de que la violencia no era tan sencilla de asumir. Había repetido esta escena cientos de veces en sus juegos de rol: «¡Clavo mi espada en este troll!», gritaba con alegría. Pero tener varios kilos de acero templado entre las manos, levantar los brazos y dejarlos caer con todas sus fuerzas sobre la espalda de un hombre para herirlo, tal vez matarlo, era un acto del que, de repente, se sentía incapaz. Aunque hiciera daño a su mejor amigo, Matt no podía cercenar esa carne, esa vida. «¡Introducir esta hoja en un cuerpo humano! —oyó resonar en su cerebro—. ¡Cortar los músculos, las venas y los huesos! ¡Reventar los pulmones y traspasar el corazón! ¡No, no puedo!»

Johnny percibió una presencia detrás de él y volvió la cabeza.

—¿Qué es...? —comenzó a decir.

Preso del pánico, Matt cerró los ojos y gritó:

—Ahora o nunca.

Saltó con la punta de la espada hacia delante. Sus brazos debieron vencer una resistencia, porque la hoja se deslizó dentro de algo.

Johnny soltó un gemido, seguido de una maldición y se desplomó contra los estantes, de los que rodaron montones de cajas de galletas saladas.

Matt abrió los ojos.

Había introducido la mitad de la hoja en el hombre. Entonces tiró hacia atrás y la espada salió haciendo un ruido atroz que el joven nunca podría olvidar. Matt cayó de espaldas y soltó el arma.

Johnny avanzó vacilante hacia él. La sangre brotaba de la herida y se extendía por su ropa a una velocidad espantosa. Se derrumbó sobre Matt y lo aplastó con su peso.

—Maldito muchacho... —gimió—. Voy a... arrancarte... la cabeza.

Y agarró el cuello de Matt con las dos manos. El chico intentó defenderse, horrorizado por la tibieza pegajosa que empapaba su pantalón vaquero. El hombre se desangraba sobre él.

Johnny le sacudió, le golpeó la cabeza contra el musgo del suelo. Cada vez más fuerte. Un chispazo crepitó bajo los ojos del chico, seguido de un velo negro. Perdió las referencias y las fuerzas lo abandonaron de pronto. Otro golpe, un nuevo chispazo. Le faltaba el aire. Johnny bramaba sobre él, echando una espuma roja por la boca.

A Matt le dolía la garganta y ya no respiraba. Consiguió agarrar las muñecas de su agresor...

Su cabeza chocó de nuevo contra el suelo.

Un relámpago lo cegó. La pieza desapareció de repente.

El peso de Johnny se esfumó.

Matt tuvo conciencia de temblar; luego su cuerpo se desplomó.

Y todo se fundió en la oscuridad del olvido.

14

El murmullo de las tinieblas

En el absoluto de la muerte —porque Matt supo enseguida que había muerto—, el adolescente comprendió la noción de frío abisal. La percibió más que la sintió, porque él no tenía frío; en realidad, no sentía nada, pero el frío estaba allí, alrededor de su alma, bailando como un viento potente, dispuesto a llevárselo. El frío procedía de la nada, de lejos, de muy lejos, y lo mantenía suspendido sobre un abismo de tinieblas.

Matt esperó durante mucho tiempo. Muchísimo tiempo. El tiempo no transcurría igual que aquí, no contaba con el segundero de su respiración para recordarle que estaba vivo, ni con la cadencia de su corazón para marcar su paso. No, solo una paciencia infinita mientras no sucedía nada. Absolutamente nada.

Sin embargo, se encontraba bien allí, no físicamente, pero sí de pensamiento. Aunque no de un modo completo, porque no tenía memoria. Era incapaz de recordar algo concreto, hasta los conceptos de familia y de amigos habían desaparecido. A decir verdad, solo quedaba la esencia de su ser. Y supo que morir era conservar únicamente el sustrato de su conciencia y dejarlo flotar para siempre en el vacío. Matt era Matt, y eso era todo.

A decir verdad, era demasiado. Hubiera preferido no saber nada, no ser nada, porque esta espera sin disfrutar de su conciencia y sin la expectativa de un plazo lo hacía sufrir. Un picor. Eso era esta espera. Un picor que no conseguía localizar y que, de todas maneras, sabía que no podía aliviar.

Luego le llegaron las voces.

O más bien los murmullos.

Lejanos y próximos a la vez. Lejanos porque parecían venir de los confines de ese vacío y próximos porque Matt los oía en el interior de su alma.

Todos decían lo mismo. Repetían la frase como un eco multiplicado, creando una gigantesca algarabía. Sin embargo, Matt comprendió claramente las palabras que le llegaban:

«Ven a mí.»

Las voces cambiaron de entonación, se volvieron más melifluas:

«Juntos, lo podemos todo. Juntos, el mundo es nuestro.»

«Ven a mí.»

Matt sintió una presencia en las tinieblas. Un ser imponente, muy próximo. Cuanto más se acercaba este ser, más virulento se volvía el picor. Su espíritu empezó a vacilar. Sus percepciones se alteraron, su alma temblaba. La presencia se lanzó sobre él. Asfixiante. Matt supo que no podía hacer nada. El ser desprendía un carisma tan opresivo que el chico creía que se trataba del diablo en persona. Sin embargo, no era eso, lo adivinaba. No era el diablo, se trataba de algo más visceral, más antiguo aún.

Y más espantoso.

De repente, oyó la potencia de una sola voz:

«Soy el Raupéroden, Matt. Ven a mí.»

SEGUNDA PARTE

LA ISLA
DE LOS PANES

15

Un extraño coma

Al principio, Matt sintió un dolor en el vientre. Luego en la garganta y en el cráneo. Tenía terribles dolores de cabeza mientras dormía profundamente y soñaba con presencias inquietantes. Después sintió frío. Y, más tarde, calor. Mucho calor. Hasta el delirio. Tuvo algunos instantes de conciencia, poco lúcidos, en que vislumbró la luz del sol. Luego oyó la lluvia. Y percibió la noche.

Unos lobos —a menos que fueran perros salvajes— aullaron a lo lejos.

Matt descifró un mensaje complejo para su estado. Su cuerpo..., su cuerpo estaba dolorido. Entonces volvieron las voces, diferentes. De hecho, comprendió que no eran las mismas. Esta vez, las voces estaban en la luz. Más acogedoras y tranquilizadoras.

Hablaban de él.

Se durmió de nuevo.

Mucho tiempo.

A veces, creía que había abierto los ojos, pero solo guardaba un recuerdo evanescente de ello. El de una claridad cálida y un descanso confortable, mullido. También el del hambre y la sed.

Durmió mucho.

Las fuerzas le abandonaron poco a poco. Sus músculos se debilitaron, empezaron a fundirse con el tiempo.

El sol alternaba con la luna. Al principio, le parecía que cada vez que abría los párpados uno reemplazaba al otro. Los días y las noches se encadenaban como segundos. Luego como minutos.

Pronto pasó a una sucesión de recuerdos: una luz agradable, el agua que corre por su cuerpo, el alimento también. A veces, un andar sonámbulo para conducirlo a una habitación muy próxima, con un pozo sin fondo donde tenía la sensación de perderse. Sus gestos eran los de un autómata, no los controlaba. Después, el regreso a esta estancia blanca, reconfortante… ¡Una cama! Ahora Matt vivía en una cama grande y blanda. Con el tiempo, el muchacho situó dos grandes ventanas en su visión de la estancia. La luz del sol atravesaba las cortinas de organdí color melocotón. Pronto pudo ver las paredes pintadas de amarillo claro.

Los días y las noches se sucedían.

Los recuerdos de Matt se poblaron de seres vivos. De voces delicadas. De siluetas inclinadas sobre él, que hablaban sin que consiguiera comprenderlas.

Su cuerpo se volvía cada vez más flácido. Cada esfuerzo requería tanta energía que acababa agotado y no tardaba en caer en un largo y profundo letargo.

Simple espectador de estas maniobras, Matt se dejaba llevar por la corriente de los despertares y las olas de sueño, como una balsa viva a lo largo del tiempo, lejos de toda civilización y de todo intercambio. Se acostumbró a esta sucesión de estados, que hubiera podido prolongarse en el tiempo si, una mañana, no se le hubiera aparecido un ángel.

Aquel día, Matt entreabrió los párpados y, con esa visión turbia que era la suya, distinguió una silueta de largos cabellos rubios tirando a pelirrojos. Enseguida, sus ojos analizaron la situación y despejaron las brumas de su mirada.

La vio a su lado.

Una muchacha de unos quince años, con pómulos pronunciados y labios de color rosa bajo una fina nariz, que se sentaba perfectamente erguida en una silla. Hermosa como una flor de los primeros días de primavera, orgullosa de sus pétalos de vivos colores, sedosa y solícita. Su voz dulce le acunó para amortiguar su despertar.

—Entonces, ¿no es cierto lo que se dice de ti?

Su entonación resultó a Matt tan apacible, que le pareció que cantaba en lugar de hablar.

—Tú no estás en coma, ¿verdad?

Una sonrisa iluminó su cara, sus pecas se estiraron. Matt quiso hacer de esta muchacha su cielo; de sus pecas, sus estrellas, y de esos ojos, dos astros verdes que podría pasarse todo el tiempo contemplando.

¿Qué le sucedía? ¿Por qué hablaba ella de coma? ¿Dónde estaba? En una casa…

—¡Lo estoy viendo, tú me oyes! —dijo divertida.

El sol brillaba detrás de las dos grandes ventanas de cortinas transparentes. El techo era inmensamente alto. Una moqueta inmaculada y tupida cubría el suelo. Muebles de madera tallada, de un blanco puro, decoraban esta habitación iluminada por los rayos de un sol que la volvía mágica, como en la novela de *El señor de los anillos* que tanto le gustaba. Estaba en Rivendel.

—Es… estoy… —articuló el muchacho.

Pero su voz sonaba ronca y su garganta estaba seca. La muchacha se inclinó para darle un vaso de agua, que él bebió de un trago.

—Estás en la isla Carmichael, al menos, en lo que queda de ella. Yo soy Ámbar.

«Ámbar…», hasta su nombre tenía una sonoridad mágica. Matt quiso incorporarse, pero el esfuerzo lo extenuó y se desplomó en los almohadones. Una oleada de cansancio lo invadió y todo lo que tuvo tiempo de decir antes de desaparecer en la espuma del sueño fue:

—Ámbar… sé mi cielo…

Cuando abrió los ojos, se sorprendió de encontrarse en esa habitación. Entonces, no lo había soñado.

«¿Y Ámbar? ¿Existía?» Enseguida, Matt se acordó de lo que le había dicho y la vergüenza le subió a las mejillas. ¡Estaba delirando! ¡Solo podía ser fruto del delirio!

Se abrió una puerta al fondo de la habitación y entraron dos adolescentes, dos chicos. Matt calculó que tendrían trece y dieciséis años respectivamente. El primero era menudo y rubio, e iba vestido con una camisa blanca y limpia. Lo más sorprendente era que llevaba una chistera, uno de esos sombreros que Matt solo había visto en manos de los magos, de donde sacaban conejos y palomas. El otro muchacho era una copia exacta —posiblemente, su hermano mayor—, salvo por su indumentaria más sencilla.

—Ella tenía razón, no es como de costumbre —dijo el pequeño.

—Exacto, sus ojos parecen menos... empañados. Esta vez se diría que nos entiende.

Matt tragó saliva y articuló despacio:

—¡Por supuesto... que os... entiendo! Tengo... sed.

El mayor cogió una jarra de agua que había en la mesilla de noche y lleno un vaso, que Matt vació sin detenerse a respirar.

—¡Formidable! ¡Has sobrevivido! —exclamó el pequeño.

—¿A qué? ¿He... sobrevivido a qué?

—¡Al delirio! ¡Al coma! Has pasado tanto tiempo así, que creímos que no saldrías nunca.

—¿Cuánto tiempo? —preguntó Matt, preocupado de repente.

El pequeño abrió la boca, pero su hermano se adelantó:

—Es mejor que descanses. Hay que a ir poco a poco, ¿de acuerdo? Voy a avisar a tu amigo.

—¿Tobías? ¿Está bien?

—Sí, no te preocupes.

—¿Pero cuánto tiempo he pasado así? Y el mundo... ¿ha vuelto a la normalidad?

Los dos hermanos se miraron con un asomo de angustia en los ojos.

—No, pero las cosas han evolucionado, ahora sabemos un poco más. Nos hemos organizado. Voy a buscar a Tobías. Intenta no moverte, estás débil.

Los dos extraños compinches desaparecieron antes de que Matt pudiera seguir con sus preguntas. El muchacho aprovechó para intentar incorporarse, esta vez con precaución. Por fin, pudo sentarse en la cama. Llevaba un pijama gris que, por supuesto, no era suyo. Se dio cuenta de que tenía hambre. Tobías entró y corrió hacia él.

Matt se quedó impresionado al verlo.

Su amigo había adelgazado bastante y los rasgos de su rostro resultaban más marcados, menos infantiles. Había perdido sus mofletes de niño.

Tobías lo abrazó.

—¡Qué contento estoy de volver a verte!

—Yo también Toby… Yo también… Pero… ¿qué me ha pasado?

El chico enarcó las cejas y arrastró una silla hasta la cama.

—¡Han pasado muchas cosas! —empezó—. Lo primero de todo, ¿cómo te encuentras?

—Flojo, me fallan las piernas. ¡Tengo la sensación de haber pasado seis meses en cama!

Tobías no compartió su risa.

—¿Qué? —Se inquietó Matt—. ¡He pasado seis meses aquí! ¡Tranquilízame!

Su amigó suspiró y se lanzó:

—Cinco. Hace cinco meses que estás así.

—¿Cinco meses? —repitió Matt incrédulo—. ¿Cómo… cómo es posible?

—El tipo que me atacó en la tienda de comestibles, ¿te acuerdas? Cayó encima de ti, te estranguló y te golpeó la cabeza contra el suelo. Le rompí una botella de cristal en el cráneo y se quedó tieso. Pero tú estabas inconsciente. Intenté despertarte y no lo conseguí. Te saqué fuera. *Pluma* llegó corriendo…

—¿Está bien? —le interrumpió Matt.

—Mejor que nunca. Venía a dormir aquí, hasta que ese tal Doug la echó. Dice que no es bueno dormir con un perro. Me parece una estupidez, pero él es el doctor.

—¿Hay un médico aquí?

—Sí, lo has visto hace un momento…

—¿El rubio alto?

—Sí, y su hermano pequeño, son dos. Eran los hijos del propietario, un gran doctor conocido en todo el mundo antes de que la Tormenta lo cambiara todo.

Matt tenía mil preguntas en la cabeza, pero también prefería concentrarse para no dispersarse.

—Volvamos a lo nuestro. Decías que *Pluma* llegó corriendo...

—Sí, creo que había oído el barullo. Conseguí montarte sobre ella y el pobre animal te llevó todo el camino, sin aminorar la marcha en ningún momento.

—Sabía que era un perro extraordinario.

—Le debes la vida; sin ella, yo nunca habría podido alcanzar a los demás.

—¿A quiénes?

—A los que escribieron la pancarta del bosque. Solo quedaban ocho porque un... glotón mató a uno de ellos.

—¿Un glotón?

—Sí, así es como llamamos a los mutantes ahora. Bueno, conseguimos que bebieras agua y que comieras papilla durante los ocho días de marcha. Hasta que llegamos aquí. Después has permanecido en un extraño estado de coma. Salías de él cada vez con más frecuencia, pero no conseguías hablarnos. Comías lo que te metían en la boca, bebías, a veces, incluso llegabas a levantarte para ir al baño, y sin embargo veíamos que siempre tenías la mirada perdida en el vacío.

—¡Es una locura!

Doug, el mayor de los dos hermanos rubios, entró con una bandeja, que depositó sobre las piernas de Matt antes de salir. El plato contenía una tortilla humeante, que el chico se apresuró a devorar, pues estaba muy hambriento.

—¿Te acuerdas de algo? —preguntó Tobías—. Has tenido muchas pesadillas, murmurabas que alguien te perseguía, hablabas de una gran forma negra que estaba detrás de ti...

Matt dejó de masticar y cerró el puño sobre la manta. El Raupéroden, se acordó con un escalofrío. «Qué nombre tan extraño...» ¡Y qué carisma tan aterrador!

Para cambiar de tema, el chico preguntó:

—¿Dónde estamos? Esta... habitación, parece que aquí todo es normal, no hay vegetación ni nada raro.

—Es la isla Carmichael. ¡Nuestro santuario! En su origen, pertenecía a un millonario, que la compró. Está situada en mitad del río Susquehanna, bueno, de lo que era el río Susquehanna...

—Espera un segundo, ¿quieres decir que caminamos hasta... Filadelfia? ¡Más de ciento cincuenta kilómetros!

—Exacto.

—¿Y como encontrasteis la isla? ¿Por casualidad? —preguntó Matt entusiasmado mientras tragaba un enorme trozo de tortilla.

—No, con el fin de atraer a todos los supervivientes de la Tormenta, la gente de la isla había decidido hacer una gran hoguera, que mantenían siempre encendida para producir una inmensa columna de humo que fuera visible desde muy lejos. Nosotros la divisamos y vinimos a ver.

—¿Sois muy numerosos? —se interesó el joven convaleciente, con la boca llena.

—Bastantes, si...

Matt añadió de forma precipitada:

—¿Y los padres? ¿Se sabe lo que les ha pasado? ¿Hay rastro de ellos por algún sitio?

Tobías suspiró y puso una mirada triste.

—En realidad, no...

Pero en su respuesta lacónica Matt percibió duda y sufrimiento a la vez. Continuó:

—¿Y esta isla qué es?

Una expresión que significaba «no te lo vas a creer» surcó la cara de Tobías. En lugar de describirla, se limitó a responder un enigmático:

—Es mejor que lo veas por ti mismo, pero de momento necesitas descansar.

Matt sacudió la cabeza.

—Me he pasado cinco meses en la cama, ¡ya he descansado bastante! Quiero ver...

Tobías le empujó sin dificultad cuando intentó levantarse.

—Estás débil. Doug ha dicho que deberías hacer las cosas con moderación los primeros días, para que tu cuerpo se habitúe al esfuerzo. Tus músculos están «atrofiados». Ten paciencia.

Matt suspiró. A regañadientes, aceptó recostarse.

Inspiró profundamente y contempló la habitación. Todo estaba impecable. Resultaba imposible creer que, detrás de aquellas paredes, la civilización hubiera desaparecido. De repente, se preguntó por qué la vegetación no recubría esta casa. Se lo quiso plantear a Tobías, pero el cansancio lo invadió de golpe, tan repentino como una ráfaga de viento. Sus párpados se entornaron.

Su amigo recogió el plato vacío.

—Te dejo descansar, lo necesitas —comentó—. Volveré mañana. A lo mejor podemos dar una vuelta, ya verás, ¡no vas a creer lo que vean tus ojos!

Matt sintió que el sueño lo vencía. Era incapaz de luchar, como si fuera víctima de un sortilegio muy potente. Sin embargo, le hubiera gustado acosar a Tobías a preguntas durante horas. Doug y su hermano habían dicho que sabían algo más sobre el mundo…

La última cosa de la que tuvo conciencia fue de que Tobías le susurraba:

—Me alegro de volver a verte entre nosotros.

16

Una casa encantada

Matt abrió los ojos de madrugada. Estaba envuelto en las mantas y solo sobresalía su rostro de las sábanas. Hacía fresco en la habitación. Parpadeó, deslumbrado por lo que creía que era la luz de la luna. Brillaba tan fuerte que lo había sacado de su sueño.

Entonces la luna se movió.

Giró sobre su eje para iluminar el interior de la habitación, como si fuera un proyector. De repente, una segunda luna, copia exacta de la primera, apareció a su lado. Y Matt lo comprendió.

No eran dos lunas.

Eran los ojos de un zancudo. Un zancudo estaba detrás de la ventana y examinaba el interior de la habitación. El doble haz de luz pasó sobre la cama y se detuvo en el rostro de Matt antes que pudiera esconderlo. El terror se apoderó del muchacho, que quiso saltar del lecho. No tuvo fuerzas para ello, las piernas no le sostenían en pie.

Una mano blanca salió de la larga capa del zancudo y desplegó sus dedos inmensos para empujar el marco de la ventana. El cristal se resquebrajó dibujando una frágil telaraña; luego se rompió.

El viento frío entró en la habitación y formó un remolino que levantó las sábanas de un golpe. El brazo lechoso se estiró en dirección a Matt, que empezó a gritar.

Una voz gutural salió de la capucha del zancudo:

—Ven… Sssssssssch… El Raupéroden te espera… Sssssssch… Ven. Se pondrá contento.

Matt gritó aún más fuerte cuando unos dedos blandos se enrollaron en su tobillo y empezaron a tirar de él.

Luego sintió algo húmedo sobre la frente.

Las dos lunas desaparecieron y la mano le soltó.

Las mantas cayeron de nuevo sobre él.

Y la noche se fue con sus pesadillas cuando abrió los ojos de verdad.

—Cálmate —le susurraron—, ha sido un mal sueño. Nada más.

Matt se calló. Recobró el aliento. La cabeza rubia de Doug lo observaba desde arriba.

—Regie, tráenos la bandeja —dijo el adolescente a su hermano pequeño, que seguía llevando chistera.

Doug quitó el paño húmedo que había puesto sobre la frente de Matt y le sonrió.

—¿Tienes hambre? —le preguntó—. Hemos hecho pan esta mañana.

—¿Pan? —repitió Matt—. ¿Sabéis hacer pan?

Aún tenía la voz un poco ronca.

—¡Hemos tenido que aprender! ¡Las reservas de pan de molde de los supermercados se cubrieron de moho enseguida! Hace algo más de cinco meses que la Tormenta lo cambió todo. Ahora sabemos hacer un montón de cosas. ¡Menos mal que los libros de recetas no se pudrieron! —dijo riéndose.

Matt se incorporó para sentarse.

—¿Me podré levantar hoy?

—Durante unos minutos, no más. Me temo que necesitarás varias semanas para recuperar la tonificación de tus músculos, sobre todo para caminar.

—¿Tú... tú eres médico? —se extrañó Matt, pues Doug era muy joven.

—Nuestro padre lo era.

Matt captó un velo de tristeza en su mirada.

—Siempre me apasionó todo lo que él hacía. Me enseñó montones de cosas.

Matt asintió, admirado.

—¡Era el doctor más importante del mundo! —añadió el pequeño Regie, que entraba cargado con una bandeja. Se llamaba Christian…

—¿Qué es esta isla?

Doug respondió mientras colocaba delante de Matt la bandeja con el pan y un bol de leche:

—Nuestro padre la fundó hace unos veinte años. Solo permitió que se instalaran aquí sus amigos adinerados, con la condición de que respetaran la arquitectura gótica de su mansión. En la actualidad, hay siete mansiones.

—Seis —corrigió Regie en un tono cortante.

Doug pareció molesto, pero asintió:

—Sí, seis, perdón.

Matt bebió un poco de leche: era leche en polvo mezclada con agua. No tenía ni la misma textura ni el mismo sabor que la auténtica.

—¿Y es grande esta isla? —preguntó.

—Sí, bastante, pronto la verás. Aquí vivimos sesenta y siete personas. Tenemos entre diez y… ¿qué edad tiene Paco?

—Creo que tiene nueve años —precisó Regie—, pero seguro que es el más pequeño.

—Entre nueve y diecisiete años.

—¿No ha sobrevivido ningún niño menor de nueve años? —se alarmó Matt.

—En todo caso, ninguno ha llegado hasta aquí, pero parece que hay en otros sitios, incluso bebés.

—¿Y vosotros sois los únicos supervivientes?

Doug asintió con expresión sombría.

—Mi hermano y yo. Los otros sesenta y cinco llegaron durante los dos primeros meses, como Tobías y tú.

El chico le dio una palmadita en el muslo —gesto que Matt encontró muy paternal— y se levantó diciendo:

—Vamos, come. Luego veremos si puedes andar un poco. No te preocupes por la ropa, tenemos de tu talla.

Antes de que pasara media hora, Matt se había vestido y caminaba con dificultad apoyado en Doug por un largo pasillo de madera oscura, decorado con tapices descoloridos.

—En realidad, no me duelen las piernas —le informó Matt—. Más bien, es como si tuviera agujetas.

Doug parecía sorprendido por el vigor de su paciente.

Llegaron a un balcón interior que daba sobre una gran sala dominada por tres gigantescas lámparas de araña. Una enorme chimenea destacaba sobre un estrado de piedra. Se podía asar un elefante en ella, constató Matt. Las paredes eran como las del resto de la casa: de madera tallada, aunque aquí estaban cubiertas por un centenar de cabezas de animales disecadas. Matt sintió asco. Detestaba la mera idea de cazar, en cuanto a exponer los trofeos... En el suelo, las losas formaban un damero blanco y negro. La luz del día entraba por las altas ventanas ojivales que se abrían en la parte superior de los muros, a más de nueve metros de altura, como si fuera la nave de una iglesia.

Doug señaló las seis grandes mesas y las sillas tapizadas de terciopelo.

—Es nuestra sala de reuniones, para cuando hay que tomar decisiones colectivas. Es la estancia más grande de toda la isla.

Como estaban situados arriba de la sala, su voz retumbó.

—¿Aquí dormimos muchos? —preguntó Matt.

—Mi hermano y yo, por supuesto. Tobías y tú. Y otros cinco chicos que pronto te presentaré.

—¿Y... Ámbar? —se atrevió a decir tímidamente Matt.

—Ella duerme en la mansión del otro lado del parque —comentó Doug como si fuera algo evidente—. ¡Las chicas no duermen en las mismas casas que los chicos!

Bajaron por la gran escalera, atravesaron el comedor y una serie de estancias inmensas, y llegaron por fin al vestíbulo, presidido por una escultura de aspecto aterrador. Un pulpo de cinco metros de alto por tres de ancho desplegaba sus tentáculos de bronce frente a la entrada. Tenía una cabeza horrible y unos ojos amenazadores, y abría una boca prolongada en un pico cortante, que debía haber provocado bastantes pesadillas a los niños de los alrededores, como adivinó Matt.

—Esto da nombre a la casa: mansión del Kraken. Mi padre era un apasionado de las leyendas sobre animales. La del pulpo era su preferida. Por esta razón, cada casa lleva el nombre de un animal mitológico.

Sin embargo, lo más sorprendente era el exterior.

Apenas salió al porche, Matt se quedó impresionado por la densidad de la vegetación que levantaba auténticos muros verdes a ambos lados de un estrecho camino. Tuvo la sensación de que la casa estaba perdida en el centro de un laberinto de helechos, zarzas, matorrales y árboles con lianas.

—Nos relevamos todos los días para cortar las plantas que trepan por los muros de las casas —explicó Doug—. Tenemos tareas y todo el mundo participa. La siega, la cocina, la colada, montar guardia…

—¿Montáis guardia?

—Sí, en el puente que une la isla con la tierra firme.

—¿Ha habido incursiones?

—No, por suerte. A veces, se acercan jaurías de perros salvajes, pero no pueden entrar. Durante la Tormenta, un relámpago cayó sobre el principio del puente y destrozó el primer arco. Desde entonces, hemos fabricado una especie de puente levadizo con planchas de chapa. Esto impide que los indeseables puedan entrar. Pero la guardia es sobre todo para prevenir un ataque de los cínikos o de los glotones.

—¿Los cínikos? ¿Y esos quiénes son?

Doug abrió la boca para responder, pero hizo una mueca.

—Creo que tenemos todo el tiempo del mundo para comentar las malas noticias, ya lo hablaremos más tarde. Ven, vamos a dar una vuelta por la casa.

El chico llevó a Matt por un pequeño sendero, donde un muchacho moreno, de unos catorce años, con el pelo revuelto, estaba cortando tallos y hojas con ayuda de una gran podadora. Se saludaron.

—Te presento a Billy —dijo Doug—. Vive en la casa con nosotros.

El chico pareció muy sorprendido de ver a Matt de pie.

Doug y Matt siguieron con su paseo, despacio, y subieron unos escalones de piedra cubiertos de minúsculas raíces para llegar a una terraza, también cubierta de vegetación. Desde allí, situados a una altura de cinco metros, dominaban lo que antes había sido el parque. Ahora era una jungla inextricable, tan densa que no se podía distinguir el suelo. A lo lejos, Doug señaló las fachadas góticas de las otras mansiones. Ventanas altas en ojiva y arcos de piedra, frontones y esbeltas chimeneas, tejados inclinados y torres... La Edad Media flotaba sobre un mar de color verde. Justo enfrente de ellos, a unos cien metros, una casa flanqueada de torrecillas reflejaba la luz del sol en su piedra blanca.

—¿Cómo se llama esa de allí?

—Hidra —respondió Doug—. Es una casa de chicas. Ahí vive Ámbar.

—¿Qué es un hidra?

—*Una* hidra. Hace referencia a una leyenda mitológica de una serpiente de siete cabezas, a la que estas le vuelven a crecer cuando se las cortas. También es el nombre de una constelación de estrellas, creo.

Matt asintió, pensativo. Más que la explicación, le intrigaba Ámbar. Esa chica le había causado una profunda impresión. ¿Se debía a que él se encontraba medio inconsciente?

Se volvió y descubrió a la izquierda otro edificio más próximo y elevado, con pocas ventanas y diferentes niveles. De su conjunto de torres, sobresalía una de unos sesenta metros de altura, según calculó Matt. Seguramente, la más alta de la isla. Estaba coronada con una cúpula gris.

—¿Y esa? ¿Cómo se llama?

—¡Oh, esa!

Doug pareció contrariado. Se rascó la nuca.

—Era la casa del Minotauro, pero... ya no se llama así después de la Tormenta.

—¿Por qué?

Doug tomó aire antes de soltar:

—Está encantada.

—¿Encantada? ¿Por qué?

—No lo sabemos. A veces sale humo verde y... de noche se puede ver una extraña criatura que vaga por el interior.

Matt se detuvo, cautivado. Sin duda, el mundo era cada vez más sorprendente.

—¿Y ahora cuál es su nombre?

Doug lo miró, echó un vistazo al edificio que parecía un faro, y luego dijo:

—No tiene. No hablamos de ello, eso es todo.

Matt entendió entonces por qué le había hablado de la existencia de siete mansiones y su hermano le había corregido. Contempló la impresionante fortaleza. Tenía grandes torres cuadradas, sin ventanas, y una nave principal sin adornos, salpicada de extrañas aberturas sombrías. El interior debía de ser muy oscuro, incluso en pleno día. Curiosa idea la de erigir semejante edificio.

—Venga, vamos, ya has andado bastante para tu primer día y Tobías habrá terminado su turno de limpieza. Está deseando pasar tiempo contigo.

Doug bajó los escalones y Matt se disponía a seguirlo cuando echó un último vistazo a la casa encantada. Entonces le vino el extraño presentimiento de que, desde el principio, la habían construido para albergar algo. Se deducía de su sólida arquitectura: habían levantado un torreón más que una vivienda. ¿Y si la finalidad fuera impedir que algo saliera? «No, es una estupidez, nadie haría eso...»

Y como para confirmar que su escepticismo se equivocaba, una sombra se deslizó por detrás de una de las ventanas.

Matt se quedó petrificado, convencido de repente: fuera lo que fuera lo que se escondía en el interior de ese sórdido lugar, estaba al acecho.

Pero, antes de que pudiera despegar los labios, la forma había desaparecido.

17

Panorama de la isla

Matt encontró a Tobías en una habitación del primer piso, un saloncito coqueto, revestido de madera barnizada y terciopelo rojo. Estaba acompañado de *Pluma*. Matt la abrazó y la perra le saludó con generosos lametones. Era aún más grande de lo que la recordaba.

Luego se sentó para reposar su cuerpo fatigado y dio rienda suelta a su asombro en relación con la isla, su organización aparente y el ingenio de la comunidad.

—Doug y su hermano me han dicho que ahora se saben más cosas del nuevo mundo —observó—. ¿Puedes contármelas?

El rostro de Tobías se ensombreció, como si una nube pasara de repente.

—Eh, bueno…, sabemos que hay tres grupos distintos, ahora estamos seguros —comentó el chico en voz baja—. Tres especies… de supervivientes de la Tormenta. Nosotros, los niños y adolescentes; los adultos y…

—¿Han sobrevivido otros adultos? ¡El tipo de la tienda de comestibles no estaba solo! ¡Es genial! ¿Hay niños que han podido encontrar a sus padres?

Tobías negó varias veces con la cabeza.

—En realidad, no es genial. Desde la Tormenta, los adultos son… violentos. De momento, es todo lo que sabemos. Parece que están organizados, como nosotros. Ignoramos dónde han ido y lo que hacen, excepto que si un adolescente se cruza en su camino, lo asaltan. No podemos confiar en ellos.

—¿Quieres decir que… no son como antes? ¿Estáis seguros?

—Sí, Matt. No se puede confiar en ningún adulto. Todos son muy diferentes: violentos y pérfidos.

—Pero ¿cómo es posible? ¿Y se sabe quiénes son? ¿Y nuestros padres?

—No tengo ni idea. Nadie lo sabe. Algunos adultos han sobrevivido a la Tormenta y desde entonces no son los mismos. Es todo lo que te puedo decir. Parecen salvajes. Y… es como si nos odiaran a los niños y adolescentes.

Matt se derrumbó, la espalda arqueada y la mirada perdida. Tobías le dio una palmada amistosa en el hombro.

—Creía que… que podríamos volver a ver a nuestros padres algún día —confesó Matt.

—Lo siento.

—¿Os sentís tremendamente solos?

Tobías movió la cabeza.

—En realidad, no. Hemos formado nuestra comunidad aquí. Nos llevamos bien y hay tanto trabajo que no tenemos tiempo de deprimirnos.

Matt inspiró profundamente para ahuyentar la tristeza que habitaba en su cuerpo, para alejarla de su garganta y de sus ojos, para que se diluyera dentro de él.

—¿Y cuál es el tercer grupo? —preguntó—. Me has hablado de tres.

—Los glotones. Han formado pequeñas tribus y hemos observado que han ganado en astucia y habilidad. Ya no duermen en cualquier sitio y han fabricado armas.

—¿Son agresivos?

Tobías asintió.

—¡Oh, sí! ¡Más que los hombres! Cuando se encuentran con un niño o un adolescente, intentan matarlo. Los adultos son más perversos. Secuestran a los niños, no se sabe por qué, pero se los llevan y luego ya no se tienen noticias de ellos.

—¿Nos secuestran?

—Sí, secuestros masivos. Cuando los adultos aparecen, intentan hacer el mayor número posible de prisioneros. Los niños que son capturados no vuelven nunca, es todo lo que sabemos por ahora.

—¿Y esto pasa a menudo? —se extrañó Matt.

—Ahora no. Al menos, esta región es un poco más tranquila, bueno…, con respecto a los adultos. Porque el bosque está plagado de cosas peligrosas.

Matt puso los ojos en blanco. No salía de su asombro. Nada era como antes. A decir verdad, si no hubiera vivido la Tormenta y la transformación de Nueva York en una ciudad devastada, no habría creído ni una sola palabra de todo aquello.

Sin entrar en detalles, Tobías le confirmó la existencia de criaturas extrañas, aterradoras, que vagaban de noche por los bosques vecinos. Luego le explicó que muchos niños y adolescentes habían sobrevivido a la Tormenta. De todas las edades, algunos muy pequeños, según los testimonios; los más mayores tenían diecisiete años, a veces hasta dieciocho. Los primeros días, los supervivientes se organizaron en clanes por todo el país. Formaron equipos de diez e incluso de cincuenta personas. ¡Corría un rumor de que existían pueblos de más de cien adolescentes!

—¿Un rumor? —preguntó Matt—. ¿Cómo es posible? ¡Sin teléfono ni radio ni modo de comunicarse!

—¡Gracias a los Caminantes de Largo Recorrido! Todo empezó con un individuo del oeste, de una comunidad bastante importante. Quiso explorar otros lugares, en busca de supervivientes y empezó a caminar por todo el país hasta encontrar otros grupos. Se proclamó Caminante de Largo Recorrido; es decir, ¡comunicador de noticias y esperanza! Otro chico hizo lo mismo, partiendo en una dirección diferente. Desde entonces, montones de muchachos han seguido su ejemplo. Recorren el país en busca de agrupaciones como la nuestra para transmitirles las noticias del mundo.

—¡Están… locos! ¡Con todos los peligros que hay en el exterior!

Tobías se encogió de hombros.

—Por eso hemos instaurado una norma: la hospitalidad para los

Caminantes de Largo Recorrido. Se les da alojamiento y comida sin pedirles nada a cambio y ellos nos cuentan lo que oyen. Según las últimas noticias, habría unos cuarenta sitios panescos.

—¿Panescos? —repitió Matt.

—¡Ah, sí! Ahora es nuestro nombre. Los niños y los adolescentes que vivimos juntos formamos la comunidad panesca. No sabíamos cómo llamarnos... con todas las edades mezcladas, y nadie se ponía de acuerdo. Un día, un Caminante de Largo Recorrido nos informó de que en el oeste habían adoptado este nombre como homenaje a Peter Pan.

—El niño que no quiso crecer —completó Matt.

—Exactamente. Los adultos que nos hemos encontrado hasta ahora son malos, ninguno ha querido ayudarnos nunca, solo buscan neutralizarnos para llevarnos con ellos. Los adultos son fríos y crueles. Por eso, los llamamos cínikos. Bueno, ya sabes lo esencial.

—¿Por qué los adoles... los panes no se agrupan para formar una gran ciudad? Seríamos mucho más fuertes.

—Esto es el principio. Los Caminantes de Largo Recorrido solo existen desde hace dos meses. Incluso ellos se pierden muchas veces, y la mayoría no consigue encontrar el lugar del que han salido. Es complicado, nada se parece a lo anterior. Muchos de ellos perecen por el camino. Hay peligros por todas partes. Creo que, por ahora, cada clan intenta organizarse para sobrevivir, alimentarse y defenderse. Primero, hubo que encontrar los sitios y hacerlos habitables. ¡Nadie desea abandonar su lugar de referencia! Como nosotros con esta isla: ¿quién querría marcharse? Aquí estamos seguros, es confortable, tenemos reservas de alimentos, ¡y hasta hemos encontrado gallinas que nos dan huevos frescos!

Matt iba almacenando toda la información, mientras se hacía una idea de este nuevo mundo, cada vez más apasionante a la par que inquietante. Los cínikos... Los glotones... Los panes. ¿Qué había pasado la famosa noche en que la Tormenta había asolado el mundo? ¿De qué naturaleza eran los relámpagos que volatizaban a la gente? ¿Cómo habían llegado hasta allí?

Tobías saltó de su asiento y le hizo una seña para que lo siguiera. Zigzaguearon entre pasillos con artesonado, escaleras y salas llenas de cuadros, libros y esculturas. Luego subieron los peldaños en espiral de una estrecha torre. Matt empezaba a sentirse verdaderamente cansado, las piernas le fallaban y la cabeza le daba vueltas.

Su amigo empujó una trampilla y salieron al punto más elevado de la mansión. Desde allí, se divisaba toda la isla.

Matt tenía la respiración entrecortada. Un trozo de tierra de dos kilómetros de largo por uno de ancho —a ojo de buen cubero— cortaba el río en dos brazos grises y móviles. Un mullido manto de vegetación cubría toda la isla, salvo las siete mansiones, cuyas agujas, torres, cúpulas y contornos de piedra surgían como cumbres escarpadas que atravesaran un mar de nubes. Matt reparó también en un conjunto desordenado de pequeñas construcciones más apartadas.

—¿Qué es eso de allí abajo?

El viento le agitó la melena. Las colinas que rodeaban la isla y el río se perdían en un horizonte boscoso.

—Es el cementerio. Hay tres lugares que debes evitar. Aquel —dijo Tobías al tiempo que señalaba la mansión del Minotauro y su gigantesca torre—, el cementerio y la orilla del río, sobre todo los muelles que se encuentran en el extremo sur de la isla.

—¿Por qué?

—Porque son peligrosos. El río, por ejemplo, está atestado de cosas extrañas. Nunca llegamos a verlas del todo, pero basta con divisar las formas negras que nadan en el agua para comprenderlo. Debemos pescar para conseguir que nuestra alimentación sea variada, ¡pero la pesca aquí es una actividad de riesgo! La semana pasada, Steve, que sostenía la caña, estuvo a punto de ser arrastrado por un pez, y vimos salir una aleta del tamaño de una canasta de baloncesto. En lo que se refiere al cementerio y a la casa, créeme, es mejor no acercarse.

Matt estaba tan sorprendido por la actitud de su amigo como por lo que iba conociendo. Tobías había cambiado mucho en cinco meses, y no solo en su aspecto físico. Ahora se expresaba mejor, con más calma, revelando una madurez y una seguridad nuevas. Sin embargo, seguía siendo un chico dinámico, incapaz de permanecer más de unos segundos quieto en el mismo sitio, ¡un hiperactivo siempre en movimiento!

Un gran cuervo vino a posarse sobre una almena, justo a su lado. Los miró con sus pupilas negras.

—Al menos, aún hay pájaros —comentó Matt.

—Sí, de hecho, descubrimos las consecuencias de la Tormenta cada mes. Gracias a los Caminantes de Largo Recorrido, cuando pasan por aquí, lo cual es raro, o cuando salimos.

—¿Exploráis los alrededores?

—¡No, eso no! Hay demasiados accidentes cada vez que lo hacemos, por lo que las salidas se limitan al máximo.

Por la cara sombría que puso Tobías, Matt imaginó un sinfín de tragedias y no hizo ninguna pregunta.

—La mayoría de nuestros problemas ocurren cuando salimos al bosque a coger fruta. Pero no podemos dejar de hacerlo. Doug dice que es necesario comer fruta fresca si no queremos enfermar. Y periódicamente nos faltan víveres. Entonces vamos a las ruinas de una ciudad, a unos kilómetros de aquí, para abastecernos de todo: agua potable, harina y botes de conserva fundamentalmente.

—¿En la ciudad, no faltan las provisiones?

—¡Al contrario! No nos da tiempo a comérnoslo todo antes de que venza la fecha de caducidad. Nos las arreglamos bien. Pero, antes o después, habrá que cazar; hace tiempo que no comemos carne. Y si no empezamos a cultivar la tierra, llegará un día en que nos falte harina para hacer pan.

Tobías miraba la extensión del bosque que los rodeaba, que parecía infinita.

—Todo está por hacer —añadió en voz baja.

—Doug parece estar muy... presente en todo lo que se hace aquí, ¿verdad?

Su amigo asintió.

—Es uno de los mayores, conoce bien la isla porque vivía aquí y es muy inteligente. Sabe un montón de cosas. Y si un día no lo sabe, al día siguiente ya lo ha averiguado. Creo que se pasa el tiempo en las bibliotecas de la casa. Has debido verlas, ¡están por todas partes! Su padre era un intelectual, un coleccionista de arte y de conocimiento. De tal palo, tal astilla, ¿no?

Matt sintió que el corazón se le encogía al pensar en su padre. Ahora ya no se planteaba el divorcio ni la separación, ni tenía que elegir entre su padre o su madre. En ese momento, echó de menos ese cruel dilema. Luego la cabeza empezó a darle vueltas de nuevo, con más fuerza. Se sentía agotado, había forzado sus músculos y su cuerpo no podía más, el entusiasmo que lo había llevado hasta allí se había debilitado.

Tobías tuvo que ayudarle a volver a su habitación, donde se durmió enseguida.

Se despertó a la hora de la cena y, a pesar de las protestas de Doug, bajó para comer con los demás chicos de la casa. Todos estaban presentes, esta noche, los turnos de guardia los hacían otros muchachos. Además de los dos hermanos rubios, Tobías y Billy, con su pelo revuelto, Matt conoció a Calvin, un chico negro con una enorme sonrisa que dejaba al descubierto toda su dentadura, y a su opuesto, Arthur, un muchacho de escasa estatura, poco amable, que miró a Matt de arriba abajo cuando bajó por la gran escalera. *Pluma* no estaba y Tobías le explicó que la perra prefería vivir fuera. Solía perderse en la espesura y solo reaparecía de tanto en tanto, cuando le parecía bien. Se buscaba su propio alimento y lo único que había que hacer por ella era cepillarla cada cierto tiempo.

Le ofrecieron a Matt la cabecera de la mesa, mientras que Travis —que parecía recién salido del bosque, con su mono manchado de tierra y su cabello pelirrojo, lleno de briznas de hierba— les servía una sopa de verduras. Owen, el benjamín del grupo, con once años recién cumplidos, cara chispeante y mirada traviesa, hizo una bolita con la miga del pan y la lanzó al pelo del pelirrojo. Doug le regañó en un tono severo:

—¡No jugamos con la comida, Owen! Ahora esto es lo más importante.

Regie estuvo completamente de acuerdo. El chico había dejado el sombrero a su lado.

—Creía que no podría caminar hasta dentro de unos días —dijo Arthur extrañado al tiempo que señalaba a Matt.

Doug se encogió de hombros.

—Yo también. Como ha estado cinco meses en cama, sus músculos se han debilitado, pero cuando se le mira, no parece estar enclenque. Confieso que… Matt es muy vigoroso.

Todo en su actitud ponía de manifiesto que el joven no entendía nada.

Los nueve ocupantes de la mansión del Kraken comieron con apetito antes de subir a acostarse. Habían tenido una dura jornada de trabajo y nadie pensaba en trasnochar. Matt declinó la invitación de Doug de acompañarlo a su habitación, pues ya empezaba a orientarse en ese laberinto de pasillos y salones.

Sin embargo, en algún momento debió de olvidar algún giro porque ya no iba en la dirección correcta. De repente, se encontró en mitad de una escalera de madera, frente a una ventana estrecha y alta. Fuera, la casa encantada destacaba en la noche. Matt sintió deseos de quedarse al acecho para ver con sus propios ojos esas manifestaciones extrañas cuando oyó una conversación procedente de un pasillo cercano.

—Quedamos a la una de la mañana, ¿de acuerdo? —dijo la primera voz.

—De acuerdo. No olvides las mantas, fuera hace frío —respondió la segunda.

Matt supuso que hablaban de montar guardia, aunque le sorprendió porque Doug le había explicado lo contrario durante la cena: que nadie de la casa del Kraken estaba de guardia esta noche.

—Y no hagas ruido como el otro día —repuso la primera voz—. ¡No tengo ganas de que nos pillen Tobías o el nuevo!

Esta vez, Matt puso cara de extrañeza. Estaban tramando algo. Sin embargo, cuando bajó los escalones con cuidado para que no crujieran, no había nadie en el pasillo. Los muchachos se habían ido.

Matt encontró su habitación por fin y se acostó dejando la vela encendida. Observaba el techo. ¡Cuántos misterios y curiosidades albergaba esta isla! Luego, cuando los párpados se volvieron pesados, sopló sobre la llama y se dio la vuelta para dormir. Estaba demasiado cansado para plantearse la posibilidad de vigilar la mansión a la una de la mañana.

Los misterios tendrían que esperar un poco.

18

Ceremonia

Durante los tres días siguientes, Matt permaneció en la mansión o en el terreno de alrededor para ayudar con la poda de raíces y lianas. Había que ocuparse de ello todos los días si no querían que desaparecieran los pocos senderos existentes, bastante estrechos de por sí. La vegetación crecía a una velocidad demencial.

El joven no mencionó a nadie la breve conversación que había sorprendido en el pasillo y guardó este secreto para sí mismo a la espera de saber más del resto de los muchachos. Él realizaba tareas poco exigentes para no cansar su cuerpo demasiado rápido. *Pluma* lo acompañaba con frecuencia y todos le decían que era raro ver a la perra tan a menudo en la casa. Matt se sintió emocionado: *Pluma* era su perra, no tenía ninguna duda. Pero lo más extraño era que el animal había crecido mientras él había estado en coma. Ahora le llegaba al hombro, lo que la convertía en el perro más grande que Matt había visto en su vida.

Doug, por su parte, no dejaba de asombrarse de la resistencia de su paciente. Le parecía inconcebible que pudiera mantenerse tanto tiempo de pie después de haber permanecido en cama durante cinco meses. Matt supuso que aquello se debía a que él se levantaba durante el coma para ir al baño, aunque lo hiciera como un sonámbulo, pero esta razón no resultaba convincente para Doug.

Matt conoció a algunos de los otros panes que vivían en la isla: Mitch y sus grandes gafas, el artista de la banda, capaz de dibujar cualquier cosa en unos minutos con sus escasos trece años; Sergio,

139

musculoso y de temperamento apasionado, y la dulce Lucy, con sus inmensos ojos azules, que suscitaban las sonrisas de los chicos mayores. Sin embargo, Matt no vio a Ámbar y lo lamentó. Por otra parte, el joven percibió la existencia de clanes en la isla: los más pequeños iban siempre juntos y se mantenían un poco apartados; también vio a tres chicos fornidos conversar como si formaran un grupo distinto y unido.

La noche del quinto día después de que hubiera despertado, se organizó una reunión en la gran sala del Kraken. Matt se había dado cuenta de que los panes de la isla rara vez decían «mansión», sino el nombre del animal mitológico que la caracterizaba.

Matt siguió la llegada de todos desde el alto balcón interior. La sala se llenó poco a poco, todos iban a buscar un vaso antes de ocupar una de las numerosas sillas instaladas a lo largo de las mesas de madera maciza. El chico se preguntó si debía unirse a ellos, pero prefirió permanecer en su tribuna, desde donde tenía una visión de conjunto.

Tras un momento de confusión, Doug se subió al estrado de la chimenea. Parecía muy pequeño junto a ella y, durante un segundo, Matt tuvo la desagradable sensación de que la chimenea era una boca negra y gigantesca dispuesta a engullirlo.

—¡Por favor! —dijo Doug levantando los brazos.

El clamor se acalló y las cabezas se volvieron en dirección a él.

—¿Quién está de guardia en el puente? —preguntó.

Un chico negro bastante robusto se inclinó para responder:

—Roy. Es el único que está fuera, todos los demás estamos aquí.

Doug asintió.

—Bien —continuó—. ¡Silencio, por favor! Vamos a empezar. Tenemos que tratar varios puntos, pero antes de nada quisiera presentaros a nuestro recién llegado. Bueno, está con nosotros desde hace cinco meses, aunque…

En ese momento, Matt se incorporó. Esto no se lo esperaba.

—Se llama Matt y os pido que lo recibamos como se merece.

A continuación, las sesenta y cuatro personas sentadas abajo se pusieron a golpear a la vez el culo del vaso contra la mesa. Un potente martilleo invadió la sala y Matt se sintió minúsculo. Bajó las escaleras saludando brevemente a la asamblea y Doug le indicó que se sentara.

Ruborizado, Matt localizó un sitio al lado de Tobías y se instaló allí, con la cabeza baja.

—¡Qué entrada más estrepitosa! —murmuró su amigo.

—Me da vergüenza. ¿Sabes lo que hacemos aquí?

—Como siempre, nos organizamos para los próximos días. Vamos a fijar los turnos de guardia, las tareas, etc.

Doug abordó el problema de una grieta en un tejado y solicitó voluntarios para efectuar la reparación. De entre los mayores, surgieron voces ofreciéndose. Cuando se distribuyeron las tareas, Matt se dio cuenta de que los más pequeños efectuaban la poda, mientras que se reservaba la vigilancia y la pesca a los panes de más edad. Las chicas recibían el mismo trato que los chicos, lo que Matt no dejó de comentar. Tobías le respondió en voz baja:

—Al principio, es cierto que se encomendaba la cocina, la colada y ese tipo de cosas a las chicas, pero un grupo de ellas se sublevó y pidió hacer lo mismo que los chicos. Por supuesto, no todo el mundo estaba de acuerdo, Doug el primero. Entonces se las puso a prueba y… resultó que ellas hacían las cosas tan bien como nosotros, por lo que ya no hacemos diferencias. Esto nos sirvió de lección.

Doug distribuyó otras misiones y acabó con una curiosa observación:

—Desde hace un mes, varios de vosotros habéis venido a verme por tener fiebre y problemas de la visión. Quisiera tranquilizar a todo el mundo. No se trata de ninguna enfermedad. Los chicos y chicas afectados están mejor… y…, bueno, la situación está bajo control.

Matt percibió claramente el desasosiego de Doug. No había oído hablar de esta historia, pero parecía poner al muchacho rubio en una posición incómoda.

—Bueno, paso la palabra a Ámbar que quería deciros algo sobre este tema.

El martilleo de vasos contra las mesas servía de aprobación general. Matt lo comprendió cuando vio que todos lo hacían mientras asentían con la cabeza.

Doug cedió su puesto a la preciosa muchacha rubia de reflejos pelirrojos. Matt pudo por fin contemplarla todo lo que quiso. Ella era tan hermosa como en su nebuloso recuerdo. Alta y orgullosa, se dirigió al auditorio mientras lo barría con una mirada.

—En efecto, cada vez somos más los que experimentamos cambios en los últimos tiempos. No me pidáis que os lo explique, pero tengo buenas razones para pensar que están relacionados con la Tormenta. Creo que nuestros organismos deben adaptarse a este mundo nuevo. Nosotros tuvimos la suerte de no ser transformados, como algunos adultos, en glotones, pero es probable que en el aire resida una fuerza responsable de las modificaciones de las moléculas de la vegetación, lo que explica todos estos cambios. Quizá nosotros también seamos sensibles a ello.

—¿Una científica oculta en el cuerpo de una adolescente? —bromeó Matt.

—¡También es lista! —afirmó Tobías.

—¿Y simpática? —preguntó Matt, que no conseguía despegar su mirada de la joven.

—No demasiado. Nunca habla de ella. Incluso diría que es… más bien fría.

Matt se sintió decepcionado, eso no coincidía con su impresión. «¡Estabas en un estado comatoso!», se escuchó en su interior.

—En cualquier caso, os ruego que no dudéis en venir a verme si notáis alguna alteración. Doug ya tiene bastantes cosas de que ocuparse, por lo que hemos acordado que tratéis este tema conmigo. Ya sabéis dónde encontrarme.

Los vasos tronaron de nuevo contra las mesas. Mientras todo el mundo se levantaba para salir en medio del barullo general, varios chicos y chicas se acercaron a saludar a Matt con intención de darle la bienvenida. Él se lo agradeció, hasta que Ámbar surgió delante de él. Ella era casi tan alta como él, lo que no era poco, ya que él medía un metro setenta a sus catorce años.

—Encantada de verte por fin en pie —dijo la chica a modo de saludo.

El único tema de conversación que se le ocurrió a Matt fue preguntarle por lo que había sido ella antes de la Tormenta.

—Gracias. Y tú, ¿de dónde vienes? Tu ciudad de origen, quiero decir.

Ámbar frunció el ceño, miró a Tobías de arriba abajo como si fuera el responsable y soltó:

—Aquí ya no hablamos de esas cosas. Se ha convertido en una falta de educación. ¿No te lo han dicho?

—Ah, no. Lo siento.

Y antes de que ella decidiera marcharse, se apresuró a añadir:

—Gracias por haber cuidado de mí cuando estaba en coma.

—No era un coma ordinario. Todos teníamos miedo de que no salieras nunca de él.

—Pareces estar muy puesta en ciencias.

La chica arrugó los labios y se tomó su tiempo para pensar.

—Soy cartesiana, creo. Me gusta saber cómo funcionan las cosas, nada más. Llámalo curiosidad. Por cierto, ¿tú no tendrás conocimientos de física o de biología…?

—¿Lo dices por si pudiera ayudaros con esas enfermedades de las que Doug y tú hablabais hace un momento?

—No se trata de enfermedades. Solo intento comprender, nada más. Y, en este caso, necesito información sobre física.

—Quizá podrías encontrar lo que buscas en las bibliotecas del Kraken. Precisamente, Tobías y yo habíamos pensado pasarnos un rato esta noche. Podríamos ayudarte.

Tobías miró a su amigo, que estaba improvisando.

La cara de Ámbar se iluminó.

—¡Excelente idea! Nos encontraremos aquí dentro de una hora. Tengo que pasar por la Hidra.

Cuando la muchacha se alejó, Tobías observó a Matt.

—Te gusta, ¿verdad? —adivinó el muchacho.

—En absoluto, no digas tonterías. He pensado que era una ocasión para conocerla mejor.

Nada convencido, Tobías gruñó.

—¡Me pregunto qué vamos a hacer a esas horas en una biblioteca! ¡Desde luego, a veces tienes unas ideas...!

—¿Habías oído hablar de esa historia de las enfermedades?

—Vagamente. Algunos tienen miedo, sobre todo desde que el último Caminante de Largo Recorrido nos informó de que sucedía lo mismo en el lugar que acababa de visitar. Dolores de cabeza, fiebre...; al final se pasa, pero asusta mucho. De repente, ha surgido un rumor: ¿y si los panes también estuvieran cambiando? Si algunos hombres se han convertido en glotones, ¿por qué no nosotros?

—¡Qué horror! —exclamó Matt mientras hacía una mueca—. ¿A ti te duele la cabeza?

—¡No, y cruzo los dedos para que eso no suceda!

Se dirigieron a las habitaciones para hacer tiempo y esperar a Ámbar. Por el camino, Matt levantó el dedo índice.

—Bueno, quería preguntarte cómo hacemos para saber la hora.

Tobías señaló un viejo reloj de madera que estaba en un rincón de la sala.

—¡Los mecanismos de cuerda y agujas aún funcionan! Son los sistemas eléctricos o a pilas los que han sido destruidos.

—¿Y los coches?

—Ni rastro. Se han fundido hasta disolverse en charcas que despiden reflejos metálicos. Ahora todo está cubierto de vegetación. Hasta las ciudades están irreconocibles: ¡parecen ruinas de mil años de antigüedad!

Mientras charlaban, no se dieron cuenta de que un adolescente los escuchaba con interés desde un entrante de la gran sala. El chico los espió hasta que desaparecieron en la planta de arriba; luego se envolvió en una capa gris y salió a la noche.

19

La Alianza de los Tres

Se encontraron con Ámbar a la hora señalada y subieron a los pisos superiores guiados por Tobías.

Cada uno llevaba una lámpara de aceite, única fuente de luz, junto con las velas que jalonaban los corredores, colocadas en los antorcheros que antes tenían una función decorativa. Tuvieron que examinar los lomos de los libros de dos bibliotecas antes de encontrar la que contenía las obras científicas. Se trataba de una sala pequeña y apartada, en el último piso. Las paredes desaparecían detrás de estanterías colosales, tan elevadas que habían construido una cornisa a lo largo del perímetro de la habitación, a cuatro metros de altura, a la que se accedía por una escalerilla que crujía al pisarla.

Las obras cubrían la decoración que consistía en un mosaico policromado, cuyos colores resultaban atenuados por la débil luz de la luna que entraba por las ventanas. Una mesa rodeada de bancos tapizados en verde reinaba en el centro de la habitación.

—¿Qué es lo que buscamos? —preguntó Matt.

—Todas las obras que traten de electricidad y de energía aplicada a los desplazamientos.

Los dos muchachos se miraron sorprendidos. Tobías protestó:

—¿Estas segura de que eso nos va a servir…?

Ámbar le cortó:

—¿Queréis ayudarme o no?

Los chicos asintieron y se repartieron las estanterías. No era fácil leer los títulos a la luz de las lámparas de aceite y, con frecuencia, debían abrir el libro para examinar su índice. Después de una hora de inspección, solo habían separado un volumen. Ámbar, que tenía adjudicado el sector superior, se inclinó sobre la barandilla para dirigirse a los muchachos:

—No encuentro nada. Por casualidad, en lo que habéis examinado, ¿no habría una obra sobre telequinesia o electricidad estática?

Matt puso cara de no entender nada.

—¿Qué es la telequi...?

—Es el desplazamiento de objetos a distancia. Ser capaz de mover un tenedor sin tocarlo, por ejemplo.

—¡Lo que necesitas son libros de magia! —se rió Tobías.

Pero al ver la severa mirada de la chica, se puso serio enseguida.

—No, no he visto nada de eso —declaró.

—¿Por qué te interesan esos temas? —preguntó Matt.

—Porque pueden tener relación con lo que sucedió en el mundo durante la Tormenta.

—¡Nunca sabremos lo que pasó!

—Desengáñate. La respuesta seguramente está dentro de nosotros.

—¿Dentro de nosotros? ¿Cómo puede ser?

Ámbar vaciló antes de continuar con la conversación; luego bajó para reunirse con los muchachos. Los tres se sentaron alrededor de la mesa.

—Estoy segura de que no tenemos ninguna enfermedad, solo es una modificación natural, las consecuencias de la Tormenta sobre nuestro organismo.

—¿Y lo has deducido tú sola? —se asombró Matt.

—A decir verdad, fue Doug quien me dio la idea. Figúrate que él piensa que ha sido la venganza de la Tierra. Los hombres la maltrataron durante mucho tiempo y la contaminaron hasta hacerla inhabitable. Antes de que todo se destruyera, la Tierra se volvió contra nosotros. Los científicos ignoraban muchas cosas sobre el mundo, la energía y la chispa de vida: esta electricidad esencial para la aparición de la vida es la misma que anima nuestras células. ¿Y si esta chispa de vida fuera sencillamente el latido del corazón de la Tierra? Aunque en un momento dado el planeta decidió cambiarlo todo antes de que fuera demasiado tarde.

Las llamas iluminaron el rostro de Ámbar, destacando la suavidad de sus rasgos.

—Hablas de la Tierra como si fuera una... forma de vida.

—Porque es exactamente eso. Doug dice que la Tierra tendría una forma de conciencia que se nos escapa, que se transmite en la esencia de cada cosa, en el corazón de los vegetales, de los minerales y del hombre, por supuesto. Y para defenderse de los hombres, el planeta habría activado esta inteligencia con intención de alterarla. Ha modificado las células de los vegetales para que crezcan más deprisa y recuperen el control del planeta. Y, lo primero de todo, jugó con sus humores: el clima. Los relámpagos que vimos todos sirvieron para desequilibrar el patrimonio genético de los hombres sobre los que caían. La mayoría ha desaparecido, se ha volatilizado, probablemente porque su organismo no soportó la descarga; otros mutaron y se convirtieron en glotones. Algunos no fueron fulminados y hoy son los cínikos. Y, por último, estamos nosotros, los panes. Es como si la Tierra tuviera esperanza en nosotros. No ha destruido a toda la humanidad, sino que ha salvado a sus hijos para que rehagan el mundo de mañana de un modo más respetuoso.

—Entonces, ¿por qué los adultos son tan agresivos con nosotros? —preguntó Tobías.

—Porque la Tormenta les ha privado de su memoria, de lo que ellos son. Lo único que les queda es la conciencia de que solo los niños se han salvado por la voluntad de alguien.

—¿Nos tienen... envidia?

Ámbar se encogió de hombros.

—No lo sé, todo son suposiciones. Pero parece factible cuando miramos alrededor de nosotros. Sabremos más cuando descubramos por qué los cínikos secuestran a los panes.

—¿Y cuál es la relación con la tele... telequinesia? —insistió Matt.

—Pues bien...

Ámbar evaluó a sus dos interlocutores durante un instante antes de proseguir:

—Cada vez más panes se quejan con mayor frecuencia de cosas extrañas. Una chica de mi casa recibe descargas de electricidad estática cada vez que toca un objeto. El otro día estalló enojada, no podía más. Un montón de relámpagos minúsculos aparecieron en el suelo; tenían el tamaño de un grano de arroz, pero había muchos y era de noche, ¡no podían pasar desapercibidos!

—¿Quieres decir que ella los provocó? —preguntó Tobías sorprendido.

—Sí, estoy segura. En cuanto descubrió ese espectáculo alucinante, ella se calmó y los relámpagos desaparecieron. A partir de entonces, ya no sufre una descarga cada cinco minutos, pero el pelo se le eriza cuando duerme, ¡como si por ella pasara una corriente eléctrica! No le he dicho nada para no asustarla, pero aquí está pasando algo.

—Y ¡éso es algo extraordinario! —dijo Tobías.

—Y no es la única. En la mansión de Pegaso, un chico hace fuego en un segundo. Frota dos trozos de sílex y sale una llama enorme. Todo el mundo ha intentado hacer lo mismo, pero nadie lo ha conseguido. Y que no me digan que tiene habilidad, porque ¡no se hace fuego con dos piedras a la primera!

—¿Crees que nosotros estamos también… mutando? —se inquietó Matt.

Ámbar puso una cara indecisa.

—Creo que somos víctimas del mismo «impulso», como diría Doug, generado por la Tormenta. Este impulso que ha transformado el mundo nos ha modificado a su manera y se ha integrado en nuestra genética.

—¿Qué es la genética? —intervino Tobías.

—La urdimbre de nuestros genes, todo lo que hace que tú seas un ser humano de piel negra, blanca o de otro color, con un tono u otro de pelo, con una estatura alta o baja; en resumen, es la combinación biológica de lo que tus padres y tus antepasados te transmiten, lo que determina que seas como eres.

—¡Eso es algo extraordinario! —exclamó Tobías, fascinado.

—Hemos tenido la suerte de no convertirnos en glotones, pero algunos de nosotros desarrollan vínculos con ciertos aspectos de la naturaleza. La chispa con el fuego, la electricidad y...

—¿La telequinesia?

Ámbar miró a Matt.

—Sí.

Ante el silencio y la actitud incómoda de la muchacha, el chico dudó si continuar con la conversación, pero de repente entendió lo que pasaba.

—Eres tú, ¿verdad? Tú sufres esa... transformación.

—Prefiero decir alteración. Sigo siendo la misma, salvo por un... cambio sutil que se opera en mí y que yo siento.

Tobías abrió mucho los ojos, como si estuvieran lloviendo chocolatinas.

—¡Eres capaz de mover objetos sin tocarlos! —insinuó.

—¡Chssssssss! —dijo Ámbar nerviosa—. ¡No lo pregones! No tengo ganas de que me vean como un monstruo de feria. Por eso quería encontrar libros sobre física, para comprender las fuerzas que están presentes.

—¿Puedes realmente desplazar objetos? —insistió Tobías.

—No, no del todo. Por lo general, soy bastante torpe. En mi vida, he tirado un número increíble de vasos, tazas, bolígrafos y demás objetos, que se caen o ruedan en el momento en que voy a cogerlos. Cuando era pequeña, creía que estaba gafada, una tontería, lo reconozco. Me pasa porque no presto atención, siempre estoy pensando en varias cosas a la vez y ando distraída. La semana pasada, le di un codazo a una lámpara sin querer. Me lancé a cogerla antes de que se estrellara contra el suelo, siempre lo hago, aunque no sirva de nada porque es imposible ser tan rápida, pero ¡es un reflejo! Era tarde y no quería despertar a las demás chicas, entonces deseé con todo mi corazón que la lámpara se quedara inmóvil y puedo jurar que la caída se... ralentizó. Tuve tiempo de cogerla justo antes de que tocara el suelo.

—¡No! —replicó Tobías, incrédulo—. ¿Bromeas?

Matt, por su parte, no ponía en duda la palabra de la muchacha ni por un segundo. Después de la Tormenta habían sucedido tantos fenómenos increíbles que aquello no le sorprendió.

—¿Puedes controlar ese poder? —preguntó el chico.

—No, aunque está dentro de mí.

—¿Se lo has comentado a los demás?

Tobías estaba atento al interrogatorio y su escepticismo se transformó en curiosidad.

—No, sois los primeros. En la Hidra, algunas chicas sospechan que algo no va bien, pero no adivinan lo que es.

Observó a los dos muchachos que la miraban con semblante serio y luego suspiró.

—¡Si supierais lo bien que sienta compartir este peso! —murmuró ella, frágil de repente.

Ámbar no dejaba de sorprender a Matt. A veces casi adulta en su vocabulario o en la pertinencia de sus afirmaciones y, a continuación, infantil cuando se le caía la máscara de muchacha bonita, segura de sí misma. La chica se recuperó enseguida.

—¿No querríais ayudarme en la investigación, no solo esta noche, sino más días? Creo que los panes de la isla que sufran dolencias particulares vendrán a verme y juntos podremos intentar descubrir los misterios de esta alteración.

—No hay ningún misterio —replicó Tobías con su simplicidad habitual—. Si lo que cuentas es cierto, ¡entonces los panes están adquiriendo poderes!

Ámbar sacudió la cabeza con energía.

—¡No son poderes! Esta palabra tiene una connotación mágica, sobrenatural y, francamente, ¡no lo creo ni por un segundo! Se trata de facultades relacionadas con la naturaleza, ¡estoy segura! Sergio tenía fiebre, estaba ardiendo antes de hacer fuego con dos trozos de sílex. Gwen no dejaba de recibir minúsculas descargas antes de provocar los relámpagos. Existe un vínculo entre la naturaleza y las facultades que desarrollamos. Estas aparecen de forma progresiva, con síntomas que pueden ponernos sobre aviso. Hay que reseñar las molestias de otros panes para entender la alteración que se va a producir en ellos.

—¿No podríamos hablar con Doug? Él sabe tantas cosas... —propuso Tobías.

—¡Ni hablar! —se opuso Ámbar—. Lo noto... raro.

—¡Él sabe de todo! ¡Él sabrá lo que hay que hacer! —insistió Tobías.

—¡Precisamente! Sabe demasiado. Es sospechoso. Siento que no nos lo dice todo. He tenido conversaciones con él sobre la Tormenta, y sus deducciones, que os he contado, son de una lógica formidable. ¿Cómo puede pensar todo eso con solo dieciséis años?

—¡De la misma manera que lo haces tú! —replicó Tobías.

—¡Yo me limito a desarrollar lo que él ha descubierto!

—Entonces es un genio, nada más.

Ámbar no estaba convencida.

—No lo creo. Pero quizá soy paranoica, no sé...

—No, yo estoy de acuerdo contigo —intervino Matt—. No actúa como los demás. Creo que no le gusto. Es autoritario y...

—¡Por eso, deberíamos felicitarle cuando menos! —objetó Tobías—. Sin él y su autoridad, esta isla sería un campo de batalla. Al principio, los panes mayores y los más fornidos quisieron hacerse con el mando, era la ley del más fuerte. Doug supo reconducirlos de inmediato. Ha dado muestras de inteligencia y firmeza para tomar el control de la isla y dirigirla. Sin su autoridad, esto sería un caos. Creo que es... natural en el hombre, incluso en los adolescentes: los más fuertes intentan imponerse y hacer la ley si no hay alguien más listo que lo organice todo y establezca un equilibrio.

—De acuerdo, es un buen líder —concedió Matt—. Dicho esto, Doug oculta algo, y eso no es todo —añadió en voz baja.

Entonces Matt les contó la conversación que había sorprendido tres noches atrás.

—No pude reconocer las voces, pero no eran ni Doug ni Regie, de eso estoy seguro. Lo que significa que hay secretos en el Kraken y que es mejor ser discretos.

Ámbar estuvo de acuerdo.

—Os propongo que los tres formemos una alianza. Estaremos atentos a los comportamientos extraños de los otros panes y nos encontraremos regularmente aquí para analizar la situación. ¿Doug viene mucho por esta biblioteca? —preguntó volviéndose hacia Tobías.

—No, creo que se mueve más por las plantas de abajo. Esto está desierto.

—¡Perfecto! Con todos estos pasillos y puertas, podré reunirme con vosotros sin llamar la atención.

Ella tendió la mano por encima de la mesa y los dos muchachos superpusieron las suyas en un gesto solemne.

—Investigaremos juntos —anunció ella— por la verdad y el bienestar de los panes.

Bajo el cálido resplandor de las lámparas de aceite, los jóvenes compartieron una mirada excitada ante esta promesa de secreto.

—Por la verdad y el bienestar de los panes —repitieron al unísono.

Había nacido la Alianza de los Tres.

20

¡Traidores!

Durante los días siguientes, Matt continuó con su reposo y participando a su ritmo en diferentes tareas. Aunque puso mucha atención, no observó nada anormal en sus compañeros. Ni conciliábulos sospechosos, ni manifestaciones de la alteración.

No sabía si se estaba acostumbrando a la idea de no volver a ver a su familia, pero cada día sobrellevaba mejor su tristeza, aunque siempre estaba presente, sobre todo antes de quedarse dormido. En ese momento, se echaba a llorar, pero se apresuraba a ocultar sus lágrimas. ¿Habrían pasado los demás panes por lo mismo? Probablemente. A Matt le daban pena los más pequeños, los niños debían de sufrir por esta falta de afecto. Este abandono. Sin duda, por esta razón iban siempre juntos. Matt se había fijado en esos grupos de cinco o seis críos que caminaban, hablaban, comían y dormían como una banda. Doug y los otros panes más mayores se lo permitían porque pensaban que lo necesitaban. La dinámica del grupo creaba de algún modo una coraza protectora, un calor humano, el sentimiento de no estar solos.

Una tarde, cuando Matt estaba cavando en un terreno que habían conseguido despejar para plantar lechugas, una trompeta sonó dos veces.

—¿Qué es eso? —preguntó inquieto al ver que todo el mundo se incorporaba de pronto.

—Es el vigilante del puente —explicó Calvin—. Dos toques quiere decir: ¡Caminante de Largo Recorrido!

Los muchachos soltaron las herramientas y se precipitaron hacia el sendero. Aunque ya hacía una semana que se había levantado de la cama, Matt nunca se había alejado del Kraken; Doug se lo había desaconsejado vivamente hasta que no estuviera en plena forma. Al principio, Matt dudó, pero luego consideró que se encontraba bien y siguió a los otros chicos a un paso más lento.

Pasaron entre matorrales y árboles, llegaron a otro camino bordeado de zarzas y helechos, subieron una colina y descubrieron el puente más abajo. El extremo partido —grandes bloques blancos sobresalían en la superficie del río— se salvaba con una pesada plancha metálica que seis muchachos se ocupaban de deslizar sobre unos troncos para cubrir el agujero.

En la otra orilla, procedente del bosque, un adolescente envuelto en una capa verde oscuro esperaba sobre su caballo. Cuando la plancha estuvo colocada, el muchacho cruzó. A continuación, repitieron la maniobra en sentido inverso y retiraron los troncos. Un minuto después, solo quedaba un gran agujero de cinco metros de diámetro.

Los panes llegaban corriendo de todos los rincones de la isla para saludar al Caminante de Largo Recorrido. Cuando el caballo estuvo a su altura, Matt se dio cuenta de que el jinete tenía al menos dieciséis años, quizá diecisiete. Sus rasgos se veían marcados por el cansancio, estaba sucio, tenía una costra de sangre seca en el pómulo y otra en la frente, mientras que un enorme cardenal cubría el envés de la mano derecha, la que sostenía las riendas. Los caballos eran un bien preciado, Matt lo había aprendido. Había faltado poco para que se volvieran salvajes.

Condujeron al Caminante de Largo Recorrido hasta el Kraken para que descansara. Todo el mundo estaba impaciente por oír las noticias que traía, pero la tradición mandaba que el caminante comiera y durmiera primero. El muchacho, que respondía al nombre de Ben, se lavó la cara, se tomó un cuenco de sopa y devoró una hogaza entera de pan antes de preguntar:

—¿Quién es el responsable?

Doug dio un paso adelante.

—Podemos decir que yo, me llamo Doug. Pareces estar agotado, te conduciremos hasta una cama limpia y, esta noche, si te sientes mejor, te escucharemos en la gran sala.

—No, reúne a los panes de la isla ahora mismo —dijo el caminante mientras depositaba las alforjas en el suelo—. Debo hablar con vosotros sin demora.

Los adolescentes presentes en la cocina se miraron preocupados. Matt vio entre las alforjas un hacha con la hoja desafilada y el mango manchado de marrón.

—Hazlo ahora, Doug —insistió el visitante—. Quiero contaros las noticias del mundo sin esperar más, porque no son buenas.

La agitación que sacudía las filas de la gran sala revelaba una profunda angustia. No era normal reunirse en mitad de la tarde y el rostro opaco del Caminante de Largo Recorrido no invitaba a tranquilizarse.

El joven subió al estrado de piedra después de quitarse la capa llena de barro e hizo un gesto para pedir silencio.

Matt se dio cuenta de que no se había despojado de su cinturón, del que colgaba un enorme cuchillo de caza.

—Escuchadme, por favor. Guardad silencio y demostrad vuestro respeto por las noticias del mundo. Esta vez tengo miedo porque son siniestras.

Un clamor recorrió la sala antes de que el caminante levantara de nuevo el brazo.

—Parece que hemos localizado a los cínikos —expuso el joven—. Se encuentran en el sur. Lejos de aquí, podéis estar tranquilos. Pero son numerosos, muy numerosos, según algunos testimonios.

—¿Más allá del Bosque Ciego? —preguntó un pan pequeño, con gafas y una gran cicatriz en la mejilla.

—Sí, mucho más abajo.

Matt se acercó a Tobías y le preguntó en susurros:

—¿Qué es el Bosque Ciego?

—Muy lejos, al sur, hay un bosque tan grande que no se conocen sus límites. Los árboles son tan altos como un edificio y la vegetación es tan densa que no deja pasar la luz del sol. Nadie se ha atrevido a adentrarse en él.

Una chica peinada con una cola de caballo preguntó también a Ben:

—¿Cómo os habéis enterado? ¿Los Caminantes de Largo Recorrido habéis atravesado el Bosque Ciego?

—No —repuso Ben—, ese bosque tiene una extensión de cientos de kilómetros, pero muy lejos, al oeste, hay agujeros, pasajes sinuosos que utilizan los cínikos. Varios panes los han visto. Los cínikos han colonizado todos los territorios del sur, es decir, miles de kilómetros. Hay que comprobarlo, por su puesto, pero lo afirman dos fuentes diferentes. No sabemos nada de su organización, solo que se encuentran allí. Han realizado algunas incursiones en el norte, ya lo sabéis. Los rumores de los secuestros de panes son fundados. No tenemos cifras precisas, pero parece que varias decenas de panes han sido raptados. Y esto no cesa.

—¿Sabemos lo que les ocurre? —inquirió Doug.

—No. Solo que no se les vuelve a ver, nada más. Los cínikos los llevan con ellos al sur. Siguiendo una de esas expediciones, los panes han descubierto esas inmensas colonias. Por ahora, es imposible adentrarse más en sus tierras. Parece que obedecen a una jerarquía, pero es todo lo que sabemos.

Se elevó un murmullo.

—No he terminado —repuso el Caminante de Largo Recorrido—. Tengo... otra mala noticia. Todo nos lleva a creer que buena parte de estos secuestros han contado con ayuda de... los panes. Hay traidores.

El murmullo se transformó en exclamaciones de cólera.

—Está confirmado en dos comunidades —insistió Ben alzando la voz para hacerse oír—. Sin embargo, es probable que los traidores actúen también en otros lugares. Todos los Caminantes de Largo Recorrido transmitimos ahora esta información: prestad atención y estad vigilantes. Desde luego, tampoco podemos caer en la paranoia, que solo sembraría la discordia entre nosotros, pero un poco de vigilancia y una buena dosis de sentido común pueden ahorrarnos más de un disgusto.

Alrededor de Matt, todos los muchachos hicieron algún comentario:

—¿Crees que podría haber un traidor aquí?

—¡No, nosotros somos muy solidarios! Aunque... Roy está raro a veces...

Otro intervino enseguida:

—¡No, Roy no, lo conozco bien, es un buen chico! Sin embargo, Tony seguro que sí.

—¡Tony es legal, es mi colega, te lo puedo asegurar!

Otro añadió:

—¿Y Sergio? A veces tiene ideas raras.

—¡Imposible, es un cabezota, pero no hay un tío más honrado que él!

En cuanto se sospechaba de alguien, un pan se levantaba para defenderlo. Matt se dio cuenta de que esa era la diferencia fundamental entre los niños y los adultos: la capacidad de confiar, de ser solidarios.

—Vuestra isla está aislada de las demás comunidades de panes —añadió Ben—. Debéis estar en guardia, sois una presa tentadora. Estas son las dos grandes noticias del mundo. Esta noche, os hablaré de la vida en otros lugares, de los descubrimientos y de las ideas que circulan.

El joven bajó del estrado y Doug se acercó para hacerle preguntas mientras le conducía hasta una habitación limpia.

Matt cruzó una mirada con Ámbar, sentada un poco más allá, en un banco. Ambos asintieron levemente. Tenían que hablar.

Un poco más tarde, Matt y Tobías caminaban por un sendero que rodeaba la mansión del Kraken por detrás.

—Por cierto, ese grupo de ocho panes a los que te uniste cuando yo estaba inconsciente, antes de encontrar esta isla, ¿están todos aquí?

—Siete de ellos sí.

—¿Qué le sucedió al octavo?

—Octava. Era una chica. Sufrió un ataque mientras recogía fruta en el bosque. Nunca supimos lo que pasó exactamente, si fue una jauría de perros salvajes o un glotón. Solo se encontró su cuerpo, o lo que quedaba de él. Fue algo atroz.

—Ah —dijo Matt confuso—. Quizá la atacó un monstruo como el que estuvo a punto de saltar sobre nosotros antes de que *Pluma* lo ahuyentara.

—No. Después me he enterado de que los Caminantes de Largo Recorrido también se habían encontrado con alguno. Los llaman merodeadores nocturnos, únicamente se les ve por la noche. ¡Parece que son las criaturas más temibles!

—Solo con pensarlo se me pone la carne de gallina. Y los otros siete que te acompañaban ¿están aún aquí?

—Sí. Se trata de Calvin, que ya conoces, y de otros con los que aún no has coincidido, como Svetlana, una chica muy solitaria del Capricornio, o Joe, del Centauro. Desde que llegamos a la isla, estamos todos muy ocupados.

—¿Te dijeron por qué seguían a los escarabajos? ¿Te acuerdas? ¡Era lo que habían escrito en la tabla del bosque!

—¡Ah, sí! Era una idea de Calvin. Ya se había fijado en los escarabajos en el norte y, como todos iban hacia el sur, llegó a la conclusión de que había que fiarse del instinto de los insectos. Decía que miles de bichos que iban hacia el sur no podían equivocarse.

—No es ninguna tontería.

Ámbar vino a su encuentro y abordó directamente el fondo de la cuestión.

—Interesante lo que nos ha dicho Ben. ¿Esta historia de los traidores no os recuerda nada?

—¿La conversación que sorprendí la otra noche? —comentó Matt.

—Puede ser, en efecto. De todas fomas, es mejor ser prudentes. Os propongo que hagamos guardia esta noche y las siguientes. Necesitamos un sitio desde el que tengamos una buena vista del Kraken, aquí es donde se está cociendo algo. Al menos, así saldremos de dudas.

Los dos muchachos asintieron.

—Pero ¿dónde nos vamos a apostar? —preguntó Tobías—. Debe ser un lugar estratégico.

Ámbar hizo un gesto de no saber.

—El interior es demasiado grande para que podamos vigilarlo todo —se lamentó ella—. Y fuera... no es lo más adecuado, además, nos faltará altura para controlar las salidas.

Matt retrocedió un paso y extendió lentamente el brazo.

—El lugar estratégico es aquel. Desde allí, no se nos escapará nada.

Los otros dos siguieron el gesto con la mirada.

El muchacho señaló la mansión encantada, que se veía por encima de los árboles.

—Eh..., no, iréis sin mí —protestó Tobías.

—Matt tiene razón —replicó Ámbar—. Después de todo, se dice que está..., pero ¿quién lo sabe con certeza?

—¡No, no y no! —se embaló Tobías—. ¿Nunca habéis visto el humo verde que sale de ella? ¿Y el monstruo que vaga detrás de las ventanas? ¡Imposible, no pondremos los pies allí!

—Bueno, ya veremos, lo discutiremos luego —zanjó Ámbar.

—¿Nadie se dará cuenta si no estás en tu habitación esta noche? —se extrañó Matt.

—No, nadie vendrá a verme. No te preocupes. Cuando los primeros panes llegaron a la isla, Doug decretó que los chicos y las chicas no dormirían en las mismas casas, ¡pero nunca prohibió que pasaran la noche juntos si no dormían! —aseguró ella riéndose—. Además, estoy harta de su autoridad. Esta noche, cuando el Caminante de Largo Recorrido haya acabado, nos encontraremos debajo de la gran escalera. Allí, una puerta conduce al pasillo de servicio, enfrente de un armario. En ese lugar, estaremos seguros de que no vendrá nadie.

Ella extendió la mano y ellos colocaron las suyas encima.

—La Alianza de los Tres —dijeron a coro.

La alta torre de la mansión encantada los dominaba, insensible al viento helado que soplaba del norte, rodeada de cuervos que volaban en círculos como brujas alrededor de una hoguera.

21

Vigilancia

El Caminante de Largo Recorrido les habló de las comunidades del oeste: los hallazgos de unos, los descubrimientos de otros, cómo se organizaba cada aldea... También mencionó la existencia de disensiones, sobre todo a causa del ejercicio de la autoridad, que no siempre contaba con la unanimidad del grupo. Algunas comunidades celebraban elecciones para nombrar a un Gran Pan; en otras, se hacía de manera natural, como en esta isla. Sin embargo, Matt se dio cuenta de que esta relativa armonía —que él sentía frágil— en ocasiones nacía de la violencia. Al principio de las agrupaciones, los adolescentes más mayores, que solían ser los más agresivos, se habían impuesto a los demás. En ausencia de adultos e instaurado el reinado del miedo, la ley del más fuerte había prevalecido, antes de que la razón y la mayoría recuperaran el control. No obstante, aún había algunas comunidades donde la autoridad era ejercida por los más violentos, quienes tenían a sus compañeros reducidos a la esclavitud. De momento, nadie se atrevía a entrometerse, pero cada vez se alzaban voces más fuertes para denunciarlos.

Ahora que el Caminante de Largo Recorrido había descansado y se había lavado, Matt se fijó en sus heridas, que eran numerosas e impresionantes: varios cortes en el cuello y media docena de cardenales en los antebrazos, además del de su mano derecha, que estaba inflamado y evolucionaba hacia el verde veteado de azul. Los caminantes corrían enormes riesgos para mantener en contacto las comunidades panescas, se dijo Matt. Para dar esperanzas, transmitir noticias y devolver un poco de fuerzas a los adolescentes y a los niños mediante la comunicación entre ellos. Entonces comprendió el respeto y la gratitud que todos les profesaban.

Ben alisó una hoja de papel ennegrecido por las notas y se apoyó en ella para hacer una lista.

—Vamos a ver los distintos saberes y técnicas que han sido probados. Varios panes que vivían en el campo, algunos hijos de granjeros, nos han enseñado cómo elegir la tierra, plantar las semillas y todo lo que es preciso para poner en marcha la agricultura. Empezamos a reunir valiosos conocimientos en materia médica, sobre todo en el tratamiento de brazos o piernas rotos. Hay una nueva lista de bayas que no debemos consumir, ya que han provocado envenenamientos, tres de ellos mortales. Según el procedimiento, ahora comunicaré todos los detalles a vuestro Gran Pan y él me informará de los avances de vuestra comunidad para que aprendamos todos juntos.

Después de hora y media de discurso, el Caminante de Largo Recorrido agradeció la asistencia a la asamblea, que le felicitó golpeando los vasos contra las mesas. Luego salió todo el mundo, excitado por las últimas noticias.

Matt desapareció lo más discretamente posible por la puerta situada debajo de la gran escalera y encontró el armario sin dificultad. Tobías ya estaba allí, en la oscuridad.

—¡Vaya idea ha tenido Ámbar de quedar aquí! —murmuró Tobías—. ¡Sois tal para cual!

—¿No tienes una lámpara? —preguntó Matt en la oscuridad.

—Espera.

De repente, un resplandor de un blanco puro apareció en manos de Tobías.

—¿Te acuerdas de mi trozo de champiñón luminoso? ¡Todavía brilla! Y siempre tan intenso.

La puerta se abrió sobre Ámbar, que se apresuró a reunirse con ellos.

—¡Esa cosa es genial! —dijo entusiasmada al descubrir el pedazo de vegetal.

—Lo encontramos en nuestro largo camino hasta aquí. Bueno, ¿qué hacemos?

Las tres caras, iluminadas desde abajo por la luz pálida, adquirían un semblante espectral.

—Yo mantengo que hay que ir a la mansión del Minotauro —dijo la muchacha.

—¿A la mansión encantada? —se alarmó Tobías.

—Matt tiene razón, desde allí podremos vigilar el Kraken y todas las idas y venidas. Nada se nos escapará.

Tobías, que no ocultaba su miedo, esbozó una mueca de disgusto.

—No me gusta la idea.

—Subiré a mi habitación para coger unas mantas —dijo Matt— y os las lanzaré por la ventana. Mientras, Tobías, pasa por la cocina y coge algo de fruta, tendremos que aguantar toda la noche.

Hicieron lo que habían previsto y luego recorrieron un sendero poco cuidado con una manta sobre los hombros. Ámbar abría la marcha con una lámpara de aceite.

A pesar de la llama ondulante, la vegetación tenía un color gris oscuro a causa de la noche. Las zarzas formaban una compleja maraña que había que saltar y las ramas bajas de los árboles les daban en la cara.

—Nadie se encarga de podar este camino —gruñó Ámbar, que, en cabeza, retiraba la mayoría de los obstáculos.

Una fauna de insectos nocturnos bullía alrededor de ellos, haciendo sonar las hojas.

Por fin, al doblar un seto de plantas espinosas, apareció la escalinata de la mansión encantada. Unos pocos escalones conducían al pórtico enmarcado por columnas y coronado por un rosetón con vidriera. Un muro imponente y pálido formaba un bloque cerrado, rematado con torres macizas y cuadradas.

—No hace falta que vayamos a la torre más alta —anunció Ámbar—, se encuentra al otro lado de la casa. Creo que es suficiente con subir a una de éstas para tener una vista del Kraken.

Matt fue el primero en pisar los escalones y accionar el picaporte del pesado portón. Se ayudó con el hombro para empujar una de las hojas, que se abrió con un chirrido lúgubre.

Detrás de él, Ámbar levantó la lámpara para iluminar el interior: un vestíbulo frío, la alfombra más larga que Matt había visto en su vida, varias puertas y una escalera de caracol en el interior de una torreta.

Tomaron esa dirección. Tobías estaba al acecho de la menor señal de peligro.

Los tres subieron varios pisos antes de atravesar una sala llena de polvo; en ella, había un billar y una barra donde aún reposaban algunas garrafas de bebidas alcohólicas. Enseguida, se encontraron en un pasillo que conducía a una encrucijada.

—¿Por dónde? —preguntó Matt en un susurro.

Ámbar suspiró.

—¿Cómo quieres que lo sepa? ¡Nunca he estado aquí!

Tomaron una dirección al azar y atravesaron dos salas más, la primera llena de armaduras inquietantes que sostenían espadas y mazas, y la segunda decorada con trofeos de safaris: leones, tigres y rinocerontes disecados, y una decena de cabezas de antílopes que sobresalían de las paredes. Varios ganchos vacíos demostraban la existencia de una colección más importante. No había signo de presencia alguna. Si estaba encantada, entonces la mansión se tomaba su tiempo para desvelar sus espectrales entrañas. «¡Es para atraparnos mejor! —pensó Matt—. ¡Nos atacará cuando estemos completamente perdidos!»

De nuevo cruzaron pasillos, bifurcaciones y puertas, y por fin dieron con la escalera. Al cabo de unos minutos, llegaron a lo alto de una torre, en el flanco sur, desde donde tenían una vista perfecta del Kraken.

—Aquí estaremos bien —aprobó Ámbar mientras contemplaba los alrededores.

Su puesto de vigilancia estaba rodeado de almenas coronadas por un remate puntiagudo de pizarra gris. No había ninguna ventana para impedir que el viento silbara en sus oídos, pero tenían una visión de trescientos sesenta grados. Desde allí, dominaban los tejados, y solo dos torres les superaban en altura, una de las cuales, la más elevada, finalizaba en una cúpula.

Los tres se envolvieron en las mantas y establecieron un turno de guardia. Dos se quedarían sentados al abrigo de las corrientes de aire, mientras que el tercero se instalaría entre dos almenas para vigilar el Kraken, que estaba más abajo.

Matt hizo el primer turno. A medida que avanzaba la noche, vio cómo se apagaban las luces danzantes de las velas detrás de las ventanas. Pronto, solo quedaron dos.

—Creo que es la vela de la habitación de Doug la que está encendida —comentó a sus compañeros—. La otra... no sé de quién es.

Al cabo de un rato, durante el cual su nariz se quedó fría como un témpano, la habitación de Doug se apagó, pero la otra no. Un ruido metálico bajó de la torre más alta. Tobías se sobresaltó.

—¿Qué ha sido eso?

—Relájate, probablemente la estructura vibra con el viento —supuso Matt.

Tobías lo miró; no lo había tranquilizado en absoluto.

Más tarde, cuando Matt sintió que le fallaban las piernas, Ámbar tomó el relevo.

El muchacho se puso a hablar con Tobías para luchar contra el cansancio; luego se comieron una manzana a mordiscos para entretenerse.

En la cima de la torre surcada por el viento frío de la noche, el tiempo tomó cuerpo, se convirtió en una capa blanda, pesada sobre los hombros, aplastante sobre los párpados, capaz de silenciar al más charlatán y de acunar el espíritu más despierto.

Tobías y Matt se durmieron.

Apenas se despertaron cuando Ámbar susurró:

—La última luz acaba de apagarse.

Durante la hora siguiente no pasó nada.

De repente, una mano se acercó al hombro de cada muchacho, lo estrechó y los sacudió suavemente.

—Tenéis que ver esto —murmuró Ámbar.

Desorientados por el sueño, los chicos se incorporaron con dificultad.

—¿Qué pasa? ¿Se ha movido algo abajo? —preguntó Matt.

—¡No, pero allí sí!

La chica apuntó con el índice hacia la torre de enfrente, la del Minotauro. Una luz verde iluminó una tronera de las escaleras. En cuanto el resplandor desaparecía, se iluminaba otra abertura más arriba. Alguien subía hacia la cúspide de la torre. «¡O algo!», corrigió Matt tan rápido que recuperó la conciencia de golpe.

—¡Mierda...! —dejó escapar Tobías—. Lo sabía. ¡Este lugar está maldito!

—No digas eso..., puede ser...

Pero las palabras de Ámbar se ahogaron en su garganta. Un humo verde, luminiscente, salía de lo alto de la torre. La columna ondulante subía antes de ser arrastrada por el viento... en dirección hacia donde ellos se encontraban.

—¡Es la emanación de un espíritu! —gritó Tobías mientras se dirigía hacia la trampilla.

Matt lo cogió del hombro.

—¿Adónde vas?

—¡Me largo! ¿Qué te crees? ¡El espíritu viene derecho hacia nosotros!

—Solo es humo.

—¡Es verde! ¡Y brilla en la noche!

Ámbar se abalanzó sobre la trampilla, ante la mirada confusa de Matt.

—Tú también huyes... Creía que nosotros...

—¡No! —le interrumpió ella—. ¡Yo voy a ver lo que es!

Tobías se llevó las manos a la cabeza y soltó un gemido.

—¡Es un grave error! ¡Os lo digo de verdad! —insistió—. Es una pésima idea.

Pero Matt ya seguía a su amiga.

22

Un secreto inconfesable

Ámbar se precipitó por los pasillos de la mansión iluminándose con la lámpara, que proyectaba un cono vacilante de luz anaranjada.

Matt corría detrás de ella y Tobías los seguía por miedo a quedarse solo en ese lugar tan lúgubre. Ámbar parecía que se orientaba, empujaba las puertas y saltaba de un rellano a otro para no perder tiempo.

De repente, se encontraron bloqueados por una pesada puerta de madera: dos hojas de cuatro metros de alto, cerradas con una imponente cadena de hierro y un candado oxidado. A esto se añadían docenas de cerrojos de acero, así como una gruesa barra. Unas placas de metal soldadas reforzaban la estructura.

—Rápido, hay que encontrar otro acceso —ordenó Ámbar mientras recuperaba el aliento.

—¡Todo estará igual! —se opuso Matt—. ¿Has visto esta puerta? Nadie se habría tomado tantas molestias si existiera un paso accesible.

Ámbar asintió, era de una lógica irrefutable.

Tobías señaló un extraño dibujo grabado en la madera de los batientes.

—¡Mirad, parece un símbolo diabólico!

—Es un pentáculo —confirmó Ámbar al acercarse.

Una estrella de cinco puntas dentro de un círculo, rodeada de signos cabalísticos.

—¿Creéis que esto data de antes de la Tormenta? —preguntó Tobías—. ¿Que esta mansión estaba habitada por un individuo que adoraba al diablo?

Matt sacudió la cabeza.

—Me extrañaría —aseguró mientras examinaba el candado—. Por otra parte, quien diseñó la arquitectura de este lugar tiene una mente retorcida. ¡No puede ser más siniestro!

Ámbar se disponía a hacer un comentario cuando algo arañó violentamente la parte inferior de la puerta. Los tres adolescentes se sobresaltaron y gritaron. Un potente soplido pasó por debajo del portón y barrió todo el polvo del suelo.

—¡Nos siente! —exclamó Tobías—. ¡Nos siente!

Y, a modo de respuesta, una gran masa arremetió contra los paneles e hizo temblar la barra y la cadena.

—Nos largamos —soltó Matt.

Con Ámbar a la cabeza, los jóvenes huyeron a toda velocidad. Se perdieron un buen rato en el laberinto de salas y por fin salieron al aire libre, jadeantes y con las mejillas encendidas, pero vivos.

Matt tuvo que apoyarse en la entrada para recuperar el ritmo normal de la respiración. La luz que Ámbar sostenía aún en la mano era más débil: la llama también había luchado por sobrevivir a toda esta agitación y recuperaba intensidad al mismo tiempo que el trío.

—Esto queda entre nosotros —susurró Ámbar—. Hasta que no sepamos más, será nuestro secreto.

—¿También quieres investigar sobre esto? —preguntó Matt.

—¡Por supuesto que sí! Hay que interrogar a Doug, como si tal cosa. Tú eres nuevo, le parecerá normal que le preguntes.

Matt asintió.

—¡Nunca volveré a poner los pies en esta casa! —gritó Tobías.

—Oye —dijo Ámbar—, ya has visto el tamaño de la puerta y todo lo que impide que se abra. Creo que no corremos ningún riesgo.

Con expresión aterrada, replicó:

—¡Ya…! Eso es lo que decían los pasajeros del *Titanic*.

Los tres estuvieron de acuerdo en que no investigarían más por esa noche y cada uno volvió a su habitación mirando de soslayo en todos los pasillos.

Esa noche, durante el poco tiempo que durmieron, tuvieron pesadillas imposibles de olvidar.

Dos días después, Matt buscó a Doug en la terraza del Kraken, donde le aconsejaron que fuera al Centauro.

Matt tomó el sendero que discurría al pie de la terraza y se adentró en la exuberante vegetación que cubría la isla. Pasó al lado de la Hidra —oyó las risas de las chicas que se escapaban por las ventanas abiertas— y siguió por otro sendero que llamaban Circular porque daba la vuelta a toda la isla.

Matt jamás había salido del entorno del Kraken, excepto para acompañar a Tobías o a Calvin, con quienes se llevaba cada vez mejor, pero nunca había ido tan lejos. Sin embargo, había aprendido a reconocer las siluetas de las diferentes mansiones y podía localizarlas de memoria. Por el sendero, se cruzó con una pan de apenas diez años; la niña iba con una muchacha de la misma edad que Matt y se saludaron. Las dos chicas llevaban una cesta llena de unas flores de color malva que él había visto algunas veces en la sopa de la cena.

Un cuarto de hora más tarde, se dio cuenta de que los arbustos y los matorrales de su derecha no eran del mismo verde que los de otros sitios. Aquí, tiraban a negro y el muchacho se detuvo para acariciar una hoja y examinarla de cerca. Las plantas eran completamente negras. Todas. Matt no salía de su asombro. Dejó el sendero para comprobar si el fenómeno se extendía más allá y pronto comprobó que los helechos también tomaban este sorprendente tinte mórbido.

Unas plantas se movieron. Matt pensó en una liebre o un zorro, pero solo tuvo tiempo de ver una pata larga y negra, una pata... reluciente, como si fuera de cuero.

«¡Nunca había visto un pequeño mamífero como ese!»

Más lejos, separó los matorrales para abrirse camino y descubrió un velo blanco que se prolongaba de tronco en tronco, a lo largo de unos doce metros. Cuando vio de qué se trataba, se quedó petrificado.

—No es posible... —musitó.

Era una tela de araña.

Matt vio un pájaro disecado envuelto en un capullo. Más adelante, una ardilla colgaba de la cubierta fibrosa. Docenas de presas vaciadas, prisioneras de esta flor mortal, se amontonaban en toda su extensión. A Matt le dieron arcadas. Más allá de esta zona fúnebre, el muchacho distinguió un mausoleo de piedra y varias estelas grises. El cementerio que Tobías le había aconsejado evitar.

—¿Qué estoy haciendo aquí? —balbuceó.

Cuando quiso darse la vuelta, no reconoció el paisaje. ¿Por dónde había venido? Todo era oscuro e idéntico, un caos de plantas iguales unas a otras. Matt se lanzó en línea recta, hacia delante, y apartó las lianas y las ramas bajas mientras los troncos crujían a su espalda. De repente, vislumbró la luz blanca del sendero. Corrió en esa dirección al tiempo que observaba la zona negra de la derecha.

Llegó a la mansión del Centauro preguntándose aún sobre lo que había podido contaminar hasta ese punto la vegetación que rodeaba el cementerio y, sobre todo, con el temor de que hubiera sido el animal cuya pata velluda había visto. Le horrorizaba la idea de que fuera una araña del tamaño de una rueda de automóvil: «¡No, es imposible..., lo habré soñado! Sí, eso es, no he visto bien. Es imposible», se repetía.

Doug se encontraba en la pajarera, detrás de la casa. Se trataba de una construcción bastante voluminosa, hecha de viguetas metálicas y cristal, llena de plantas con flores multicolores. Allí vivían un centenar de pájaros, bien sobre palos de madera, bien en auténticos nidos fabricados en las ramas de los árboles. Todas las aves producían una cacofonía acompañada por un ruido de alas que obligaba a hablar fuerte.

—Tu condición física no deja de impresionarme —confesó Doug al ver a Matt—. ¡Cualquiera habría tardado más de un mes en poder realizar un largo paseo como este y tú, en menos de diez días, te mueves sin dificultad!

—Lo he heredado de... mi padre —respondió Matt con el corazón encogido.

—¿Conoces a Colin?

Doug retrocedió para presentarle a un chico alto, de melena castaña, con las mejillas marcadas por algunos granos de acné. Matt lo saludó.

—¡Es el de más edad! Tiene diecisiete años. Se ocupa de los pájaros.

El rostro de Colin se iluminó.

—Sí, es mi pasión. Me encantan.

—Buenos días, yo soy Matt.

—Hola, Matt.

—¿Querías algo? —preguntó Doug.

El chico se metió las manos en los bolsillos del vaquero e interpeló a Doug, con aire inocente:

—Dime, esa famosa mansión encantada, ¿tú crees que es peligrosa de verdad? Porque he pensado que podíamos limpiarla y hacer habitaciones suplementarias, por si otros panes vienen algún día a vivir a la isla.

Doug respondió en tono seco:

—No te acerques allí. ¡No son cuentos de viejas, te juro que ese lugar es diabólico! Varios panes han visto la cabeza de un monstruo aparecer de noche por detrás de las ventanas de las torres. Además, ya tenemos bastante sitio. Aún podemos disponer de unas veinte habitaciones, no es urgente.

—Ya que tú estabas aquí antes de la Tormenta, ¿podrías decirme quién vivía en la casa?

Doug parecía turbado.

—Preguntar por la vida anterior a la Tormenta es una falta de educación, excepto si la persona decide hablarte de ello.

—Sí, pero pensaba que tú estabas al corriente de lo que había allí dentro. Después de todo, tu padre eligió a los vecinos, ¿no?

Doug se encogió de hombros.

—Un anciano la mandó construir al principio de todo. Murió cuando yo tenía ocho o nueve años y luego quedó abandonada.

—¿No estaba encantada antes de la Tormenta?

—No que yo sepa. No, supongo que no. Pero Regie y yo nunca íbamos por allí. Nos parecía terrorífico.

—Y ese anciano ¿qué hacía?

Doug clavó sus pupilas en las de Matt. «Le resulto demasiado curioso», adivinó este último.

—Se trataba de un anciano, nada más. Como te he dicho, yo era pequeño cuando murió y no me acuerdo mucho de él.

Matt tuvo la sensación de que no se lo decía todo. Doug ocultaba algo. «¡Como si tuviera miedo! ¡Eso es, en esa casa hay algo que le asusta de verdad!» ¿Qué cosa tan terrorífica podía saber que ni siquiera se atrevía a contar a los panes de la isla?

Matt le dio las gracias e iba a marcharse cuando Colin le llamó:

—Eh, si te gustan los pájaros, puedes venir cuando quieras. Además, un poco de ayuda no vendría mal.

El muchacho sonrió y se le puso cara de tonto, con la mirada vacía y los dientes amarillentos.

Antes de asentir, Matt observó a este chico grande y bonachón de mejillas deformadas por los granos. Colin no parecía ser el más avispado de los panes.

Después volvió al Kraken con intención de compartir sus impresiones con sus dos amigos. Pero al llegar vio a Ámbar en la gran sala, enfrascada en una conversación con Ben, el Caminante de Largo Recorrido. Ella estaba entusiasmada, reía todos sus comentarios y le hacía muchas preguntas. Matt adivinó algo más que curiosidad en la actitud de la muchacha.

Ámbar estaba seducida por el carisma y el físico de aventurero de Ben.

Matt debía admitir que era un tío interesante. Medía casi un metro ochenta y tenía el mentón cuadrado, la nariz fina y los ojos verdes, que contrastaban con su pelo negro. Parecía un actor.

«¡Un actor maltrecho por el viaje! Sí, pero esto le da... virilidad. ¡Estoy seguro de que a las chicas les encantan sus heridas, las deben de encontrar tremendamente atractivas!»

El muchacho maldijo su suerte y prefirió dar la vuelta por detrás de la casa para no pasar delante de ellos.

La ternura que Ámbar ponía en las sonrisas dirigidas a Ben le rompía el corazón.

23

La alteración

Al día siguiente, anunciaron que hacía falta organizar una recolecta de fruta en el bosque, fuera de la isla. Matt recordó las explicaciones de Tobías sobre estas expediciones: que eran las más peligrosas y que en ellas ocurrían muchos accidentes, incluso tragedias.

Durante la reunión en la gran sala, Doug comunicó que, como de costumbre, harían un sorteo para nombrar a los recolectores. En una gran marmita habían metido los rectángulos de madera grabados con los nombres de todos los panes mayores de doce años —era preciso haber cumplido esta edad para participar debido a los riesgos y los esfuerzos físicos que conllevaba la actividad—, pero el de Matt no estaba porque Doug consideró que su estado físico no se lo permitía. Consciente de los riesgos, Matt no protestó, aunque se sentía en forma. Prefería esperar a la próxima recolecta.

Diez nombres de los doce participantes necesarios habían salido ya cuando Doug leyó otro rectángulo de madera sacado al azar por su hermano Regie:

—La undécima será Ámbar Caldero.

Matt se sobresaltó. Ámbar no. Ahora que le habían descrito estas peligrosas salidas, no quería que sus amigos corrieran tantos riesgos. «Es la norma. No puedo cambiar nada. ¡Pero puedo intentar cuidar de su seguridad!»

En cuanto acabó la reunión, Matt fue a ver a Doug para informarle de que acompañaría a Ámbar en su misión.

—Es mejor que no vaya solo en mi primera salida —explicó—. Seremos dos y te aseguro que no haré esfuerzos innecesarios.

Doug protestó, pero, ante la determinación de Matt, comprendió que era inútil insistir.

—Haz lo que quieras —concedió—, no puedo ordenar que te quedes. Aunque es una idea estúpida, ya te lo he dicho. Además, sería mejor que fueras con alguien como Sergio, él es fuerte y si hubiera un problema podría protegerte.

Matt se guardó mucho de comentar que él iba precisamente para proteger a Ámbar. A continuación, corrió al lado de la joven. Como ya iba conociéndola, sabía que no debía plantear su presencia de la forma en que él la veía: Ámbar vulnerable y él protector. Aquello tenía muchas posibilidades de enfadarla. Detestaba que la llamaran débil o frágil.

—He hablado con Doug, voy contigo —le dijo—. Así empezaré a familiarizarme con el exterior y, al tratarse de mi primera salida, es mejor que me acompañe alguien de confianza.

A la mañana siguiente, había trece personas en el puente mirando cómo sus compañeros colocaban los troncos y luego la plancha metálica para permitirles abandonar la isla. Estaba amaneciendo, volutas de bruma flotaban sobre el brazo del río como bailarines etéreos. Matt se había puesto su jersey —hacía frío— y su abrigo hasta las rodillas, y cargaba la espada a la espalda. *Pluma* lo observaba con una mirada triste. El muchacho había decidido no llevarla con él, no quería que corriera el menor riesgo. A su alrededor, cada recolector portaba una gran cesta de mimbre.

Cuando cruzaron al otro lado, Matt descubrió un sendero apenas visible a causa de la vegetación que lo cubría. Todos caminaron juntos durante veinte minutos a través de un bosque extremadamente denso antes de separarse en dos grupos: uno hacia el norte y otro hacia el sur. Cuando aparecieron los primeros árboles frutales, cada uno partió en una dirección. Matt siguió a Ámbar y enseguida se dio cuenta de que había perdido de vista a los demás.

—¿Por qué no formáis grupos? —preguntó a la chica.

—Era lo que hacíamos al principio, pero nos dimos cuenta de que eso atrae a los depredadores. Además, cuando huíamos, algunos se perdían a causa del pánico y se convertían en presas fáciles. Ahora nos separamos para ir más rápido y limitar los riesgos.

En este lugar, el bosque era más claro y el tímido sol de la mañana conseguía proyectar un velo tibio sobre las ramas e, incluso, sobre la hierba. Matt ayudó a Ámbar a llenar su cesta de ciruelas y de bayas violetas que el muchacho no conocía. Luego la llevaron al sendero donde más cestas, unas llenas y otras vacías, esperaban. Lucy, la muchacha de los inmensos ojos azules, llegó de la isla con una cesta vacía, la sustituyó por una colmada y se volvió de regreso. Ámbar cambió la suya, repleta de fruta, por otra vacía. Así funcionaba la mecánica de la recolecta. En menos de una mañana, conseguían recoger fruta para alimentar a los panes de la isla durante más de una semana.

—¿Te llevas bien con las otras chicas de tu casa? —preguntó Matt mientras caminaban.

—Más o menos. Hay todo tipo de comportamientos, es normal. Gwen, la chica que tiene la alteración de la electricidad, es una compañera estupenda. Sin embargo, no me atrevo a decirle que se le erizan todos los pelos del cuerpo por la noche, ella cree que está... curada, como si tuviera una enfermedad. Lucy, la que estaba en el sendero hace un momento, es muy simpática. Y luego están Deborah y Linsey, más malas que la peste. ¡Pero esto es la vida en comunidad!

—¿Nunca... nunca tienes miedo?

—¿Miedo? ¿Miedo de qué?

Matt señaló el paisaje agreste que los rodeaba.

—De todo esto, del futuro en este nuevo mundo.

Ámbar se tomó un tiempo para reflexionar antes de responder:

—¿Francamente? Creo que lo prefiero al antiguo.

—¿Ah, sí?

Los ojos de la joven recorrieron el suelo, ella avanzaba mirándose los pies.

—Mi padrastro era un auténtico cabrón —dijo de pronto. Y su

tono de cólera fría, así como su lenguaje grosero dejaron a Matt de piedra—. A mi madre no se le ocurrió nada mejor que enamorarse del campeón de bolos de nuestra ciudad, ¡menuda idea! Menos mal que no salía de la bolera, como decía mi tía. Era una persona que bebía y se ponía agresivo.

—¿Te pegaba? —se atrevió a preguntar Matt con todo el tacto que fue capaz.

—¡A mí no! Pero pegaba a mi madre. —Ámbar se volvió para observar a su compañero—. No pongas esa cara, si ella hubiera querido, lo habría abandonado, pero lo amaba de verdad y le perdonaba todo, hasta lo imperdonable.

Los jóvenes compartieron un largo silencio, solo poblado por el piar de los pájaros.

—¿Entiendes por qué no lamento nada de ese...?

Con el rabillo del ojo, Matt vio cómo se secaba rápidamente una lágrima. Y, sin pensar, puso la mano en el hombro de su amiga.

—Vale, vale —repitió ella—. ¿Sabes?, creo que en este mundo que se nos ofrece todo está por hacer, hay sitio para todas las personas, todos los caracteres, todas las ambiciones. Basta con encontrar el papel que se quiere interpretar.

—¿Y tú has encontrado el tuyo?

—Sí, espero a tener dieciséis años, es la edad mínima para ser Caminante de Largo Recorrido.

—¿Quieres atravesar todo el país como ellos?

—Sí, quiero llevar noticias de un sitio a otro, observar los cambios de la naturaleza, espiar los desplazamientos de nuestros enemigos y contar de comunidad en comunidad todos nuestros descubrimientos.

—Es peligroso.

—Lo sé. Por eso los panes han decretado que hace falta haber cumplido al menos dieciséis años, para tener una oportunidad de sobrevivir. Cada mes, desaparecen caminantes y no se les vuelve a ver. Y cada mes nuevos adolescentes se ofrecen voluntarios. Me parece genial.

Matt no supo qué responder. Estaba preocupado. ¿Iba a perder a su amiga? Se dio cuenta de que imaginarla abandonando la isla Carmichael algún día le rompía el corazón. ¿Había sido Ben quien le había llenado la cabeza con estas ideas? ¿O quería seguir sus pasos por... amor hacia él? A Matt le habría gustado hablar de ello, abordar el tema, pero no se atrevió y permaneció en silencio el resto del camino.

Al cabo de dos horas, ambos se habían adentrado bastante en un vergel natural para buscar manzanas maduras y la muchacha silbaba mientras llenaba la cesta. Por su parte, Matt se había subido a un árbol para no dejar que las frutas más altas se perdieran. Desde allí, las lanzaba una por una al círculo de mimbre colocado bajo sus pies, junto a la espada, que había dejado en el suelo para poder escalar el tronco. Se sentía invadido por la melancolía y echaba de menos a sus padres. Además, le daba vueltas a lo que le había dicho Ámbar, a su deseo de marcharse. Matt se sentía celoso de Ben. ¿Por qué no se atrevía a tratar el tema con ella? Era tan simple como decirle: «Eh, me estaba preguntando si ha sido Ben quien te ha dado esa idea absurda de convertirte en Caminante de Largo Recorrido». Sin embargo, ni una palabra salía de sus labios. Ardía en deseos de interrogarla, saber qué veía en él, si lo amaba... «¡Por supuesto que lo ama! ¡He visto cómo lo miraba! ¡Bebía sus palabras!» Matt movió la cabeza. Era ridículo. «Me doy vergüenza. Todo esto por... una chica.»

Después de todo, no era cosa suya.

De repente, una bandada de pájaros echó a volar desde los árboles vecinos y se elevó hacia otros horizontes.

«¡Si fuera uno de ellos, todo sería más fácil! Volar..., despegar de mi insatisfacción y buscar un lugar más confortable. ¡La verdadera libertad!»

La huida, se dio cuenta. En realidad, soñaba siempre con huir. Y eso no era una solución.

Una gran rama crujió en algún lugar del suelo. Muy cerca.

Matt escrutó el bosque... Se quedó petrificado. Y se le heló la sangre.

Una forma robusta, de la altura de un hombre, pero con la potencia de un toro, se acercaba a Ámbar por detrás. Tenía el rostro arrugado, las mejillas caídas y los ojos reducidos a dos minúsculas ranuras debajo de unos párpados de piel flácida… ¡Era un glotón!

El monstruo llevaba un gran saco de tela a la espalda y un tronco tallado en forma de porra en la otra mano. Matt le vio babear mientras levantaba el brazo, dispuesto a atacar a Ámbar. Parecía tan fornido, que un solo golpe partiría la cabeza de la joven, le abriría el cráneo.

Matt saltó a la rama de más abajo; luego a la siguiente y, en menos de dos segundos, estaba en el suelo, con una manzana entre los dedos. Gritó:

—¡Lárgate! ¡Canalla!

El glotón se dio la vuelta y las arrugas de su rostro se alisaron bajo el efecto de la sorpresa. Matt lanzó la manzana con toda su energía, con tanta fuerza que no rebotó en el individuo, sino que chocó contra su nariz monstruosa y *estalló*. Ámbar se había metido entre los helechos.

El glotón, tan sorprendido como atontado, no vio que Matt había cogido la espada, la había sacado del tahalí y se abalanzaba sobre él.

La hoja partió el aire. La punta se hundió en el vientre del glotón, que empezó a berrear al tiempo que soltaba sus cosas. Entonces, el monstruo agarró el cuello de Matt y apretó, sin dejar de proferir bramidos.

«¡No! ¡Eso no! ¡Aún no!», pensó el chico aterrorizado. E intentó rechazar el antebrazo cubierto de verrugas con un potente codazo. De paso, consiguió sacar la espada de la carne herida. La sangre empezó a chorrear sobre los andrajos del glotón, que seguía gritando con tanto dolor como rabia. Matt hizo un molinete con la espada, la cual, en plena acción, le parecía mucho más ligera. El arma cortó la muñeca del glotón.

Los gritos fueron más fuertes.

La sangre manaba como un espantoso géiser.

Horrorizado, Matt retrocedió, tropezó y cayó entre las hierbas altas.

Entonces surgió otro glotón rugiendo y lanzando un grito de guerra. Blandió una pesada maza encima de Matt, quien, aterrado, no tuvo tiempo de ver a la criatura colosal levantar los brazos para dejar caer la punta de sílex sobre él.

El muchacho ni siquiera llegó a cerrar los ojos, solo supo, antes de que la piedra se empotrara en su cráneo, que el impacto iba a ser terrible. Mortal.

Entonces oyó a Ámbar gritar con toda la fuerza de sus pulmones:

—¡Noooooooooooo!

Una rama se agitó en el aire, golpeó al glotón en la cara y lo derribó antes de que pudiera tocar a Matt. Sonó el crujir de un hueso roto y el ruido sordo de un cuerpo al caer.

El chico parpadeó.

Estaba vivo. Sano y salvo.

Se incorporó y buscó alrededor la presencia de ese auxilio providencial. A sus pies, el primer glotón gemía mientras se desangraba y sus entrañas se deslizaban poco a poco hacia fuera por la herida de su vientre.

Matt reprimió una arcada y se apartó.

—¿Qué ha sido eso? ¿Qué…? —empezó a decir antes de ver el rostro atónito de Ámbar—. ¡Eh! ¿Estás bien?

—He… sido… yo…

La muchacha parecía encontrarse en estado de choque, tenía la boca abierta y no dejaba de parpadear.

—Tranquilízate, tenemos que irnos. Puede que esas dos cosas no estuvieran solas, venga, vamos.

Matt recogió la espada y la vaina, tomó a Ámbar de la mano y tiró de ella para alejarse lo más rápido posible.

Cuando llegaron al sendero, la chica fue capaz de decir:

—Yo lancé la rama.

—¡Y yo estoy en deuda contigo!

—Sin tocarla —añadió la muchacha.

Esta vez, Matt se detuvo.

—¿Qué? ¿Me estás diciendo que…?

Ella asintió vivamente.

—Sí, he gritado, he querido hacer algo y he pensado con todas mis fuerzas en mover la rama enorme que estaba en el suelo. Y ha sucedido exactamente así, sin que tuviera que levantarme siquiera.

Con la distancia, Matt revivió la escena. En efecto, lo que había golpeado al glotón era macizo, demasiado pesado para que alguien lo levantara y lo arrojara con tanta violencia valiéndose únicamente de la fuerza de sus brazos.

—¡Vaya! —susurró el muchacho—. Escucha, de momento, no digas nada a nadie, será nuestro secreto, ¿de acuerdo? En cualquier caso, hay que dar la voz de alarma, que todo el mundo vuelva a la isla rápidamente.

Los jóvenes corrieron alertando a sus compañeros. Los recolectores se reunieron y cruzaron el puente, tras lo cual los guardianes retiraron la plancha levadiza. Además, se dobló la guardia en cuanto llegaron.

La noticia no tardó en extenderse por toda la isla y otros panes vinieron a verlos para asegurarse de que se encontraban bien. Cuando Matt anunció que habían matado dos glotones, las miradas se iluminaron. El muchacho contó el enfrentamiento, añadiendo que Ámbar había tenido la sangre fría de coger una rama puntiaguda y clavarla en el ojo del segundo glotón, hasta el cerebro. Hubo una lluvia de aclamaciones y felicitaciones, antes de que pudieran estar de nuevo solos.

En ese momento, Matt se sintió realmente mal. Recordó la escena, los gritos del glotón al que había cortado la mano, y toda esa sangre, todo ese sufrimiento, empezó a dar vueltas en su mente. Por suerte, no se había cruzado con la mirada del monstruo. «Por suerte», se repetía.

Cuando quiso tomar unas pastas, por la tarde, la sangre y los gritos no dejaban de atormentarlo y tuvo que levantarse para vomitar en el aseo.

Después Tobías lo encontró sentado en el muro de la terraza, detrás de la casa, contemplando el sol del atardecer, con el rostro inexpresivo. *Pluma* estaba tumbada a su lado y tenía la cabeza sobre los muslos de su joven amo. Su amigo la acariciaba con cariño.

—¿Cómo te sientes?

Matt hizo una mueca y reflexionó antes de decir:

—Vacío.

—Ha sido muy duro, ¿verdad?

El chico asintió despacio.

—La... violencia no es como en las películas, Toby. La odio. —Levantó las palmas de las manos y las contempló—. Tengo la impresión de sentir aún la vibración de la espada al hundirse en sus órganos.

Tobías no supo qué responder. Se sentó al lado de su amigo y juntos observaron el sol que declinaba, tiñendo sus rostros de un tono anaranjado.

Una ventana del piso superior de la Hidra se abrió y los dos muchachos reconocieron la melena brillante de Ámbar, que se inclinaba para observarlos. La chica les indicó con grandes gestos que se reunieran con ella y ellos se levantaron sin hacerse de rogar. *Pluma* los siguió hasta la entrada de la Hidra; luego los abandonó para perderse en el bosque.

La habitación de la muchacha era espaciosa. Estaba revestida de madera y tenía unas cortinas blancas y unas colgaduras verdes que separaban la cama de los sofás y de un amplio espacio de trabajo. Ámbar había colgado linternas con velas por aquí y por allá, para crear un ambiente cálido. La muchacha se había cambiado de ropa y ahora estaba envuelta en una bata de satén. Su pelo revuelto hizo pensar a Matt que se había pasado parte de la tarde acostada. Seguramente, ella tampoco se sentía bien. La chica los condujo a los grandes y confortables sofás.

—Quería hablar con vosotros —declaró mientras se sentaba encima de las piernas—. He pensado mucho sobre lo que ha sucedido esta mañana. Creo que la alteración, como definitivamente voy a llamar a este fenómeno, afecta a todo el mundo.

—¿Qué te hace decir eso? —preguntó Tobías.

—Muchos panes se han quejado de no encontrarse bien, y esto continúa.

La chica miró a Matt.

—Esta mañana, ni siquiera me ha dado tiempo de volverme para ver estallar la manzana que has lanzado a la cara del glotón.

El chico se encogió de hombros, como si fuera algo normal.

—Matt —insistió ella—, ¡la manzana ha *estallado*! Es algo imposible. Has dejado sonado al monstruo debido a la fuerza con que la has lanzado. ¡Nadie puede hacer estallar una manzana arrojándola a la cara de alguien!

—¿Qué estás intentado decir? ¿Que yo también estoy en plena transformación?

—No, te lo he dicho ya: no se trata de una transformación, solo es una modificación de tus capacidades. La Tierra ha alterado el funcionamiento de los organismos de este planeta, y los panes no escapan a ello, aunque esta alteración toma en nosotros la forma de una aptitud particular de cada uno.

Tobías señaló a su amigo.

—Él ha desarrollado su fuerza, ¿no es eso?

Ámbar asintió.

—Y voy a ir más lejos: me pregunto si la facultad que desarrollamos no está relacionada con una necesidad. A ti te hacía falta energía para recuperarte del coma y has conseguido una fuerza sobrehumana. Yo estaba… perturbada con tantos cambios y, después de cinco meses, seguía teniendo la mente en otra parte, era más torpe que antes. Para prevenir esta torpeza, he desarrollado una predisposición a la telequinesia. Hace un momento, he preguntado si Sergio había tenido que realizar tareas de forma reiterada y ¿sabéis lo que me han respondido?

—¿Qué debía encender las velas?

—¡Bingo! Como es alto, le encargaron que hiciera fuego y que mantuviera las linternas encendidas. Desde hace cinco meses, no para de encender y apagar mechas. De repente, logra producir llamas en un segundo. ¡Apuesto a que dentro de unas semanas ni siquiera necesitará frotar dos trozos de sílex!

—¿Crees que se pueden adquirir varias habilidades particulares? —preguntó Tobías entusiasmado.

—Me extrañaría. Todo este cambio debe de trastornar gran parte de nuestro ser, de nuestro cerebro. Dudo de que podamos enriquecernos así hasta el infinito, es cuestión de sitio aquí dentro —dijo mientras se tocaba la sien— y de engranaje, pero ya veremos.

—Y ¿qué pasa conmigo? ¿Qué facultad voy a desarrollar? —se inquietó Tobías.

Ámbar y Matt le miraron.

—No lo sé —confesó ella—. No creo que se pueda controlar la alteración. Lo sabremos cuando se manifieste. En algunas personas, parece que se toma su tiempo.

—Si realmente tengo esta fuerza, debo aprender a controlarla.

—Después de lo que he visto esta mañana, te puedo garantizar que la tienes realmente! Además, esto explicaría que te hayas recuperado con tanta rapidez después de pasar cinco meses en cama. Debemos practicar, voy a reflexionar sobre ello, sobre cómo podemos hacer aparecer nuestra nueva facultad y aprender a utilizarla.

—¡Puede llevarnos meses! —se desesperó Tobías.

—Quizá, pero si tenemos que vivir con ello el resto de nuestra vida, ¡merece la pena!

Una trompeta sonó a lo lejos. Dos notas repetidas, una grave seguida de una aguda.

—La alerta —gimió Tobías.

—¿A qué corresponde? —se alarmó Matt.

Ámbar respondió la primera levantándose:

—A que el vigilante del puente ha visto algo en el lindero del bosque. Una nota grave y otra aguda. Algo hostil.

—Hay que acudir a la llamada —soltó Matt mientras se ponía también de pie.

—Esperad. No olvidéis que, por el momento, todo lo que deduzcamos sobre la alteración debe quedar entre nosotros, ¿de acuerdo?

Los jóvenes asintieron y se dirigieron al puente a toda prisa.

24

Tres capuchas y doce armaduras

Los vigilantes del puente habían descubierto un grupo de media docena de glotones que merodeaba por los alrededores del sendero, buscando claramente un paso para acceder a la isla. Se quedaron allí hasta que anocheció y se marcharon riendo. Los glotones cada vez eran más temerarios. Les habían contado que la tribu más próxima se encontraba a más de veinte kilómetros de distancia. Este grupo había recorrido un largo camino y esto no les gustó nada a los panes. La presencia de los glotones y la hazaña del día fueron el tema principal de las conversaciones.

Matt tardó dos días en atreverse a coger la espada para limpiarla. La hoja estaba manchada con costras de color pardo. Cuando el arma estuvo limpia, el muchacho bajó al sótano, al taller donde, según había oído, había una piedra de afilar que usaban los Caminantes de Largas Distancias. Matt humedeció la hoja y la frotó. Sin embargo, en cada pasada de la piedra por el metal, el joven veía el chorro de sangre que salía del vientre del glotón o su mano cortada rodando por el suelo bajo una lluvia escarlata. El corazón se le sublevó. Intentó alejar esas sórdidas imágenes de la mente y continuó hasta que la hoja estuvo tan afilada como una navaja de afeitar.

¿Tenía razón Ámbar? ¿Había desarrollado una fuerza fuera de lo común? Esto explicaría que pudiera manejar la espada tan rápido, sin esfuerzo… La sangre y la culpabilidad volvieron a cegarlo y se le revolvieron las tripas.

Durante la jornada, Matt oyó decir a Ben que se marcharía al día siguiente, pues ya había descansado y deseaba visitar una comunidad situada más al norte. Matt se preguntó si Ámbar estaría diferente los próximos días, nostálgica. Mientras recorría los pasillos de la mansión para suministrar troncos a las distintas chimeneas de las plantas, notó miradas de admiración por parte de los adolescentes con los que se cruzaba. Hasta entonces, nadie en la isla se había atrevido a enfrentarse a un glotón y mucho menos a atravesarlo con un arma y cortarle una mano. Matt empezaba a conocer a los panes más pequeños —niños y niñas de nueve o diez años— que iban a menudo juntos. Paco, el benjamín; Laurie, la chiquilla rubia con coletas; Fergie, Anton, Jude, Johnny, Rory y Jodie formaban el grueso del grupo. Estos niños lo siguieron en su tarea y le ofrecieron una ayuda que él rechazó con cortesía. Matt pasaba por un héroe. Era un sentimiento paradójico, una mezcla de satisfacción, de orgullo incluso, teñido de amargura y repulsión. Cuando recordaba lo que había hecho, se sentía invadido por una oleada de angustia que estaba a punto de ahogarlo. No le gustaba ser ese tipo de héroe. No así. No con estos recuerdos de una gloria que consideraba trágica. Porque ese glotón había sido antes un hombre. Y Matt no conseguía olvidar que había matado a un hombre. Aunque aquel desecho fuera un monstruo, agresivo y relativamente idiota, lo cierto es que se trataba de un ser vivo.

Cuando terminó la tarea, se alejó de la casa para buscar la soledad del bosque. Allí, localizó una roca que consideró muy pesada y se concentró. Respiró despacio, con los ojos cerrados. Luego se arrodilló e intentó levantarla.

La roca pesaba al menos ochenta kilos.

El muchacho apretó los dientes para hacer fuerza, pero se dio cuenta de que la piedra no se había movido ni un milímetro. Matt se puso colorado.

Relajó la tensión de sus músculos y se frotó los dedos contra el vaquero mientras suspiraba. «¡Imposible! La piedra no ha cedido ni un milímetro!» ¿Y si Ámbar estaba equivocada? Quizás él no tuviera ninguna alteración…

«Pero la manzana… Ella tenía razón, una manzana nunca habría estallado como la que lanzó contra el glotón. Eso había ocurrido, era seguro.» Y la explicación de una alteración de su fuerza parecía la más lógica.

«Entonces, ¿por qué no consigo mover esta maldita piedra?» Matt se respondió enseguida: porque aún no dominaba esta facultad. Igual que un recién nacido, debía aprender a coordinar cada parte de su cuerpo con ciertas zonas de su cerebro. «¡Eso es! ¡Solo tengo que descubrir esta fuerza, aprender a utilizarla, identificarla y manejarla!»

Se pasó una hora larga entrenando, concentrándose para sentir la piedra bajo la piel, escuchando los latidos de su corazón y hasta notando el calor de su sangre. Luego movilizó toda su voluntad e intentó levantar la roca varias veces, sin éxito.

Por la noche, cenó con Tobías en la gran sala, le contó su pequeño entrenamiento y se fue a dormir relativamente pronto.

Cuando ya se encontraba arropado por las mantas, se dio cuenta de que se le había olvidado correr la cortina. La luz de la luna entraba por las ventanas, después de iluminar los contornos de la alta vegetación de la isla. Desde su cama, Matt podía distinguir la Hidra, donde había algunas lámparas aún encendidas. Localizó la habitación de Ámbar y observó cómo bailaba el resplandor de las linternas. No le costó ningún trabajo imaginarse a la muchacha concentrada en su escritorio, mirando un lápiz que intentaba mover con el pensamiento. Con lo testaruda que era, podía pasarse así toda la noche.

Matt se durmió vigilando la fachada de la casa.

Y se despertó en un claro del bosque.

Aún era de noche. La luna se había desplazado en su órbita, al menos habrían pasado dos horas. Matt se frotó los párpados, completamente embotado. ¿Qué estaba haciendo allí? «¡Estoy soñando! No pasa nada, solo es un sueño, nada más...» Sin embargo, se sentía más dueño de sí mismo que en un sueño. Estaba activo. «La característica de los sueños es que se experimenta cierta pasividad, ¿no?» A Matt le hacía dudar el simple hecho de poder decir que estaba soñando. Notaba el aire fresco de la noche, la tierra seca bajo los pies desnudos y la caricia de las hierbas altas contra los tobillos —llevaba puesto su pijama de algodón—. Se pellizcó y sintió un dolor que acabó de despertarlo.

«¡Ahora no tengo ninguna duda, no estoy soñando!» Entonces, ¿cómo había llegado hasta allí? ¿Era sonámbulo? Dio una vuelta sobre sí mismo para examinar los alrededores. En medio del bosque, el pequeño claro parecía ahogado por las hierbas y las flores que, bajo la pálida luz de la luna, adquirían tintes grises o negros.

«¿Qué estoy haciendo aquí?»

El cielo brilló un instante, sin ruido alguno. Matt vio un relámpago a lo lejos. Luego tres más, muy cerca. De repente, se levantó un viento frío, que cortó las mejillas de Matt y le dejó las orejas heladas. Esta vez, la floresta se iluminó varias veces, como si dispararan un *flash* muy potente. Entonces, apareció una alfombra de bruma que procedía del exterior del bosque, como la espuma de un baño que se desborda.

«Esto no me gusta. Aquí pasa algo.»

En la siguiente serie de destellos, Matt vislumbró una sombra amorfa que circulaba entre los árboles, larga y cambiante: una lona negra ondeando al viento. En una nueva salva luminosa, Matt vio cómo la lona azotaba los troncos y cambiaba bruscamente de dirección para venir hacia él. Flotaba a unos dos metros de altura y serpenteaba entre las hojas. Luego la sombra apareció en el calvero y Matt confirmó su primera impresión: era como una sábana negra, pesada y ondulante, en la que por momentos se formaban los contornos de unos miembros humanos. Al principio, Matt vio un brazo y una mano; luego estas extremidades desaparecieron y las sustituyó una pierna calzada con una bota. Sin embargo, Matt podía comprobarlo: no había nada detrás de la gran sábana. Era un auténtico truco de magia.

La cosa se acercó restallando con el frío viento.

Matt se sintió invadido por una angustia sorda, su corazón se embaló y el joven tuvo que abrir la boca para respirar. La extraña criatura se encontraba a unos metros de él cuando apareció una cara. El chico no podía distinguir los rasgos, pero le llamó la atención una frente anormalmente alta, unos arcos superciliares muy pronunciados, la ausencia de nariz y de labios y la mandíbula cuadrada. «¡Parece una larga calavera», fue su primera reacción.

La cara abrió la boca y salió una voz susurrante.

—Ven, Matt. Acércate.

El chico estaba al acecho, con todos sus sentidos alerta. La bruma se arremolinaba en sus tobillos y el viento soplaba alrededor de él, revolviéndole el cabello. La cara se pegó un poco más a la tela. Esta vez parecía verdaderamente una calavera deforme.

—Extiende la mano —le conminó— y únete a mí.

Esta presencia asfixiante, este silbido en la voz, esta aura inquietante, todo encajó de pronto y Matt supo que estaba frente a él.

—El Raupéroden —dijo en voz baja.

La cosa pareció contenta y abrió mucho la boca.

—Sí, soy yo. Ven, Matt. Ven, te necesito.

Al ver que la bruma subía por sus piernas y que el Raupéroden se acercaba a él despacio, el chico supo que estaba en peligro y retrocedió unos pasos.

—No, espera —dijo el Raupéroden—. Debes venir a mí. ¡Viaja a mi interior, ven!

Matt echó a correr. Quería huir lo más lejos y rápido posible de este horror. Detrás de él, la voz cambió, adquirió una entonación gutural, cavernosa:

—¡Detente! ¡Te lo ordeno!

Pero el muchacho ya escapaba a toda velocidad, saltaba por el bosque mientras el follaje le rozaba los hombros y las mejillas.

—¡Te quiero conmigo! —gritó el Raupéroden—. No podrás huir de mí eternamente, te siento, ¿me oyes?

Matt, con la respiración entrecortada, huía bajo la luna, que atravesaba con sus rayos plateados las copas de los árboles para proyectar conos de luz pálida alrededor de él.

—Te siento y sigo tu pista. Pronto…, pronto te encontraré, Matt.

El chico resoplaba como un fuelle cuando abrió los ojos en su cama. Estaba empapado en sudor.

Curiosamente, la luna se encontraba en el mismo lugar del cielo que aparecía en su pesadilla. El muchacho se levantó de la cama, tenía la garganta seca. Como no encontró agua en su cuarto, se puso una bata y salió al pasillo. Estaba oscuro y las zonas sin ventanas resultaban absolutamente tenebrosas. Cogió su linterna, encendió la vela con ayuda de unas cerillas y se aventuró en el dédalo de salas y fríos corredores. Su cuerpo aún estaba entumecido, pero su cerebro funcionaba a toda máquina para no dejarse vencer por el miedo. Algo de su pesadilla le producía escalofríos.

«Su realismo —pensó Matt—. Tenía realmente la sensación de estar allí.» ¡Y no le hubiera sorprendido nada encontrarse los pies manchados de barro!

Matt bajó por una escalera de caracol para dirigirse a la cocina cuando descubrió el eco de una conversación. «¿A estas horas?» El joven aminoró la marcha. ¡Al menos, debía de ser la una de la mañana o quizá más tarde! Tuvo una corazonada, apagó la llama de la vela para quedarse a oscuras y descendió hasta la planta baja. Una vez allí, llegó hasta una larga habitación, amueblada con cómodos sofás de cuero oscuro y unas vitrinas que contenían una importante colección de güisquis y una cava de cigarros no menos surtida. En el fondo, tres siluetas encapuchadas y provistas de abrigos hablaban en voz baja.

—¡Se ha vuelto demasiado peligroso! No podemos continuar así, tenemos que encontrar una solución. La puerta no resistirá mucho tiempo.

—Sí resistirá.

—Yo opino que es preciso actuar ahora, abrirla nosotros mismos antes de que alguien descubra el pastel.

—Todavía no, es demasiado pronto. Quiero que todo esté a favor de nuestro plan. No correré el riesgo de fracasar. O conquistamos toda la isla, o será una catástrofe.

Matt no estaba seguro, pero le parecía que esta última era la voz de Doug. Sin embargo, no conseguía identificar al otro.

—Entonces, ¿qué hacemos? —preguntó la tercera silueta, que no había tomado la palabra hasta ahora.

Enseguida, Matt sospechó que era una chica.

—No veo otra solución: hay que mantener una guardia permanente, por turnos —dijo la voz que se parecía a la de Doug—. Vigilaremos discretamente los alrededores del Minotauro. Al menos, si un pan tiene el valor de entrar, lo sabremos y podremos hacerle salir antes de que sea demasiado tarde.

La frase siguiente hizo temblar a Matt.

—Y no perdáis de vista a Matt. ¡No me fío de él, es demasiado curioso!

La chica intentó calmar el ardor de sus dos compañeros.

—¡Con lo que ha dicho el Caminante de Largo Recorrido acerca de los traidores, es mejor ser discretos!

—No te preocupes por eso —cortó Doug—. Hagamos lo que tenemos que hacer, nadie sospechará de nada si seguimos siendo prudentes. Venga, vamos, me gustaría que instalásemos la jaula con rapidez para que podamos dormir un poco.

—¿Estás seguro de que no le vamos a molestar a estas horas? —preguntó la voz de la muchacha, sin disimular su miedo.

—Deja de preocuparte, con el tiempo empiezo a conocer sus ciclos. Acabo de darle de comer, ahora duerme.

—Esto tiene que acabar, no puedo más.

—Será pronto. Un poco de paciencia, cuando todos los panes de la isla se hayan vuelto flojos a causa de la rutina, ya no podrán coger las armas y pelear. Entonces, lo liberaremos.

Los tres conspiradores cogieron las grandes rejas de una jaula desmontable y desaparecieron por el recodo del pasillo opuesto a donde se encontraba Matt. Éste se deslizó por las alfombras persas para seguirlos, aunque tuvo cuidado de darles un poco de ventaja para que no lo descubrieran. El pasillo sin puertas se iniciaba con ocho escalones de piedra y se prolongaba a lo largo de cubículos ocupados por armaduras inquietantes. Nadie a la vista. Cargados como iban, no podían haber llegado hasta el final del pasillo; sin embargo, habían desaparecido.

¿Por dónde habrían pasado? ¿Le habrían oído y estarían escondidos detrás de las armaduras?

«No con la jaula. ¡En este caso, vería las rejas apoyadas contra la pared!»

¿Dónde estaban entonces?

Matt llegó hasta el final del pasillo para asegurarse de que no había nadie escondido; luego volvió sobre sus pasos y registró los cubículos. A cada lado, contó diez huecos, seis de los cuales estaban ocupados por una forma de metal, por tanto, había doce armaduras en total. Nada más. Suspiró. Ahora no podía inspeccionar cada detalle de la piedra, pero estaba seguro de que se tramaba algo.

En cuanto se despertaran, se lo contaría a Ámbar y a Tobías, y juntos sabrían qué hacer. La Alianza de los Tres debía estar al corriente de lo que él había oído esta noche. Doug —pues ahora estaba seguro de que era él— ocultaba la presencia de un monstruo a los demás panes. Una criatura tan espantosa que era preferible ignorar su existencia.

Pero Matt adivinaba algo más. Intuía un secreto inconfesable que Doug intentaba silenciar a cualquier precio.

Para seguridad de todos, el chico decidió que la Alianza de los Tres descubriría ese secreto. Ellos lo investigarían.

Porque era evidente que había traidores en la isla.

25

Telarañas y pelos de minotauro

En el último piso del Kraken, en la biblioteca polvorienta, el sol de la mañana atravesaba las altas ventanas. Ámbar, Tobías y Matt discutían con pasión:

—¡Si desaparecieron de esa forma —resumió Ámbar—, solo puede haber una explicación!

Tobías, siempre dispuesto a imaginar lo peor, anticipó:

—¡Es su alteración! ¡Los vuelve invisibles!

—¡No! —replicó la muchacha—. ¡Espero que no! ¡Más bien se tratará de un pasaje secreto!

—Es lo mismo que pensé yo —declaró Matt—. De día, no podemos inspeccionar el pasillo, está demasiado transitado. Hay que esperar a la noche. Sin embargo, deberíamos turnarnos los tres para vigilar hoy a Doug.

Ámbar parecía incómoda.

—Yo lo tengo difícil… Ben se marcha hoy y me gustaría despedirme de él. Además, prometí a Tiffany, de la casa del Unicornio que me pasaría a verla. Ella… cree que tiene lo que llaman la enfermedad. Quiero comprobar si no es en realidad una manifestación de la alteración.

Matt volvió la cabeza, desilusionado.

—En ese caso, si solo somos dos, no va a ser fácil: corremos el riesgo de levantar sospechas. ¡Qué le vamos a hacer! Lo dejamos por hoy y nos vemos esta noche.

Los tres adolescentes se encontraron a altas horas de la noche en el salón de fumadores. Llevaban una lámpara en la mano y estaban tan inquietos como excitados por su aventura nocturna. En la casa reinaba un profundo silencio, todos dormían. Matt condujo a sus amigos hasta el largo pasillo y se pusieron a examinar cada cubículo, cada armadura, en busca de un botón, un picaporte o incluso una simple rozadura en el suelo que revelara la presencia de una puerta secreta. Bajo esa luz suave y vacilante, las sombras de los soldados de metal bailaban despacio, con las armas agarradas por los guantes de hierro y el rostro agresivo y puntiagudo.

—Aquí no he encontrado nada —murmuró Tobías después de haber inspeccionado varios nichos.

Matt terminó su lado y sacudió la cabeza.

—Yo tampoco.

La muchacha se mordía el interior del carrillo al reunirse con sus amigos.

—Nada —dijo rabiosa.

—Sin embargo, no pudieron correr tan rápido, cargados como iban. ¡Los habría visto! ¡Tiene que haber un pasaje secreto, a la fuerza!

Ámbar fue a sentarse en los escalones del principio del pasillo.

—Pensemos —propuso entonces—. ¿Cuánto tiempo pasó desde el momento en que salieron de tu campo de visión hasta que llegaste aquí?

—Me demoré un poco a propósito, luego... ¡unos diez segundos, no más!

La muchacha observó el corredor y suspiró.

—Es imposible atravesarlo en tan poco tiempo.

Tobías, de pie frente a Ámbar, arrugó el ceño mientras miraba las piernas desnudas de su amiga. De manera excepcional, ella llevaba una falda, corta y de rayas —durante el día, Matt pensó que se la había puesto por Ben y se le encogió el corazón—. Cuando la chica captó la mirada descarada de Tobías, se metió las manos entre los muslos para asegurarse de que no se le viera la ropa interior.

—¡Tobías! —protestó indignada—. ¿Qué te pasa?

De repente, el chico comprendió la razón de su enfado y se puso rojo como un tomate.

—¡No! ¡No, no! ¡No es en absoluto lo que estás pensando, es tu lámpara! ¡Mírala!

Ámbar había colocado el farol entre sus pies. La llama de la vela no dejaba de temblar, acariciando con su luz y su sombra la piel de las piernas de la muchacha.

—¿Y qué? —preguntó Ámbar—. Se trata de una corriente de aire, es normal en las mansiones.

—¡La podríamos utilizar para examinar las paredes! —dijo Tobías excitado.

La chica hizo una mueca.

—No funcionará, no veremos la diferencia entre la corriente del pasaje secreto y las que hay en este lugar.

Tobías se volvió hacia su eterno aliado.

—¿Y tú qué piensas?

Matt paseaba sus pupilas por el pavimento. De repente, entró en la gran sala, situada cerca de allí, y volvió con una garrafa de güisqui que empezó a verter en el suelo.

—¿Qué haces? —inquirió Ámbar.

—Me aseguro de que no existe ningún pasaje debajo de nuestros pies.

Matt se inclinó para ver la reacción del líquido ambarino: se quedaba estancado. Continuó con su operación a lo largo de unos tres metros, antes de llegar a los escalones.

En este lugar, el güisqui se filtró por las ranuras de la piedra. El chico se arrodilló y pegó la oreja.

—¡Corre!

—¡Lo sabía! No era la corriente de aire del pasillo —proclamó Tobías triunfante—, ¡hay un pasaje ahí debajo!

Los tres se pusieron a cuatro patas y palparon todas las junturas de las piedras. Ámbar encontró un minúsculo rectángulo con forma de botón en un zócalo. La joven lo apretó con el dedo.

Un ligero rodamiento mecánico sonó bajo sus pies y los ocho escalones desaparecieron en un enorme agujero. Los ocho rectángulos habían oscilado en sentido inverso y el más bajo se había convertido en el peldaño superior de una escalera que se sumergía en la oscuridad.

—¡Bingo! —dijo Ámbar.

—Te gusta mucho esa expresión —observó Tobías.

La chica no hizo caso y entró la primera en el nuevo pasadizo, con la lámpara en alto. Las paredes, talladas en la roca, estaban cubiertas de telarañas que un viento imperceptible agitaba como si fueran una piel trémula.

—¡Es lúgubre! —comentó Ámbar—. ¡Esto es lo que pasa cuando no se hace limpieza en veinte años!

—Ahora entiendo a mi madre cuando me decía que limpiara mi habitación —se rió Matt, aunque enseguida lamentó esta alusión al pasado.

Los jóvenes se adentraban en las entrañas del Kraken siguiendo una suave pendiente que daba varios giros.

—¡Es interminable! —constató Tobías con un tinte de angustia en la voz—. ¿Dónde acabaremos? ¿En el infierno?

Al oírlo, Matt pensó en el Raupéroden, en su presencia agobiante y su aura diabólica. «No es el momento.»

Después de una nueva serie de recodos, Ámbar declaró:

—Creo que ya no estamos debajo del Kraken, es demasiado largo.

—Tengo una ligera idea de nuestro destino —anunció Matt—. La mansión encantada, seguro. Los tres intrigantes hablaban de ese lugar como si lo visitaran con frecuencia.

De repente, Ámbar tropezó con un hilo tendido de un lado al otro del camino y se cayó de bruces mientras que un fuerte chasquido sonaba sobre sus cabezas.

Alertado por su instinto, Matt se abalanzó sobre ella, la cogió por la cintura y la empujó para que rodaran juntos a unos metros de allí. Al mismo tiempo, una cosa enorme se estrellaba a su espalda, levantando una nube de polvo.

Desplomado sobre Ámbar, curiosamente, Matt se sintió más fascinado por el perfume de su piel —pues tenía la nariz pegada a su nuca, de donde emanaba un olor a vainilla— que alarmado por la situación. El chico parpadeó antes de levantarse y ayudar a la muchacha a hacer lo mismo.

Una jaula de hierro de tres metros de altura bloqueaba el paso. Tobías se encontraba al otro lado.

—¡La han instalado ellos! —declaró Matt—. ¡Es la que llevaban la noche pasada!

—Es evidente que no quieren que nadie se acerque a la mansión encantada —susurró Ámbar, aún desorientada por lo que acababa de suceder—. Gracias, Matt...

—¿Y yo? —gimió Tobías—. ¿Qué hago ahora? ¿Cómo voy a pasar? Nunca conseguiré escalar esta jaula solo, ¡me romperé una pierna!

—Rehaz el camino y espéranos en el salón de fumadores. Si no hemos vuelto al amanecer, avisa a todo el mundo.

Tobías se giró y observó la oscuridad apenas iluminada por su lámpara.

—¡Pfff...! Esto no me gusta —dijo el chico—. ¿En dónde nos hemos metido?

—¡Tobías! —insistió Matt—. Vuelve al salón de fumadores. Vamos. ¡No corres ningún peligro!

—De acuerdo... —concedió en voz baja.

Miró a sus amigos una última vez y desandó el camino con paso lento y temeroso.

Sin más opción que avanzar hacia lo desconocido, Ámbar y Matt se pusieron en marcha con más cuidado que nunca sobre dónde pisaban, atentos a la existencia de posibles trampas.

—¿Qué cosa tan importante puede haber para que intenten impedir que la encontremos a toda costa? —se extrañó la chica.

—Más bien, me dio la impresión de que trataban de mantenernos alejados para protegernos. Como si la cosa que se encuentra al final de este pasillo fuera tan peligrosa que, una vez liberada, nada pudiera detenerla. Por suerte, no existe nada semejante.

—¿Y por qué no? ¿No crees en Dios, en el diablo, en los demonios?

—Por supuesto que no.

—¿Por qué «por supuesto»? ¡No es tan evidente para millones de personas!

—Porque no existían los informativos de la tele en la época en que se inventó la religión. Si hubiera sido el caso, ¡nadie habría creído nunca en la existencia de un Dios tan bueno en un mundo como este!

Ámbar se encogió de hombros y continuó caminando en silencio.

—¿Te he ofendido?—preguntó Matt.

—No, no me has ofendido en absoluto.

—Eres creyente, ¿verdad?

—No lo sé. El corazón me dice que puede existir la divinidad, pero la experiencia me dicta lo contrario. En cualquier caso, después de la Tormenta, podemos hacernos muchas preguntas.

—¡A eso exactamente quería llegar!

—Lo que no impide que deberías ser menos... categórico. Todo el mundo tiene derecho a pensar y creer lo que quiera. Tendrías que ser más tolerante.

Llegaron a una escalera de peldaños irregulares que subieron a toda prisa para empujar una puerta de madera que tenía las bisagras oxidadas. Salieron a una lavandería cuyos estantes estaban llenos de revistas cuidadosamente apiladas. Matt echó un vistazo a los títulos.

—Solo hay revistas de astronomía.

—Entonces no hay duda de que estamos en la casa encantada. En lo alto de la torre, hay una cúpula. Un día, Doug nos dijo que era un observatorio astronómico.

Matt contempló los centenares, los miles de páginas que se amontonaban allí.

—¿Y si el anciano que mandó construir esta casa hubiera descubierto un día algo en las estrellas o hubiera realizado alguna actividad secreta y misteriosa que provocó la aparición de una criatura desconocida? ¡Quizás entonces los otros millonarios encerraron a ese ser aquí sin decir nada a nadie, por temor a que les obligaran a abandonar su isla.

—Tienes demasiada imaginación —replicó Ámbar mientras se dirigía a una puerta y la abría para examinar la siguiente estancia—. Vía libre, podemos pasar.

Los jóvenes atravesaron una cocina larga y abandonada, un comedor y un vasto salón con unas ventanas muy raras, tan estrechas que apenas dejaban pasar un delgado rayo de luna. En las paredes de piedra había estrellas esculpidas, unidas por líneas rectas sobre las que había escritos nombres en latín.

—¡Está muy oscuro! Ni siquiera en pleno día este lugar tendrá luz. ¿Qué clase de hombre rico ha podido construir semejante tumba? —preguntó Ámbar.

—¿Un vampiro? —propuso Matt medio en broma, medio en serio.

Como no sabían hacia dónde dirigirse, los jóvenes subieron por la escalera y llegaron a una entreplanta jalonada de columnas, desde donde se dominaba el salón. Cuando pasaron a la siguiente sala, Matt puso una mano en el hombro de Ámbar para que se detuviera.

—Mira.

La pesada puerta de doble hoja cerraba una de las paredes.

—Estamos al otro lado —pensó ella en voz alta.

Matt se acercó y señaló con el dedo los numerosos arañazos que tenía la madera.

—Parece que alguien la ha tomado con esta puerta —se inclinó y cogió un mechón de pelo incrustado en una estría—. Negros —comentó—, tiesos, cortos y ásperos. No es pelo humano, estoy seguro.

Ámbar ya había entrado en otra habitación. Matt se incorporó rápidamente y se reunió con ella. Era un despacho donde reinaba un fuerte olor a humedad. Además de las pilas de revistas de astronomía y algunos instrumentos cromados que habían perdido el brillo a causa de la suciedad, había varios marcos con cristal que contenían periódicos de época colgados de las paredes de papel pintado. Uno de ellos databa del 13 de abril de 1961 y la primera página anunciaba: «El hombre ha llegado al espacio». Otro, del 21 de julio de 1969, mostraba un titular similar: «¡Hemos pisado la Luna!» Le seguían el despliegue del telescopio Hubble y las primeras fotos de Marte.

Ámbar se subió a un secreter para coger uno de los cuadros y le dio la vuelta con intención de abrirlo.

—¿Qué haces? —preguntó Matt.

—¡Quiero saber más sobre esta casa!

Entonces la muchacha sacó una página de periódico con una foto de la mansión encantada. El artículo tenía por título: «¡Un telescopio privado en la isla de los millonarios!»

De repente, se oyó el ruido de una puerta en alguna parte de la casa, no lejos de allí.

Matt sintió que los latidos de su corazón se triplicaban. Ámbar dobló la hoja de papel y se la metió dentro de la blusa. Acto seguido, los jóvenes se precipitaron al pasillo para cruzar la entreplanta. La luz vacilante de una llama apareció en la escalera que conducía al piso superior. Los dos adolescentes se quedaron petrificados. Sonaron unos pasos arrastrados que se acercaban. Luego, lentamente, se perfiló en los escalones la sombra de un ser de gran estatura.

Era una sombra humana.

Con una enorme cabeza de toro.

26

Mentiras

La sombra era inmensa, el minotauro medía al menos dos metros de altura. Resopló con un rugido seco y nervioso. Luego se movió, sus cuernos se agitaron y sus cascos sonaron cuando bajó las escaleras.

Matt no quería verlo, cogió la mano de Ámbar y tiró de ella para correr hasta la planta baja. Detrás, los pasos del minotauro eran tan pesados que la piedra vibraba.

—¿Dónde vas? —gritó la chica.

—Nos largarmos. ¡Prefiero romperme un tobillo en el subterráneo que enfrentarme a ese monstruo!

La respiración entrecortada e imponente del minotauro descendía desde el piso superior y parecía aproximarse. Matt arrastró a su amiga hasta la cocina, donde encontraron la puerta de madera y el acceso al pasadizo secreto. Sus lámparas oscilaban en el extremo de sus brazos proyectando en la oscuridad formas siniestras y vacilantes. Los dos adolescentes corrían sin saber muy bien dónde ponían los pies.

Por fin divisaron la jaula que bloqueaba el camino. Matt se volvió y formó un estribo con las manos para que Ámbar subiera a la parte de arriba de la jaula. En ese momento, ella estimó oportuno comentar:

—¡Es la última vez que me pongo falda! Por favor, mira al suelo mientras subo.

En cuanto alcanzó el techo del cubo metálico, la muchacha tendió los brazos a Matt, que retrocedió para tomar impulso y brincó lo más alto que pudo para agarrarse a los barrotes. Sus manos se cerraron sobre ellos y se empujó con los muslos con todas sus fuerzas. De este modo, subió más de un metro, pudo coger la mano de su amiga y asirse a los barrotes superiores. En un segundo, estuvo junto a ella, jadeante.

—Eres todo un campeón —lo animó la muchacha mientras se daba la vuelta para saltar al otro lado.

Sudando y con la cara enrojecida, los jóvenes aparecieron en el salón de fumadores, donde esperaba Tobías acurrucado en un sofá de cuero.

—¡Vaya, por fin! ¿Qué os ha pasado? —preguntó sorprendido.

—¡Lo hemos visto! —silbó Matt mientras recuperaba el aliento—. Hemos visto al minotauro.

—¿Era él? ¿Estáis seguros?

—¡Seguros!

Ámbar, incómoda, matizó:

—Sí, en fin, eso parecía...

Matt se quedó mirando a la muchacha.

—¿Qué crees que era si no? ¡Más alto que un hombre y con una cabeza de toro!

—Sí, pero ¡podía ser un disfraz!

—¿Y los bufidos? ¿También eran un disfraz? ¿Y el ruido de sus pasos? Tú lo has oído. Admite que ningún ser humano tiene cascos ni tampoco un andar tan pesado. ¡Habría que pesar más de cien kilos para pisar tan fuerte!

Esta vez, Ámbar tuvo que asentir: no podía negar las evidencias, aunque chocaran con su mente cartesiana.

—Es verdad —admitió la muchacha—. Era impresionante, nadie camina así.

De pronto, se acordó de su hallazgo, se sacó la hoja del periódico de la blusa, la desplegó y la colocó sobre una mesa baja, delante de ellos. Matt acercó su lámpara para iluminar el artículo.

—Vamos, lee —pidió el muchacho.

Ámbar se inclinó y leyó en voz baja:

«Michael Ryan Carmichael manda construir una nueva torre en su mansión de la isla del mismo nombre, más conocida como "la isla de los millonarios". En efecto, el venerable heredero del famoso imperio industrial, un apasionado de la astronomía hasta el punto de haberse consagrado a esta actividad casi por completo en los últimos años, ha decidido que ha llegado el momento de vivir en la Luna. Él mismo ha declarado a nuestro periódico su satisfacción por levantar lo que será "el observatorio privado más alto de la costa Este". Ahora que dispone de su propio telescopio, todo indica que veremos y oiremos aún menos a este millonario, célebre por haber abandonado la vida laboral hace treinta años en aras de su borrachera celeste. "¡El espacio es tan vasto y tan rico que supera a toda personalidad, por culta e interesante que sea! Si encuentro la felicidad en el universo, ¿por qué privarme de ello?", declaró sonriente. Tan misántropo como solitario, Michael R. Carmichael es sin duda la encarnación de esa creencia popular que afirma que ¡los ricos suelen ser personas excéntricas! En cualquier caso, nosotros le deseamos a M. Carmichael largas horas de observación y ¡un tiempo clemente sobre su isla!»

Tobías se acercó para examinar la fotografía oval de un anciano de rostro arrugado y cejas blancas y enmarañadas.

—Creo que es un periódico local —precisó Ámbar—. El artículo es de hace ocho años.

—Justo antes de la muerte del anciano —comentó Matt—. Doug me dijo que murió cuando él tenía ocho o nueve años, y ahora tiene dieciséis, se lo pregunté.

—Eso quiere decir que este señor apenas disfrutó de su observatorio —apuntó Tobías con cierta tristeza—. Quizá su fantasma habite en la casa.

Ámbar suspiró.

—Me cuesta creerlo —declaró.

—Doug me mintió —dedujo Matt con pesar—. Esto confirma que está tramando algo. Me dijo que su padre había fundado la isla, pero ésta se llama Carmichael, como el anciano, quien creo que fue el verdadero fundador.

—¿Y si fueran familia?

—En ese caso, ¡Doug no tendría ninguna razón para ocultarlo! Habría podido decirme: «Mi abuelo o mi anciano tío fundaron la isla». No, esconde algo. Además, piensa en el concepto mismo de la isla de los millonarios, con mansiones que llevan nombres de animales mitológicos, Hidra, Pegaso, Centauro y Unicornio, ¡como algunas constelaciones! Obedece más al delirio de un viejo apasionado por las estrellas que a la idea de un doctor mundialmente famoso, como podía ser el padre de Doug y Regie.

—¿Habrá ocurrido un drama en el origen de todo esto? —aventuró Tobías.

—No tengo ni idea, pero espero desvelar este misterio.

—En cuanto descubran la jaula y el güisqui en el pasillo, Doug y sus secuaces se pondrán en guardia.

Matt sacudió la cabeza.

—Vamos a limpiar el suelo —dijo—. Respecto a la jaula, como está vacía, pensarán que la trampa se encontraba mal colocada y que se ha accionado sola o a causa de una rata. De todas formas, no nos engañemos, enseguida se darán cuenta de que los han descubierto y se volverán más peligrosos.

—A partir de mañana por la noche, nos turnaremos para espiar todo lo que suceda en el Kraken —propuso Ámbar—. Según la conversación, parece que Doug y sus compañeros tienen prisa. Si traman algo, lo llevarán pronto a cabo.

Matt añadió en tono grave:

—Y después de lo que hemos visto en la casa encantada, presiento que no nos va a gustar. Hay que actuar deprisa.

27

Sorteo

La semana siguiente estuvo cargada de trabajo para la Alianza de los Tres. A Tobías le correspondió la guardia nocturna del puente. A Ámbar le tocó cortar madera y por la noche se encontraba demasiado cansada para llevar a cabo la vigilancia que se habían propuesto. En cuanto a Matt, Doug consideró que ya estaba recuperado y le encargaron distintas tareas, a cual más agotadora. Como no podía espiar a Doug, Matt consiguió sacar una hora cada día para entrenarse en el control de su fuerza, intentando levantar piedras cada vez menos pesadas, pero no obtuvo más éxito que la primera vez.

Se enteró de cómo funcionaba el reparto de las tareas. Cada pan de la isla estaba representado por un pequeño rectángulo de madera en el que figuraba su nombre grabado. El sorteo se realizaba por edades —ya que algunos trabajos no podían realizarlos los más pequeños—. Para que las tareas más duras no recayeran siempre sobre los mismos, se formaban distintos paquetes con los rectángulos. En una marmita, se mezclaban los nombres de los seleccionados para cada labor y se echaba a suertes a los «ganadores». De una veintena de chicos, las actividades más duras de la semana tocaron curiosamente a Ámbar, Tobías y Matt. En el estrado, Doug seguía la ceremonia, acompañado de Arthur, el chico que desde el principio miraba a Matt de soslayo; de Claudia, una preciosa morena que sacaba los nombres al azar, y de Regie, que permanecía en un segundo plano, sentado en una silla.

El octavo día, por la tarde, Matt estaba pescando cuando recibió la visita de sus amigos. Se encontraba en el extremo sur de la isla, instalado en uno de los pequeños pontones de madera, rodeado de un muro de sauces que hundían sus cientos de lianas en el agua. *Pluma*, que estaba tumbada en una alfombra de hierba, levantó la cabeza cuando sintió que alguien se acercaba; luego, tranquilizada por esas caras amigas, volvió a su somnolencia canina. Matt, sentado en el muelle, tenía los pies suspendidos sobre el agua.

—No deberías tener las piernas colgando —le advirtió Tobías al llegar.

—Es cierto —confirmó Ámbar—. ¿No has visto lo que ronda por el agua?

—¡Hay demasiado fango y no distingo nada! —gruñó Matt—. ¡Es un milagro que quede algún pez!

—¡Y más locura aún es que nos los comamos!

—¿De verdad creéis que es peligroso? Porque había pensado coger aquella barca para dar una vuelta.

Ámbar le miró de arriba abajo como si estuviera loco. La barca en cuestión estaba en mal estado y tenía un remo roto.

—¡Olvídalo ahora mismo! —le ordenó la muchacha muy seria—. No sabemos exactamente lo que nada bajo la superficie de estas negras aguas, pero es grande y agresivo. ¿Nadie te ha advertido antes de enviarte aquí?

—No —admitió Matt desconcertado mientras recogía las piernas bajo su cuerpo y se sentaba sobre la caña de pescar.

—Hay que ser muy prudente, la pesca forma parte de las actividades de riesgo. Nunca te acerques al agua, es la regla fundamental. ¡No es bueno aproximarse a las criaturas que están ahí dentro! ¡El pequeño Bill presume de meter los pies en el agua y algún día le costará caro!

—¿Pican al menos? —preguntó Tobías, que tenía briznas de hierba en el pelo y las mejillas manchadas de verdín.

—No está mal. ¿Vienes de podar?

—Sí, me ha tocado limpiar los alrededores de la casa.

—Decidme, ¿no os parece extraño que el día en que nos proponemos vigilar a Doug nos manden al otro extremo del Kraken para que hagamos estas tareas tan agotadoras?

Ámbar y Tobías asintieron.

—Lo hemos comentado por el camino —dijo la chica—. Lo saben todo, está claro.

—O bien desconfían de ti y, como nos ven a menudo juntos —comentó Tobías—, ¡han preferido asegurarse de que no nos convirtamos en un peligro para ellos!

—He estado pensando en la ceremonia de asignación de tareas que se celebró en la gran sala —declaró Matt—. En realidad, solo Claudia y Doug pueden leer los nombres escritos en los trozos de madera. Nadie sube a comprobarlo.

—¡Es verdad! —exclamó Tobías—. Existe la posibilidad, es una de las normas, pero nadie lo hace porque hasta ahora ha sido equitativo. Todo el mundo participa en el trabajo al azar, pero regularmente.

Matt movió la cabeza, pensativo.

—Eso imaginaba… Pero estoy seguro de que Claudia es la chica que oí hablar la otra noche.

Ámbar enlazó con la idea:

—Doug nombró asistente a Arthur al principio de todo, también está siempre en el estrado, ¡podría ser el tercero!

—No —replicó Matt—, lo he pensado, pero Arthur es mucho más bajo que Doug y Claudia, y las tres siluetas eran de la misma altura.

—Entonces Regie tampoco puede ser —observó Tobías.

—Además, Arthur no mira los nombres que se sacan, se limita a estar sentado, nada más.

—Él solo interviene en las votaciones, porque cuenta las manos levantadas —explicó Tobías.

Algo pasó bajo la superficie del agua y provocó un remolino de varios metros de profundidad. De forma instintiva, los tres adolescentes retrocedieron.

—Mira, ¿ves lo que te decía? —comentó Ámbar.

—Estoy seguro de que Doug y Claudia no sacaron nuestros nombres —dijo Matt sin levantarse—. Hicieron trampa para asegurarse de que no pudiéramos vigilarlos. ¡No sé cómo, pero están al corriente!

—Podríamos cuestionar la legitimidad de su presidencia indefinida —propuso Tobías—. Dar una especie de golpe de Estado. Contar a los otros panes que esos dos son mentirosos y manipuladores.

—¡De eso nada! —se opuso Ámbar—. No hay que sembrar la confusión. Precisamente es lo que Doug y los suyos pretenden para liberar al minotauro. Es lo que dijeron, ¿no, Matt?

—Sí, quieren esperar al momento oportuno. He pensado en su plan y solo veo esa explicación. Esperar a que nos volvamos demasiado confiados y que nuestra rabia por sobrevivir se calme para convertirnos en niños y adolescentes dóciles. Entonces soltarán al minotauro por la isla. Supongo que ellos huirán enseguida y arrojarán el puente metálico al río para que no podamos salir y el monstruo nos mate a todos.

—¿Por qué hacen eso? —preguntó Tobías—. No entiendo sus motivos.

—Yo tampoco —confesó Matt.

Ámbar intervino:

—En cualquier caso, ya hemos identificado a dos: Claudia y Doug. Falta uno.

—¿Tú conoces a Claudia? —preguntó Matt.

—No mucho. Es del Unicornio y tengo poca relación con las chicas de esa casa, a excepción de Tiffany.

—¿La que está enferma? —se acordó Tobías.

—Sí, bueno, creo que la alteración se manifiesta en ella. Tiene dolores de cabeza y se le nubla la vista durante varios minutos cada cierto tiempo.

—Según tú, ¿qué tipo de alteración tiene? —inquirió Matt.

—Aún no lo sé con seguridad. Ella se pasa la mayoría del tiempo recolectando fruta en la isla, pero no veo la relación. Le preguntaré de todas maneras.

Matt insistió:

—Podría contarnos más cosas sobre Claudia.

—Me informaré.

—Mientras —añadió Matt—, en el próximo sorteo de las tareas, haremos lo posible para que no nos asignen automáticamente las actividades más duras.

Ámbar frunció el ceño.

—¿Y cómo piensas hacerlo?

Matt esbozó una sonrisa socarrona.

—Ya veréis.

Durante dos días más, los jóvenes tuvieron que realizar las diferentes tareas que les habían asignado. La noche de esta segunda jornada agotadora, se celebró una reunión en la gran sala, iluminada por tres lámparas de araña, cuyas bombillas se habían sustituido por velas.

Doug empezó a hablar con gesto grave.

—Algunos de vosotros ya estáis al corriente de que se ha visto humo a lo lejos, por el este. Se encuentra a bastante distancia y no parece moverse. Solo se divisa desde las torres más altas de la isla, pero hay que rendirse a la evidencia: a diez kilómetros de nosotros, viven seres capaces de encender fuego.

—¿No puede ser un incendio del bosque? —preguntó una chica con gafas.

—No, la columna de humo es delgada y se apaga regularmente, antes de ser encendida de nuevo.

—¡Serán los glotones! —lanzó otro.

—Nunca se sabe, pero aunque han hecho bastantes progresos, me extrañaría mucho.

—¿Vamos a enviar una misión de espionaje? —preguntó un pan pequeño.

—No está previsto, a menos que el humo empiece a acercarse. Ya veremos.

Los murmullos se transformaron en clamor. Doug levantó las manos.

—¡Por favor! Tranquilizaos. ¡Silencio! Gracias. Seguiremos de cerca la evolución de todo esto, no os preocupéis. Mientras, vamos a realizar el sorteo de las tareas de la semana próxima. Claudia y Arthur, si sois tan amables de subir al estrado.

Doug fue a buscar las bolsas de tela que contenían los nombres de todos los panes de la isla. Cuando se dio la vuelta, comprobó con sorpresa que Arthur estaba allí, pero Claudia no.

—¿Claudia? —llamó.

Todo el mundo se miró, pero nadie vio a la muchacha.

Matt levantó la mano tímidamente.

—Creo… que está enferma. La he visto entrar precipitadamente en los aseos cuando yo venía para acá.

Doug no ocultó su disgusto.

—En ese caso…, realizaremos el sorteo más tarde.

—¿No es urgente? —se opuso Matt—. Me parece que hay muchas cosas que hacer; no podemos permitirnos retrasarlo todo cada vez que uno de vosotros se ponga enfermo.

Varios panes asintieron vivamente.

—Es que… —balbuceó Doug, a quien el incidente le había pillado desprevenido—. Siempre lo hemos hecho así y este funcionamiento le gusta a todo el mundo.

—Solo se trata de un sorteo, nadie se molestará si esta noche, de forma excepcional, lo hace otra persona, ¿verdad?

Matt se había vuelto hacia la asamblea y todos asentían con la cabeza.

—Las chicas primero —añadió—. ¿Por qué no empezamos por el orden alfabético de los nombres?

Esta vez, Matt se levantó para que todo el mundo pudiera oírlo. Doug hacía esfuerzos por contener la rabia que le salía por las orejas teñidas de rojo.

—¿Quién es la primera? —preguntó Matt—. ¿Hay alguna Alicia o Ann? —Como si se acordara de pronto, el joven se volvió hacia su amiga—. ¡Ámbar! Creo que debes ser tú.

Tan cohibida como admirada del talento de su amigo para la interpretación, la muchacha subió al estrado de piedra y se colocó al lado de Doug.

Atrapado sin salida, éste no tuvo más opción que proceder al sorteo. Como los tres amigos formaban parte de los panes que habían realizado esa semana las tareas más duras, los nombres de Ámbar, Matt y Tobías fueron separados, junto con otros diez, para meterlos en el cuenco de las tareas livianas. Ninguno de los tres salió elegido.

Doug le dio las gracias a Ámbar con una sonrisa forzada. Cuando la muchacha se disponía a volver a su sitio, sonó un crujido siniestro y la luz empezó a vacilar. Matt levantó los ojos al techo y vio que la lámpara de araña situada sobre el estrado se movía. La cuerda que la sostenía estaba a punto de romperse. Se oyó un nuevo crujido y, esta vez, Matt comprendió que no había tiempo para pensar.

Ámbar y Doug acabarían aplastados ante sus ojos.

28

El tercer bando

Matt saltó de su banco y voló sobre los escalones mientras, con un último crujido, la enorme lámpara de araña caía sobre Ámbar y los otros panes que presidían la reunión. El chico supo en ese momento que no podría salvar a su amiga; aunque le diera un violento empujón, ella no se desplazaría lo suficiente como para evitar que la mole le cayera encima.

Entonces, en un gesto desesperado, el joven levantó la cabeza, contrajo los músculos de su cuerpo y gritó con todas sus fuerzas mientras alzaba las palmas al cielo.

La estructura metálica le aplastó de golpe. Se sintió atravesado por una descarga monumental que le electrizó desde el cerebro hasta el dedo gordo del pie. Las muñecas le dolían de un modo horrible, las manos bullían de hormigueo. Matt abrió los ojos y comprobó que sostenía la araña en equilibrio.

Entre los dedos.

Ámbar y Doug estaban de rodillas, con los brazos sobre la cabeza, esperando el impacto. Multitud de gotas de cera corrían por todas partes. El sudor inundó la frente de Matt y un dolor terrible atenazó sus músculos, como si le clavaran un millar de agujas. Las palmas magulladas empezaron a sangrar.

Ámbar y Doug levantaron la cabeza al mismo tiempo, cuando una lluvia ardiente se abatía sobre ellos, y se dieron cuenta de que estaban sanos y salvos. Entonces rodaron hasta ponerse a cubierto y Matt, con un esfuerzo sobrehumano, pudo soltar la araña, que se estrelló a su lado.

En medio del silencio angustiado de la sala, una oleada de calor le subió a la cabeza, el sudor lo inundó, se le nubló la visión y vio cómo la habitación empezaba a dar vueltas a causa del vértigo. Al final el joven perdió el equilibrio y se desplomó sobre la alfombra salpicada de cera.

Cuando volvió a abrir los ojos, Ámbar y Tobías estaban inclinados sobre él, con cara de preocupación.

—¿Qué... ha... pasado? —murmuró Matt.

—Todo está bien —dijo la chica con voz cariñosa.

Le pasó un paño húmedo y tibio por la frente.

De repente, al recuperar el contacto con su cuerpo, Matt hizo una mueca de dolor. Sus músculos estaban tan tensos que creía que se iban a romper.

—¡Oh, me duele mucho!

—Cálmate, tienes que descansar. No te muevas.

Impresionado con lo que había sucedido, Tobías no pudo contenerse por más tiempo:

—¡Has conseguido sujetar la lámpara de araña! ¡La has sostenido con las manos y la has tirado a un lado para salvar a Ámbar y a Doug!

—¿Yo... he hecho eso?

Ella asintió con un mohín en los labios: no compartía el entusiasmo de Tobías.

—Sí, has hecho eso —dijo ella—, y delante de todo el mundo.

—¿Y qué habéis contado vosotros?

—De momento, nada, pero nos reuniremos pronto. Es inevitable, hay que hablar de la alteración. Advertir a todos los panes. Me hubiera gustado esperar un poco, aunque en ese caso... ¡no estaría aquí!

—¿Te he... te he salvado la vida? —preguntó Matt a pesar del dolor.

Ámbar dejó de secarle la frente.

—Sí, creo que sí —acabó por reconocer.

Estas palabras bastaron a Matt para soportar el dolor. Se sentía feliz por haber conseguido mantenerla con vida.

—Bravo por el sorteo —le felicitó ella—. Dime, ¿tienes algo que ver con la ausencia de Claudia?

Matt logró sonreír a pesar de su sufrimiento.

—La seguí antes de la reunión... Había pensado tenderle una trampa y encerrarla en un armario..., pero cuando..., cuando vi que entraba en los aseos mientras todo el mundo se dirigía hacia la gran sala, bloqueé la puerta.

—¿Sabes que acabas de declarar la guerra a Doug y su banda?

—Al menos, ya saben que no nos engañan con sorteos trucados y no se divertirán otra vez con lo mismo.

Tras diez segundos de silencio, Tobías intervino:

—¿Tenemos que decirle lo de la lámpara?

Ámbar suspiró mientras alzaba los ojos al cielo.

—¡Te había dicho que esperaras! ¡Vamos, continúa ahora que has empezado!

El chico no se hizo de rogar.

—La cuerda no ha cedido, estaba cortada. ¡Ha sido un sabotaje, no un accidente!

—¿Qué? —gritó Matt intentando incorporarse.

Sus músculos se resintieron y no pudo contener un gemido.

—¡Cálmate! —gruñó Ámbar—. Tienes que descansar.

Matt sacudió la cabeza.

—No lo entiendo, no tiene ningún sentido. Doug estaba debajo, hubiera sido un suicidio. Además, no podía prever que tú ibas a sustituir a Claudia, a menos que... ¡haya un tercer bando!

—Primero, Doug y los suyos; luego, nuestra Alianza, ¡y por lo visto hay alguien más que está tramando algo! —resumió Tobías—. ¡Esto es peor que el mundo de los adultos en que vivíamos!

—Lo más inquietante de esta historia es que el culpable quería librarse de Doug —recordó Ámbar—. ¡El que ha hecho esto está dispuesto a asesinar! ¡Va mucho más lejos que cualquiera de nosotros!

Una nueva oleada de dolorosos pinchazos dejaron a Matt aturdido. Parpadeó.

—Hay que aclararlo... —dijo sintiendo que su espíritu lo abandonaba.

Esta vez, el muchacho no pudo soportarlo y se hundió en la inconsciencia.

29

La gran confesión

Matt durmió casi treinta horas seguidas y todos temieron que hubiera vuelto a caer en coma.

El joven abrió los ojos a causa del hambre y la sed. Los músculos ya no le dolían, pero unas terribles agujetas le obligaban a moverse con cuidado.

Todos los panes de la isla esperaban sus explicaciones sobre lo que había pasado la otra noche; Ámbar les había asegurado que éstas tendrían lugar en cuanto Matt estuviera recuperado. Este último comió hasta saciarse; luego se lavó y consiguió llegar cojeando hasta una terraza del tercer piso, donde pudo contemplar a solas el bosque de la isla.

Ni siquiera entonces lograba recordar lo que había hecho. Había actuado por instinto, sin tiempo para reflexionar. Y eso era lo que le inquietaba. Esa capacidad de reaccionar en apenas un segundo. Eso no era lo normal en él. En su antigua vida, siempre había sabido mantenerse al margen, no tener problemas con los energúmenos del colegio y no mezclarse en ajustes de cuentas. Matt no era un héroe. Por lo general, se tomaba su tiempo antes de actuar. En cuanto aparecían los problemas, su corazón se desbocaba, le sudaban las manos y sus piernas flaqueaban. Y ahora había salvado a Ámbar dos veces en menos de un mes. ¿Qué le sucedía? ¿Podía ser que la alteración actuara también en su cerebro?

«¡No, no me siento diferente! Pero si hay que hacer algo, lo hago, sin dudar. La adrenalina, esa carga emocional de miedo y de excitación que paraliza o ralentiza a la mayoría de las personas en situaciones extremas, no me influye. Entonces, ¿soy otro Matt? No..., creo que no. Simplemente... he hecho lo que tenía que hacer.»

¿Eso era «tener madera de héroe»? ¿Esta facultad de analizar y actuar en los peores momentos, sin perder tiempo ni bloquearse, para tomar la mejor decisión? Al final, se quedó tranquilo con la idea de que se había limitado a obedecer a lo que consideraba que estaba bien. Entonces apareció un nuevo miedo: ¿estaría a la altura si se presentaba un nuevo peligro? ¿Su instinto le dictaría los pasos que debía seguir? ¿Sabría escucharlo e interpretarlo? Matt tragó saliva: ya no estaba seguro de nada.

Todo aquello era muy diferente de los juegos de rol, donde se divertía siendo un héroe. En la realidad, el valor no se podía prever ni calcular, se era o no valiente en el momento de actuar.

—Tendré que explicar a todo el mundo lo que me pasa —pensó en voz alta—. Me he convertido en un chico con una fuerza anormal que no controlo a voluntad, pero que aparece en situaciones críticas.

Soltó un profundo suspiro.

—Me tomarán por un monstruo —añadió antes de darse cuenta de que todos estaban afectados de algún modo.

Porque, si Ámbar estaba en lo cierto, la alteración alcanzaba cada vez a más panes. Hablar de ello no sería peor que eso, pensándolo bien. Se podría identificar las alteraciones con más rapidez.

«¿Y los traidores? ¿Son conscientes de este poder? ¿Lo controlan? Si ese es el caso, está a punto de estallar una guerra mucho más destructiva de lo que nos imaginamos.»

Había que asumir responsabilidades. Héroe o no, Matt debía dirigirse a los otros y darles una explicación. Se sentía moralmente cansado, la violencia de la agresión al cínico de la tienda de comestibles y la sangre de los glotones se mezclaban con el miedo al complot, el riesgo de asesinato y la presencia de una alteración naciente.

Matt ignoraba si estaría o no a la altura de lo que les esperaba, pero estaba seguro de que en ese momento su deber era hablar, tranquilizar los ánimos y contribuir a la unión de su clan amenazado.

Aquella misma noche se organizó la reunión. Solo dos arañas iluminaban la gran sala y docenas de velas colocadas por diversos lugares alumbraban el estrado.

Matt advirtió que los panes no le quitaban ojo mientras se sentaban. Todos murmuraban mientras lo observaban. El adolescente se sintió como un mono en un zoológico.

Cuando se hizo el silencio, caminó hasta el centro del escenario de piedra con paso lento, entorpecido por las increíbles agujetas que agarrotaban su cuerpo. El muchacho miró a la asamblea, a todos los panes, uno por uno.

—Amigos —empezó—, como ya habéis visto, algo ha pasado con mi cuerpo después de la Tormenta. Soy capaz de desarrollar una fuerza anormal en ciertas circunstancias. Ámbar, a quien conocéis, piensa que se trata de una modificación «natural» y que nos afecta a todos.

Matt tendió su mano en dirección a la muchacha para invitarla a continuar. Ámbar se levantó, se reunió con él y tomó la palabra:

—En esencia, gracias a las deducciones de Doug, he llegado a esta conclusión: la Tierra ha desarrollado un impulso de autodefensa, cuyos signos precursores eran la multiplicación de los huracanes, los terremotos, las erupciones volcánicas e, incluso, la perturbación de la temperatura y las estaciones. No supimos escucharla y este fenómeno alcanzó su punto culminante la noche del 26 de diciembre, cuando la Tormenta asoló el mundo.

Todos bebían sus palabras con los ojos desorbitados, la boca abierta o el ceño fruncido. Ámbar recorría el estrado despacio mientras desarrollaba su exposición.

—Por supuesto, bajo cualquier forma, el impulso era una especie de señal del cambio de algunos códigos genéticos, sobre todo en las plantas y su ritmo de crecimiento, que aceleraba la fotosíntesis para...

Se elevó un murmullo colectivo y Ámbar hizo una señal para indicar que entendía el problema.

—La fotosíntesis es la capacidad de una planta de alimentarse con la luz del sol y el anhídrido de carbono para producir lo que necesita en su crecimiento y desarrollo. Tranquilos, no soy más lista que vosotros, pero era buena estudiante —bromeó— y, desde que estoy al tanto de este tema, ¡leo muchos libros científicos! Bueno, la Tierra reaccionó ante nuestra presencia invasiva y, sobre todo, contaminante, pidiendo a las plantas que fueran más dinámicas y, para asegurarse de que el problema no iba a reproducirse, arrojó sus rayos sobre la humanidad. La mayoría de los adultos desapareció aquella noche. Algunos consiguieron escapar y se convirtieron en seres envidiosos que nos odian: los cínikos. Otros sufrieron una modificación genética tan brutal que, como podemos suponer, su cerebro no lo resistió y se convirtieron en bestias salvajes: los glotones. Y, por último, estamos nosotros, los panes. ¿Por qué la Tierra nos salvó en masa? Pienso que es porque cree en nosotros. Somos sus hijos, sin duda, sus tataratatararatataranietos; y la humanidad es el fruto de sus entrañas. Ella quiere creerlo aún.

El auditorio estaba tan fascinado que se podía oír el viento silbando por los largos pasillos de la mansión. Ámbar se tomó un instante para observar esos rostros inquietos y curiosos a un tiempo. Luego la muchacha continuó:

—Al final, la Tierra se limitó a reproducir a su escala lo que sucede en todos los organismos a los que ha dado la vida: el estímulo de una reacción de defensa. Ella envió sus anticuerpos y, de algún modo, nos contaminaron. Nuestros cuerpos han respondido como todas las formas de vida terrestre. Ya os habéis dado cuenta: fuera no hay nada que se parezca a lo que estábamos acostumbrados o se comporte como antes. Lo mismo sucede con nosotros. Este impulso ha modificado una parte de nuestro patrimonio genético, la fórmula de salida que nuestros padres y nuestros antepasados nos transmiten y que determina cómo somos: rubios o morenos, altos o bajos, enclenques o fornidos, todos tenemos una base genética predefinida que no cambia, es lo innato. A partir de ahí, nuestra experiencia, la vida que llevamos, basta para hacernos musculosos o gruesos, más o menos proclives a ciertas enfermedades, cultos o ignorantes, etc. Esta experiencia es lo adquirido. La base genética resulta entonces menos estable y susceptible de ser influida por nuestros actos, lo adquirido parece perturbar y modificar lo innato. En efecto, da la impresión de que estamos desarrollando capacidades especiales en función de lo que hacemos en la vida diaria. A esto yo lo llamo la alteración.

Muchos panes repitieron la palabra.

—En mi caso, se trata de una fuerza incrementada —continuó Matt—. Mi cuerpo luchó durante cinco meses para sobrevivir, estimulando mis músculos para que pudieran sostenerme las escasas veces en que me levantaba o para que me recuperara lo más rápido posible. De repente, mi alteración salió de ahí, de una necesidad mayor. En realidad, no la controlo, pero creo que podré llegar a hacerlo con el tiempo.

—Creo que cada uno de nosotros puede propiciar esta alteración en su vida cotidiana —explicó Ámbar—. Ya la he apreciado en algunos de vosotros: puede tratarse de una influencia sobre la electricidad presente en la naturaleza o de una facilidad para jugar con las chispas, con el fuego. Y así sucesivamente.

La joven leyó más miedo que fascinación en los rostros de sus compañeros y se apresuró a precisar:

—Os aseguro que no es nada negativo. La naturaleza nos permite desarrollar plenamente algunas zonas de nuestro cerebro que estaban dormidas hasta ahora y, debido a una sutil alteración de nuestra genética, logramos una mayor armonía con la naturaleza y sus elementos principales: el agua, el fuego, la tierra y el aire; así como con el potencial de nuestro cuerpo. Esto significa que algunos de nosotros tendrán un contacto privilegiado con alguno de los elementos, según su propia naturaleza, y otros se concentrarán más en su cuerpo y en alguna aptitud en particular. Habrá que verlo caso por caso, pero no tiene nada de… malo. ¡Evolucionamos, eso es todo!

Enseguida, decenas de susurros llenaron la gran sala y pronto se convirtieron en discusiones acaloradas. Ámbar y Matt intentaron restablecer la calma, sin éxito. Doug se levantó y tocó varias veces la campana hasta que poco a poco volvió el silencio.

—Es necesario seguir la evolución de nuestras alteraciones, de todos y todas —recomendó Ámbar—. Me gustaría presentar una propuesta: que votemos para elegir un responsable, encargado de recoger nuestros testimonios con el objetivo de intentar identificar la alteración de cada uno.

—¡Tú eres la persona indicada! —dijo un pan al fondo de la sala.

—¡Sí! ¡Tú! —gritó otro.

Todos lo aprobaron golpeando sus vasos contra la mesa. Para guardar las formas, Doug preguntó si alguien quería presentarse y Matt se dio cuenta de que Claudia vacilaba. Sin embargo, Doug la miró e hizo una leve señal con la cabeza para disuadirla. Entonces preguntó quien quería a Ámbar como «consultora de la alteración». Casi todas las manos se levantaron y, al ser un voto tan mayoritario, Arthur no tuvo necesidad de contarlas. Ámbar no parecía muy satisfecha con este nuevo cargo y, cuando la reunión acabó y pudo salir del maremágnum de preguntas que la asedió, se encontró con sus amigos y señaló con el dedo la puerta cerrada.

—¡Eso es exactamente lo que quería evitar! ¡Ahora no voy a poder dar un paso sin que me venga alguien a preguntar si es normal bostezar sin parar o tener ampollas en los pies! Yo quería discreción y llevar la investigación a mi ritmo.

Matt y Tobías no supieron qué responder. Este último se encogió de hombros.

—Ahora serás muy importante; al menos, podremos oponernos a Doug en las decisiones que tome.

—Quizá, pero tendré más dificultades para estar disponible para nuestra alianza y la misión que nos hemos propuesto.

—Ánimo, creo que los primeros días tendrás a todo el mundo encima, pero pronto se tranquilizarán las cosas —comentó Matt.

Ámbar se llevó las manos a la cara e inspiró profundamente.

—Eso espero. Mientras, tendréis que prescindir de mí. Y ahora que tengo legitimidad para contradecir a Doug en las reuniones, él nos odiará aún más. Si tiene que actuar, me temo que no va a esperar mucho. Estad atentos. Y no olvidéis que hay dos enemigos en la isla. Y que uno de ellos está dispuesto a matar sin vacilar.

30

Escondite mortal

En el centro del Kraken, había un gran patio circular que servía de salón de invierno. Cada piso tenía un balcón redondo que daba a este patio interior, de manera que el lugar parecía una inmensa tarta de varios pisos hueca. En la parte más alta, había una cúpula de cristal que dejaba pasar la luz del sol y de las estrellas hasta los sillones y sofás de hierro forjado que había abajo.

Matt se había dado cuenta de que si Doug quería salir de su habitación para dirigirse al salón de fumadores o a cualquier parte situada en los dos tercios anteriores de la mansión, estaba obligado a pasar por el patio. Por esta razón, había sugerido que Tobías y él montaran guardia allí. De ese modo, podían descansar, incluso dormir por turnos, sin desertar de su puesto. Los muchachos se habían instalado arriba del todo, en una cornisa que servía para sostener en el vacío la estatua de una amazona. Como la plataforma era bastante ancha, Matt había dispuesto varias capas de mantas donde podían tumbarse. Al principio, Tobías no se encontraba del todo cómodo y no se atrevía a cerrar los ojos, pues, sin ningún parapeto, si daba vueltas mientras dormía, caería más de veinte metros antes de estrellarse contra el pavimento. Luego, con el cansancio y la costumbre, acabó por quedarse dormido desde la segunda noche, mientras Matt estaba al acecho.

La tercera noche, en torno a las doce, una fina lluvia empezó a golpear contra la cristalera, justo encima de sus cabezas. Matt sólo sentía cierta tirantez en los músculos y las heridas de sus manos estaban cicatrizando. Tobías contemplaba el busto desnudo de la amazona, la orgullosa guerrera que sostenía un arco apuntando hacia delante.

—¿Por qué le falta un seno? —preguntó en voz baja.

—Creo que la leyenda dice que se lo cortaban para disparar mejor el arco.

Tobías hizo una mueca mientras se palpaba los pectorales.

—Estoy contento de no ser amazona —declaró.

—¿Sigues entrenando?

—¿Con el arco? Sí, bastante a menudo. Tengo que decir que no soy muy bueno. Suelo tocar la diana, pero no consigo clavar la flecha en el centro. Encadeno los disparos muy rápido, este siempre ha sido mi problema: la precipitación.

—Tú eres hiperactivo, todo tiene que ir deprisa, hagas lo que hagas. En mi opinión, si consigues tranquilizarte, dispararás mejor.

Después de un silencio, Tobías señaló la amazona.

—En cualquier caso, es bonita, ¿no te parece?

Su amigo vaciló.

—¡Bueno…!

—Dime, ¿has… has tocado ya el pecho de una chica?

Matt se echó a reír.

—No, no.

—¿No tienes ganas? Yo siento mucha curiosidad —soltó sin quitar la vista del seno amputado.

—Seguro que me gustaría mucho, pero… hay que encontrar a la chica adecuada, no vale cualquiera.

Tobías se tomó un tiempo para considerar esta reflexión antes de responder:

—Es posible, debe ser como cuando la chica te parece muy guapa y todo te da igual.

—No se trata de que sea guapa o no, es… la atracción.

—¿Tú te has enamorado ya?

Matt se miró las manos.

—No, todavía no.

—Y Ámbar, ¿qué te parece?

Matt sintió un vuelco en el estómago.

—¿Ámbar? Es una chica preciosa. ¿Por qué?

¿Qué pensaba Tobías?, se alarmó Matt. «¿Tanto se nota que me gusta mucho?» Si Tobías se había dado cuenta, entonces, ¡todo el mundo, incluida Ámbar, lo sabía!

—¿Preciosa cómo? —insistió Tobías—. ¿Preciosa como esto o preciosa de muy atractiva?

Matt tragó saliva. No se atrevía a confesar lo que pensaba en realidad.

—¡Porque a mí me parece que está buenísima! —prosiguió Tobías—. ¡Y Lucy no está nada mal tampoco, con sus grandes ojos azules! ¿Sabes quién es?

Matt, más tranquilo de que Tobías no insistiera sobre Ámbar, se recuperó del susto.

—Sí, es verdad, es muy guapa.

—Me pregunto si yo podría gustarle.

—¡Por supuesto que podrías! ¿Por qué no?

—Bueno, ya sabes… Yo soy… negro y ella ¡es blanca!

—Ah, eso. Somos seres humanos, ¿no? ¿Dónde está la diferencia? Vale, tu piel es de color tierra y la suya de color arena. De tierra y arena están formados los continentes, el planeta, ¿verdad? Todos estamos hechos para mezclarnos. De ahí solo pueden surgir cosas buenas.

—¡Si todo el mundo pensara como tú!

Matt iba a responder cuando percibió un movimiento más abajo.

Una luz ambarina apareció en el primer piso. El chico dio un toque en el brazo de su compañero.

—¡Mira! ¡Son ellos!

Dos siluetas encapuchadas atravesaron el patio, lámpara en mano, y luego entraron en un pasillo.

—¡No hay que perderlos, rápido! —se entusiasmó Matt.

Se levantaron de un brinco, saltaron al balcón y bajaron corriendo las escaleras hasta el primer piso, donde se movieron con más discreción. A esa velocidad, no tardaron en alcanzar a aquellos dos que iban con el rostro oculto.

—Parece que se dirigen al pasadizo secreto —murmuró Matt.

—Mira, esta vez son uno alto y otro bajo, podrían ser Doug y Arthur.

—O Regie.

—¿Qué vamos a hacer? ¿Piensas enfrentarte a ellos?

—No, excepto si atacan directamente a los panes de la isla esta noche. Pero si la cosa se pone fea, intenta retener al pequeño contra el suelo, yo me ocupo del otro.

No tardaron en atravesar el salón de fumadores y su fragancia especiada y, como habían previsto, el misterioso dúo entró en el pasillo del pasadizo secreto. Matt y Tobías se detuvieron en el recodo, antes de los escalones, para no ser vistos. Oyeron varias voces.

—¿Nadie os ha visto? —preguntó Doug.

—¡No, todo el mundo duerme! —contestó un chico.

—He cogido todas las armas que había en el Unicornio —dijo una muchacha.

—Y yo he recogido las que no pude llevarme el otro día del Centauro —añadió una cuarta persona, otro muchacho.

—Muy bien —los felicitó Doug—. Solo tenemos que bajar las que están aquí, en las armaduras, y la isla estará libre de todas las armas de acero.

—¿Dónde las escondes? —dijo la chica.

Matt pensó enseguida en su espada y se sintió invadido por una rabia sorda que consiguió acallar repitiéndose que la había escondido en el fondo del armario. Si aún se encontraba allí, se prometió ocultarla mejor.

—En una sala pequeña de la mansión encantada —respondió Doug—, nadie puede acceder allí. Habéis hecho un buen trabajo, es el mejor medio de asegurarnos de que todo sucederá como hemos previsto cuando le abramos las puertas...

Tobías se pegó a su amigo para murmurarle al oído:

—Están ejecutando su plan cuidadosamente, nos dejan sin defensa, ¡lo harán pronto!

Matt asintió.

—Tenemos que actuar, no podemos esperar —respondió también susurrándole al oído—. Voy a intentar ver sus caras, es preciso saber quién forma parte de los traidores.

Se asomó despacio por la esquina de la pared; primero, la parte de arriba de la cabeza; luego, los ojos.

Abajo de los escalones, Doug hablaba con otras cuatro siluetas. Pudo reconocer al pequeño que estaba a su lado: su hermano Regie. Los demás o estaban de espaldas o en la penumbra, y era imposible distinguir quiénes eran.

La chica tomó la palabra:

—Podemos tener un problema —dijo—. Desde hace dos noches, una bandada de murciélagos sobrevuela la isla. Son muy numerosos, tal vez cien o más. Vuelan en círculo durante varias horas y luego se alejan. Confieso que no me resulta nada tranquilizador.

La muchacha se movió lo suficiente para que un mechón de cabello rizado saliera de la capucha. Era rubia. Sin embargo, Claudia era morena. «¡Otra chica!» Por las voces que oía, Matt estaba seguro de que el resto eran chicos. ¡Eso elevaba el número de conspiradores al menos a seis! Una auténtica banda.

—¿Murciélagos? —repitió Doug—. No estaba al corriente. Espero que no hayan mutado como otras especies animales, no me gustaría tener problemas con esos bichos voladores.

Detrás de Matt, Tobías reprimió un estornudo. A pesar de todos sus esfuerzos, un silbido sonó en el pasillo.

Doug y los suyos se sobresaltaron.

—¿Qué es eso? —se inquietó él—. Id a ver. ¡Regie, tú te quedas conmigo y vamos a esconder estas armas, rápido!

Matt se dio media vuelta, Tobías le ofreció una mueca confusa a modo de disculpa y, en tres zancadas, se encontraron en el salón de fumadores, donde Matt se deslizó debajo de un sofá mientras Tobías abría un armario que servía para guardar los tacos de billar. Cerró la puerta en el preciso momento en que tres pares de zapatos entraban a toda velocidad.

—¡Hay alguien escondido aquí, estoy seguro! —dijo uno de los traidores.

—¿Tú crees? ¿No habrá sido el viento?

—No, parecía... ¡un estornudo!

Los tres compinches se separaron para examinar la habitación: detrás de la barra, en cada rincón, bajo las gruesas cortinas. Matt veía sus piernas y seguía sus movimientos. No tardarían en descubrirlos, a él o a Tobías. ¿Qué harían entonces?

«¡Protegerán su secreto! ¡Nos matarán o nos encerrarán en algún sitio hasta llevar a cabo su plan siniestro! ¡Eso harán!»

Debía actuar. Anticiparse. Pero ¿podía pelear contra tres contrincantes en un cuerpo a cuerpo? Matt dudaba de que pudiera canalizar su fuerza. Si no lo conseguía cuando se entrenaba, ¿por qué iba ser de otro modo ahora que la necesitaba para pelear? Tenía la sensación de que la fuerza solo se manifestaba en plena acción, cuando estaba fuera de sí. «No pasa nada, debo tentar a la suerte, si cuento con el efecto sorpresa, a lo mejor tengo una oportunidad de dejarlos fuera de combate.» Matt tenía las piernas agotadas, sin fuerzas; el miedo le volvía indeciso. ¡Nunca lo conseguiría!

El muchacho un poco autoritario se detuvo justo enfrente del sofá donde Matt se escondía. «¡Ahora! ¡Debo lanzarme ahora!» Sin embargo, no se atrevía a moverse, incapaz de reunir el valor que necesitaba.

—¡Aquí había alguien, seguro! —dijo nervioso el muchacho que dirigía el grupo—. Sin duda, se trata de ese pan del que Doug desconfía, ese tal Matt.

—¿Quieres que vayamos a su habitación? ¡Si corremos, podemos llegar al mismo tiempo que él! Si no está en su cama, sabremos a qué atenernos. ¡Y si jadea, también!

—¡Buena idea, rápido!

Los tres traidores desaparecieron en un segundo. Matt salió de debajo del sofá y fue a liberar a Tobías del armario.

—¡Se van a enterar! —dijo Matt aterrorizado—. ¡Corren a mi habitación! Cuando la encuentren vacía, sabrán que era yo quien estaba aquí, que he descubierto todo su plan. ¡No me dejarán con vida!

—Entonces vamos a mi cuarto. Si son tan listos, no tardarán en ir a comprobarlo también. ¡Todo el mundo sabe que estamos siempre juntos!

En menos de cinco minutos, Tobías y Matt se hacían los dormidos, el primero en su cama y el segundo en el sofá. La puerta se abrió poco después, los dos amigos aguantaron la respiración para no delatarse con el jadeo. Una voz murmuró:

—¡Lo ves, están aquí! Te lo había dicho. ¡Ha sido el viento!

La puerta se cerró y Matt suspiró.

Por poco.

31

Visitantes nocturnos

Durante aquellos tres días, a Ámbar le plantearon un sinfín de preguntas. Todos o casi todos los panes fueron a verla para preguntarle si era normal experimentar un ligero dolor de piernas o de cabeza, tener pesadillas, estar deprimido o sentirse solo. Pronto la muchacha tuvo la sensación de ser más un hombro consolador para escuchar confidencias que una investigadora de la alteración.

A pesar de todo, se sintió satisfecha con la visita de cinco personas que manifestaban signos evidentes de la alteración. Confirmó lo que pensaba desde hacía tiempo de Sergio, el alto: que tenía una facultad para provocar chispas. Ámbar lo animó a entrenarse, pues sospechaba que tenía un potencial mucho mayor. La relación de Gwen con la electricidad no ofrecía ninguna duda, y la muchacha habló de ello durante tres horas para quedarse tranquila. Ámbar logró que volviera a su habitación asegurándole que aquello no era peligroso para la salud porque se trataba de una consecuencia natural de la Tormenta, una evolución vinculada al impulso lanzado por la Tierra.

Bill, un pequeño pan del Centauro, era capaz de producir minúsculos torbellinos en su vaso de agua, lo que Ámbar consideró extremadamente prometedor. Con el tiempo y algo de entrenamiento, tal vez consiguiera influir en superficies más importantes. Por último, Amanda y Marek mostraban una aptitud fuera de lo normal para «oler» las plantas, los champiñones o las frutas a distancia. En un principio, Ámbar se mostró escéptica, pero ellos le hicieron una demostración: bastaba con que intentaran encontrar un aroma particular; aspirando aire y con paciencia, conseguían dar con lo que buscaban. Por supuesto, aquello no funcionaba siempre y llevaba un montón de tiempo, pero el resultado hablaba por sí mismo. Cuando confesaron que, desde el principio, se ofrecían voluntarios para las recolectas en la isla y fuera de ella, Ámbar supo que su hipótesis se confirmaba. La alteración se manifestaba en función de una necesidad. Cuanto más se hacía algo, más se desarrollaba la facultad adecuada.

La mañana del cuarto día, a Ámbar le costó levantarse de la cama: estaba cansada por todos esos testimonios. Hizo sus abluciones matinales con agua fría —lo normal entre los panes— y, después de tomar un trozo de pan y una manzana, se dirigió a su «consulta», como ella decía. En realidad, se trataba de una rotonda de piedra sin techo, a un centenar de metros de la Hidra, en medio de una espesa vegetación. Ella encontraba el lugar apacible, agradable con el sol que bañaba la región desde hacía varios días y lo bastante aislado para que todos se atrevieran a visitarla, hasta los más angustiados.

Durante todo el trayecto, no consiguió librarse de la sensación de que la seguían. Se volvió varias veces, pero no notó nada; sin embargo, esa desagradable impresión de que la espiaban no la abandonaba.

La pequeña rotonda estaba bañada por la preciosa luz del sol, la piedra aún fría de la noche se calentaba suavemente. Las ramas, los helechos y los matorrales murmuraban agitados por el aire. Ámbar tomaba notas durante sus conversaciones y aprovechó un instante de calma para releerlas. Unos ruidos no tardaron en sacarla de su concentración. Matt y Tobías vinieron a sentarse en uno de los bancos, acompañados por *Pluma*, el perro más grande que Ámbar había visto nunca.

—Doug dirige toda una banda —dijo Matt a modo de saludo—. Es un equipo de al menos seis personas. Acaban de dejar la isla desprovista de armas. No podremos defendernos.

—¿Tu espada también? —preguntó Ámbar.

—No, por suerte. Estaba escondida, creo que se olvidaron de ella.

La chica se echó hacia atrás para apoyar la cabeza contra una de las columnas de la rotonda. Luego observó el cielo, pensativa.

—¿Qué hacemos? —preguntó.

—Si nos precipitamos, me temo que será una carnicería. Podríamos avisar a todo el mundo, pero como no sabemos quiénes son los traidores, la noticia llegaría enseguida a oídos de Doug, y él ejecutaría su plan. Nos matará a todos.

—¿Propones que descubramos a sus cómplices?

—Es lo que hablaba esta mañana con Toby.

Tobías hizo un amplio gesto de asentimiento.

—Encontraremos el modo de identificarlos a todos —afirmó el chico—. Entonces podremos organizarnos a sus espaldas. Hablaremos con el resto de los panes e intentaremos evitar a los traidores.

—¿Cómo pensáis hacerlo? —inquirió Ámbar.

—Con paciencia —respondió Matt—. Los seguiremos de noche, hasta que consigamos ver el rostro de cada uno.

La muchacha parecía poco convencida.

—¡Es muy peligroso y perderemos un montón de tiempo!

—¡Es la única solución!

—Lo sé —reconoció la chica, nerviosa—, pero no me gusta que corráis ese riesgo. Y no tenemos mucho tiempo antes de que liberen al minotauro.

—¿Tenemos elección? Venga, vamos, he oído tres toques de trompeta esta mañana.

—Yo no he oído nada. ¿Una reunión por la mañana? No es buena señal.

Los tres amigos llegaron de los últimos, la mayoría de los bancos se encontraban ocupados y Doug ya estaba hablando:

—Antes de abordar el tema de esta asamblea, quisiera tratar algunos detalles de intendencia: las armas, para empezar. Sería preferible que las guardáramos juntas en un lugar cerrado con llave. Todos nos acordamos de nuestra antigua sociedad y de la violencia que generó la circulación de armas. En mi opinión, no debemos tener ni una sola sin vigilancia. Os lanzo esta idea para que la maduréis y pronto volveremos a hablar de ello. Otro problema es la pajarera. Entre las gallinas, las palomas y todas las especies de que disponemos, Colin tiene mucho trabajo y le vendría bien que le echaran una mano. ¿Quién se ofrece voluntario como encargado de la pajarera, junto con Colin?

Matt se inclinó hacia Ámbar y Tobías.

—¡Doug no es tonto! ¡Sabe que debe haber aún armas ocultas por panes como nosotros y va a hacer lo posible por recogerlas todas! Os lo digo en serio, si vuelve a sacar el tema en la próxima reunión, le pego. ¡Nadie confiscará mi espada!

Durante este tiempo, Colin desplegó su gran osamenta coronada con una larga pelambrera castaña y precisó delante de todos:

—Sobre todo es para ocuparse de las gallinas y de los huevos. Los pájaros son mi territorio.

Tiffany, del Unicornio, se ofreció, seguida de Paco, el más pequeño de los panes, de origen mexicano, que apenas contaba nueve años.

—Perfecto —declaró Doug—, os reuniréis con Colin para el reparto de las tareas.

—¡Los pájaros, ni tocarlos! —consideró oportuno insistir Colin mientras se rascaba la mejilla llena de granos—. Lo vuestro serán las gallinas.

Satisfecho por haber resuelto los asuntos menores, Doug abordó el tema que les había reunido:

—El consumo de víveres nos ha pillado desprevenidos y las reservas empiezan a disminuir. Además, pronto nos faltarán cerillas y encendedores; aunque los utilizamos lo menos posible, se gastan rápido. También necesitamos vendas y todo el material de primeros auxilios que podamos encontrar. En cuanto a la ropa, si precisáis algo, es el momento de entregarnos una lista con la talla o el número que calzáis. El convoy saldrá mañana por la mañana rumbo a la ciudad, por tanto, debo tener esas listas esta noche. Como de costumbre, si hay voluntarios, que levanten la mano; si no, procederemos al sorteo.

Travis, cuya cabellera pelirroja no dejaba de crecer, alzó la mano.

Le siguió Arthur, con su gesto poco sociable. Sergio, el más fuerte de los panes de la isla, se añadió a la lista. Gwen se ofreció a continuación.

Para sorpresa de sus amigos, Matt levantó el brazo.

—Me apetece salir de aquí, ver la ciudad —murmuró.

Enseguida, Ámbar hizo lo mismo y Tobías se vio arrastrado de mala gana.

Doug asintió.

—¡Perfecto! Me uniré al grupo. Hace tiempo que no participo en las tareas de abastecimiento. Salimos mañana al amanecer.

Antes de que se marchara todo el mundo, Matt hizo una pregunta no exenta de malicia:

—¿Debemos llevar armas? Sería más prudente, ¿no?

—¿Para qué? No sabemos utilizarlas —replicó Doug.

—¡En caso de ataque, sería preferible tener algo con que defenderse!

Doug se tomó un segundo para elegir bien la respuesta:

—Escogeré dos o tres con Arthur, pero no tiene sentido llevar peso de más, regresaremos muy cargados.

—¿Vais a pasar cerca del humo del bosque? —planteó Carolina, una linda muchacha rubia de la Hidra con la que Matt apenas se había cruzado.

—No, guardaremos las distancias. Como quizás habéis observado, el humo no se extingue. Me temo que una comunidad de glotones se ha instalado allí.

—¿Vamos a organizar una expedición para comprobar de qué se trata exactamente? —preguntó una chica muy tímida por lo general, que respondía al nombre de Svetlana.

—No hay nada decidido, pero no lo creo. No tenemos ningún interés en correr esa clase de riesgos, basta con mantenerse alejado del lugar; tampoco está tan cerca. Por esta noche, es todo.

Los vasos sonaron sin fuerza contra las mesas y, mientras la asamblea salía con gran alboroto, Ámbar se inclinó sobre Matt.

—¿Por qué lo atacas?

—Para provocarlo y que cometa un error.

—Deberías evitarlo, puede enfadarse de verdad contigo.

—En cualquier caso, ha funcionado —dijo Matt con un rictus triunfante.

—¿Y eso? —preguntó Tobías.

—Ha revelado la identidad de uno de sus cómplices. Ya que ninguna arma está accesible, no irá a «escoger dos o tres» como él dice con alguien que no forme parte de su banda. Si se lleva a Arthur al escondite, es porque está al corriente. Tan simple como eso.

Tobías asintió.

—Añadimos a Arthur a la lista. Buena jugada.

Después de cenar, la Alianza de los Tres decidió que era mejor dormir para estar en forma al día siguiente. Además, como Doug y Arthur formaban parte de la expedición, era poco probable que los traidores actuaran esa noche.

Matt se acostó con la ventana abierta porque hacía calor en la habitación. Se estaba quedando dormido cuando oyó una serie de fuertes chasquidos. Parecían... sábanas que restallaban en el aire. Pero sonaban tantas que, por un instante, Matt imaginó a todos los panes de la casa asomados a la ventana agitando la ropa de cama. Se despertó del todo, descartó esta idea tan descabellada y se acercó a la ventana abierta.

El ruido era impresionante, una gran algarabía. Matt asomó la cabeza.

Enseguida, algo le rozó el pelo. Venía de arriba. Se dio la vuelta para contemplar el cielo situado justo encima del Kraken.

Estaba cubierto por una nube negra y zumbante que ocultaba las estrellas.

Unas formas negras se separaron para lanzarse hacia el rostro de Matt.

«¡Los murciélagos», comprendió al tiempo que retrocedía precipitadamente y empujaba la hoja de cristal.

Aparecieron tres triángulos oscuros que se quedaron inmóviles frente al cristal antes de subir a toda velocidad para fundirse en la masa.

«¿Qué hacen?» Matt se acercó despacio a la ventana. «¡Nunca he visto tantos bichos de estos juntos!» De repente, un grupo en fila india se alejó para precipitarse sobre el bosque de la isla, seguido rápidamente por otro y, luego, por un tercero, y así sucesivamente, hasta que toda la nube se lanzó a planear sobre la copa de los árboles. Desde donde estaba, Matt tuvo la sensación de contemplar una capa de aceite que se deslizaba sobre un mar inmóvil. La nube recuperó altura para sobrevolar la mansión del Capricornio, al noroeste, dio una vuelta y se dirigió al Centauro, donde permaneció varios minutos.

A esta distancia, el chico no distinguía nada. Pensó en los prismáticos que había utilizado Tobías cuando huyeron de Nueva York. Su amigo había dejado sus cosas en el armario de Matt. Buscó en la mochila y cogió los gemelos para observar el extraño ballet aéreo.

Por momentos, Matt podía ver manchas negras que bajaban y se quedaban suspendidas delante de las ventanas. «¿Se están divirtiendo?» No le habían resultado muy amistosos cuando le habían agarrado del pelo. «Parece que buscan la manera de entrar en el Centauro... Si lo consiguen, ¡sembrarán el caos en el interior!» Imaginó la colonia de aves precipitándose en las habitaciones, picando los cueros cabelludos, los brazos o las piernas de los chicos y empujando a los panes más frágiles por las escaleras... Una pesadilla.

El muchacho pensó en tocar la alarma. Pero ¿cómo avisar a los habitantes del Centauro de que no abrieran las ventanas ni las puertas? Era imposible.

En ese momento, la nube recuperó altura y se alejó de la isla en dirección al norte.

Matt soltó un suspiro de alivio, aunque esta sensación no le duró mucho tiempo. La chica que hablaba con Doug la noche anterior había visto los murciélagos dos noches seguidas. Matt se sentía inquieto. Estos animales no actuaban así normalmente. Se estaba gestando un problema. En primer lugar, la bandada de murciélagos era demasiado numerosa. En segundo, él había visto claramente cómo pasaban de una mansión a otra. ¿Buscaban algo o a alguien?

De repente, pensó en *Pluma*. La perra estaba fuera, desprotegida. «*Pluma* vive en el bosque desde hace seis meses. No tiene miedo de nada.» Los murciélagos habían aparecido varios días atrás. Probablemente, *Pluma* no era un objetivo interesante para ellos, a menos que se hubiera escondido. Había que confiar en ella.

Matt se acordó del intento de asesinato ocurrido en la gran sala. El tercer bando, la inquietante presencia del Raupéroden en sus sueños y esta historia de los murciélagos eran demasiado para él. Ya le costaba asumir la traición de Doug y los suyos, no necesitaba más problemas.

Sin embargo, cuando se acostó de nuevo, con los ojos clavados en el techo y el corazón oprimido por la angustia, no tardó en sentir que vacilaba y que el sueño era más fuerte que sus miedos. Estaba agotado por las noches de guardia.

Se quedó dormido, le invadió un sopor atormentado por murmullos en las tinieblas y por la presencia agobiante de un gran velo negro, atravesado por manos y piernas y coronado por una larga calavera que surgía como una huella en el cemento fresco.

Una forma lo perseguía. Olfateaba su rastro en los bosques del norte.

Un ser de nombre misterioso. Y aura aterradora.

El Raupéroden.

32

Expedición

El alba dibujaba en el este una franja de luz clara.

En el lado opuesto, el bosque que bordeaba la isla Carmichael frente al puente era aún una vasta extensión oscura, impenetrable.

Matt se había puesto su jersey y su abrigo favoritos. Había dudado durante bastante tiempo sobre si coger la espada y que Doug se diera cuenta de que no había confiscado todas las armas de la isla. Al final, se dijo que la espada se había convertido en una prolongación de sí mismo, en la guardiana de su integridad. Era un ángel protector con dos caras: tranquilizadora cuando su reluciente hoja estaba en la vaina y aterradora cuando se teñía de rojo y de sufrimiento. Matt no podía negarlo: manejar la espada le ponía eufórico, ahora que no le pesaba como una tonelada en el extremo del brazo; agarrar su puño macizo con ambas manos le provocaba un sentimiento de poder y, al mismo tiempo, el filo de su acero le asustaba. Por más que se repetía que la peligrosa era el arma, no podía olvidar que, cada vez, había sido él, Matt, quien la había empuñado. La espada no tenía personalidad ni alma propia, solo era una extensión agresiva y letal de su propia voluntad. Él, que había soñado con ser un héroe intrépido e implacable con los enemigos, se daba cuenta de que su imaginación nunca lo había preparado para esta violencia. Con frecuencia, recordaba el ruido horrible que había hecho la hoja al hundirse en el cuerpo del glotón.

En este amanecer, la isla aún dormía. Los ocho compañeros de camino se habían reunido delante del puente. *Pluma* también estaba allí, aparejada con una correa que la unía a una carreta del tamaño de una mesa de billar sostenida por cuatro grandes ruedas de todoterreno. A Matt le pareció que la perra había crecido aún más. ¡Ahora debía pesar noventa kilos! ¿Era una impresión o el animal seguía desarrollándose? ¿Hasta dónde podría llegar? Tobías llevaba el arco a la espalda. Doug y su banda no habían podido confiscar los arcos: demasiados panes se entrenaban regularmente con la esperanza de salir a cazar para comer carne. Esto no habría pasado desapercibido y Doug nunca habría podido explicarlo sin despertar sospechas. En cuanto a la defensa de la expedición, había confiado un hacha a Sergio, mazas a Arthur y a Travis, y un largo cuchillo a Gwen.

Cada adolescente recibió una gran mochila vacía para traer las provisiones de regreso. El vigía del puente —Calvin, el chico negro que le caía tan bien a Matt— los saludó mientras colocaban la pasarela metálica para cruzar a la otra orilla.

Ámbar se acercó a Matt.

—¿Has dormido bien?

—Más o menos.

Sin saber en realidad por qué, a Matt no le apetecía hablar de los murciélagos. Se dijo a sí mismo que no deseaba preocupar a sus amigos inútilmente.

—Anoche, estuve entrenando hasta tarde —confesó Ámbar—. ¡Ni siquiera consigo mover un lápiz! ¡Eso me exaspera!

—Hay que tener paciencia.

—Lo sé, lo sé, pero ¡me gustaría tanto lograrlo!

—¿Sabes cuánto tiempo tardaremos en llegar a la ciudad?

—Unas cuatro horas si no nos desviamos, más las pausas. Luego tenemos una hora para comer y recuperar fuerzas, tres horas para el aprovisionamiento y el tiempo de regresar. Deberíamos estar aquí antes del crepúsculo.

—¿Por qué no se sale nunca de noche? Habría más posibilidades de evitar a los glotones, ¿no? Supongo que siguen sin ver en la oscuridad.

—Sí, creo que sí. No salimos de noche porque es más peligroso.

Muchos depredadores cazan cuando se ha puesto el sol. La fauna ha cambiado mucho después de la Tormenta. El impulso no solo ha enloquecido a los glotones, un buen número de especies se han vuelto agresivas. Todos los perros, a excepción de *Pluma*, forman bandas y son crueles. Según cuentan, han devorado a algunos panes. ¡Parece que han recuperado su instinto elevado a la décima potencia! Peor que lobos, porque los perros no nos tienen miedo.

Tobías se unió a la conversación:

—¡Un Caminante de Largo Recorrido contó una vez que existen telarañas del tamaño de un campo de fútbol, incluso más grandes! Dentro, viven miles de esos bichos horribles y se dice que se tiran sobre cualquier presa, aunque sea un ser humano, para causarle mordeduras que tendrían el mismo efecto que sobre una mosca. ¡Te inyectan tanto veneno que el interior del cuerpo se vuelve líquido y luego aspiran todas a la vez para vaciarte mientras aún estás vivo!

—¡Puaj! —dijo Ámbar haciendo una mueca—. ¡Prefiero creer que solo es una leyenda, que no es real!

—¿Te ha hablado Tobías de la extraña criatura que nos encontramos una noche, antes de llegar a la isla? —preguntó Matt.

La chica hizo un gesto de que no estaba al corriente.

—¡Ah, sí! —exclamó Tobías antes de continuar a toda velocidad—. ¡Era alucinante! Un merodeador nocturno.

—¡Os habéis enfrentado a un merodeador nocturno! —repitió Ámbar, pasmada.

—Parecía un monstruo, uno de verdad, como en las películas de terror. Ese engendro estaba en una rama, era tan alto como un hombre, nos olió e iba a saltar sobre nosotros (¡creo que nos hubiera despedazado sin esfuerzo!) ¡cuando la pequeña *Pluma* apareció y nos salvó!

—Pequeña. ¡Vaya pequeña! —se rió Ámbar.

Mientras la procesión se adentraba en el bosque, Matt observaba a *Pluma*, que tiraba del remolque con su andar bamboleante.

—Me pregunto por qué es así —dijo el muchacho—. Quiero decir que es inteligente, pero no salvaje.

—Ya sabes —contestó Ámbar—, creo que muchas preguntas se quedarán sin respuesta, me temo que debemos aceptarlo.

—Es posible. Como los escarabajos que vimos Tobías y yo en la autopista. ¿Te lo ha contado? Millones de...

—De *escarabajércitos* —le interrumpió Ámbar—. Es el nombre que les han dado los panes. La mayoría de nosotros los vio. Los trazados de las autopistas estaban infestados. Parece que siguen allí. Antes, todos iban hacia el sur; ahora, circulan formando un inmenso bucle que sube y baja por todo el país. Cuando van hacia el sur, emiten una luz roja con su vientre; cuando van al norte, la luz es azul. Al principio, parecían un poco desorganizados, pero ahora funcionan siempre así.

—¿Sabes lo que hacen?

—No, a los Caminantes de Largo Recorrido les gustaría estudiar esta migración. Estamos bastante seguros de que no se debe al azar, pero nadie los ha observado a fondo. Hace falta tiempo. Los panes nos estamos organizando.

—Es verdad, solo hace seis meses..., ¡y yo me he pasado cinco durmiendo!

Los jóvenes caminaban. A medida que el sol se alzaba a su espalda, sus rayos desataban la naturaleza, que recuperaba todo su esplendor, el brillo de su verde esmeralda.

Hora y media después, Doug, que abría la marcha en compañía del gran Sergio, decretó que había que hacer una pausa. Los jóvenes saciaron su sed y Matt se ocupó de echar un poco de agua en un recipiente para *Pluma*, que pronto acabó con el morro chorreando. Tomaron un trozo de chocolate y reemprendieron la marcha a buen ritmo.

A Matt le sorprendió el guirigay que reinaba en el bosque. Multitud de especies de pájaros se interpelaban en un parloteo ruidoso, sin ninguna consideración hacia las personas que pasaban por allí. Arrullos como Matt nunca había oído, ráfagas de musicales trinos e interminables chillidos ascendentes y descendentes. Las aves que conseguía divisar eran casi siempre las clásicas: pájaros carpinteros, cuervos y paros. Pero, a veces, el joven veía alguna rara, como una especie de plumaje blanco plateado, con alas amarillas, relucientes como el oro y la cabeza coronada por un penacho azul claro. Cuando echó a volar, el ave descubrió la parte inferior de las alas, de un rojo brillante.

Nadie hablaba o casi nadie, a excepción de Gwen y Ámbar, que charlaban en voz baja. Los demás preferían concentrarse en el ritmo de la marcha, sin quitar ojo del entorno. Matt aceleró para llegar a la altura de Travis.

—¿Se ven serpientes por aquí? —preguntó.

El pelirrojo respondió con un acento marcado; debía de ser originario de los campos del Middle-East, supuso Matt.

—¡Serpientes, no lo sé, pero las *escorpientes* son lo peor!

—¿*Escorpiente?* ¿Eso qué es?

—Es como una víbora grande, pero su piel está formada por un ensamblaje de caparazones bastante rígidos, como la cola de un escorpión, con el mismo aguijón en el extremo. Ahora bien, como este bicho mide alrededor de un metro de largo, ¡te puedes imaginar el tamaño del aguijón!

—¿Peligroso en caso de picadura?

—¡No te preocupes, si te pica una *escorpiente*, te morirás antes de darte cuenta! —bromeó Travis.

A Matt no le pareció divertido y continuó el resto de la caminata en silencio. Más tarde, hicieron otro alto. Los primeros signos de ambiente urbano —o, más bien, de lo que quedaba de él— aparecieron poco después del mediodía en forma de muro de lianas. Lo que en otro tiempo había sido un edificio de seis pisos, ahora solo era una pared cubierta de hojas y raíces. Resultaba imposible distinguir un centímetro de hormigón, una puerta o, incluso, una ventana. Lo mismo ocurría con los restos de civilización: eran una ruina recubierta de vegetación como si esta fuera una segunda piel. Tallos verdes tendidos de un tejado a otro, como si se tratara del hilo de una araña, reptaban por los cables eléctricos y envolvían lo que antes habían sido semáforos colgantes de tres luces. Toda la ciudad estaba cubierta de una compleja malla que parecía una red de camuflaje natural. La luz pasaba con dificutad y una fresca penumbra reinaba en las avenidas invadidas por los helechos y las zarzas.

—¡Guau! —exclamó Matt—. ¡Nunca habría creído que vería algo así en mi vida! ¡Todo ha desaparecido por completo bajo la naturaleza! ¡Parece que estamos en la jungla!

—Una jungla con perspectivas geométricas —corrigió Ámbar, siempre tan científica.

A la vuelta de un cruce, el grupo se encontró de pronto frente a una cortina de lianas. Doug las separó y pasaron al otro lado, bajo el tejado de una estación de servicio. De inmediato, Matt se fijó en los surtidores ennegrecidos y atrofiados. Tuvo la impresión de que se habían fundido. El suelo estaba cubierto de un espeso musgo marrón y verde.

—Nos detendremos aquí para comer y luego nos dividiremos en grupos de dos —indicó Doug.

Comieron los sándwiches mientras descansaban las piernas y enseguida la curiosidad por los alrededores hizo que se pusieran en pie. Tobías miró a sus dos amigos un instante y les anunció:

—¡Os dejo a los dos solos, me voy con Travis, que es un chico fuerte!

Matt asintió sin ganas, un poco incómodo. Luego vio que Doug le proponía a Arthur que fueran juntos. «¡Como por casualidad! —pensó—. Si queréis hacer una jugarreta, ¡al menos estáis tranquilos entre traidores!»

Gwen se acercó para formar pareja con Ámbar, pero se detuvo al ver que estaba en compañía de Matt. Les dirigió una sonrisa traviesa y se resignó a formar equipo con el alto y fuerte Sergio.

Doug recordó a todos las consignas de seguridad:

—Que nadie se aleje demasiado. Si creéis que no podéis encontrar el camino de la gasolinera, tocad esto e iremos a buscaros.

El joven distribuyó un silbato a cada pareja de aprovisionadores.

—Usadlo solo si estáis seguros de encontraros perdidos. ¡Porque con esto podemos atraer además a otras cosas! Estad atentos y sed discretos, no gritéis, limitaos a llenar los sacos de comida. Comprobad las fechas de caducidad, las latas de conserva estarán bien, pero dejad los productos perecederos. Cerillas y encendedores son bienvenidos. He entregado la lista de la ropa a Gwen, ella y Sergio se encargan del tema. Yo sé dónde se encuentra la farmacia, así que me ocupo de ello. Nos vemos aquí dentro de dos horas para pasar por el supermercado y llenar juntos la carreta de *Pluma*.

Todos asintieron y se marcharon en diferentes direcciones. Matt preguntó a Ámbar mientras señalaba a *Pluma*:

—¿Se queda aquí sola?

—Sí, es lo más seguro. No te preocupes, recuerda que es una perra especial. No le pasará nada.

A Matt le costó abandonar a su compañera de cuatro patas, pero, ante la insistencia de Ámbar, salió de la cortina protectora de la gasolinera.

Las calles por donde deambularon no tenían de ciudad más que el recuerdo, nada resultaba reconocible. Matt y Ámbar caminaban cada uno por un lado para examinar el interior de lo que habían sido las tiendas. Los escaparates estaban cubiertos de hojas y los rótulos solo servían de estructuras horizontales que se utilizaban incluso como nidos. Un pájaro se acercó a ellos y a Matt le llamó la atención porque no parecía asustado, más bien, curioso. Después de caminar cincuenta metros, el chico se sorprendió de que todavía estuviera allí, volando sobre ellos y posándose regularmente para observarlos bien. Ámbar no podía verlo desde la acera opuesta y Matt decidió no distraerla, aunque consideraba que el ave tenía un comportamiento bastante extraño. Al cabo de unos saltos más, el pájaro decidió que había visto bastante, levantó el vuelo y desapareció por un agujero de la red natural de lianas que se extendía sobre sus cabezas.

El muchacho descubrió lo que había sido una tienda de comestibles y llamó a Ámbar con un ligero silbido. Tuvieron que forzar la puerta para arrancar el musgo que se había formado detrás. El interior estaba aún más oscuro que las calles cubiertas por el entramado vegetal. Un penetrante olor a humedad flotaba en el establecimiento. Los jóvenes esperaron a que sus ojos se acostumbraran a la penumbra y recorrieron los estantes aún llenos de mercancía.

—Perfecto —manifestó Ámbar—, cogemos los botes de conserva, la pasta y las galletas de larga duración.

Llenaron sus dos mochilas al máximo. Eran mochilas de acampada, sólidas y voluminosas, donde cabían veinte kilos de material. Ámbar llenó la suya con muchas cajas de cartón para poder cargar con ella y Matt cogió lo que más pesaba.

El muchacho comenzaba a calcular el tiempo como los otros panes: con la escasez de relojes mecánicos, la mayoría no disponía de ninguno y se había acostumbrado a *adivinar* la hora en función del momento del día. Con esta sensibilidad desarrollada, sentían cuánto tiempo había transcurrido. Matt sopesó su mochila y dijo:

—Pesa mucho y vamos bien de tiempo respecto al plan previsto. Propongo que dejemos las mochilas aquí para explorar un poco los alrededores, volveremos a recogerlas antes de reunirnos con todo el mundo. ¿Te parece bien?

—Sí, pero ¿estás seguro de que podrás llevar todo eso?

—Lo intentaré.

Debía de rozar la carga máxima. Haciendo un violento esfuerzo, Matt consiguió levantarlo y pasar los brazos por los tirantes.

—¿Vas a aguantar todo el camino de regreso? —dijo Ámbar preocupada.

—Habrá que hacerlo.

El muchacho soltó el fardo y los dos jóvenes salieron corriendo al aire libre.

—¿No cogéis herramientas u otro tipo de utensilios como cacerolas? —quisó saber Matt mientras caminaban.

—En las casas, ya tenemos todo lo necesario. Como no vive nadie en los alrededores, las ciudades son para nosotros almacenes inagotables. De momento, no es urgente.

—Pronto ya no podremos disponer de montones de alimentos Dentro de unos meses, la mayoría habrán sobrepasado ampliamente las fechas de caducidad.

—Por esa razón intentamos poner en marcha la agricultura. Aprendemos y nos preparamos para el futuro, para cuando tengamos que producir nosotros mismos lo que necesitemos.

—¿Y dónde lo aprendéis?

—En el Libro de la Esperanza.

Matt frunció el ceño.

—Nunca he oído hablar de él, ¿qué es?

—Lo tiene Doug. Es un libro donde se explica cómo cultivar cereales, extraer azúcar, recoger agua de lluvia y filtrarla para que sea potable, y muchas más cosas fundamentales para nuestra supervivencia a medio plazo.

—¡Se va a convertir en un libro sagrado! —bromeó el chico.

Ámbar lo miró sin sonreír.

—Ya es un libro sagrado, Matt. Sin él, estaríamos condenados a morir poco a poco. Por eso lo llamamos el Libro de la Esperanza.

—¡Si lo tiene Doug, habrá que desconfiar de sus consejos!

—Hasta ahora, nos ha ayudado siempre. Imagino que debe formar parte de su plan: hacerse omnipresente e indispensable. Para, a continuación, destruirnos con más facilidad.

—Cuando lo pienso, no entiendo lo que le motiva a hacer algo así. ¿Por qué quiere nuestra destrucción? ¡Es el personaje central de la isla, ha conseguido imponerse de un modo natural y nadie cuestiona su autoridad! ¿Qué más puede desear?

—No lo sé.

Los jóvenes salieron a una vasta plaza donde el techo de lianas que cubría las calles desde la cima de los edificios era bastante menos tupido. El sol penetraba a través de grandes agujeros y sus rayos dibujaban mares de oro sobre el musgo. Una fuente decoraba el centro de la explanada y, para sorpresa de los dos adolescentes, aún manaba agua de ella. Unos largos escalones conducían a la entrada de lo que seguramente había sido el palacio de justicia: un enorme edificio enmarcado por columnas y coronado por un frontón triangular.

Ámbar y Matt se sentaron en el brocal musgoso de la fuente y bebieron de su agua clara. La chica se roció la cara y contempló la imponente perspectiva que ofrecían la plaza y el largo bulevar por el que habían llegado.

—Seis meses ya y no consigo acostumbrarme a este paisaje. Estas ciudades vacías, abandonadas a una naturaleza agresiva. Nadie en ningún sitio. Apenas un puñado de niños dispersos por aquí y por allá, en aldeas convertidas en fortalezas para protegerse.

Matt la miraba con avidez. Las gotas de agua se confundían con las pecas de su piel rosada. Un fino vello rubio cubría sus rasgos, como si fuera una hoja de menta, una hoja de aroma embriagador, pensó al recordar su perfume. Era preciosa. De repente, sintió unas ganas incontenibles de abrazarla. En medio de aquella soledad, frente a las incertidumbres del futuro, Ámbar encarnaba el calor de la esperanza, de la vida. Sentía un ansia de compartir que Matt quería disfrutar en plenitud.

Una voz lo sacó de su deseo:

«… este viaje.»

El chico se incorporó: el tono era firme, grave; las palabras, quebradas, salían de unas gastadas cuerdas vocales. No estaba hablando un pan, sino un hombre. Un adulto de voz cascada.

Un ruido metálico y unos pasos pesados, amortiguados por la alfombra vegetal, se acercaban.

Los cínikos.

33

Buenas y malas noticias

Á mbar y Matt se escondieron de inmediato detrás de la fuente mientras tres cínikos entraban a la plaza por una estrecha callejuela. Él levantó la cabeza para verlos. Apenas se encontraban a diez metros de distancia.

Los tres llevaban un ensamblaje de protección, hecho de ébano y cuero rígido negro, y un casco similar. «¡Se han fabricado armaduras!», pensó Matt sorprendido. Se fijó en la espada, la maza y el hacha que exhibían en el cinto.

—Entonces, ¿qué dice el chico? —preguntó el más bajo del grupo—. ¡Vamos, cuenta!

—¡No dice nada, escribe! —le espetó el que tenía la voz ronca.

Este último desenrolló una pequeña tira de papel y se la acercó a la cara para leer:

—«Aún no está todo listo, no ataquéis de momento. En la isla pasan cosas raras, los panes tienen poderes. Debo neutralizar a un pequeño grupo de cabecillas, tres en particular, para asegurar vuestro éxito. Pronto me pondré de nuevo en contacto con vosotros, paciencia.»

—¿Se ríe de nosotros o qué? ¡No vamos a hacer esperar a cien hombres en esta jungla durante un mes más!

—Este chaval sabe lo que hace, démosle un poco más de tiempo. ¡Escribe que los chicos tienen... poderes!

—¡Jack, eso son tonterías! Sabes de sobra lo que tenemos que hacer con esos chicos. Vamos a capturar a todos los que podamos y los llevaremos al sur con nosotros. ¡No tienen ningún poder!

—Sin embargo, yo soy el oficial y te digo que esperaremos al próximo mensaje para atacar. Preguntaremos a sir Sawyer lo que piensa, pero estoy seguro de que está de acuerdo conmigo. ¡Pueden ser tres días o una semana, pero esperaremos lo que haga falta para cogerlos sin esfuerzo, gracias a este chaval! ¡No quiero que vuelva a pasar lo de Reston! Te recuerdo que habíamos subestimado la defensa de esos mocosos y lo pagamos caro. ¡En lugar de hacerlos prisioneros, tuvimos que matarlos a todos para llevarnos sus cuerpos!

Matt observó a Ámbar, que parecía tan atónita como él. El chico se arrodilló a su lado.

—¡Para esto ha venido Doug! —susurró—. ¡Quería darles el mensaje! ¡Vámonos! ¡Rápido!

Inclinado hacia delante, Matt se alejó en silencio, seguido por Ámbar. Tomaron una calle paralela, encontraron la tienda de comestibles, cargaron con las mochilas y, cuando estaban a punto de llegar a la estación de servicio, ella, jadeante, tomó la palabra:

—No podemos dar la voz de alarma. No hasta que descubramos a todos los cómplices de Doug. Nuestro plan sigue en pie. Primero, hay que identificarlos. A continuación, alertaremos a los panes y podremos capturar a los traidores durante la noche. Si ahora contamos lo que acabamos de oír, Doug o uno de los suyos avisará a los cínikos y lanzarán el ataque.

—Tienes razón. ¡Sólo espero que los tres individuos que hemos visto no se nos echen encima mientras cargamos la carreta!

—Diremos que hemos visto glotones por la zona, todo el mundo estará al acecho y nos daremos prisa en salir.

Los panes se encontraron, como habían quedado, bajo el tejado de la gasolinera, con las mochilas cargadas. A Ámbar y a Matt les costó mirar a Doug a los ojos; no tenían más que un deseo: gritar a los cuatro vientos que estaba a punto de traicionarlos y de entregarlos a los cínikos. Tobías exhibía una sonrisa arrogante que Matt solo le había visto en contadas ocasiones, generalmente en jugadas dudosas. Quiso acercarse a él, pero prefirió comentar que habían divisado un grupo de glotones muy cerca y que no había que demorarse. Con la mención de los mutantes, todo el mundo se estremeció. A toda prisa, fueron al supermercado y cargaron la carreta antes de partir.

En el camino de regreso, Tobías se acercó a sus dos amigos y anunció:

—¡Tengo una buena noticia!

—Y nosotros una muy mala.

Matt relató en voz baja todo lo que habían visto y oído, y Tobías se puso pálido.

—¿Un ataque? —repitió, incrédulo—. ¡Estamos perdidos! ¡Nos llevarán al sur y nadie volverá a vernos!

—¡Cálmate! No va a pasar nada de eso, encontraremos una solución. ¿Cuál es la buena noticia?

Tobías, que había perdido su sonrisa, aún asustado, lanzó:

—Travis y yo nos hemos separado para ir más rápido. Cuando buscaba un sitio interesante para el abastecimiento, he visto de lejos a Doug y a Arthur. Los he seguido. Ellos cogían las cosas con toda normalidad hasta que, en un momento dado, Doug pareció desconfiar y se aseguró de que nadie los espiaba. Ha estado a punto de verme, pero he tenido tiempo de ponerme a cubierto. Cuando he salido, ellos habían desaparecido en una gran tienda de ropa.

—¿Has entrado? —preguntó Matt, impaciente.

—¡Por supuesto! ¡No iba a dejarlos cuando estaban preparando una jugarreta! Los he encontrado en una planta. ¿Sabes lo que han cogido?

—No.

—Abrigos con capucha. Idénticos a los que llevan cuando se reúnen por la noche.

Ámbar intervino:

—Ahora no tenemos ninguna duda, Arthur también forma parte del complot.

—¡Pero aún hay más! —anunció Tobías triunfante bajando la voz para no llamar la atención del resto del convoy—. ¡He cogido tres abrigos cuando ellos se fueron!

—¡Nos podremos mezclar con el grupo! —comprendió Matt.

—No estoy segura de que sea una buena idea —comentó Ámbar enfriando los ánimos—. ¡Se darán cuenta enseguida!

—Es posible, pero yo correría el riesgo en cualquier caso. Has oído lo que decían: los cínikos están a las puertas de la isla. Es cuestión de días que nos ataquen.

Tobías asintió y dijo:

—Con el cansancio del viaje, Doug y los suyos no se reunirán esta noche, pero ¡desde mañana volvemos a montar guardia!

Ámbar levantó el índice.

—Chicos, os recuerdo que Doug dice en su mensaje que debe neutralizar a un grupo de cabecillas, tres en particular. Estoy segura de que se refiere a nosotros.

—A partir de ahora, no nos moveremos solos por la isla —propuso Matt—. Si pretenden atacarnos, lo harán de noche o cuando estemos aislados. Tobías y yo no los perderemos de vista para intentar identificarlos a todos. Mientras, Ámbar, debes catalogar la alteración de cada pan y anotar quién la controla más o menos. Cuando llegue el momento, podremos necesitar su ayuda. Rodéate de voluntarios para no estar nunca sola.

Delante de ellos, *Pluma* arrastraba la carreta con el impresionante cargamento cubierto por una lona sujeta con cuerdas.

Las aves aún seguían piando en ese bosque cuya densa vegetación hacía que pareciera de noche. En alguna parte, no lejos de allí, un centenar de cínikos provistos de armas pesadas y armadura esperaban la señal para lanzar el asalto.

—Todo pende de un hilo —murmuró Matt—. No hay que cometer errores.

34

Buenas y malas noticias *(continuación)*

La expedición regresó a la isla al atardecer. Para que no se les hiciera de noche, Doug había acelerado la marcha en los últimos cuatro kilómetros, por ello, en cuanto llegaron, los jóvenes se desplomaron agotados. Otros panes, animados por la hermosa Lucy, cogieron las mochilas y vaciaron la carreta que arrastraba *Pluma*, a la que liberaron de su arnés. La perra retozó un buen rato y luego se acercó a olfatear a Matt, que descansaba tumbado en la hierba. El animal lo lamió con afecto y se alejó por el bosque, como era su costumbre.

Calvin le tendió la mano a Matt para ayudarlo a levantarse y le anunció:

—¡Un Caminante de Largo Recorrido ha llegado esta tarde a la isla! Os estábamos esperando porque trae noticias del mundo. Venid, en este momento estamos reunidos en la gran sala.

Los ocho miembros de la expedición se instalaron en los bancos de la primera fila. El visitante era un muchacho de unos dieciséis o diecisiete años, con el pelo largo y castaño, la nariz torcida y unos finos dedos cubiertos de pequeñas heridas. En la parte superior de la frente, tenía la larga cicatriz de una cuchillada reciente. Respondía al nombre de Franklin.

—Desde luego, es un trabajo arriesgado —susurró Matt a sus amigos, que no pestañearon.

Tobías estaba agotado, y Ámbar, fascinada.

El caminante pidió silencio levantando las manos y, cuando todos callaron, empezó su relato:

—Amigos, estas son las crónicas del nuevo mundo. Debéis saber que hay tanta preocupación como alegría en las noticias que traigo. Para comenzar: ¡los primeros campos cultivados han dado algunas hortalizas! La agricultura no echa raíces en todas partes, pero ¡esta es la prueba de que es posible! Enseguida os comentaré el tema con detalles, pero antes me gustaría comunicaros la noticia: cinco comunidades panescas situadas lejos de aquí, al oeste, se han agrupado durante las últimas semanas para fundar nuestra primera ciudad. ¡Superan las quinientas personas! ¡Y están llegando más! Es la mayor comunidad de todas las conocidas y ahora se llama Edén.

—¿Quién eligió el nombre? —preguntó Tiffany.

—El consejo de la ciudad. Se han organizado para elegir un representante de cada comunidad original con el fin de contar con un consejo que sea depositario de la autoridad. Todo esto es nuevo, habrá que estudiar las ventajas y los inconvenientes, pero es posible que se creen otras grandes ciudades a medida que las comunidades se agrupen. En esta isla estáis bien protegidos, pero este no es el caso de todos. Sobre este tema... —hizo una pausa para beber—, tengo una mala noticia. Una comunidad situada muy al norte ha sido destruida. No ha sido obra de los glotones, según los pocos supervivientes, sino de una tormenta de relámpagos, seguida de una forma negra que apareció en el campo. La forma atacó a todos los panes que se ponían en su camino y llegó a todos los rincones. Los supervivientes piensan que buscaba algo.

Matt se removió en el banco. Esta descripción le incomodaba.

—¿Una forma negra? ¿Sabemos de qué se trata? —preguntó Patrick, un pan del Centauro.

—No. El ataque fue fulminante, apenas duró cinco minutos. Cuando la forma negra desapareció, había matado a casi todos los panes. El Caminante de Largo Recorrido que vio los cuerpos aún no se ha repuesto de la impresión. Al parecer, todos tenían el pelo blanco, la piel arrugada y habían muerto gritando, paralizados en ese último grito. Eran niños con caras de viejos aterrorizados.

Esta vez, Matt sintió que le volvían los vértigos y su respiración se aceleró. Sabía lo que era esa forma negra. Solo podía ser él, el Raupéroden. «¡No, no, no! ¡Es un sueño, no existe en realidad, es imposible!»

—¿Matt? ¿Te encuentras bien? —se inquietó Ámbar al tiempo que se inclinaba hacia él—. ¡Estás temblando!

El muchacho tragó saliva varias veces para normalizar el ritmo cardiaco y asintió con la cabeza.

—Es agotamiento, nada más —mintió.

Franklin prosiguió:

—No sabemos más de esta forma negra. La comunidad más septentrional afirma haber divisado relámpagos en el bosque tres días antes de mi visita, pero eso es todo.

—¿Es la comunidad que está más cerca de nosotros? —preguntó Colin, el más viejo de la isla, el del acné devastador.

—Sí, se encuentra a unos tres días a caballo. Cambiando de tema, seguimos ampliando nuestra información sobre el sur. Dos Caminantes de Largo Recorrido han vuelto por allí y han visto bandas de cínikos, grupos de unos cien hombres, con carros inmensos tirados por osos. ¡Los carros transportaban jaulas de madera de más de diez metros de altura! Estas jaulas están llenas de panes.

Un clamor de miedo e indignación recorrió la sala. Franklin levantó de nuevo los brazos para imponer silencio y continuar:

—Igual de preocupante es que ambos caminantes afirman que el cielo del sureste es... ¡rojo! Todos los días, de la mañana a la noche y de la noche a la mañana, no cambia, es de un rojo resplandeciente, vivo e inquietante. Los carros parten en esa dirección, parece que los cínikos viven en algún lugar bajo ese cielo infernal.

Una hora más tarde, cuando el Caminante de Largo Recorrido hubo terminado, Matt acompañó a sus amigos a la cocina para comer algo, ya que estaban hambrientos. Él apenas tocó su plato. Con la historia de la sombra negra por el norte y del ataque, se le había hecho un nudo en el estómago. No lograba librarse de una intuición. El Raupéroden existía realmente y se acercaba matando todo lo que encontraba a su paso. «Pero ¿porqué me busca a mí? Tal vez exista, pero no me está buscando en realidad... Solo me persigue en sueños, en mis pesadillas.» El chico se agarraba a un clavo ardiendo y a cualquier esperanza sin convencerse del todo.

Ámbar le sacó de sus pensamientos después de haberse comido un plato de pasta.

—Los cínikos se desplazan en grupos de cien hombres, ¿no os recuerda nada? Estoy segura de que los que están en el bosque enfrente de la isla cuentan también con uno de esos enormes carros. ¡Cambiaría mi alteración por descubrir lo que los cínikos hacen con nosotros! ¿Por qué secuestran a todos los panes para llevárselos al sur?

—Yo prefiero no saberlo —protestó Tobías—, porque ¡eso quiere decir que estoy aún aquí, sano y salvo, en lugar de en esas jaulas asquerosas!

—Y tú, Matt, ¿qué piensas? —preguntó Ámbar.

El interesado se encogió de hombros.

—No lo sé. No pienso nada. Tengo otras preocupaciones. Hablando de la alteración, ¿has tenido noticias de resultados positivos?

La chica sacudió la cabeza, de repente contrariada.

—No, nada nuevo. Todos los panes afectados siguen practicando con más o menos éxito, pero nada nuevo en cualquier caso. Por mi parte, ¡me entreno todo el tiempo y no controlo en absoluto mi nueva facultad! ¡A veces, siento que estoy a un milímetro de obtener un resultado y luego... nada! No pasa nada. ¡Es exasperante!

—¿Y qué hacemos con la historia del tercer bando? —gruñó Tobías.

—No es nuestra prioridad —declaró Matt.

—¡Sin embargo, se trata de uno o de unos asesinos! —replicó Ámbar—. ¿Acaso debo recordarte que ese bando intentó que una enorme lámpara de araña nos aplastara el cráneo?

Matt se levantó.

—No tenemos ninguna pista para investigar sobre ese bando misterioso. Me voy a acostar, a partir de ahora dormiré en la misma habitación que Tobías para más seguridad. ¿Puedes hacer lo mismo con alguna chica de la Hidra en quien confíes?

—No hay problema, Gwen estará encantada. Desde que le hablé de su alteración con la electricidad, no le gusta dormir sola.

—Perfecto —concluyó Matt—. Una noche de descanso y mañana pasamos a la acción. Hay que desenmascarar a todos los cómplices de Doug, el tiempo apremia.

Pero al pensar en esa forma negra que recorría los bosques, más que por un sentimiento de urgencia, Matt se sintió invadido por una angustia sorda.

35

Confusión

Aquella noche, Matt se despertó varias veces sudando, con el corazón acelerado y la boca seca. No recordaba nada de la pesadilla, pero tenía pocas dudas sobre su origen. El Raupéroden lo perseguía.

Al día siguiente, el chico se puso de acuerdo con Tobías para espiar a Doug, aunque era difícil vigilarlo sin llamar la atención. Durante este tiempo, Ámbar recibió a todos los panes voluntarios en la rotonda para hablar con ellos de la alteración.

Por la noche, los tres amigos cenaron juntos en una esquina de una mesa. Ámbar les contó que había identificado ocho casos en que la alteración se manifestaba de forma inequívoca. Todos confiaban cada vez más en ella, venían a verla como si fuera un médico y contaban a los demás esta buena noticia. A este ritmo, podría catalogar todas las alteraciones de la isla en dos semanas.

—He estado con el pequeño Mitch hace un momento, creo que ha desarrollado una capacidad de análisis fuera de lo común —declaró Ámbar—. Se pasa el tiempo dibujando todo lo que ve, posee una memoria visual extraordinaria. Claramente, existe una relación entre la alteración desarrollada y lo que se hace en la vida diaria. Nuestro cerebro se limita a mejorar la parte más solicitada, ¡reacciona como un músculo!

—¿Nada relativo a los poderes que serían útiles en caso de ataque? —preguntó Matt.

—No, en realidad, no. Necesito más tiempo. Y no digas «poderes», no tiene nada de mágico.

—Disculpa, he hablado sin pensar. ¿Algo más?

—No..., bueno, sí: he conocido a una chica del Capricornio, Svetlana, que podría ser capaz de manipular ligeras corrientes de aire. También ha venido el gran Colin: está preocupado por la alteración, creo que se da cuenta de que está cambiando, pero no ha querido decirme más.

—¿Colin es el más viejo de la isla? —quiso asegurarse Matt—. ¿Un chico alto, de pelo castaño, con granos en las mejillas?

—Sí, es él, se ocupa de la pajarera. A veces es un poco torpe, pero acabará por contármelo todo cuando su alteración resulte evidente. Os mantendré informados. ¡Ah!, se me olvidaba: he hablado con Tiffany, del Unicornio, y me ha contado más cosas sobre Claudia. Parece que es una chica simpática y, sin embargo, misteriosa, no habla mucho, pero lo más importante es que sale de su habitación por la noche. El parqué cruje bastante y se la oye pasar. Tiffany no sabe a dónde va, aunque sospecha que se ve con un chico. Yo no le he dicho nada, por supuesto. En todo caso, es evidente que Claudia forma parte del complot.

Gwen se unió a ellos para tomar el postre. La muchacha tenía un largo pelo rubio y Tobías sintió un escalofrío al imaginárselo erizado hacia el techo cuando ella dormía. Luego las dos chicas se fueron juntas a la Hidra y ambos chicos subieron a la habitación de Tobías. Allí, charlaron durante hora y media, el tiempo que tardaron las luces de la casa en apagarse. Hablaron de cuánto echaban de menos a sus padres y de los compañeros. También se preguntaron si habrían sobrevivido a la Tormenta y dónde estarían. Con el corazón lleno de melancolía, se pusieron los abrigos con capucha que Tobías había traído para fundirse con las sombras de los pasillos.

Su plan era muy simple: recorrer el Kraken durante la noche a la espera de divisar a Doug o a sus cómplices y acercarse lo más posible para identificarlos. Esta estrategia no era muy sutil, podía resultar peligrosa y se basaba demasiado en la buena suerte, pero no se les había ocurrido nada mejor. La operación más delicada consistía en aproximarse sin que los descubrieran y, si los cogían, en huir aprovechando que con el disfraz podrían sembrar la confusión y ocultar su propio rostro.

Durante más de una hora, recorrieron los fríos pasillos y atravesaron los vestíbulos y las salas —cuyo parqué crujía— bajo la mirada inquisitiva de los cuadros, las cabezas de animales disecados y las armaduras, con la esperanza de que estas últimas estuvieran vacías. Tobías sostenía una lámpara de aceite en la mano, aunque la llevaba apagada porque les bastaba con la luz de la luna que entraba por las altas ventanas.

—¿Crees que saldrán esta noche? —preguntó impaciente.

—¿Cómo quieres que lo sepa?

—Estoy harto de dar vueltas.

—No damos vueltas, ¡el Kraken es tan grande que tendríamos que caminar hasta el amanecer para recorrerlo entero!

—Precisamente, ¡ellos pueden estar en los pisos superiores y nosotros permanecemos todo el rato en la planta baja!

—Si van a actuar esta noche, pasarán por aquí, es el camino hacia el salón de fumadores y el pasadizo secreto.

Tobías no estaba convencido. Deambularon durante una hora más antes de que el chico hiperactivo se dejara caer en un sillón del salón.

—Una pausa —pidió.

Matt se sentó enfrente de él.

—Debe ser más de medianoche —anunció—. Si no salen pronto, creo que podemos volver a la cama por hoy.

Una nube negra pasó delante de la luna y la estancia se oscureció de golpe.

—¡Es alucinante! —rió quedamente Tobías—. ¡Cuando pasa esto, parece que estamos en una película antigua de terror!

Matt contempló el cielo oscuro.

La nube que tapaba la luna se movía y se agitaba, incapaz de estar quieta en el sitio.

De repente, se pegó al cristal de la ventana.

—No es una nube —susurró el muchacho—. ¡Son... los murciélagos! ¡Los vi también la otra noche!

—¡Son centenares! —advirtió Tobías con la voz quebrada por la inquietud—. ¿Qué están haciendo?

La nube se puso a dar vueltas y luego se dirigió a la mansión de Capricornio, antes de cambiar de rumbo en el último momento y sobrevolar el Centauro, donde los murciélagos describieron amplios círculos.

—Buscan una abertura —reveló Matt—. Hacen lo mismo que la noche pasada. Creo que quieren entrar en nuestras casas.

—¿Para qué?

—No lo sé, pero no parecen muy amistosos, si quieres mi opinión. Aquella famosa noche, tres de esos bichos intentaron agredirme.

—Habría que avisar a los demás panes, que cierren todas las aberturas posibles al atardecer.

Matt se disponía a responder a Tobías cuando sonó una voz en la habitación contigua, justo detrás de ellos:

—¡Ah, estáis aquí! ¡Vamos, deprisa!

Matt reconoció enseguida el tono de voz. Se dio la vuelta y vio a Doug, que les hacía una indicación con la mano para que le siguieran:

—¡Venid, tenemos mucho que hacer! —ordenó—. Regie y Claudia nos esperan.

A continuación, desapareció en el corredor.

—No nos ha visto la cara —murmuró Matt.

—Entonces, vamos, aún podemos escapar cuando pasemos por la escalera de la torre oeste.

Matt agarró a su amigo por la muñeca.

—Es nuestra única oportunidad —dijo—. Podemos acercarnos mucho a ellos.

—¡Y que nos maten cuando se den cuenta de que no somos quienes ellos creen!

—Si no hacemos nada, Doug enviará la señal a los cínikos y destruirán la isla. ¿Quieres acabar en una jaula camino del sur y su cielo rojo? ¡Tenemos que actuar ahora!

Tobías suspiró.

—Detesto tu lucidez —dijo en broma.

—Cúbrete bien la cabeza con la capucha para que no puedan reconocerte.

Cuando llegaron al pasillo de las armaduras, Matt y Tobías vieron dos siluetas que esperaban: Claudia y Regie. Abajo de los escalones, Doug accionó la apertura del pasaje.

—Arthur, enciende tu lámpara —ordenó.

Matt comprendió que se dirigía a Tobías y le dio un discreto codazo. El chico balbuceó, emitió un gruñido que significaba «sí» y cumplió la orden poniendo cuidado en disimular el color de sus manos. Cuando la llama tomó consistencia en el tarro de cristal, Tobías sostuvo la lámpara de lado a fin de mantener su rostro cubierto por las sombras. Regie, que portaba otra luz, abrió la marcha, mientras que Matt y Tobías la cerraban.

Recorrieron todo el subterráneo, con cuidado de pasar por encima del hilo que accionaba la trampa de la jaula, y accedieron a la mansión del minotauro. Subieron al primer piso y atravesaron las salas como si no hubiera ningún riesgo. Tobías se inclinó sobre su amigo.

—¿Has visto? Parece que no temen al monstruo.

—La primera vez que sorprendí su conversación, Doug explicó que conocía su ciclo y que él lo alimentaba. No parecía tenerle miedo, me acuerdo que dijo que a esta hora dormía.

Doug señaló una puerta y ordenó:

—Arthur y Patrick, ocupaos de buscar las correas en el almacén, debería haber algunas. Nosotros vamos a coger jeringuillas limpias.

Tobías miró a Matt.

—¿Jeringuillas? —repitió.

—Matt se resistirá —continuó Doug antes de entrar en la habitación de al lado—. Necesitamos correas sólidas.

La puerta se cerró tras el trío y Matt empujó a Tobías hacia el almacén en cuestión.

—No sé lo que han tramado, pero tiene razón en un punto: ¡me voy a resistir!

Un fuerte olor a polvo les hizo cosquillas en la nariz. Los chicos se fijaron en la decoración y Matt estuvo a punto de soltar un grito cuando descubrió un rostro de ojos muertos que lo miraba a unos cincuenta centímetros de distancia. El muchacho retrocedió y se dio cuenta de que se trataba de un maniquí, como los que se veían en los escaparates de las tiendas. Detrás, amontonadas sobre los estantes, había multitud de figuras. A lo largo de la pared y también al fondo, había cajas de cartón colocadas de cualquier manera. Además, había sillas de montar, juegos de casino de plástico, una vieja guitarra y hasta un traje de buzo que sería, por lo menos, de principios del siglo xx. Matt observó que le faltaban los zapatos.

—¿Sabes quién es Patrick? ¿Es uno rubio bastante reservado?

Tobías asintió.

—Sí, ese es. Vive en el Centauro, tendrá unos catorce años, no habla mucho, pero ¡es uno de nuestros mejores pescadores!

—En cualquier caso, uno más que añadimos a la lista.

—¿Qué vamos a hacer? ¡No podemos permanecer aquí por más tiempo! ¡Se darán cuenta!

Y, como para confirmarlo, unas voces sonaron en el pasillo:

—¿Doug? ¡Somos nosotros! Arthur y Patrick. ¿Estáis ahí?

Matt se crispó.

—Nos han pillado —dijo.

Tobías replicó:

—¡No digas eso! No es propio de ti darte por vencido.

Matt inspiró profundamente mientras miraba al techo para reflexionar.

—Lo sé —suspiró—. Es que… ¡estoy cansado de todo esto! ¡Ya es bastante difícil vivir en un mundo tan cambiado, para que, encima, estemos traicionándonos entre nosotros!

Tobías pegó la oreja a la puerta y murmuró:

—¡Están aquí, en el pasillo!

De repente, el chico se incorporó de un brinco. El suelo crujió al otro lado de la puerta.

El picaporte se movió y empezó a bajar.

Matt recuperó toda la lucidez y la sangre fría que le caracterizaban en las situaciones límite: se inclinó y corrió el pestillo haciendo el menor ruido posible.

Alguien intentó abrir la puerta, pero esta no se movió.

—No están aquí —dijo una voz en el pasillo.

Tobías volvió a pegar la oreja al montante y al final dijo:

—Se han largado. Es ahora o nunca.

Los dos amigos salieron, lámpara en mano.

—¿Adónde vas? —se extrañó Tobías—. ¡La salida es por allí!

—Ya lo sé, pero si huimos, ¡nunca sabremos lo que se cuece aquí! El tiempo apremia, Toby. ¡Tenemos que descubrirlo esta noche! ¡Y yo no voy a volver tranquilamente a la cama para que vengan con las correas y la jeringuilla!

Su amigo hizo una mueca desesperada y bajó los hombros; Matt lo arrastró en pos de Doug.

36

Manipulación

Matt y Tobías se guiaron por las voces. Doug y los suyos se encontraban en una gran cocina, Arthur y Patrick se habían unido a ellos y Claudia hablaba:

—Sea quien sea, han venido con nosotros, ¡tenemos que actuar enseguida!

—¡Regie —gritó Doug furioso—, corre a reunirte con Sergio!

—¿El... el minotauro? —dijo el benjamín de la familia.

—Sí, que bloquee el acceso al observatorio, ¡no quiero que suban! Arthur os acompañará. Claudia, ve al almacén de abajo, busca una llave muy grande y cierra la puerta del observatorio. Mientras, voy a bloquear el pasaje secreto para que no puedan salir.

Matt tiró de Tobías hacia atrás.

—Van a organizar una caza del hombre por toda la mansión...

—¡Y van a liberar al minotauro! —susurró su amigo—. ¡Ahora sí que tenemos que desaparecer mientras sea posible!

—¡No, nos quedamos! ¡Acabamos de descubrir que Sergio forma parte del grupo! Vamos por el buen camino y quiero saber qué es eso tan importante que esconden arriba, en el observatorio.

Matt hizo una seña a su amigo para que lo siguiera mientras una puerta sonaba a lo lejos. «Arthur y Regie», adivinó el joven. No tenían un segundo que perder. Matt se puso en marcha con paso rápido, seguido de Tobías. No sabía cómo llegar al observatorio por aquel laberinto de pasillos, salas oscuras y escaleras, pero no dudaba de que con un poco de empeño encontraría un acceso. Pasaron delante de varias ventanas y Matt tuvo que pedirle a Tobías que bajara la lámpara para que no los descubrieran. Subieron a tres torres, sin que ninguna fuera la buena. Matt suponía que no estaban muy lejos cuando, de repente, el suelo empezó a temblar: unos pasos pesados y lentos hacían vibrar las paredes. Enseguida, el muchacho comprendió que se trataba de los pasos del monstruo.

—¡Viene hacia nosotros! —gimió Tobías mirando alrededor de él—. ¡Viene hacia nosotros!

—Ha debido ver la luz de nuestra lámpara, ¡ven!

Matt entró en una gran sala de losas blancas y negras. Los muchachos pasaron entre las mesas y las sillas de banquetes y empujaron una puerta que daba a un nuevo pasillo.

—¿Sabes adónde vamos? —preguntó Tobías con voz temblorosa.

Matt no respondió. El monstruo no estaba lejos, podía sentir el suelo temblar bajo sus suelas cada vez que el minotauro pisaba con sus cascos. El muchacho dudó entre la derecha y la izquierda. El laberinto lo había desorientado.

Los pasos sonaron justo detrás de ellos. Tobías se volvió y llamó a su amigo. A la entrada de una gran sala, se levantó una nube de polvo y apareció el monstruo: medía más de dos metros, era un cuerpo de hombre coronado con una cabeza de toro provista de unos cuernos inmensos. El minotauro los contemplaba desde su penumbra.

Matt se impulsó con los muslos y echó a correr, para huir, para sobrevivir. Pasó por una serie de puertas cerradas, giró sin preocuparse de la orientación en el cruce siguiente y se dio cuenta de que los habían atrapado cuando vio a Claudia frente a él, en el otro extremo del pasillo que acababan de coger. Ella los vio al mismo tiempo y todos se quedaron inmóviles. Su pelo moreno, rizado, le caía a ambos lados de la cara. La chica los miró de arriba abajo con ojos sombríos. Luego sus pupilas se desviaron hacia una puerta en mitad del pasillo y la muchacha sacudió nerviosa una gran llave que tenía en la mano.

Matt siguió su mirada y dedujo que era la entrada del observatorio que ella debía cerrar.

Hubiera lo que hubiera en la cúspide, Doug quería mantenerlo en secreto a toda costa. Matt y Claudia se miraron. De repente, ella corrió hacia la puerta. Él hizo lo mismo: se precipitó forzando los músculos de sus piernas y sus brazos se agitaron en el aire.

Sin estar seguro de si era porque corría más rápido que Claudia o porque aquel era otro efecto de su alteración muscular, Matt supo enseguida que llegaría antes que ella.

La puerta se acercaba. Sin embargo, Tobías no podía correr tan rápido como él, juntos no alcanzarían la puerta antes que Claudia. Y Matt se negó a abandonar a su amigo.

Entonces introdujo un sutil cambio en su carrera y, en el último momento, justo antes de llegar al codiciado entrante, Matt se abalanzó sobre Claudia y la inmovilizó violentamente contra la pared. La muchacha, aturdida por el impacto, cerró los ojos antes de comprender lo que acababa de pasar. El aliento de Matt retiró las mechas morenas que ocultaban un rostro de piel bronceada.

El chico sujetó sus muñecas y las mantuvo pegadas contra la piedra fría.

—¿Qué… qué… escondéis allí arriba? —preguntó jadeante.

Claudia quiso liberarse, pero él la sujetaba con fuerza. Tobías llegó detrás de ellos y abrió la puerta.

—¡Vamos! —dijo.

Matt no le hizo caso y se concentró en la muchacha. Estaba tan cerca de ella que podía oler el perfume de su piel, dulce y florido a un tiempo. Una extraña sensación de calor se difundió por su vientre y el muchacho hizo un esfuerzo por ahuyentarla de su pensamiento.

—Dime —insistió—, ¿por qué queréis impedirnos que subamos al observatorio?

El martilleo de los pasos del minotauro se aproximaba, como si dudara sobre la dirección que debía seguir.

—¡Por aquí —gritó Claudia—. ¡Están aquí!

Matt no supo qué hacer: se sentía incapaz de golpearla para que se callara. ¿Era porque se trataba de una chica o simplemente porque no guardaba la suficiente violencia en su interior como para pegar a alguien fríamente?

—¿Por qué nos hacéis esto, eh? —preguntó sin ocultar la cólera que hervía dentro de él.

El monstruo se acercaba.

—¡Ven, rápido! —suplicó Tobías.

El minotauro entró en el corredor con un paso más lento y dificultoso. Matt pudo ver cómo sus hombros se movían rítmicamente, parecía extenuado. Una respiración ronca salía de sus ollares y, aunque el monstruo vacilaba, sus cuernos largos y puntiagudos resultaban igual de amenazantes.

Entonces Matt se fijó en un detalle de su figura: llevaba un pantalón de tela tupida y, en lugar de cascos, arrastraba dos pesados zapatos de plomo. «¡Los de la escafandra del almacén!» El pantalón se sujetaba con tirantes y solo quedaban fuera los brazos; el resto estaba oculto bajo una chaqueta de cuero, gastada por los años, a la que le habían cortado las mangas. El minotauro resoplaba, pero no gruñía. Ahora que se acercaba, Matt vio que no cambiaba de expresión: una cara inmutable, con el mismo y único gesto neutro.

Se trataba de un trofeo.

De una cabeza disecada, a la que habían quitado el relleno para hacer una máscara.

El minotauro solo era un engaño. El pecho estaba hinchado. «Las piernas de un pan pequeño subido a los hombros de otro más fornido. ¡Regie y Sergio, seguro!» Les habían manipulado desde el principio.

Doug y sus compinches habían conseguido mantener a todo el mundo alejado de esta casa. «Para entregaros a vuestras siniestras actividades, ¿verdad? ¡Para preparar el ataque de los cínicos! Pero, entonces, ¿qué escondéis allí arriba? ¿Qué clase de arma habéis puesto a punto?»

Se oyó un ruido de pasos que se aproximaban: aparecieron Doug y Patrick.

Aunque el minotauro no fuera real, eran demasiado numerosos para ellos. Matt arrancó la llave de manos de Claudia, empujó a la muchacha y se precipitó detrás de Tobías para cerrar la puerta a toda prisa.

—Esto debería mantenerlos a distancia un rato —suspiró.

—¿Y nosotros? ¿Cómo haremos para salir ahora?

Matt levantó la cabeza y descubrió que se encontraban al pie de una ancha escalera de caracol.

—Nosotros —repitió distraído— subiremos arriba.

A medio camino, Tobías impuso una pausa porque los músculos de las pantorrillas y de los muslos le ardían. La torre era muy alta, no había duda: estaban en el observatorio. Abajo, la puerta empezó a vibrar. Los conspiradores intentaban tirarla. Matt calculó que eso les llevaría un rato, ya que parecía bastante sólida. Los últimos metros fueron muy difíciles, hasta para él, que no se resentía por el esfuerzo desde la salida. Llegaron a la cima jadeando y con las piernas temblorosas.

Pero el espectáculo hizo que recobraran el aliento.

Una impresionante cúpula sobre raíles coronaba la torre, un cuarto de la bóveda estaba abierto a las estrellas para que un telescopio del tamaño de un camión de bomberos pudiera estudiarlas.

Las paredes desaparecían tras los cantos multicolores de cientos de libros y un escritorio cubierto de cuadernos reinaba en el centro de la estancia. Una lámpara de aceite ardía tímidamente, colgada de una rueda moleteada del telescopio.

—¡Madre mía! —soltó Tobías.

Los jóvenes avanzaron por la magnífica estancia y se fijaron en las pizarras decoradas con una fina escritura de tiza.

Matt percibió un ruido detrás de él y se volvió. No podían ser los otros, no podían haber llegado tan rápido.

Su mirada tardó un segundo en comprender y dirigirse hacia la parte superior.

El rostro no estaba a la altura que él esperaba.

En efecto, un adulto de un metro noventa les bloqueaba el acceso a la escalera.

Un cínico que entreabrió la boca para mostrar sus dientes pequeños y amarillos a modo de sonrisa.

TERCERA PARTE
LOS CÍNIKOS

37

El Gran Secreto

Matt tuvo el reflejo de empujar a Tobías detrás de él y de prepararse para el combate. Nunca había sabido pelear. En el colegio, había hecho todo lo posible por evitar los conflictos y, las raras ocasiones en que había tenido que utilizar los puños, le habían partido la cara. Pero ahora todo era diferente. Y, además, sabía que estaba en mejores condiciones de enfrentarse a ese cínico que su amigo.

El muchacho levantó las manos, se puso en una posición defensiva calcada de las películas y aseguró bien las piernas para guardar el equilibrio.

—Le aviso —dijo con una voz que le hubiera gustado que sonara más viril y amenazante—, si da un paso, le hundo la nariz en la cara.

El cínico perdió un poco la sonrisa que Matt consideró provocadora y se llevó las manos a las caderas.

—¡Vamos —dijo indignado—, vaya maneras! ¿Te envía Doug?

—Sabemos todo lo que Doug y usted están tramando para entregar la isla a sus amigos.

El cínico arrugó el rostro en una actitud casi ofendida.

—¿De que estás hablando? ¿Qué amigos? Soy Michael Carmichael y tú estás en mi isla, joven, ¡te agradecería que mostraras un poco de respeto a tu anfitrión, aunque mi vejez no te inspire ninguno! ¿Dónde ha quedado la cortesía?

Hubo un instante de vacilación durante el cual Matt y Tobías se miraron; luego el primero se atrevió a preguntar:

—¿Usted está aquí desde el principio?

—Sí, nunca he dejado mi mansión.

—Pero... ¿por qué..., por qué... no es...?

—¿Agresivo como los otros adultos? ¡Figúrate que me ocurrió un curioso accidente la noche de la Tormenta! Pero empieza por decirme qué estás haciendo aquí.

Matt echó un vistazo a la escalera.

—Doug y sus amigos lo protegen, ¿verdad? —adivinó el muchacho.

—Sí. Debido a las agresiones y los secuestros cometidos por los cínikos, como los llamáis, muchos niños juraron eliminar a todo lo que se pareciera de lejos o de cerca a un adulto. Doug y Regie se asustaron y consideraron preferible mantenerme escondido aquí, a la espera de que llegara el momento oportuno para presentarme a todos.

—¡Está encerrado desde hace seis meses! —exclamó Tobías.

—Sí, pero no puedo decir que esto haya cambiado mi vida. Duermo una parte del día y observo el cielo por la noche. Doug y sus amigos suben para traerme la comida todos los días, por turnos. ¡Es mejor que un asilo!

El anciano tendió la mano para invitarlos a pasar a un rincón del observatorio donde había dos sofás enfrentados, junto a una chimenea. Matt se disculpó y se dirigió a la escalera:

—Voy a abrir a Doug y a los demás, creo que necesitamos hablar.

Toda la banda de Doug, cómodamente sentada en los sofás —Sergio y Regie se habían quitado el disfraz—, rodeaba a Matt y a Tobías. Al ver la monumental cabeza astada a sus pies, Matt se acordó de los sitios vacíos de las paredes de la sala de trofeos, de los clavos abandonados. Regie confirmó que la cabeza de toro procedía de allí. Los zapatos de la escafandra bastaban para producir un andar lento e impresionante.

Michael Carmichael, que se desplazaba con lentitud, colocó seis tazas de té humeante encima de una mesa baja.

—Tendréis que compartirlas, no tengo bastantes tazas —dijo con su voz de barítono.

Luego se sentó con un suspiro de agotamiento en una silla de ruedas.

—¿Por qué ha permanecido oculto durante tanto tiempo? —preguntó Matt, que no conseguía imaginar que alguien pudiera pasarse encerrado meses enteros.

—Si hubieras oído las intenciones que tenían algunos panes cuando llegaron aquí... —declaró Doug—. La mayoría habían visto a los cínikos o a los glotones atacar y matar a sus compañeros. Su cólera era contagiosa. Ahora apenas se está aplacando.

Tobías se encogió de hombros.

—Pero si él es... inofensivo.

Carmichael se rió cuando escuchó esta palabra. Doug continuó:

—He tratado varias veces el tema y siempre me dicen lo mismo: no se puede confiar en los adultos, son falsos y peligrosos. Desde el principio, entendí que el recuerdo de los asesinatos tardaría tiempo en borrarse. Además..., ¡al tío Carmi le gusta su nueva vida!

El interesado asintió vivamente y precisó:

—¡Nadie me molesta y tengo todo el tiempo del mundo para dedicarme a mi pasión! ¡Además, hay cientos de nuevos desafíos que superar!

Matt asintió. De repente, la prodigiosa sabiduría de Doug le inspiraba menos admiración: ¡provenía de su tío! Cuando le planteaban una pregunta, sólo tenía que transmitírsela al anciano prudente y sabio, que le daba la respuesta esa misma noche.

—Usted desarrolló la teoría del impulso, ¿verdad? —preguntó Matt—. ¡Cuando Ámbar lo sepa, estará entusiasmada!

—Doug, ¿Ámbar es esa muchacha de la que me has hablado? Estoy impaciente por conocerla. ¡Confieso estar muy admirado con su hipótesis sobre la alteración!

—¿Y el Libro de la Esperanza existe de verdad?

Carmichael soltó una risa seca antes de girar su silla de ruedas y acercarse al escritorio, de donde cogió un pequeño libro de tapas blancas y luego se lo entregó al chico.

—¡Aquí está el famoso Libro de la Esperanza!

Matt lo tomó y leyó: *Guía de supervivencia: cómo adaptarse a cualquier medio y desarrollar un microcosmos de supervivencia,* de Jonas Sion.

—¿Un simple manual de supervivencia? —se rió Matt.

—Pues sí —repuso Carmichael con cierta ironía—. Lleno de buenos consejos sobre cómo cultivar los campos, recoger agua o cazar.

—Me había esperado algo más...

—¿Extraordinario?

—Sí, me había imaginado una especie de... Biblia, un libro sagrado o el testimonio de un sabio.

—No, nada de eso. Esta sociedad empieza de cero, hijo, lo divino tal vez tenga su sitio, pero más tarde. Es la hora del pragmatismo ante todo. De la supervivencia.

Tobías reflexionaba sobre el misterio del minotauro y aquella mascarada.

—Entonces, ¿la casa nunca ha estado encantada? —inquirió, casi decepcionado.

—No, Sergio, con Regie subido a sus hombros, interpretaba el papel de minotauro —confirmó Doug—. Arthur corría detrás de ellos con un enorme fuelle de chimenea, para hacer creer que resoplaba de forma colosal.

—¿Y el humo verde que se veía a veces?

—Una simple reacción química que se obtiene al mezclar dos productos.

—¡Pero estabais dispuestos a hacernos desaparecer a todos!

Doug soltó una carcajada.

—¿Nos has tomado por asesinos o qué? —gritó sin estar en realidad indignado—. Todo lo hacemos para preservar nuestro secreto, para que nuestro tío Carmichael no corra peligro. Por eso hemos confiscado casi todas las armas de la isla. Pensamos revelar pronto su existencia. Es preciso que todos los panes estén tranquilos para evitar discordias. ¡Pero nunca habríamos matado a nadie! Claudia y Patrick sospecharon algo y tuvimos que explicárselo.

—¿Cuántos sois? —preguntó Matt.

—Siete. Nosotros seis y Laurie, una chica del Unicornio. Al principio, solo éramos Regie y yo. Empezamos a dibujar símbolos aterradores en todas las puertas exteriores de la casa; luego los demás se unieron a nosotros en función de la necesidad o de su perspicacia para descubrir que ocultábamos algo, un poco como vosotros. Además, tuvimos la suerte de veros la primera vez que entrasteis en la mansión del minotauro. Nos divertimos un rato y conseguimos que huyerais. De vez en cuando, uno de nosotros os vigilaba, pero no todo el tiempo: nos habríais descubierto.

—¿Y esa enorme puerta reforzada? ¿También es cosa vuestra? —inquirió Tobías extrañado.

—Solo los dibujos misteriosos, ¡el resto ya estaba! ¡Mi tío se construyó un búnker!

—Nunca se es demasiado prudente —terció el anciano.

Matt volvió la cabeza hacia él.

—¡Si usted sigue siendo como antes, podemos suponer que otros adultos tampoco se han vuelto agresivos!

Carmichael, con aire triste, movió el mentón despacio.

—Piensa que he tenido mucha suerte. La noche de la Tormenta, yo estaba aquí mismo, observando el cielo y los terribles relámpagos que recorrían la región. En un momento dado, se aproximaron a la isla. Parecían manos de enormes esqueletos que palpaban la tierra en busca de presas y volatilizaban en el acto todo lo que tocaban. Cuando se acercaron a esta torre, el cielo tronó y una luz cegadora inundó esta estancia. Yo sentí una violenta descarga y... nada más.

Matt contempló la silla de ruedas donde Carmichael estaba sentado, los dedos nudosos cubiertos de venas verdes, la piel apergaminada. El anciano continuó:

—¡Suponed que un auténtico relámpago, no esos de la Tormenta siniestra, hubiera alcanzado al telescopio y a mí! En el momento en que me cogieran esos brazos eléctricos, yo ya estaría fulminado por el rayo. Pienso que esta colisión me salvó. Pero convendréis conmigo en que se trata de un hecho rarísimo y que no se puede esperar que se haya repetido en otra parte. Por tanto, soy el último adulto normal, «amistoso» podríamos decir, de este país y probablemente de este planeta.

—¿Hace falta la conjunción de un rayo auténtico y de uno de esos relámpagos malignos para que se anule el efecto? —preguntó Tobías—. ¡En ese caso, todos los cínikos podrían recuperar su estado normal si conseguimos recrear esas condiciones!

—No pienses en ello, sería un trabajo inútil, demasiada energía sin ninguna esperanza —cortó de inmediato Carmichael—. En primer lugar, porque es imposible convocar, si se puede decir así, al rayo. En segundo, porque no sabemos si esta Tormenta volverá a manifestarse, lo que me parece descartado si mi teoría es cierta, ya que la misma se habría producido para transformar el mundo, despejar el mar y la tierra, y liberar el impulso de transformación. Y, por último, creo que el cerebro de los adultos afectados ha quedado tan traumatizado, por no decir definitivamente modificado por este impulso, que no se puede esperar una reparación natural.

—¿Piensa de verdad que no habrá otra Tormenta? —preguntó Matt.

—Esa es mi opinión. ¿Sabéis lo que es la simbiosis? Es cuando dos organismos se asocian para vivir y perdurar juntos. Es lo que la humanidad y la Tierra han hecho durante mucho tiempo. Hasta que decidimos saquearla, contaminarla y dejar de respetarla. La Tierra es un organismo que ha tenido que reaccionar enviando sus anticuerpos, la Tormenta, para obligar a la humanidad, que se había convertido en un parásito, a transformarse. La mayoría de la población ha sido destruida, no ha sobrevivido al impulso. Otros han sufrido una mutación, representan el porcentaje de error o de rechazo del impulso, y, por fin, están los que han encajado. Estos se encuentran tan trastornados por esta agresión natural que se han vuelto seres agresivos y se mantienen en un estado belicoso de autodefensa.

—Es la teoría de Ámbar —recordó Matt.

—¡Exactamente! Porque ella es observadora y comprendió enseguida que lo que pasaba a escala planetaria era lo mismo que sucedía en nuestro cuerpo cada día. Vosotros, los niños, sois la esperanza que esta Tierra aún quiere tener en nosotros.

—Entonces, ¿el mundo no cambiará, será así para siempre? —observó Tobías con una voz vacilante de emoción.

—Será lo que vosotros hagáis de él. ¡Tenéis la responsabilidad de definir el futuro de nuestra especie!

—Usted puede ayudarnos —replicó Matt—. Sus conocimientos, sus...

Carmichael le interrumpió:

—Desde que me cayó el rayo, me encuentro muy débil. No puedo estar más de media hora de pie y siento que mi cuerpo se fatiga cada vez más. El futuro se escribirá sin mí, chicos.

Doug tragó saliva ruidosamente y pasó su brazo sobre los hombros de su hermano pequeño.

Matt decidió que era preferible para todo el mundo cambiar de tema y se acordó de lo que les afectaba directamente.

—¿Por qué queríais clavarme una jeringuilla?

—Para estudiar tu sangre —explicó Claudia—. Has manifestado tu alteración delante de todo el mundo. El señor Carmichael quería analizar tus glóbulos o no sé qué.

—Es verdad —confirmó el anciano—. No les guardes rencor, la idea de extraerte sangre mientras dormías fue mía. Me gustaría ayudaros a identificar esta alteración. No dispongo de mucho material para esto y, sin electricidad, está inutilizable, pero nunca se sabe.

—Me podíais haber preguntado, ¡me habría prestado a que me sacaseis sangre!

—¡Habrías preguntado el motivo y tus sospechas habrían aumentado! —replicó Doug—. No te enfades con nosotros.

—Tienes razón. No estoy enfadado con nadie —lo tranquilizó Matt—. Además, quiero presentarte mis disculpas por lo que ha pasado antes, Claudia. Espero no haberte hecho daño.

La adolescente le respondió con un signo de cabeza. Todos lo miraban con una mezcla de diversión y curiosidad. Era un pan que había hecho una demostración de fuerza en la gran sala, un pan astuto, capaz de desbaratar sus planes.

De repente, Matt se dio cuenta de que había seguido una pista falsa en sus sospechas. Doug y sus cómplices no tenían nada que ver con el ataque que se preparaba, no tenían ninguna relación con los cínikos del bosque. Se levantó de un salto.

—Dejaré que me toméis una muestra de sangre si queréis, pero antes debo deciros algo, un secreto que amenaza nuestras vidas.

38

Misiva anónima

El viejo Carmichael, Doug y todos sus cómplices se quedaron anonadados cuando se enteraron de la existencia de un traidor en la isla. Aunque tenían sus dudas desde el episodio de la lámpara de araña y la cuerda cortada, habían preferido agarrarse a las hipótesis más peregrinas antes que pensar en lo peor. Más inquietante aún resultó la inminencia del ataque de los cínikos: los muchachos se asustaron mucho y el tío Carmichael tuvo que calmar el acaloramiento suscitado para que Matt pudiera acabar su relato.

Al final, decidieron que todo debía seguir igual durante varios días. No era posible proclamar la traición hasta que no se supiera de quién se trataba, para evitar que el traidor avisara a los cínikos de que lo habían descubierto. Además, por su propia seguridad, Michael Carmichael seguiría oculto de momento. Todos aceptaron que Ámbar fuera informada al día siguiente y Matt le hizo todas las revelaciones en cuanto se despertó. El muchacho la encontró desayunando en la sala común de la Hidra, en compañía de Gwen. Cuando esta se marchó, Matt pudo contárselo todo a su amiga.

La muchacha quiso conocer al anciano enseguida, pero él le explicó que era más prudente visitarlo por la noche, cuando todo el mundo se hubiera acostado.

Por la tarde, un segundo Caminante de Largo Recorrido llegó a la isla —cosa rara— y Matt reconoció de inmediato a Ben. El muchacho sintió que el corazón se le encogía: a Ámbar le gustaba mucho. Ben venía del suroeste y no traía muchas noticias, salvo la creación en Edén de un Cuartel General de los Caminantes de Largo Recorrido y el ataque de los glotones a una pequeña comunidad situada en medio del bosque, aunque los panes habían conseguido resistir el asalto. Matt pensó entonces en los cínikos y se dijo que con ellos sería diferente, ya que se trataba de un centenar de hombres armados y probablemente adiestrados en estrategias militares. ¿Qué comunidad panesca podría resistir?

Al final de la jornada, Ámbar se presentó y condujo a Matt a un rincón del Kraken.

—¡He tenido una idea! —soltó ella pataleando de impaciencia—. Ben es un chico de fiar y yo confío en él. Está acostumbrado a desplazamientos peligrosos y sabe ser discreto. ¡Podríamos pedirle que fuera nuestro explorador! Se acercará a la columna de humo que se ve con frecuencia en el bosque, encontrará el campamento de los cínikos y nos hará un balance de la situación.

—Sí, no es mala idea, pero es demasiado arriesgado.

—Ben es un Caminante de Largo Recorrido, no tiene miedo al peligro y sirve a la comunidad de los panes. Voy a tantearlo.

—Sí, ya me he dado cuenta de que sois muy amigos.

Ámbar iba a continuar cuando se detuvo, dejando morir la frase en la garganta, y miró a Matt divertida.

—¿No estarás… celoso?

Él hizo una mueca contrariada.

—¿Celoso? ¿Por qué iba a estarlo?

La muchacha adivinó que había herido su orgullo y se apresuró a corregir:

—No, perdona, me había parecido, nada más. En realidad, Ben y yo nos conocemos porque ¡la última vez que estuvo lo acosé a preguntas! Ya lo sabes, te he contado mi deseo de convertirme en Caminante de Largo Recorrido cuando tenga la edad permitida. ¡Será pronto, dentro de cuatro meses! Y Ben me dio un montón de consejos. Él tiene más de diecisiete años y hace varios meses que desempeña esta tarea. ¿Qué te parece mi idea?

—Habría que saber si él está de acuerdo…

—¡Lo estará, estoy segura!

Por la noche, como Ámbar no estaba en el Kraken, Matt repitió su plan a Doug, y a este le pareció excelente. Tobías se sentó con ellos en la mesa para cenar: había entrenado con el arco toda la mañana y por la tarde le había tocado trabajar en la cocina, por lo que estaba agotado.

—Tengo la sensación de que los dedos se me van a desprender de las manos —se quejó el muchacho.

Cuando se levantaron para subir a la habitación, llegó Calvin con su sonrisa imborrable y le tendió un pequeño sobre a Matt.

—Ten, lo encontré delante de la puerta.

Matt lo cogió y descubrió su nombre escrito en él con tinta negra. Lo abrió y leyó:

En este momento, te estoy observando. Si enseñas esta carta a alguien, nunca volverás a ver a Ámbar. Ella está en un lugar que sólo yo conozco. Si no la libero antes de mañana a primera hora, morirá.

Ahora, vas a obedecerme: ven al cementerio de la isla a medianoche. Ven solo. Si veo que estás acompañado, mataré a Ámbar.

Sé que te gusta mucho, eso se nota, siempre estáis juntos, todo el mundo lo sabe. No te lo tomes a broma o la mato.

Estás avisado.

Matt palideció y tragó saliva ruidosamente.

—¿Estás bien? —le preguntó Tobías.

—Sí... Sí, sí, es una nota de Ámbar, me cuenta sus avances en la investigación, nada más.

Matt miró alrededor: estaban al pie de la gran escalera, una docena de panes de las diferentes casas charlaban, sentados a la mesa. Separados, Ben y Franklin, los dos Caminantes de Largo Recorrido, conversaban entusiasmadamente. El autor de la carta se encontraba entre ellos o escondido en otro lugar. ¿En la entreplanta? ¿Detrás de una columna? Matt no podía tomarse esas amenazas a la ligera, prefirió doblar la misiva y guardarla en el bolsillo para que Tobías no se la quitara de las manos.

—Parece que no te encuentras bien —insistió Tobías—, ¿quieres acostarte?

Con el pretexto de sentirse mal, Matt se encerró en el baño. Se sentó sobre la tapa del inodoro y releyó la carta con el corazón desbocado. Algo en la expresión, sobre todo de la última frase, le hizo pensar que se trataba de un pan bastante joven. «Sé que te gusta mucho, eso se nota, siempre estáis juntos, todo el mundo lo sabe. No te lo tomes a broma.»

Era una observación y una formulación pueriles.

—Ámbar, ¿en qué estamos metidos? —murmuró Matt.

Luego se acordó de los alrededores del cementerio, ese lugar lúgubre e inquietante. Acudir allí solo a medianoche era una locura. Sin embargo, se trataba de la vida de su amiga. ¿Y si fuera una broma? «No, es verdad... Ámbar no ha cenado esta noche con nosotros. ¡Estoy seguro de que le ha pasado algo!»

—Si te atrapo —dijo mirando la burda escritura—, te quitaré las ganas de atacar a las personas que amo.

No tenía elección.

Debía rendirse a la evidencia: estaba en un callejón sin salida. Al igual que Ámbar. Y sus vidas dependían de la voluntad de un joven pan peligroso.

Matt debía obedecer.

A medianoche en el cementerio. Completamente solo.

39

Lápidas y luna negra

Matt esperó a escuchar el ligero ronquido de Tobías para levantarse. Se puso los vaqueros, la camiseta y dudó antes de colocarse también el chaleco de Kevlar, que ocultó bajo el jersey. Se cubrió con su abrigo hasta la rodilla, se calzó las zapatillas deportivas, sacó la espada del armario y se la puso a la espalda. «En la carta no dice que vaya desarmado, ¿verdad?» Por último, cogió una lámpara de aceite, que encendió una vez estuvo en el exterior. Los matorrales se agitaron y apareció una gran forma oscura. El chico retrocedió precipitadamente antes de reconocer a *Pluma*.

—¡Me has asustado!

Matt la acarició y la perra abrió la boca para jadear de gusto.

—Me gustaría mucho que vinieras conmigo esta vez, pero no puedo llevarte. Es demasiado peligroso, no sé lo que me espera y ese cementerio no es lugar para ti, créeme.

Pluma cerró la boca, levantó las orejas y le miró a los ojos.

—No insistas, no puede ser. ¡Venga, vete, vuelve a tu escondite y no salgas de noche, vamos!

La perra bajó la cabeza y dio media vuelta con un paso lento y forzado.

Matt se aventuró en el sendero que discurría por detrás del Kraken y pasaba junto a la llamada casa encantada. ¿Quién podía citarlo en el cementerio en plena noche? Un inconsciente, sin duda.

Desde su encuentro con Michael Carmichael, Matt había pensado en ese lugar lúgubre, en las enormes telarañas, en el ambiente de muerte que reinaba por todas partes. Esa parte de la isla no era un montaje para alejar a los panes, existía realmente un problema allí —una especie de maleficio o una maldición, se había dicho—. ¿Acaso el impulso de la Tormenta hubiera modificado también la tierra donde reposaban los muertos?

A ambos lados del sendero, el bosque era negro y opaco. Un viento tímido circulaba por entre las hojas más altas, mientras que una humedad fría subía del río.

Matt no tenía ningún plan, ninguna estrategia. Todo lo que quería era salvar a Ámbar. Estaba dispuesto a pelear por ella.

Tras varios minutos de marcha, reconoció la forma característica de las plantas de su derecha. Los troncos deformes estaban ennegrecidos, el musgo del suelo, reseco, y hasta las zarzas tenían espinas del color del ébano. Matt se detuvo y levantó la lámpara. Tan lejos como llegaba su mirada, el bosque parecía muerto. Inspiró profundamente, como para darse ánimos, y se metió en esta vegetación infernal separando las ramas bajas que crujían como huesos que se rompen. Apareció la larga cortina de seda blanca y Matt tuvo cuidado de rodearla. Los cadáveres de pájaros y de roedores que colgaban de la telaraña, momificados, eran aún más inquietantes a la luz de su única lámpara. Recordó la historia que contaba Tobías sobre las arañas capaces de licuar el interior de un hombre para aspirarle las entrañas mientras estaba aún vivo y sintió escalofríos. Después de abrirse camino por un zarzal a golpes de espada, entró en el cementerio.

Cinco grandes mausoleos se situaban en el centro, enmarcados por una docena de cruces con lápidas. Matt observó la luna: tenía una tonalidad rojiza y se preguntó si era lo que en astrología se llamaba luna negra. En las películas del género fantástico, los hombres lobos se transformaban sistemáticamente con la luna negra.

«¡Vaya momento para pensar en eso!», se le ocurrió.

Deambuló entre las estelas preguntándose sobre lo que se esperaba de él. Debía ser cerca de medianoche. Una capa de bruma lechosa empezaba a deslizarse por el lado del río. Salía despacio de la maleza, como un animal al acecho, y luego se extendía entre las lápidas. Matt se paseaba de un lado a otro cuando sintió un hormigueo a sus pies.

Docenas de gusanos negros ondulaban para meterse bajo tierra. No pudo reprimir un grito de sorpresa cuando vio una pata de lagarto del tamaño de la mano de un niño surgir de un agujero en un rincón de una tumba para coger un gusano y llevárselo a sus profundas tinieblas.

—Pero ¿dónde estoy? —murmuró mientras se alejaba del reptil.

En ese momento, lamentó no haberse traído a *Pluma* con él.

De repente, se oyó el crujido de una rama y Matt se volvió.

Una saeta negra se clavó bajo sus ojos, tan rápido que no pudo reaccionar antes de comprender que se trataba de una flecha. Le dio en el corazón y le cortó la respiración.

Matt tropezó y consiguió frenar su caída contra una gran cruz de piedra gris. Le costó trabajo recuperar la respiración, pero cuando lo hizo, le sorprendió que apenas sintiera un dolor sordo, el del impacto. Le saldría un gran cardenal, aunque la flecha estaba clavada en su torso. O, más exactamente, en su ropa y en el forro del chaleco de Kevlar. La punta no había podido atravesar el metal de protección. Levantó la cabeza y escrutó la parte del bosque de donde había salido la flecha.

De inmediato, silbó una segunda saeta, que tampoco pudo esquivar. Esta vez le alcanzó a la altura del ombligo. La armadura detuvo una vez más el proyectil, pero esto no duraría: antes o después apuntarían a la cara. Matt saltó por encima de una tumba y corrió en dirección de su agresor, aunque no conseguía distinguirlo.

Alguien se movió entre la maleza y escapó enseguida.

«¡Huye! ¡El cobarde huye!», pensó Matt nervioso, fuera del cementerio. Apartó los matorrales que le impedían ver e intentó localizar al fugitivo. No pudo distinguirlo, pero oyó que atravesaba un bosque de plantas secas y crujientes. Matt se lanzó con la rabia del que sabe que la vida de su amiga está entre sus manos. Zigzagueó entre los árboles y vislumbró una silueta. En la confusión, le resultaba imposible discernir más, el fugitivo pasó bajo la telaraña gigantesca y se golpeó con los capullos de animales muertos, que se descolgaron. En el momento en que Matt pensaba pasar por el mismo sitio, una forma negra desplegó sus patas y corrió por la tela. El chico derrapó y rodó por el suelo para no quedar envuelto por esas fibras pegajosas. No había tenido tiempo de verla bien, pero se mostraba categórico: ¡la araña que vivía allí era más grande que un gato!

Perdió algo de tiempo en dar un rodeo y, cuando llegó al sendero, su adversario ya estaba lejos. Desanimado y cegado por la cólera, Matt no prestó atención a donde pisaba, el tobillo se hundió en una raíz y se vio proyectado a la alfombra de vegetación.

Un *flash* lo aturdió. Permaneció más de un minuto tendido hasta que fue capaz de organizar sus ideas y levantarse.

Era inútil correr, había perdido toda posibilidad de atrapar al secuestrador de Ámbar. Le entraron ganas de llorar. Matt no quería perder a su amiga, no podía soportar la idea de que ella muriera, y mucho menos por su causa. Deseaba verla, abrazarla y sentir el perfume de su piel. No, esto no podía acabar así. El secuestrador no había dicho nada, no había pedido nada, se había limitado a atraer a Matt hasta este lugar para eliminarlo con toda tranquilidad. «Este era su plan, ¡matarme!» Matt no tenía la menor duda, su agresor era el informador de los cínikos. «Eliminar a un grupo de cabecillas: ¡Ámbar, Tobías y yo!» Si tenía razón, entonces era poco probable que su amiga aún estuviera viva. ¿Por qué cargar con ella si el objetivo era suprimirlos a todos? «¡Tobías! ¡He dejado a Tobías solo en la habitación!»

Matt echó a correr cuando la lógica consiguió calmarlo. «Es el trabajo de una sola persona. Solo hay un traidor. Los cínikos hablaban de un chaval, no de varios. No podía estar aquí y al mismo tiempo en el Kraken, para ocuparse de Tobías.»

Sin embargo, subió por el sendero a toda prisa mientras se frotaba la mandíbula dolorida.

Estaba a la altura de la mansión de la Hidra cuando los oyó acercarse.

Era un rumor de chillidos y roces. Matt se volvió, pero no vio nada detrás de él. Entonces levantó la cabeza.

Más de cien murciélagos danzaban en el cielo formando una procesión que se dirigía hacia él.

Los animales se arremolinaron y se lanzaron en picado para volar a ras de suelo.

Matt tuvo el desagradable presentimiento de que lo estaban buscando y aceleró el paso.

La nube restalló en el aire y tomó velocidad. El adolescente encadenó las zancadas hasta correr lo más rápido que pudo.

Los primeros murciélagos pasaron justo delante de él, para intentar frenarlo. Los siguientes se deslizaron a escasos centímetros de su pelo y Matt adivinó su presencia por las corrientes de aire que le rozaron. Estaba demasiado lejos del Kraken y la entrada de la Hidra se encontraba en el lado opuesto, era imposible refugiarse. De repente, aminoró la marcha, sacó la espada y la blandió en el aire.

Los murciélagos formaron un ruidoso torbellino sobre su silueta y giraron cada vez más deprisa. Luego uno de ellos se lanzó contra su cara.

Matt apenas tuvo tiempo de levantar el arma para protegerse, el pequeño mamífero quedó partido en dos.

Otros tres animales se lanzaron contra él. El chico ejecutó amplios molinetes con el arma, cuyo peso no le planteaba ningún problema —señal evidente de que su alteración era eficaz—, y la sangre lo salpicó, al tiempo que fragmentos de alas y cabezas caían alrededor de él.

Poco a poco, el remolino emitió un zumbido grave y aterrador y docenas de murciélagos se lanzaron sobre Matt.

El muchacho golpeó el aire con todas sus fuerzas, la hoja cortaba todo lo que encontraba, aunque enseguida se sintió desbordado. Docenas de criaturas aladas se abalanzaban sobre él para clavarle sus garras. Los murciélagos caían unos tras otros, decapitados o con un ala o una pata amputada, y, sin embargo, parecían ser cada vez más numerosos. Matt lanzó un alarido que le salió de las tripas, por vivir, por Ámbar y por Tobías. Gritó, y todos los músculos de su cuerpo se accionaron para devolver golpe por golpe. Sus movimientos se tornaron ágiles y rápidos. La hoja iba tan deprisa que silbaba sin cesar, hasta cuando cortaba la carne. No obstante, el muchacho no podía resistir mucho tiempo: los murciélagos le anegaban, le sumergían y le acribillaban de heridas. La sangre llovía sobre él. Y, de repente, todo acabó.

En un segundo, no quedó ni un murciélago sobre él. Desaparecieron en dirección a las nubes.

Matt titubeó y soltó la espada.

Tenía cortes en las manos y en la cara. Multitud de surcos sangrientos, pero poco profundos. Sin embargo, estaba completamente cubierto de sangre caliente: la de sus agresores.

Divisó unas siluetas que corrían desde la Hidra. Lucy, luego Gwen... y Ámbar.

Entornó los ojos al ver a su amiga precipitarse hacia él y, cuando estuvo seguro de que era ella, las piernas le temblaron, perdió el conocimiento y se desplomó sobre la tierra batida del sendero.

40

Deducciones

A la mañana siguiente, Matt se despertó en la habitación de Ámbar. La cara le ardía y era como si tuviera anzuelos clavados en las mejillas, la frente y el mentón.

La muchacha le colocó un paño tibio sobre las heridas y se aseguró de que le trajeran algo de comer y de beber.

Cuando Matt le contó la aventura, Ámbar sintió ira, preocupación e incomodidad. Nadie la había secuestrado. Al contrario, había pasado la velada en compañía de cuatro panes que querían compartir sus impresiones sobre la alteración. La reunión se organizó en el último momento y los participantes habían transmitido la información a su entorno. Buena parte de la isla estaba al corriente, aunque Matt no había oído hablar de ello.

—La persona que te ha tendido la trampa lo sabía —resumió Ámbar—, se ha valido de la confusión. Al decirte que no se lo contaras a nadie, esperaba que te aislaras y que no comprobaras dónde estaba yo en realidad. Era la mejor estrategia para atraerte sin correr ningún riesgo.

—¡Han querido matarme! ¡Dos flechas, la primera en el corazón! ¡Si no hubiera llevado mi chaleco antibalas, estaría muerto! ¡Tenemos un loco entre nosotros!

—Un loco organizado. Su plan era matarnos a los tres, uno detrás de otro, imagino.

—¡Si no nos damos prisa, lo va a conseguir!

Ámbar asintió y se levantó para observar el paisaje por la ventana.

—He hablado con Ben esta mañana, antes de que te despertaras. Está de acuerdo en salir de exploración por el bosque, va a intentar localizar el campamento de los cínikos. Según él, no será difícil si son un centenar.

—Que empiece por el humo que se ve a lo lejos. ¿Y el viejo Carmichael? ¿Aún no lo conoces?

—No… ¡Espero conocerlo esta noche! No sé si es porque estamos más atentos, pero parece que la alteración se manifiesta más y con más potencia. Si el traidor presta atención, se va a dar cuenta de que no debe esperar más. Cuantos más días pasen, más panes de la isla estarán fuertes y aptos para controlar su alteración. Si quieres mi opinión, no tardará en dar la señal a los cínikos.

—Para eso tendrá que salir de la isla. ¿Sabes cuándo es la próxima recolecta de las cosechas?

—Muy pronto, me temo.

—Hay que hacerlo de modo que solo pueda salir la gente de confianza, ¡nadie más!

—¡Eso hará que el traidor desconfíe más aún y huirá de un modo u otro!

Matt suspiró. Ámbar tenía razón. Estaban en una situación crítica. Había que identificar al pan que los estaba traicionando lo antes posible. ¿Por dónde empezar? «Por sus métodos», se dijo Matt. «¿Cómo hace para comunicarse con los cínikos? Los tres soldados que sorprendimos leían un mensaje que acababa de dejarles… Había salido de la isla…»

Se incorporó con un movimiento brusco y se golpeó la frente con la mano.

—¡Qué idiota soy! —gritó—. ¡Es tan evidente que no he pensado en ello! ¡El traidor formaba necesariamente parte de la expedición para poder entregar el mensaje a los tres cínikos que sorprendimos! ¿Quiénes íbamos? Nosotros, la Alianza de los Tres. Doug, Arthur y Sergio, aunque creo que podemos descartarlos como sospechosos. Si se tratara de alguien de la banda de Doug, ya habría sembrado la cizaña descubriendo al anciano. Es un secreto que le habría resultado muy útil para ponernos en un aprieto. ¿Quién queda?

—Travis y Gwen —dijo Ámbar—. Gwen nunca haría eso, es una amiga, es incapaz de la menor maldad.

—¿Estás segura? ¿Apostarías tu vida por ella?

La joven reflexionó y luego dijo:

—Absolutamente.

Matt asintió ante su determinación. Quedaba Travis, el pelirrojo de la banda. Un poco bruto, no muy astuto, pero voluntarioso, hacía favores con frecuencia, le gustaba implicarse en la vida de la comunidad y no tenía miedo de mojarse la camisa por la supervivencia o el bienestar colectivo. Travis era hijo de agricultores —recordó Matt—, un chico al que le habían inculcado los valores fundamentales: el trabajo, la ayuda mutua y el respeto. Todo eso no encajaba en realidad con la imagen que tenían de un traidor y aprendiz de asesino por añadidura. ¿Se trataba de una tapadera? Si ese era el caso, entonces había que reconocerle una habilidad fuera de lo común.

—Me parece impensable que pueda ser Travis —dijo Matt.

—Recuerda que fue el primero en ofrecerse voluntario para salir con la expedición. Iba con Tobías, y Toby nos dijo que se separaron. Podría encajar.

Matt se masajeó el cuero cabelludo, tenía un fuerte dolor de cabeza.

—No lo sé, me cuesta creerlo —dijo.

Ámbar dio un salto y, con una gran sonrisa en los labios, se sentó en la cama, junto a él. De repente, Matt se sintió mejor.

—¿Quieres una buena noticia? —le preguntó ella.

—Venga.

—Creo que he conseguido mover un lápiz. No es del todo evidente, pero estoy muy cerca, ¡lo presiento!

—¡Genial! Y con los otros panes ¿has tenido resultados? Sergio parece prometedor, ¿no?

—En efecto, hace saltar chispas en cuanto se concentra. De momento, no lo consigue sin frotar dos objetos, pero creo que pronto podrá lograrlo. Bill, el chico que juega con pequeñas corrientes de agua, está muy dotado. Y, en mi opinión, Gwen no se encuentra lejos de poder producir descargas, débiles, pero controladas; en cualquier caso, lo hace cuando duerme. ¿Y tú?, ¿notas algún cambio en tu cuerpo?

Matt no se atrevió a decirle que los trastornos más sorprendentes ocurrían cuando ella se acercaba a él.

—Nada evidente y, sin embargo…, mi espada pesaba una tonelada hace unos meses, y ahora la levanto y la manejo con toda facilidad. Me doy cuenta de que me canso menos que los demás en el esfuerzo físico, al subir escaleras o al correr, por ejemplo. Apenas es perceptible, son constataciones más que cambios manifiestos.

—Si pudiera ganar tiempo antes de que nos ataquen los cínikos… Estoy convencida de que podríamos rechazarlos. ¡Con esta isla como defensa natural y las alteraciones de todos, si pudiéramos controlarlas un poco, seríamos inexpugnables!

—Lo sé, lo sé… —murmuró Matt—. Pero no tenemos ese tiempo. Hay que pensar otra cosa.

Al principio de la tarde, cuando Ámbar terminó con sus «consultas», la Alianza de los Tres se reunió en la biblioteca científica, situada en el último piso del Kraken. La chica se paseaba por el altillo, examinando distraída los lomos de los libros. Abajo, Tobías y Matt, sentados en los sillones, charlaban.

—¡Yo tampoco puedo creer que sea Travis! —protestó Tobías.

—Convendría vigilarlo —sugirió Matt.

—¿Y si no es él?

—Es el único miembro de la expedición del que tenemos dudas. Respecto a los demás, parece imposible.

Tobías puso cara de no estar convencido. Desde lo alto, Ámbar, sin levantar la vista de la obra que acababa de abrir, dijo:

—¿Y si el traidor no estaba en la expedición?

—¿Cómo se las habría arreglado para dejar el mensaje a los cínikos? —replicó Matt.

—¡Esa es la cuestión que debemos plantearnos! ¿Cómo se comunican? —La joven dejó el libro en su sitio y se dirigió a la escalera para reunirse con sus compañeros—. ¡Podría haber escondido una nota en los arneses de *Pluma,* por ejemplo! ¡Si los cínikos están al corriente, les basta con espiarnos, esperar que dejemos a la perra sola y recuperar la carta!

Matt sacudió la cabeza.

—Ni por segundo imagino a *Pluma* dejando que se le acerquen los cínikos.

—¿Y nosotros qué sabemos? Tal vez no se siente en peligro en su presencia.

—*Pluma* es de una inteligencia notable.

Ámbar se encogió de hombros y añadió:

—Es verdad, pero solo es un ejemplo. Debemos reflexionar sobre el método que ha podido emplear el traidor para servirse de nosotros, de nuestra expedición, para enviar un mensaje a la ciudad. Si encontramos el método, podremos llegar al individuo.

—¡Hablas verdaderamente como un adulto! —se rió Tobías.

Ámbar le lanzó una mirada sombría.

—He pensado en comparar la letra de todos los panes de la isla con la de la nota que recibí ayer, ¡pero eso nos llevaría una eternidad! —masculló Matt.

—¡Y si el autor es lo bastante listo, la habrá modificado! —replicó Ámbar—. ¡No somos expertos!

Matt se levantó y llamó la atención de Tobías.

—Nosotros dos nos ocuparemos de identificar al traidor. Mientras, Ámbar, tienes que reunir a los panes más hábiles para que trabajéis juntos en dominar las alteraciones, ayudaos unos a otros para controlar vuestras capacidades. Debemos estar preparados lo antes posible. Si nos van a asaltar, me gustaría que tuviésemos una oportunidad de resistir.

Esa tarde, Tobías y Matt fueron a pescar al muelle sur. Este último no cesaba de considerar el problema desde todos los ángulos. Se remontó todo lo lejos que pudo y le pareció que era preciso descubrir cómo el traidor se había encontrado con los cínikos por primera vez. ¿Fue antes de llegar a la isla, en un recodo del camino? ¿O más tarde, en el transcurso de una expedición o de una recolecta? Matt estaba convencido de que de ese encuentro hacía tiempo, porque tuvo que entrar en contacto con ellos y luego mantenerlo hasta que los cínikos se organizaran y enviaran un batallón de cien hombres. Su lugar de procedencia estaba lejos, en el sureste; a varias semanas, tal vez un mes, de marcha... Matt compartió sus deducciones con Tobías y el chico le explicó que casi todos los panes habían salido al menos una vez por una u otra razón. No podían elaborar una lista con ese criterio.

De vez en cuando, sacaban del río negro un pez gordo, que metían en un cubo. Cada uno estaba sumido en sus pensamientos. Al final, Tobías señaló la cara de su amigo.

—¿Te duele mucho?

—Un poco. Lo peor es cuando sonrío, me arde la cara.

—En cualquier caso, ¿no te parece raro que esos murciélagos te atacaran?

Matt se estremeció.

—En efecto.

—¿Crees que están ahí todas las noches? ¿Que nunca podremos salir después del crepúsculo?

Matt hizo una mueca. Dudó; luego agarró la caña de pescar y dijo lentamente:

—¿Sabes?, tengo sueños extraños desde que estoy aquí. Sueño con... una criatura misteriosa que me persigue. Se rodea de sombras y se parece a la muerte, pero no es exactamente eso; de alguna manera, es peor. Siento que es maléfica, que está enfadada. Parece que produce miedo, que lo transmite. Y ella, o más bien él, tiene un nombre: el Raupéroden.

—¿El Raupéroden? —repitió Tobías—. ¡Hablas de un nombre!

—La cosa es que siento que me persigue y, cómo explicártelo..., sé que no es un sueño, que sucede en realidad. ¿Te acuerdas de los zancudos de Nueva York?

—¡Desde luego! ¿Cómo podría olvidarlos?

—Actuaban por cuenta de alguien o algo y tengo la intuición de que era por él. Un ser amorfo, como una gran sombra.

—¡Espera un segundo! —exclamó Tobías—. ¡La... la comunidad del norte, la que fue atacada el otro día por una «forma negra», eso podría ser el Raupéroden!

—Es exactamente lo mismo que pensé. Luego están los murciélagos. Los observé bien la primera vez que los vi. Entonces creí que querían entrar en las mansiones para lanzarse sobre nosotros, pero me pregunto si con su retirada buscaban a alguien. Desde el ataque de anoche, tengo el presentimiento de que su presa soy yo. Son criaturas nocturnas, como puede ser el Raupéroden. ¡Él había perdido mi rastro durante nuestra huida y ahora acaba de encontrarme!

—¿Crees que son..., cómo se dice, sus emisarios?

—Eso parece. Si no, ¿por qué se marcharon a toda prisa cuando llegaron las chicas de la Hidra? ¡Deberían haberse abalanzado sobre sus nuevas víctimas potenciales! Todo esto me hace pensar que se está acercando y que, además de a los cínikos, tenemos al Raupéroden encima.

Tobías miró a su amigo con la boca abierta, como si no se atreviera a decir lo que estaba pensando.

—Quieres decir... —murmuró— que tú tienes al Raupéroden encima...

Matt lo observó, antes de asentir despacio, abatido de repente.

—En cualquier caso, yo estoy contigo, pase lo que pase. No te abandonaré, y si hay que clavar una flecha en el entrecejo de esa... cosa, ¡sabes que puedes contar conmigo y mi destreza!

Tobías consiguió arrancar una sonrisa de su amigo.

—Es verdad, contigo y tu arco, no tengo nada que temer. ¡Me habrás abatido al intentar cargarte al monstruo!

Su risa, tímida, se cortó en seco cuando vieron el lomo de un pez romper la superficie del agua y deslizarse durante cinco largos segundos, prueba de su increíble longitud.

—¿Has visto eso? —preguntó Tobías desconcertado—. ¿Cuánto medía? ¡Al menos cinco o seis metros de largo! ¡Es alucinante!

Instintivamente, retrocedió del borde del pontón.

—La naturaleza ha cambiado —constató Matt, con más amargura que angustia—. Este... impulso ha revolucionado la vegetación y los animales para dar una nueva oportunidad de sobrevivir a la humanidad. Ahora, ahí fuera, ya no estamos en la cima de la cadena alimentaria. Como si la Tierra se hubiera dado cuenta de que íbamos demasiado lejos, que desde el principio nos había ofrecido un potencial demasiado rico, hasta el punto de convertir a simples monos en hombres ambiciosos en exceso y que, de repente, acabara de corregir este error.

—¿Te escuchas cuando hablas? Hace seis meses, nunca habríamos dicho nada semejante. Es como si fuéramos más inteligentes.

—¿Quieres decir más maduros?

—Sí, eso es. Nos vemos obligados a arreglárnoslas solos, a organizarnos y sobrevivir. Y nos hemos adaptado, evolucionado, me parece que hasta en nuestro lenguaje.

Matt asintió y miró su cubo.

—Ya está bastante lleno, venga, volvamos al Kraken.

—¿Por qué no hablamos de todo esto con Carmichael? —propuso Tobías mientras se levantaba—. Es un anciano, un sabio, él podrá aconsejarnos, tanto para desenmascarar al traidor como a propósito de ese... Raupéroden.

—Él no sabe más que tú y que yo sobre este tema, déjalo donde está. De todas maneras, cuando se trata de resolver problemas, ¡ya hemos visto a lo que nos conduce contar con los adultos! —comentó Matt señalando el paisaje agreste que los rodeaba.

Al final de la tarde se encontraron con Mitch, el dibujante, que volvía del puente, donde había hecho un croquis de las orillas. Comentaron algunas trivialidades y el chico, que no sabía nada del ataque de los murciélagos a Matt, se preocupó.

—¿Anoche? ¡Entonces también me habrían podido atacar a mí! ¡Estuve fuera hasta las doce!

—¿Ah, sí? —dijo Matt—. ¿Y dónde?

—En la rotonda, con Rodney, del Pegaso, y Lindsey y Caroline, de la Hidra.

Matt prefirió no preguntar lo que hacían los cuatro a esas horas para concentrarse en lo que le interesaba.

—¿Y los otros tres? ¿Volvieron sin problemas?

—Sí, los he visto esta mañana. Todo el mundo está bien, ninguno sufrió un ataque de murciélagos.

Un poco más tarde, cuando se quedaron solos, Matt resumió sus conclusiones a Tobías:

—No hay la menor duda, ¡esos malditos bichos iban detrás de mí!

—Entonces no salgas después de la puesta de sol.

Los dos amigos cenaron juntos y subieron a la habitación de Tobías para hojear unos cómics que Doug les había dejado. En un momento dado, Tobías pegó la nariz a los cristales y observó la noche.

—Los estoy viendo —anunció en tono sombrío—. Montones de murciélagos revolotean en el cielo.

—¿Sobre el bosque?

—Sí... No, espera…, van hacia el norte, hacia el Centauro.

Tobías se fijó también en la ventana iluminada de la habitación de Ámbar.

—Ámbar no duerme —comentó.

—Con esta historia de la alteración y del ultimátum, no me extraña. La verdad es que yo tampoco podré pegar ojo hasta que no encuentre un modo de descubrir quién es el desgraciado que nos traiciona.

Tobías volvió la cabeza hacia Matt, sorprendido de oírlo hablar así. Luego regresó a su tebeo y continuó con su lectura.

Más tarde, pasada la medianoche, regresó junto a la ventana y vio que se había apagado la luz en la habitación del Ámbar.

—Al final, parece que se ha dormido.

Pero no prestó ninguna atención al cielo estrellado, donde ningún animal sobrevolaba los alrededores de la isla.

Los murciélagos habían desaparecido.

41

Creencia reflexiva

Á mbar debió esperar a que se apagaran todas las luces para salir de su habitación y de la Hidra —por suerte, no había ni rastro de los belicosos murciélagos— y dirigirse al pasadizo secreto que conducía a la mansión del minotauro. La muchacha deambuló un cuarto de hora por los pasillos antes de encontrar la escalera correcta, la que subía al observatorio. Cuando llegó arriba, llamó tímidamente a la puerta.

Una voz ronca a causa de la fatiga —o de un prolongado silencio, Ámbar no supo decirlo— respondió:

—¿Sí? ¡Adelante!

—Disculpe que venga tan tarde…

En cuanto la vio, el viejo Carmichael sonrió.

—Tú debes de ser Ámbar, ¿verdad? Me preguntaba cuánto tiempo tardarías en venir a visitarme.

—¿No lo molesto? —preguntó ella al ver que llevaba una bata.

—No, estaba adormilado. Ya sabes que a mi edad nunca se duerme del todo. Les dije a Doug y a Regie que me gusta estar solo por la noche para que volvieran a su casa, si no ¡se pasarían la noche en vela a mi lado! Esos dos chicos son adorables.

Ámbar le devolvió una sonrisa cortés y levantó los ojos al extraordinario techo y su inmenso telescopio.

—¿Aún estudia las estrellas?

—Más que nunca. Me aseguro de que no se han movido. En fin, no ellas directamente, sino…

—¿Para estar seguro de que la Tierra no ha cambiado de posición o de eje durante la Tormenta?

Carmichael emitió una risa seca.

—Sí, eres muy rápida. Eso es lo que tus formidables hipótesis sobre la alteración presagiaban.

—Confieso que... me gustaría mucho hablar de todo eso con usted.

—Ven a sentarte, coge una galleta si quieres, las hago yo mismo —dijo con orgullo—. Ten, toma un poco de té, el termo lo habrá mantenido caliente.

Ámbar se instaló en un sofá y el anciano se sirvió un vaso de *bourbon*.

—¿Usted cree que otra especie de Tormenta puede restablecer las cosas tal como eran antes? —preguntó Ámbar sin más preámbulos.

—Con toda franqueza, no. Como les he dicho a tus dos amigos, eso no sucederá porque la Tierra ha reaccionado a nuestra presencia, que se había convertido en parasitaria; lo hecho, hecho está y, para decirlo todo, esto ha debido suponer un esfuerzo prodigioso que el planeta no estará dispuesto a repetir.

—¿Qué clase de esfuerzo?

—Como sabes, la Tierra es probablemente la única responsable de lo que ha pasado y de sus consecuencias, actuó como el ser vivo que es. Por supuesto, no le concedo ningún tipo de conciencia, ninguna forma de inteligencia propia, al menos, no en el sentido en que lo entendemos. Dicho esto, el planeta tiene mecanismos de defensa y estos se pusieron en marcha cuando se sintió amenazado. Todo fue progresivo, imagino, deberíamos haber interpretado sus reacciones: la multiplicación de los terremotos, los tsunamis, las erupciones de los volcanes y el resto de fenómenos. Sin embargo, nadie aceptó realmente estas manifestaciones como una forma de lenguaje. Como nadie la escuchó, la Tierra no tuvo más remedio que devolver los golpes para no morir asfixiada. Se activaron sus defensas inmunitarias y generaron una especie de impulso, como un código, que alteró una parte de la genética de los vegetales y de los animales, el género humano incluido.

—¿Usted cree que este impulso era la Tormenta?

—No, no exactamente. Cuanto más reflexiono y pienso sobre ello, más me convenzo de que la Tormenta tenía una doble función. En primer lugar, llevar este impulso, tal vez ocultarlo. En segundo, la Tormenta parecía una especie de camión de la basura que viniera a recoger después de una gran verbena para dejar la plaza limpia. Pienso que el impulso se produjo durante la Tormenta, sin que nos diésemos cuenta. ¿Bajo qué forma? Lo ignoro y, en mi opinión, es algo que supera nuestros conocimientos científicos. Este planeta encierra tantos misterios, a pesar de nuestros avances tecnológicos, que no me sorprendería que el impulso fuera una forma de onda o de magnetismo capaz de transportar un mensaje que alterara la genética de forma selectiva...

—Me temo que no puedo seguirle, lo siento.

—No, soy yo quien debe disculparse. A veces olvido que mis interlocutores son adolescentes. Aunque superdotados —se apresuró a añadir al ver que Ámbar se molestaba—. Todo esto para decir que hemos sido unos ignorantes de lo que pasaba ante nuestros ojos y bajo nuestros pies, mientras la Tierra nos lanzaba montones de avisos.

—Tal vez las ballenas entendieran ese lenguaje terrestre. ¡Esto explicaría que fueran cada vez más numerosas en las costas! O los delfines. ¡He leído en una revista que su cerebro era más grande que el nuestro! O quizá... no quisimos escuchar a la Tierra.

—Puede ser. En cualquier caso, el mal está causado. Ahora nos toca vivir con ello y hacer todo lo posible para no repetir los errores del pasado. No, en realidad, debería decir: os toca hacerlo.

—¿Cree que seremos capaces de salir adelante?

Carmichael la miró un instante antes de contestar, para asegurarse de que la muchacha podía encajar una verdad hecha de incertidumbres y no de promesas.

—La vida en sociedad es difícil, convivir en armonía, mucho más, sois unos... niños y el único modelo que habéis tenido era cruel y destructor.

—Pero la Tierra nos ha respetado la vida.

—Porque ella aún quiere creer en el género humano y, para no concederle una conciencia reflexiva, no ha eliminado a todos los parásitos porque pueden vivir en simbiosis, en buena avenencia, pero los ha llamado al orden.

—¿Qué es una conciencia reflexiva?

—Es ser consciente de los propios pensamientos, como si uno mismo se mirara desde arriba y oyera sus reflexiones. Es una forma de inteligencia. Y digo bien «una forma». Creo que es lo que nos diferencia de la Tierra. Ella no tiene esta conciencia reflexiva, pero vive como una planta cubierta de brotes, de diversas mutaciones según el grado de evolución. Son el fruto de sus entrañas, una parte de ella misma, nacidos para evolucionar a su vez, pero si estos brotes, en lugar de dar hermosas flores de colores, se convierten en plantas carnívoras que empiezan a carcomerlas, entonces la Tierra reacciona para calmarlos, intenta modificarlos, puesto que viven en ella y dependen de ella. Y si resultan demasiado invasivos y destructivos, es muy probable que nuestra planta encuentre una solución para librarse de ellos, aunque sean sus hijos. No obstante, imagino que la Tierra hará todo lo posible antes de esto para preservar los brotes nuevos y darles una oportunidad.

—¿Sin ser *consciente* de todo lo que hace?

Carmichael inspiró profundamente al tiempo que enarcaba las cejas.

—Sin esta conciencia reflexiva, pero... la Tierra actúa y reacciona ante el entorno porque está «programada» así, es el misterio de la vida y la supervivencia: cada célula de un organismo, ya sea una planta o un animal, debe vivir. El ser que reúne estos miles de millones de células se limita a repetir esta necesidad, debe vivir y hace todo lo necesario para ello, es su instinto de supervivencia, una especie de mandato supremo, la base de todo lo que somos.

—¿De dónde viene esta voluntad de vivir, esta... dinámica? ¿Tiene que ver con Dios?

Carmichael se rió ligeramente.

—Tal vez sí. Quizá Dios solo es un concepto para definir la energía de la vida. ¿Y si Dios solo fuera una chispa, la que está en el núcleo de la vida? ¿Y si Dios estuviera hecho a imagen y semejanza de la Tierra: un ser sin conciencia reflexiva, solo una energía, la electricidad vital de la existencia, el principio mismo de la vida?

—Las religiones dicen que es un ser vivo, hecho a imagen del hombre.

Carmichael rió otra vez suavemente.

—Más bien sería a la inversa: el hombre estaría hecho a imagen de Dios, pero entiendo lo que quieres decir. No sé qué responder. Toda filosofía, toda doctrina, debe evolucionar al mismo tiempo que el hombre evoluciona, que la sociedad cambia. ¿Y si, para adaptarse a la civilización, la religión se hubiera visto obligada a transformar poco a poco sus principios? Por supuesto, hoy se habla del paraíso o del infierno, pero no son más que palabras, el decorado colocado por los propios hombres. La cuestión que debemos plantearnos, en mi opinión, es acerca de la esencia de Dios. ¿Quién es? Las religiones dicen que está en todas partes, en todas las cosas. Yo respondo: esta energía en la misma base de la vida podría ser una representación de Dios.

—Entonces, usted cree en Dios.

Carmichael bebió un trago de *bourbon* e hizo una mueca.

—¿Tengo que responder? No quisiera influir en ti. Pues bien, no, yo no creo en él. Para mí, Dios es un concepto que sirve para tranquilizar a los hombres. A menos que pudiera definir mi propio Dios y que pudiera afirmar que Dios no es más que una palabra vacía donde metemos nuestras preguntas sin respuesta, nuestras pretensiones y nuestro deseo de humildad. Al final, Dios sería la representación de nuestra ignorancia. Entonces, sí creería en él, pero eso equivaldría a creer sólo en nuestra ignorancia.

Ámbar reprimió un bostezo y Carmichael puso una cara divertida.

—No es muy optimista —observó la muchacha.

—¡Creo en la vida, esto es optimista! Únicamente en ella y en una inteligencia muy básica del hombre con la que puede entender lo que la vida es. Pero esto solo me concierne a mí, querida Ámbar, y sobre todo mi discurso no debería influirte. ¡Si quieres creer en Dios, cree! Al menos, es un lujo que debemos permitirnos: la elección de nuestras creencias. Pienso que existen tantas religiones a fin de responder plenamente a todas las formas de personalidad. Cree en lo que te plazca, pero nunca demasiado, guarda en ti este principio de conciencia reflexiva y aplícalo a tu creencia: una creencia reflexiva. Sé siempre consciente de ser creyente y mantén una cierta distancia con tu propia religión, aunque se trate de no creer en Dios, por ejemplo.

—¿Y la… la alteración? ¿Cómo se pueden producir chispas solo con el pensamiento? ¡Eso es increíble! ¡No tengo ninguna explicación! ¡Me esfuerzo por decir a los demás que no es magia ni tiene relación con Dios, pero a veces lo dudo!

—No, no es magia, ya que la alteración es una realidad. ¿Cómo funciona? Aún no sé nada sobre eso. Pero puedo suponer que vuestros cuerpos y vuestros cerebros se han vuelto más maleables debido al impulso y ahora conseguís interactuar con lo infinitamente pequeño.

—¿Pequeño… como los microbios?

—¡Más aún! —dijo Carmichael divertido—. Sabes que todas las cosas están hechas de minúsculas partículas, como los electrones, ¡y muchas más! Todo, hasta el aire, está compuesto de estas partículas tan pequeñas que son indivisibles. Sin entrar en complejos detalles científicos, digamos que conseguís actuar sobre estos electrones gracias a vuestro cerebro. Para hacer fuego, por ejemplo, un chico que haya desarrollado su mente en ese objetivo actuará sobre los electrones y, gracias a su cerebro, provocará un «frotamiento» de electrones que acabará por producir chispas.

—¡Pero no sabemos cómo funciona, solo que se necesita concentración!

—Cuando respiras, el aire que entra en los pulmones alimenta todo el cuerpo, todos los órganos, hasta la punta del pie y, sin embargo, tú no sabes cómo funciona, es natural, como un reflejo. Pues bien, ¡lo mismo sucede con la alteración!

—Entonces, ¿es algo natural, quiero decir, no es una mutación horrible?

—¡Al contrario, es la evolución! Cuando nuestros lejanos ancestros simios se hartaron de vivir en la sabana y de pasar el tiempo irguiéndose para ver por encima de las hierbas altas, empezaron a caminar sobre dos patas cada vez con más frecuencia. Su cuerpo se adaptó a esta nueva posición y su esqueleto se transformó. Es lo que pasa en la actualidad con vuestros cerebros, ¡salvo que ha sucedido en unos meses en vez de en varios milenios! Hay otra diferencia: la evolución de la especie humana siempre ha estado condicionada por el medio y la supervivencia, en cierto modo, nosotros la hemos elegido. ¡Pero esta vez es a la inversa! El impulso es una especie de contacto directo con la esencia misma de la Tierra, madre de toda evolución.

—Una madre que ha dejado a sus hijos crecer a su aire, pero que hoy se permite darles una bofetada porque han ido demasiado lejos, ¿no?

—¡No habría encontrado una analogía mejor! Una madre de una tolerancia increíble, pero que no hemos respetado y a la que incluso hemos insultado.

—Entonces, ¿no tenemos que tener miedo de la alteración?

—¿Tener miedo de la alteración? Creo que no. ¡Al contrario, debéis utilizarla! Trabajar hasta controlarla perfectamente, porque condicionará vuestro futuro.

Continuaron hablando durante más de una hora, hasta que el anciano decidió que había que acostarse. Le agradeció a Ámbar su visita y la invitó a volver pronto. Por su parte, la chica prefirió no sacar el tema de la traición y del ataque inminente de los cínikos. Leía en Carmichael un cansancio por estos asuntos vilmente humanos, un desinterés por los conflictos, y consideró que, de todas maneras, el anciano no podía hacer nada, excepto preocuparse por sus jóvenes sobrinos.

La chica cerró el pasadizo secreto tras ella y salió a la frescura de la noche. Aparte de los insectos nocturnos y de una lechuza lejana, no se oía el menor ruido. Una noche tranquila.

Ámbar no había andado ni cincuenta metros cuando un potente murmullo surgió a su espalda. Giró la cabeza y vio montones de pequeños triángulos negros que echaban a volar desde el techo del Kraken y tomaban altura como un torbellino.

Luego se lanzaron sobre ella.

42

Un plan

Toda la isla dormía. Hasta la luna había desaparecido, dejando un cielo oscuro tras ella.

—¡Chsss! ¡Chsss! Matt..., Matt, despierta.

El chico abrió los ojos despacio, con la mente invadida por el sueño.

El rostro de Ámbar se dibujó poco a poco en la penumbra. Al principio, la reconoció por la melena y, luego, por el olor dulce que emanaba de ella, inclinada sobre él, a escasos centímetros.

Matt se sentía totalmente embotado, como si apenas hubiera dormido una hora.

—¿Qué... qué hora es? —preguntó.

—Debe de ser la una de la mañana.

—¿Qué estás haciendo aquí?

—Me han atacado los murciélagos, me han tomado como diana.

De repente, Matt se despertó del todo. En la cama situada en medio de la habitación, Tobías gruñó y sacó el trozo de champiñón luminoso de la mesilla. La luz blanca se propagó por toda la pieza.

—¿Ámbar? ¿Eres tú?

Ella asintió.

—Necesito que me deis alojamiento por una noche, no puedo volver a la Hidra, los murciélagos rondan la casa.

—Creía... creía que solo atacaban a Matt.

—Te puedo asegurar que no —respondió Ámbar al tiempo que levantaba el antebrazo izquierdo con un vendaje reciente—. He pasado por la enfermería para ponerme una venda; tengo algunos cortes poco profundos, pero dolorosos. Fui a ver al viejo Carmichael esta noche, esperé a que todo el mundo durmiera para subir y, cuando lo dejé me pareció que el camino estaba despejado. Podéis creerlo o no, pero los murciélagos estaban al acecho en el tejado del Kraken, esperando tranquilamente. Nada más salir, se me han echado encima; por suerte, los he oído venir, era demasiado tarde para llegar a la Hidra, pero me ha dado tiempo de correr hasta aquí antes de que me despedazaran.

—Puedes dormir en el sofá cama, en mi lugar, si quieres —le ofreció Matt, haciendo ademán de levantarse—. Yo dormiré en el suelo.

—No seas tonto, hay sitio para los dos. Dormíos, hay que descansar, ya hablaremos mañana, y me temo que nos espera una dura jornada.

A continuación, Ámbar pidió a Tobías que guardara el champiñón luminoso para ponerse cómoda —quedarse en camisa—. Luego se metió entre las sábanas con Matt, que se recostó en el lado opuesto, al borde del colchón, bastante incómodo con la idea de que pudiera rozar su cuerpo mientras dormía. Esta vez, estaba totalmente despierto.

Matt logró conciliar el sueño cuando faltaba una hora para que amaneciera. Y se levantó antes que sus compañeros, desvelado por sus deducciones nocturnas y por la sensación de haber tenido pesadillas, aunque no conseguía recordarlas. No obstante, le parecía que el Raupéroden lo había perseguido, una vez más, en la estela de sus sueños.

Bajó para preparar un desayuno copioso y subió la bandeja a la habitación con intención de despertar a sus compañeros. Tenía prisa por compartir sus ideas con ellos. Sin embargo, prefirió no decir nada de momento y dejarles tiempo para que emergieran a la conciencia. A decir verdad, enseguida se dio cuenta de que le asustaba revelar su plan. ¿Y si estaba equivocado? Entonces los pondría sobre una pista falsa que les costaría la vida.

Tumbados en las camas, los miembros de la Alianza de los Tres charlaban mientras desayunaban.

—Ámbar, debo hacerte una confidencia —declaró Matt.

El muchacho le contó la historia del Raupéroden y de sus pesadillas recurrentes.

—¿De verdad crees que existe? —insistió la chica.

—Mi instinto me dice que no reside solo en mi cabeza. Estoy convencido de que fue el responsable del ataque de la comunidad panesca situada al norte. Y viene hacia nosotros. Antes o después, nos encontrará y atacará la isla.

—¿Qué piensas hacer?

Matt se rascó la mejilla nervioso. Tenía unas marcadas ojeras.

—Eso me pregunto. ¿Debo quedarme y poner a todo el mundo en peligro?

—De todas maneras, ¿no pretenderás huir? —Se indignó Tobías—. ¿Y nosotros? ¿Nos abandonarías?

—Tal vez sea el único modo de salvaros del Raupéroden.

Ámbar los mandó callar porque sintió que la discusión podía degenerar en una pelea.

—Por el momento, nuestra prioridad es el traidor.

Matt asintió.

—He pensado mucho en ello esta noche —informó sin atreverse a confesar que en realidad había sido la presencia de Ámbar en su cama lo que le había mantenido despierto durante mucho tiempo—. Creo que tengo un plan.

Sus dos cómplices lo miraron, uno con la rebanada de pan y mantequilla en la mano y otro con la fruta, y se quedaron estupefactos al constatar que exhibía una ligera sonrisa triunfal en la comisura de los labios.

—¿Un plan para desenmascararlo? —insistió Tobías.

—Sí, pero os aviso que es arriesgado. Nos la jugamos a doble o nada. Si he visto bien esta noche, podemos cogerlo. Por el contrario, si he seguido una pista falsa o nos organizamos mal, nos eliminará de golpe.

—Para, ¿te burlas de nosotros? —protestó Tobías en broma—. ¿No habrás descubierto quién es el traidor en el transcurso de la noche?

—Puedo equivocarme, pero... tengo una ligera idea.

—¿Qué debemos hacer? —preguntó Ámbar.

—De momento, impedir que Ben explore el bosque por nosotros, no será necesario. También hay que retener a Franklin, el otro Caminante de Largo Recorrido: necesitaremos a todo el mundo. —Matt se tomó un tiempo para mirar a sus amigos con aire grave, luego inspiró y se lanzó—: En cuanto a nosotros, pasaremos toda la tarde en los muelles del sur, sólo nosotros tres.

43

Cuatro flechas para los cabecillas

Al final de la mañana, la noticia se había extendido por toda la isla: Ámbar, Tobías y Matt posiblemente tenían una idea para acelerar el control de la alteración, pero debían perfilar su plan antes de comunicarlo. Por este motivo, se pasarían toda la tarde en los muelles, para que nadie los molestara bajo ningún concepto. Nadie debía acercarse. Si el resultado estaba a la altura de sus expectativas, aquella misma noche se celebraría una gran reunión para informar a todos los panes.

Era el sitio ideal para asegurarse de que nadie podía espiarlos, porque los muelles se adentraban al menos diez metros en el río y un círculo de hierba, sauces y helechos separaba los pantalanes del bosque. Si alguien quería espiarlos, debía esconderse detrás de los árboles, a más de veinte metros de ellos.

El principal inconveniente de este lugar aislado era su amplitud. La media luna de vegetación se extendía sobre más de cincuenta metros y, si bien era imposible escucharlos o verlos sin acercarse, por el contrario, era fácil quedarse en el lindero y disparar, siempre que se fuera hábil.

Por tanto, la Alianza de los Tres había dado más importancia a la confidencialidad que a la seguridad.

Sentado al borde de un muelle, Matt tenía las piernas colgando sobre el agua. Ámbar estaba a su lado y Tobías —en cuclillas— se situaba detrás de ellos. Los adolescentes charlaban con pasión. Tobías no paraba de moverse, como de costumbre, y Ámbar se inclinaba hacia Matt para hacerle partícipe de sus impresiones. Este último era el único que parecía tranquilo. Escuchaba sin decir nada, sumido en sus pensamientos. Había prohibido a *Pluma* que los acompañara y la perra se había marchado con la cola entre las piernas, ofendida por no estar invitada a la reunión.

Llevaban unas dos horas allí, su conversación había decaído, cuando un individuo se escondió detrás de un tronco. No podía acercarse más sin que le vieran, sin embargo, se encontraba en el eje, a veinte metros de los tres adolescentes.

Entonces cogió el arco, clavó cinco flechas en el suelo, a sus pies, y encajó la sexta en la cuerda antes de tensarla y de tomarse su tiempo para apuntar.

Tenía que hacerlo, debía matar a esos tres panes antes de que convirtieran la isla en un lugar inexpugnable. El traidor no se sentía orgulloso, pero lo hacía por su bien. Los panes no tenían ninguna oportunidad de sobrevivir frente a los cínikos. Era mejor elegir el bando de los vencedores mientras se estuviera a tiempo, y él había hecho su elección.

Fue la casualidad —él prefería decir la suerte— la que lo puso en el camino de un grupo de cuatro cínikos cuando recogía leña en el bosque. Había llegado a la isla dos meses atrás y no encontraba su lugar en medio de todos esos adolescentes caprichosos. Aquella mañana, le había tocado la tarea de salir de la isla y los cuatro cínikos lo habían sorprendido en un recodo de una depresión del terreno. Al principio, habían hecho ademán de atacarlo, pero él les había suplicado que lo dejaran hablar. Estaba dispuesto a ir con ellos, no deseaba seguir entre niños y adolescentes, quería integrarse con los adultos, conseguir la seguridad que ellos desprendían. Después de un rato de indecisión, los cínikos hablaron entre ellos y el traidor sintió que se decidía su suerte: escucharlo o matarlo. Luego le ofrecieron un trato: no se iría con ellos, al menos de momento, pero les serviría de espía. Ellos no estaban allí para secuestrar a los panes, sino como exploradores para localizar los «nidos», en previsión de futuros asaltos. Si él les servía bien, cuando conquistaran la isla, podría unirse a ellos.

El traidor no pidió más. Encontraron un medio original de comunicarse y los exploradores le explicaron que se quedarían en la región mientras que otros cínikos se encargarían de formar un pequeño ejército. Todo esto llevaría mucho tiempo, tardarían varios meses en bajar al sur y volver a subir, pero durante este periodo su misión consistiría en mantenerlos informados de lo que pasaba en la isla y en preparar el terreno para que pudieran atacar cuando hubieran reunido el ejército. Habían acordado que esperarían a que él estuviera de guardia en el puente para lanzar el asalto, de manera que el chico pudiera abrir el acceso a la isla mientras los panes dormían.

Y en el preciso momento en que había llegado el ejército, habían empezado sus problemas.

Ámbar, Tobías y Matt constituían una amenaza imprevista. Desde que estaban juntos, habían conseguido poner un nombre a la alteración y, lo que era peor, habían acostumbrado a los panes a utilizarla. Eran un peligro para el éxito de la invasión. Frente a los cínikos potentes y provistos de armas pesadas, los panes no tenían nada que hacer. Pero si controlaban la alteración, la cosa cambiaba. Al principio, el traidor se dijo que era preferible esperar un poco para ver exactamente lo que pasaba y no lanzar el ejército de los cínikos a una trampa segura. Pero desde hacía dos días era consciente de que no podía esperar más, de que el tiempo jugaba a favor de los panes y que la alteración no constituía una amenaza real en ese momento. Sin embargo, debía eliminar a los tres cabecillas para asegurarse que no encontraran un medio de dificultar el ataque de los cínikos. A Ámbar, porque era el alma de ese trabajo sobre la alteración; a Matt, porque controlaba su nueva facultad, tal como había demostrado en el atentado fallido, y a Tobías, simplemente porque estaba todo el tiempo con ellos y debía saber demasiado.

El traidor pensó en el atentado fallido de la lámpara de araña. Su plan parecía perfecto. Se habría deshecho de Doug de una vez por todas. Doug no era un objetivo prioritario, pero entonces era el pan más peligroso porque era el único capaz de congregar a todo el mundo y hacerse escuchar. Su eliminación habría sembrado una confusión útil para simplificar la invasión. Desde que Matt había exhibido delante de todo el mundo su capacidad, su alteración, el traidor se había dado cuenta de que era importante ocuparse de él y de sus dos compinches.

Y ahora se le presentaba la ocasión perfecta. El trío quería ir demasiado deprisa, se había instalado allí para que nadie los oyera, peor para ellos, era un lugar idóneo para él. Y no pensaba concederles las horas que necesitaban para poner su plan a punto. La alteración seguiría siendo un misterio y los cínikos podrían aparecer antes de que los panes la dominaran.

Si conseguía matarlos ahora, enviaría un mensaje al ejército.

Y vencerían, sin lugar a dudas.

Ajustó el arco, contuvo la respiración —siempre había tenido habilidad en el tiro con arco, desde las colonias de vacaciones de su infancia— y sus dedos soltaron la cuerda.

La primera flecha se clavó en la espalda de Matt.

En plena tarde, el joven no llevaba su chaleco de Kevlar y la flecha penetró tan profundamente que le atravesó el corazón. Matt se desplomó hacia delante.

La segunda flecha silbó y se clavó en el pecho de Ámbar, que no tuvo tiempo de reaccionar, salvo de llevarse la mano al seno izquierdo. La muchacha cayó a su vez, abatida por un disparo ajustado a la perfección.

La tercera flecha pasó rozando a Tobías que, enloquecido, gritaba con todas sus fuerzas en el borde del muelle. La cuarta le silenció para siempre.

El chico cayó hacia atrás y se balanceó igualmente desde lo alto del pantalán.

En menos de veinte segundos, los tres cuerpos habían desaparecido.

La Alianza de los Tres ya no existía.

44

La conquista fácil

El mirlo se posó en una estaca que servía para colgar las marmitas encima del fuego. A esa hora, solo había un gran montón de cenizas y el hierro estaba frío.

Enfrente, un hombre izaba una bandeja roja y negra hasta la punta del mástil. Cuando terminó la tarea, se giró y vio el pájaro. Sus ojos marrones brillaron y de inmediato pensó en el pequeño asado que podría regalarse si conseguía echar mano a ese mirlo temerario.

El cínico se acercó ante la mirada intrigada del ave hasta reparar en un pequeño anillo que rodeaba su pata.

Hizo una mueca de decepción.

—¡Ah, un mensajero! Ya me parecía demasiado fácil...

El hombre alargó la mano para coger al animal y abrió el anillo que disimulaba un rollo de papel. A continuación, se lo llevó deprisa a su jefe. Las tiendas eran de cuero tensado sobre palos y en su interior reinaba un fuerte olor debido a las pieles de osos, de perros o incluso de gatos que utilizaban como alfombras, cojines o almohadas. El cínico saludó a su superior y le tendió el mensaje.

—Acaba de llegar, sir Sawyer.

Un coloso calvo se levantó y cogió la nota. El gigante tenía tatuajes en los brazos y uno en la nuca que subía por la parte posterior de la cabeza y rodeaba las orejas.

Leyó en voz alta:

«Los tres cabecillas han muerto. Estaré de guardia dentro de dos noches, este será el momento de atacar. El puente estará bajado. Es-

318

perad a medianoche para entrar, cuando todo el mundo duerma. ¡Victoria!»

—¿Debo tocar a reunión, sir? —preguntó el hombre que había llevado el mensaje.

El gran calvo inspiró profundamente y giró la cabeza de un hombro a otro. Su nuca emitió una serie de crujidos lúgubres.

—Sí, esta noche afilamos las armas y mañana levantamos el campamento. Dentro de dos días, a esta misma hora, estaremos de regreso a casa —un odioso rictus le levantó la comisura derecha de la boca cuando añadió—: nuestros carros irán llenos de panes.

Al día siguiente por la tarde, sir Sawyer conducía su ejército a través del bosque, montado en un caballo de pelaje negro. Un centenar de hombres marchaban detrás de él, mientras dos enormes jaulas de bambú cerraban la columna, cada una remolcada por cuatro osos pardos. Estos extraños carros eran tan grandes —casi de diez metros de altura— que dos soldados iban por delante cortando las ramas para abrir paso a las jaulas.

Había linternas suspendidas de las lanzas que portaban algunos guerreros y otras colgaban de los carros. La grasa animal que ardía en su interior difundía un halo amarillento sobre la cohorte.

Todos los hombres llevaban armaduras de ébano, cuya madera estaba toscamente tallada, aunque no había dos iguales. Con ellos, desfilaba un auténtico arsenal medieval: hachas, espadas y mazas. Era evidente que los cínikos habían destinado toda su provisión de mineral a la fabricación de armas. El resto debía contentarse con una artesanía improvisada con los medios disponibles.

Al acercarse a la isla, sir Sawyer bajó de su caballo para contemplar el río y los tejados de las mansiones, cuyas ventanas estaban apagadas.

El puente de piedra cruzaba sobre un brazo del río de aguas tenebrosas donde se reflejaba la luna. El espía había colocado los troncos y la plancha metálica para permitir el paso.

—La isla es nuestra —comentó a su asistente, que caminaba a su lado—. Los soldados que se queden con los carros, los demás vendrán conmigo. Vamos a conquistar estos pequeños castillos uno tras otro. Si encontramos mucha resistencia, sacaremos las armas, pero no olvide transmitir esta consigna a todo el mundo: ¡intentaremos causar el menor daño posible! ¡La reina quiere examinar la piel de todos los panes, aunque estén muertos!

Sir Sawyer puso un pie en la plancha metálica, que chirrió bajo su peso y, pronto, sesenta hombres pisaron la piedra del puente, pasaron sobre los arcos y se aproximaron a su objetivo.

Casi habían llegado a la otra orilla cuando sir Sawyer levantó el brazo para detener el cortejo. El jefe militar olió el aire varias veces y miró a su alrededor.

—¿No lo huele? —preguntó a su asistente, que aspiró a su vez.

—Sí, huele como… como a… a disolvente.

—A gasolina, imbécil. Huele a gasolina. No sé lo que fabrican en esta isla, pero esto no me gusta.

Dudó un momento, pero se volvió hacia sus hombres y con un gesto les ordenó que sacaran las armas de las fundas.

—Algo va mal —gruñó—. Lo presiento. Estad preparados.

45

Flash-back

Los helechos que tapizaban el lindero del bosque eran un escondite formidable para Matt y los sesenta panes que vigilaban el puente de la isla. Hasta los dos Caminantes de Largo Recorrido estaban presentes. Nadie hacía el menor ruido y todos observaban la orilla opuesta con ansiedad. Habían tenido que encerrar a *Pluma* con un cerrojo de tres vueltas para que no los siguiera. Matt temía por su seguridad y la perra había aullado toda la noche ante lo que consideraba una traición. Por suerte, desde donde estaban no podían oírla.

Cuando surgieron los puntitos luminosos a través de la fronda de los árboles, un murmullo planeó por la larga columna de los panes; luego volvió el silencio. Los adolescentes vieron cómo se aproximaba una procesión de soldados aterradores, la mayoría tenía el rostro oculto por un casco, que en ocasiones iba coronado con puntas o cuernos. Las altas linternas de los carros que transportaban las jaulas gigantes provocaron un segundo murmullo colectivo. Todos callaron en cuanto el jinete descendió de su caballo para guiar a sus hombres hacia el puente. No podían descubrirse.

Matt estaba orgulloso de sí mismo; hasta ahora, su plan había funcionado de maravilla. Aquella noche de deducciones había resultado provechosa. En medio de los matorrales, las hierbas altas y las hojas que le hacían cosquillas en la cara, pensó en aquel puñado de horas tan importante; en unos segundos, recordó sus dudas nocturnas de casi dos noches atrás...

La agresión de Ámbar lo inquietaba. Estaba seguro de que los murciélagos estaban relacionados con el Raupéroden. Cuanto más lo pensaba, más se convencía de que el Raupéroden lo buscaba a él y a nadie más. Entonces, ¿qué hacían los murciélagos aquí? ¿Por qué atacaban únicamente a Ámbar o a él? Incluso Tobías sería su víctima antes o después, esto parecía más que probable...

¿Era una casualidad que los tres cabecillas que el traidor quería eliminar fueran agredidos precisamente por estos mamíferos tan particulares?

No, Matt no creía que fuera una casualidad. Existía una conexión entre las dos cosas. El traidor estaba detrás de todo aquello.

«¡Sin embargo, nadie puede controlar a los murciélagos!»

Entonces Matt lo comprendió.

La alteración.

El traidor había desarrollado su alteración: era capaz de comunicarse con los murciélagos. Matt pensó en lo que Ámbar le había explicado: cada uno desarrollaba su alteración con su propia experiencia. La alteración se formaba a partir de la parte del cerebro o del cuerpo que más se utilizaba.

El traidor podía comunicarse con los murciélagos porque estaba en contacto con ellos todo el tiempo, día tras día, desde hacía varios meses. «¡Pero nadie pasa su tiempo con los murciélagos! Estos animales viven de noche, en las cavernas... ¡Nadie pasa todo el día con estos bichos!»

De repente, Matt se acordó de su profesor de matemáticas, que siempre les decía: «Cuando un problema os parezca irresoluble, tomad altura. No miréis lo pequeño, observad el conjunto, pasad de lo micro a lo macro. ¡Porque si no habéis encontrado la solución en el interior, la encontraréis en el exterior!» Entonces dejó de pensar en lo micro, los murciélagos, e intentó pensar en lo macro: «¿A qué se parecían? ¿Con qué especie están emparentados?»

¡Con las aves! El traidor estaba en contacto con las aves durante toda la jornada. Y solo podía tratarse de una persona: Colin.

Colin se ocupaba de la pajarera de la isla. Desde que llegó, estuvo rodeado de pájaros, seguramente les hablaba, hora tras hora, día tras día. Era un solitario que pasaba la mayor parte del tiempo encerrado con sus compañeros alados. Su alteración nació de ese modo. Él había desarrollado una forma de comunicación primaria con las aves.

Matt no quiso despertar a sus amigos. Podía sentir la cálida respiración de Ámbar en la nuca: la muchacha se había dado la vuelta y se había acercado a él mientras dormía.

¿Qué debían hacer ahora? ¿Detener a Colin al amanecer? ¿Y si se equivocaba? «¡No estoy equivocado, es Colin!» Sin embargo, necesitaba tiempo para reflexionar sobre su análisis, estar seguro de que no se había olvidado de nadie, de que no estaba yendo demasiado deprisa... Si Matt cometía un error y Colin era inocente, el auténtico traidor asistiría a su arresto, se sentiría amenazado y enviaría un mensaje a los cínikos para que atacaran la isla. ¡No, no podía correr ese riesgo! Tenía que asegurarse de que Colin era el traidor, sin ninguna duda. Y, para eso, solo encontró una solución: tenderle una trampa. Ofrecerle la oportunidad con la que él soñaba: la de eliminar a los «tres cabecillas». Si lo cogían in fraganti, estarían seguros, Colin no podría negarlo y lo obligarían a confesar todo lo que sabía.

El muchacho se pasó las horas siguientes elaborando una estratagema para desenmascararlo.

Para ejecutar su plan, necesitaba que Tobías fuera por la mañana al almacén del minotauro a buscar el maniquí que tanto les había asustado. Lo vistieron con la ropa de Matt y lo colocaron en el borde del muelle. A mediodía, Ámbar se puso el chaleco de Kevlar y Tobías se colocó dos cotas de malla superpuestas, procedentes de las armaduras del Kraken. Mientras sus amigos daban la impresión de ser tres, Matt corrió al Centauro para vigilar a Colin. El muchacho no tardó en salir discretamente con un arco y unas flechas en la mano y se dirigió al sur de la isla. Iba a atacarlos como había hecho con Matt en el cementerio: desde lejos, como él había supuesto, teniendo en cuenta el lugar. A esa distancia, Colin no podía distinguir que la espalda de Matt pertenecía a un maniquí y era improbable que apuntara a la cabeza. Al menos, eso esperaba Matt. ¿Había que detenerlo en ese momento? No, porque podría negarlo todo, so pretexto de que iba de caza... Matt quería estar absolutamente seguro de su culpabilidad, había que pillarlo cometiendo un delito flagrante.

Colin disparó las flechas más rápido de lo que Matt había esperado. Para que no lo descubriera, él se había quedado en retaguardia. El maniquí se desplomó hacia delante, seguido de Ámbar y de Tobías..., quienes se dejaron caer sobre la vieja barca que habían colocado debajo del muelle, llena de mantas para amortiguar el impacto. Ocultos bajo el pontón, Colin creyó que habían caído al agua. Matt echó a correr cuando silbó la primera flecha y Colin, demasiado concentrado en los disparos, no lo oyó llegar. Aunque era más mayor y más fuerte en apariencia, Colin ni siquiera intentó forcejear y pronto sus ojos se llenaron de lágrimas.

Al verlo tan apenado, Matt se acordó de la reacción que tuvo el día en que Doug había pedido voluntarios para que le ayudaran en la pajarera con las gallinas: Colin había insistido como un pesado en que nadie tocara los pájaros, en que él era el único que se ocupaba de ellos.

Como si la lógica también necesitara de la certeza, en ese momento todo entró en relación y encajó al fin: Colin utilizaba los pájaros para comunicarse con los cínikos. Mensajeros voladores. Domesticados. A fuerza de vivir con ellos, hablarles, escucharlos e intentar establecer un contacto, la mente de Colin se había alterado hasta el punto de permitirle sentir las reacciones de las aves y, probablemente, de transmitirles ideas sencillas como la de atacar. Tal vez, había conseguido transmitirles la imagen de una cara con el pensamiento o les mostraba un trozo de ropa que pertenecía a su objetivo. Matt ignoraba si los pájaros tenían un olfato desarrollado como los perros.

«¡Y la letra, la de la trampa que me tendió! —recordó Matt—. ¡Creía que se trataba de un pan pequeño porque era torpe y pueril, pero resulta que Colin no es muy listo! ¡Se expresa mal!»

«¡Y los murciélagos no volaban al azar!» Siempre volaban sobre el Centauro, ¡sobre la pajarera, en realidad! Allí debía de esperarlos Colin para intentar comunicarse con ellos. Esto le habría llevado tiempo... «Y ese pájaro tan raro que había visto en la expedición...» Matt se había fijado en él y se había extrañado ¡porque parecía seguirlo! De hecho, el pájaro lo había enviado Colin y estaba buscando un humano al que entregar su mensaje, el mensaje que Matt había visto en manos de los cínikos: ¡un rollito de papel! Por último, Ámbar le había contado que Colin parecía muy nervioso cuando había ido a preguntarle sobre la alteración... Todas las piezas del puzle encajaban.

Colin empezó a gimotear cuando vio a Ámbar y a Tobías volver de la orilla y frotarse el torso: ambos tenían unos buenos hematomas.

El muchacho lo confesó todo sin dificultad.

Y terminó con una advertencia:

—Si no envío el mensaje pronto, acabarán por atacar la isla de todas maneras. No quieren esperar más.

El sitio de la isla era inevitable.

Matt adelantó la reunión de la noche para explicarlo todo a los panes: la inminencia de una batalla donde se jugaban nada menos que su libertad y, tal vez, la vida. Se formaron tres grupos. El primer grupo, bajo el mando de Ámbar, estaba integrado por los panes que se sentían cómodos con su alteración. Estos se dedicarían a practicar hasta el último momento. El segundo, conducido por Matt, se equiparía con armas y se ejercitarían al máximo de cara a un enfrentamiento físico. El tercero, con Doug a la cabeza, prepararía el terreno para rechazar al invasor. En cuanto a Tobías, iría con los arqueros, aunque rehusó ser su capitán porque consideraba que tenía mala puntería. Para ese puesto nombraron a Mitch.

Colin se tiró al suelo delante de todo el mundo, implorando que le respetaran la vida y juró hacer de todo para que lo perdonaran. Algunos panes, sobre todo los más pequeños, propusieron que le mataran para que pagara su traición, pero Matt se opuso con firmeza y, desde ese momento, Colin lo siguió a todas partes como si fuera su esclavo y le ofreció su ayuda para todo. El chico aceptó escribir un mensaje dictado por Matt para atraer a los cínikos dos noches más tarde. Era muy pronto, pero al menos se aseguraban de elegir la hora de la batalla y contar con la enorme ventaja del factor sorpresa.

Durante veinticuatro horas, todo el mundo entrenó para familiarizarse con las armas o para obtener un resultado aceptable con la alteración. Unas horas antes del asalto, los panes fueron a descansar. Estaban agotados y consiguieron dormir a pesar del estrés que los paralizaba. A medianoche, todos estaban al abrigo de la vegetación, con el corazón palpitante, mientras dos tercios del ejército enemigo cruzaban su puente...

Matt sintió cómo el sudor se deslizaba a lo largo de su columna vertebral. Transpiraba de miedo y de ansiedad. Su plan tenía que funcionar. En caso contrario, aquello iba ser una masacre.

Todo el mundo estaba en su puesto y sabía lo que tenía que hacer.

El ritmo del corazón de Matt se aceleró a medida en que se acercaba el instante en que debía actuar, el primero. A partir de entonces, no podrían dar marcha atrás, si su plan no estaba perfectamente concebido, sería su perdición.

Observó al cínico alto, calvo y lleno de tatuajes: su rostro era inquietante y sus ojos estaban tan hundidos en las órbitas que parecían negros a pesar de las linternas que llevaban los soldados.

De repente, el calvo, el comandante, se detuvo y levantó el brazo. Habló en voz baja y Matt no pudo oírlo, pero de un solo movimiento todos sus hombres sacaron las armas.

El chico estaba sin aliento. Debía ponerse de pie, no podía esperar más, aunque todos los soldados no estuvieran aún sobre el puente. El adolescente adivinaba que iba a pasar algo imprevisto y no podía correr ese riesgo.

Inspiró profundamente, cerró los párpados un segundo para concentrarse y llevó las manos a la guarda de la espada, clavada en el suelo delante de él. Luego se incorporó y, de un salto, salió de su escondite y se subió a una roca. Desde allí, dominaba el puente y se encontraba enfrente del ejército.

El gran calvo lo divisó e inclinó la cabeza a la manera de un ave rapaz que sorprende a su presa fuera de su madriguera.

—¡Aquí no sois bienvenidos! —gritó Matt—. ¡Dad media vuelta mientras podáis y os perdonaremos la vida!

Al oír estas palabras, casi todos los cínikos se rieron y se burlaron de él. Algunos levantaron sus espadas o sus hachas con una sonrisa cruel. La sencilla advertencia no había funcionado. El combate era inevitable. Habría derramamiento de sangre. Matt volvió a sentir la inmensa tristeza que había experimentado al hundir la hoja de su espada en el vientre de un hombre y al matar a un glotón. Toda aquella violencia era inútil. Los cínikos la provocaban, ellos eran los responsables de lo que iba a pasar. Matt los odió por ser tan tercos. Tendría que pelear una vez más y esto lo ponía melancólico. «¡No te pongas así! —se ordenó a sí mismo cuando contempló aquellos rostros belicosos—. Ellos son los que han venido aquí para atacarnos, son los culpables de esta violencia, la buscan y tú tendrás que responder para que no te maten. Ellos son responsables de sus actos.» Luego el muchacho pensó en la Tierra, en la contaminación que los hombres provocaban y extendían aun sabiendo que envenenaba el aire, el agua y el suelo. Los adultos actuaban a veces de forma estúpida. Había llegado la hora de corregir esos errores, de demostrar que podía nacer una nueva generación de seres humanos. Y si había que hacerlo con derramamiento de sangre, era culpa de los cínikos. Matt y todos los panes de la isla no lo habían querido.

El sarcasmo de los soldados dio al chico el coraje de no ablandarse y su miedo se tranformó rápidamente en cólera. Con cada risotada, él se sentía diferente; con cada burla, se endurecía venciendo la empatía y la piedad. Pronto, lo único que le quedó en el corazón fue el desprecio por estos cretinos sanguinarios que solo deseaban la guerra. Su rostro se ensombreció de repente. Dado que los cínikos solo entendían el lenguaje de las armas, él les iba a responder. Sus pupilas brillaron de rabia, una rabia fría e inquietante, y los cínikos más próximos dejaron de reír. Cuanto más se burlaba el resto, más fuerte se sentía Matt. Los miró con la determinación de un guerrero que acepta el combate como inevitable y que se ha liberado de sus angustias.

Pronto, frente a este adolescente con mirada de asesino, marcado por las cicatrices de su combate contra los murciélagos, no resonó ninguna broma. Matt gritó con una voz firme y llena de seguridad, determinada a llegar hasta el final:

—Tenemos poderes que no imagináis. ¡Dad un paso, y todos pereceréis!

Al pronunciar estas palabras, los sesenta panes que esperaban en el bosque aparecieron formando una larga línea de jóvenes combatientes, visibles entre la penumbra de la orilla. Llevaban espadas, mazas, hachas y todo lo que habían podido encontrar en la isla. Unos enarbolaban partes de armadura; otros, arcos, la mayoría recién fabricados con los recursos del bosque.

El gran calvo no se dejó impresionar por esta demostración de fuerza, sino que apretó las mandíbulas y blandió un hacha de doble filo en cada mano. Luego miró a Matt y dio un paso hacia él en señal de desafío. Matt levantó la espada hacia el cielo. Ahora iba a comprobar si su plan era una locura.

Con un mismo paso pesado, todo el ejército avanzó hacia él.

46

El poder de los panes

Escondido entre los juncos al pie del puente, Sergio vio la señal de Matt: la espada levantada hacia las estrellas. Entonces se concentró con todas sus fuerzas, como había hecho con Ámbar durante las veinticuatro horas de entrenamiento intensivo. Al final, lo había conseguido cuando se encontraba fuera de sí a causa del cansancio, pero ahora que se sentía invadido por el estrés y la obligación de conseguirlo, le vinieron las dudas. ¿Podía producir chispas a distancia, sin frotar ninguna piedra?

La distancia era corta, apenas un metro, pero le parecía infinita. El muchacho inspiró por la nariz y espiró por la boca, con los ojos cerrados. Dejó la mente en blanco, hasta que sintió el ritmo de la respiración que llenaba sus pulmones. Su alteración. Sergio la notaba habitualmente en la punta de los dedos. Un picor y un calor suave aparecían en el momento de producirse la descarga de chispas.

El martilleo de los pasos en el puente, encima de él, lo desconcentró. El enemigo se acercaba...

Sergio movilizó de nuevo su concentración y puso la mente en blanco. La respiración. El hormigueo de la sangre bajo la piel. Las manos. La punta de los dedos. Su corazón se trasladó allí y empezó a latir al final de las falanges. Adivinó un calor dentro de él, un manto de electricidad estática lo envolvió, como para aislarlo del mundo, y se deslizó hasta sus dedos. El picor.

El muchacho tendió los brazos hacia el puente, donde habían echado gasolina, apenas a un metro de él. Se metió en su propio cuerpo y, el segundo siguiente, una terrible descarga lo tiró a un lado y lo dejó inconsciente.

En ese momento, el ejército llegaba al extremo del puente. El gran calvo había acelerado el paso para abalanzarse sobre Matt cuando una miríada de chispas crepitó bajo sus pies. Envuelto en una nube de humo, las llamas se levantaron por ambos lados de la construcción para abrasarlo. En menos de diez segundos, todo el puente fue arrasado por un torrente de fuego que se había prendido como por arte de magia.

Los cínikos gritaron de miedo —¿era posible que estos críos tuvieran poderes de verdad?— y se arrojaron al agua para evitar una muerte atroz. En cuanto los hombres se tiraron al agua negra del río, se hundieron, arrastrados hacia el fondo por el peso de las armas. Para subir a la superficie y nadar, tuvieron que deshacerse de todo lo que pesaba. Los que habían caído cerca de la orilla intentaron llegar hasta ella. Entonces el pequeño Bill se abrió paso entre las filas de panes, se puso en cuclillas al lado del agua y se concentró a su vez. Con solo doce años, era uno de los panes más diestros en el manejo de su alteración. Jugaba con ella todo el tiempo, hasta en las comidas, donde se divertía formando remolinos en los vasos de agua de sus compañeros. Bill había pasado sus seis meses en la isla pescando o construyendo minúsculas presas en la orilla y tenía un contacto privilegiado con el agua.

Enseguida los soldados que intentaban acercarse a tierra tuvieron que duplicar sus esfuerzos para vencer una poderosa corriente que los repelía. Bill tenía los ojos cerrados y se esforzaba por que fuera imposible nadar en su lado del río. La adrenalina de la batalla se transformaba en una formidable energía que multiplicaba la alteración por diez. El chico creía que era incapaz de influir en el agua viva y ahora ¡estaba desviando... una fuerte corriente varios metros! Pero no por mucho tiempo: la cabeza empezó a darle vueltas y, un instante después, se desplomaba sobre la hierba, exhausto a causa de su prodigioso esfuerzo.

En la otra orilla, los casi cuarenta cínikos que quedaban permanecieron varios minutos en estado de choque, antes de organizarse. Una batería de arqueros se colocó en posición y preparó los disparos. Las cuerdas de sus arcos vibraron y una lluvia de flechas bailó por los aires, antes de caer sobre los panes. Esta vez le tocó a Svetlana lucirse alzando las manos al cielo. Una ligera corriente de aire fue suficiente para tocar los estabilizadores y desviar las flechas, que se perdieron en el río o en el bosque. Los arqueros cínikos, desconcertados por este fenómeno incomprensible, lanzaron una nueva salva que sufrió la misma suerte. De repente, Svetlana empezó a titubear, agotada por el esfuerzo que había realizado. Durante seis meses, la muchacha había barrido las casas porque prefería esta ocupación solitaria a otras tareas. Durante ese tiempo, había maldecido las corrientes de aire que se llevaban el polvo que ella congregaba en pequeños montones y había soñado miles de veces con poder controlar el aire en los pasillos, con soplar sobre los suelos de parqué con el pensamiento, hasta que su sueño se hizo realidad. Pero, al igual que Bill y Sergio, que habían conseguido resultados excepcionales aquella noche gracias a la presión, en unos segundos había acabado exánime.

Ámbar y Tobías, que seguían la batalla, se dieron cuenta de que el grueso de los soldados había sido arrastrado por las corrientes del río o se encontraba desarmado y en estado de choque. Al otro lado, los arqueros, desorientados a su vez, no sabían qué hacer.

Ahora que habían rechazado el primer asalto, Mitch consideró que era el momento de replicar antes de que el enemigo pudiera reorganizarse. Quería obligarlo a huir. El capitán ordenó a los arqueros ponerse en posición y gritó la orden de disparar.

Tobías apuntó a un cíniko, pero su flecha ni siquiera alcanzó la otra orilla. «¡Por eso disparan hacia arriba, para llegar más lejos!» La siguiente flecha partió hacia la estrellas y, cuando bajó, se clavó a los pies de un soldado, que se asustó y retrocedió. Docenas de saetas silbaron antes de acribillar a los arqueros cínikos provistos de armaduras de madera.

Mitch seguía el desarrollo de la acción sobre el puente, donde un puñado de temerarios se había negado a saltar al agua, y sobre la orilla opuesta. Su mirada parecía tan aguzada que podía analizar todo sin omitir nada. Su facultad de fijarse hasta en los mínimos detalles parecía un milagro. O, más bien, una alteración. El dibujante concienzudo que era había llevado su sentido de la observación hasta la exageración sin darse cuenta siquiera, con solo llenar sus cuadernos de ilustraciones a lápiz. Podía seguir varias escenas a la vez y sus órdenes respondían a todo.

Él distinguió la forma infernal que surgía del puente.

Matt supervisaba el asalto desde lo alto de su roca, atento a los cínikos que salían del río por ese lado. Vio que Claudia tiraba de Bill para ponerlo a cubierto.

El gritó de Mitch llegó por la derecha:

—¡Matt! ¡Delante de ti!

Matt no perdió el precioso segundo que le quedaba en localizar el peligro; saltó de su pedestal para alejarse, rodó por el suelo y se levantó con la espada en las manos.

Solo entonces vio al gran calvo que arremetía contra él, enteramente cubierto de llamas. El hombre volteó las hachas al tiempo que gritaba de dolor y de rabia. La aparición era tan aterradora que Matt se quedó paralizado un momento. Un breve titubeo.

Un segundo de más.

Las hachas silbaron en el aire para cortarle el cuello.

Ámbar y Tobías habían seguido el grito de Mitch. Vieron al hombre, casi un demonio envuelto en un manto de fuego, abalanzarse sobre Matt. Tobías tenía una flecha encajada y solo tuvo que girarse para cambiar de objetivo y disparar sobre el comandante de los cínikos justo cuando iba a decapitar a Matt. Si erraba el tiro, su amigo acabaría partido en dos.

La flecha no fue lo bastante precisa.

Ámbar gritó desesperada, tendió la mano hacia la escena y deseó con todas sus fuerzas que la flecha diera en el blanco. Tobías no había conseguido ajustar el disparo y Matt iba a morir.

Entonces, en el último momento, guiada por la férrea voluntad de la muchacha, la flecha desvió su trayectoria y se clavó el cuello del cínico. Ámbar y Tobías se miraron, estupefactos. Enseguida el chico armó de nuevo el arco y disparó a diestro y siniestro. Ámbar se concentró en cada tiro y lo guió con su alteración. En diez disparos, formaron el dúo más temible de la isla.

Matt vio la flecha atravesar la garganta de su agresor. Fue el respiro que necesitaba para reaccionar: se tiró a un lado, sintió el aliento de un hacha rozarle la espalda y se levantó dispuesto al ataque, con los brazos hacia atrás. La hoja de su espada se desplegó y cortó la noche. La mano izquierda del cínico cayó al suelo, al mismo tiempo que la potente hacha. El hombre seguía vociferando, insensible a un dolor más. Luego intentó golpear a Matt con su fuerte brazo y el adolescente se separó un paso. Esta vez el hacha pasó tan cerca de su nariz, que el chico creyó sentir el olor del metal. Las llamas que consumían al coloso proyectaron una bocanada abrasadora y cegaron a Matt.

El cínico asestaba golpes sin apuntar, movido por la demencia del que se muere con un sufrimiento atroz y esto salvó al adolescente cuando entornó los ojos para distinguir a su enemigo: el hacha pasó diez centímetros por encima de su cabeza y le cortó un mechón de pelo.

Matt agarró la espada como si fuera una estaca y aprovechó la bajada de guardia de su adversario para hundir la hoja en él con todas sus fuerzas mientras gritaba a la vez que el cínico. Gritaba porque debía hacer fuerza para atravesar la armadura de madera y porque mataba a un hombre, aunque fuera malvado. Cortaba la carne para arrebatar una vida.

Enseguida sacó la espada y la sangre le salpicó el rostro. Matt gritó con más fuerza.

El cínico se tambaleó en medio de su torbellino de llamas y por fin se desplomó con un estertor de alivio.

Matt retrocedió, aterrorizado.

Un cínico que acababa de salir del agua recogió un leño para hacerse un arma. Matt lo vio acercarse como en un sueño: sin emoción, casi a cámara lenta. El adolescente levantó la espada y, en dos pasos, estuvo en posición de ataque.

El hombre no tuvo tiempo de blandir el leño cuando su sangre manchaba un poco más a Matt.

El puñado de soldados que habían conseguido llegar a la isla cogían todo lo que encontraban para atacar a los panes. Matt vio a dos que arremetían contra Gwen. La pobre muchacha intentaba lanzarles sus descargas eléctricas sin conseguir dominar la alteración. Matt se lanzó sobre ellos. En ese momento, no sintió ninguna compasión, como si de pronto se hubiera vaciado de su humanidad. Solo quedaba en él la sospecha de la amargura, de los dolorosos interrogantes: ¿por qué lo hacen?, ¿por qué mantienen el ataque cuando los panes solo pretenden defenderse?

La espada vibró y golpeó. Una y otra vez.

47

La última jugada del traidor

Los dos últimos soldados cínikos que quedaban en la isla vieron acercarse a Matt después de haber despedazado a cinco de los suyos; lo observaron brevemente y se tiraron al agua para regresar a su lugar de procedencia.

En el puente, aún en llamas, no quedaba ningún hombre; en la orilla opuesta, los arqueros se habían dispersado, aterrados por los extraños poderes que volvían a estos niños invencibles. Los que el agua se había tragado luchaban contra corriente por mantenerse a flote. Dos peces de tres metros de largo jugaron en la superficie antes de sumergirse detrás de los nadadores. De inmediato, desaparecieron varios cínikos, arrastrados por los pies.

Los panes contemplaban este espectáculo desgarrador con una mezcla de fascinación y repugnancia. Del puente se alzaban altas llamaradas, los cuerpos de una docena de cínikos cubrían la orilla.

Habían vencido. Pero a qué precio.

En medio de la hierba, Matt permanecía inmóvil, mirando los cadáveres que lo rodeaban. Estaba cubierto de sangre tibia.

Lo habían obligado a hacerles daño. A ensartarlos, mutilarlos y, finalmente, a matarlos. No lograba aceptarlo. Su alteración le había permitido golpear más fuerte que algunos adultos y su agilidad de adolescente le había situado cada vez en una posición de más dominio. No había dejado pasar ninguna oportunidad porque había leído en sus miradas que no se detendrían. Habían venido para secuestrarlos o matarlos si se resistían. No le había quedado otra opción.

Matt miraba esos cuerpos sin vida, alcanzados por la muerte en las posiciones más grotescas y los odió por haberle obligado a cometer esa matanza. Todo era culpa de ellos. Lo habían forzado a matarlos. Para sobrevivir.

La triste ley del más fuerte.

Matt tragó saliva con dificultad. Detestaba a los cínikos. Un odio tenaz acababa de nacer en él. Ahora Matt lo sabía, nunca volvería a ser el mismo. Miró el incendio y esperó a calmarse.

No supo cuánto tiempo permaneció allí, pero volvió a la realidad cuando Ámbar se arrodilló a su lado. Estaba sentado sobre la orilla húmeda, con los pies en el agua, sin acordarse de haberse movido. La muchacha contempló un buen rato esta imagen, hasta que decidió inclinarse para coger un poco de agua y limpiar el rostro de su amigo.

Matt se dejó hacer. Ámbar rasgó un extremo de su blusa para usarlo como trapo y frotó esa piel enrojecida por la marca de la violencia.

Tobías, en la retaguardia, ayudaba a los heridos a levantarse para llevarlos a las casas y curarlos, en compañía de Svetlana, Bill y Sergio, que volvían en sí con un terrible dolor de cabeza.

Doug se acercó a Matt y a Ámbar, y puso una mano consoladora en el hombro del adolescente.

—Tu plan nos ha salvado —le dijo con una voz llena de afecto, como si pudiera leer la habilidad de su camarada—. He… he visto cómo te enfrentabas a todos esos cínikos. Has estado brillante.

Matt se volvió para mirarlo a los ojos.

—He matado hombres, Doug.

—Para salvarnos. Iban a hacernos pedazos.

—Es lo mismo. Eran seres humanos. Y les he quitado la vida.

Doug miró un instante a Ámbar y no supo qué responder, se limitó a asentir lentamente.

Entonces Regie gritó a lo lejos:

—¡No lo toquéis! ¡Es mi tío! ¡Es mi tío y es bueno!

Doug dio un salto y corrió en dirección a su hermano pequeño.

Ámbar y Matt lo siguieron y descubrieron, estupefactos, al tío Carmichael, que caminaba con dificultad por el sendero con ayuda de un bastón, sudando por la fatiga.

Doug se lanzó para ayudarlo en medio de todos los panes.

—¿Qué estás haciendo aquí? —gritó aterrado mientras acechaba las reacciones de los demás.

Pero todos estaban demasiado sorprendidos como para decir o hacer algo.

—Desde mi torre, he visto el fuego y esos inmensos carros. No podía resignarme a abandonaros de este modo.

El anciano estaba extenuado por la larga caminata. Doug le obligó a sentarse en una piedra. Ámbar, Matt, Tobías y algunos más se acercaron.

—Han huido, tío —lo tranquilizó Doug—. La mayoría ha muerto en el río, los demás se han dispersado en el bosque y no son lo bastante numerosos para regresar. Pienso que se han asustado y ahora nos mirarán de otro modo. ¡Creerán que tenemos poderes!

Carmichael no compartió la alegría de su sobrino cuando descubrió los cuerpos de los soldados, la sangre en la hierba que la noche volvía negra, a pesar del gigantesco incendio.

—¡No nos han secuestrado ni han tomado la isla! —añadió Doug en el mismo tono victorioso.

Carmichael levantó hacia él unos ojos llenos de lágrimas.

—No, pero os han hecho perder vuestra inocencia.

El chico se enfurruñó.

—Ya la habíamos perdido. La Tormenta nos la quitó.

—Desengáñate, es al contrario, hijo, es al contrario. La Tierra os ha ofrecido otra oportunidad, ha devuelto al mundo, a los niños, la inocencia, y estos guerreros han venido a mancillarla.

—¡Pero lo más importante es que estamos sanos y salvos! —concluyó Doug.

Una voz trémula por la frustración sonó a su espalda:

—¡Esto es por haberme humillado! —gritó Colin en dirección a Matt, con los pies metidos en el río y un arco tensado en la mano.

La flecha salió tan rápido que se volvió invisible, pero todos sabían que se clavaría en Matt y le atravesaría el corazón. Con un gesto de una agilidad increíble, Tobías empujó a su amigo y la flecha pasó entre los dos, rozándolos.

Matt, tirado por el suelo, no pudo evitar mirar a Tobías. Su reacción había sido de tal celeridad que no era humana. Había desarrollado la alteración de la velocidad. En realidad, a Matt no le sorprendió. ¿Qué cosa más lógica para un chico hiperactivo, siempre en movimiento?

Pero alrededor de él oyó gemidos y llantos.

La flecha que no había hecho blanco en Matt había alcanzado al viejo Carmichael. Se había clavado en su pecho.

Regie gritó:

—¡No! ¡No!

Doug estaba petrificado. Contempló horrorizado la sangre que dibujaba una flor púrpura cada vez más grande en la camisa de su tío. Luego se giró hacia Colin.

Éste, al descubrir lo que había hecho, balbuceaba palabras ininteligibles. Todos los panes fijaban en él sus miradas de desprecio.

Doug caminó hacia él, y lo más amedrentador era la ausencia de lágrimas y de cólera en su rostro. No expresaba nada. Colin comprendió que debía escapar. Doug iba a matarlo. Tiró el arco y retrocedió en el río, el agua negra le subía cada vez más arriba. Cuando le llegó a la altura del ombligo, el muchacho se hundió.

Acto seguido, el lomo redondo y viscoso de un pez gigante apareció en su estela. Nadie vio a Colin salir a la superficie.

Doug estaba dispuesto a seguirlo cuando la voz silbante de su tío lo llamó:

—Doug... Doug...

El chico apretó los puños, examinó el río una última vez y volvió corriendo junto al moribundo. El anciano cogió su mano y la unió con la de Regie, dentro de las suyas.

—Cuidad el uno del otro, chicos. Y... velad... por esta comunidad —Cada vez le costaba más expresarse y mantener los ojos abiertos—.

No olvidéis... la doctrina de... la vida: no hay problemas..., sino... solu...ciones.

Sus ojos se cerraron y los músculos de su rostro cansado se relajaron en un instante.

48

La partida

El tío Carmichael fue enterrado a la entrada de la isla. Cuando los panes supieron quién era y cuántos consejos había dado en la sombra para organizar la vida de la isla, todos asistieron al sepelio y ofrecieron a sus restos mortales un pequeño objeto de su propiedad.

Doug y Regie lloraban, Claudia y Arthur también. Al final, emocionados a la vez por el hombre y por su historia, los panes compartieron la pena filial de ser huérfanos, que habían celosamente olvidado.

Svetlana llamó a este momento «el río del adiós» y lo encontraron tan hermoso que esa fue toda la ceremonia. Hubo lágrimas para decirle que le querían y para decirle adiós, y no hubo plegarias. De alguna manera, todo quedaba dicho con el lenguaje del agua.

El incendio se extinguió solo, aunque el puente humeó durante toda la mañana. La piedra estaba debilitada, pero se mantenía en pie.

Por la tarde, Ben y Franklin, los dos Caminantes de Largo Recorrido, organizaron una salida con algunos panes fornidos, como Sergio, para explorar los alrededores. Los cínicos habían abandonado los carros y pudieron examinarlos, teniendo cuidado de los osos, que no parecían muy dóciles. Cuando vaciaron los carros de su contenido, decidieron tirarlos al río y liberar a los osos, que se alejaron con un cierto contoneo al andar.

Matt se había pasado casi todo el día en lo alto de una torre del

Minotauro, contemplando el paisaje, sin decir una palabra. *Pluma* estaba a su lado, como si la perra sintiera que él necesitaba apoyo.

Ben fue a buscarlos. Llevaba un rollo de papel en la mano, parecido a un pergamino.

—Parece que no te encuentras bien —dijo cuando llegó a la cima, casi sin aliento.

—Estoy bien —contesto Matt sin mucha convicción—. Necesito tiempo para olvidar. Creo que no sirvo para la violencia.

Aún tenía muchos cortes en la cara y en las manos, recuerdo del ataque de los murciélagos.

—Nadie sirve para eso —recordó Ben—. Lo has hecho para salvar tu piel y la nuestra.

El Caminante de Largo Recorrido vaciló y dio unos golpecitos en la palma de su mano con el pergamino.

—¿Querías decirme algo? —lo interrogó Matt.

—Más bien, enseñarte algo, pero… no sé si es un buen momento.

—Con tal de pensar en otra cosa. ¿Se trata de este papel?

Ben asintió y se lo tendió.

—Lo he encontrado en uno de los carros.

Matt lo desenrolló y sintió como si le dieran un puñetazo en el pecho cuando vio su cara fielmente reproducida en un dibujo a tinta. El texto que lo acompañaba era igual de sorprendente:

«Por orden de la reina, es imperativo para todo soldado que se cruce con este muchacho comunicar esta información a su superior sin demora. Esta misión es prioritaria, tanto como la búsqueda de pieles. Se ignora su nombre, pero debe ser apresado y conducido ante su Alteza Serenísima con la mayor brevedad.»

—¿Quién es esta reina? —preguntó Matt con sequedad.

—Ni idea. Supongo que, al ser de noche, los asaltantes no te han reconocido.

Cientos de ideas empezaron a dar vueltas en la cabeza de Matt. El Raupéroden que lo perseguía y se acercaba, al menos en sueños; los cínikos que secuestraban a todos los panes y se los llevaban en unos carros inmensos; el cielo siempre rojo del sureste…

—¿Dónde vive esta reina? ¿En el sureste?

Ben se encogió de hombros.

—Lo ignoro, pero es probable. En cualquier caso, de allí vienen los cínikos.

Matt miró el horizonte del sur. Desde allí no se podían ver esos cielos color carmín.

—¿Quieres que llame a Ámbar? Sé que los dos os entendéis bien y que necesitas hablar con alguien …

—No —le cortó Matt—. De momento, necesito reflexionar. Solo.

Por la noche, se organizó una reunión para hacer balance de la situación. Doug comentó que él no presidiría toda la sesión porque aún no se sentía capaz y aprovechó para mencionar a Matt y lo que había hecho por la isla.

—También me gustaría plantear —continuó Doug— la posibilidad de compartir con Matt mis funciones, creo que sería justo, él es muy perspicaz y…

Matt, que excepcionalmente estaba sentado al fondo de la sala, se levantó y subió al estrado.

—Te lo agradezco, Doug, pero no puedo aceptarlo porque voy a abandonar la isla.

Un clamor de protesta sacudió toda la asamblea. Matt esperó a que se calmara para proseguir:

—Mirad lo que han encontrado en un carro de los cínikos hace un rato.

Blandió el aviso de búsqueda con el dibujo fiel de su cara. Surgió un nuevo clamor, esta vez de sorpresa.

—Aún no han venido por mí, pero eso no tardará en ocurrir si me quedo aquí por más tiempo.

—Pero ¿adónde vas a ir? —intervino Regie—. ¡Será igual en todas partes, en cualquier comunidad panesca donde vayas!

—Por eso no iré a ninguna comunidad. Me marcho al sur, al sureste para ser preciso.

El clamor se transformó en un rumor de abatimiento. Matt levantó la mano para pedir silencio.

—No voy a vivir con miedo, a la espera de que un día me secuestren y me conduzcan ante esta reina. Por eso, tomo la delantera.

—¿Irás a ver a una reina? —exclamó el pequeño Paco.

—No lo sé, improvisaré cuando llegue, pero debo ir allí. Al menos, debo adentrarme en el territorio de los cínikos y descubrir qué quieren de nosotros, qué quieren de mí.

Tobías se levantó ante la asistencia.

—¡No irás a ninguna parte sin mí! —gritó.

—¡Estáis locos, tíos! —se indignó Mitch—. El exterior es peligroso. ¡Nunca llegaréis al sur!

Matt frenó el debate con un cortante:

—Mi decisión está tomada, nada me hará cambiar de opinión.

Cuando el muchacho bajó del estrado, recibió la mirada herida de Ámbar. Por un instante, él deseó que fuera porque la abandonaba, pero en realidad el joven sabía que estaba ofendida porque no se lo había comentado antes que a los demás. Ni siquiera la había consultado para tomar su decisión.

Matt decidió que era inútil esperar más, fijó su partida para la mañana siguiente y se pasó la noche cargando provisiones en las bolsas que llevaría *Pluma*. Porque era evidente que él no la dejaría abandonada.

A continuación, intentó disuadir a Tobías de acompañarlo y, por supuesto, este último le recordó lo más importante:

—¿Quién soy yo? —preguntó Tobías.

—¿Cómo?

—Para ti, ¿quién soy yo?

—Pues… mi amigo…

—Exactamente. Entonces no me digas que me quede y te olvide. Estaré allí, contigo, porque somos amigos. Verdaderos amigos. Desde hace mucho tiempo.

A Matt se le llenaron los ojos de lágrimas.

Antes de acostarse, bajó al sótano para limpiar la sangre seca de su espada y para afilarla. Lo hizo con otra clase de lágrimas.

Cuando amaneció, Matt salió del Kraken y cargó a *Pluma* con las bolsas de cuero. Al comprobar que toda la isla dormía, se le encogió el corazón. Quizá no volvería a verlos nunca. Se había puesto la ropa que llevaba cuando llegó: zapatillas deportivas, vaqueros, jersey y el abrigo hasta la rodilla, la espada a la espalda y la bolsa en bandolera. Su pelo flotaba por encima de las orejas y el viento vino a agitarlo como para desearle buena suerte.

Cerró la puerta tras él. Con Tobías a su lado, se dirigió hacia el puente.

En la última curva, aparecieron todos los panes de la isla, a ambos lados del sendero y, sin decir una palabra, hicieron una seña con la mano. Al final de este pasillo de honor, Doug y Regie, Ámbar y los dos Caminantes de Largo Recorrido los esperaban.

—Si cambiáis de opinión, estaremos orgullosos de acogeros de nuevo —dijo Doug.

—No cambiaremos de opinión, ya lo sabes —contestó Matt.

Franklin fue a por su caballo, que estaba atado a un árbol y se unió a ellos.

—Aprovecho para marcharme también —anunció—. Voy al norte, quizá haya más comunidades panescas que todavía no estén censadas.

—Sé prudente, en el norte hay grandes peligros —le advirtió Matt.

—No te preocupes, empiezo a acostumbrarme.

Matt se cruzó con la mirada de Ámbar; ella estaba impasible.

—Entonces, ¿te marchas?, ¿esa es tu decisión? —preguntó ella en un tono que inquietó a Matt.

—Sí.

—Vale, pues yo también me marcho. Me viene bien.

—¿Te marchas? Pero ¿adónde vas?

—Al sureste, quizá podemos hacer parte del camino juntos... —soltó ella mientras cogía la bolsa que tenía a los pies.

—Pero... tú..., en fin... —balbuceó Matt sin encontrar las palabras.

—De todas maneras, no puedo dejarte solo con Tobías. ¡No sabe usar el arco sin mí!

Tobías se rió y *Pluma* lamió la mejilla de Ámbar para darle la bienvenida al equipo.

Cuando atravesaron el puente, Franklin tomó la ruta del norte mientras los tres amigos se volvían una última vez para despedirse de sus compañeros de aventura. Luego se pusieron en marcha y desaparecieron en el bosque.

—¿Sabes por dónde vamos a pasar? —preguntó Ámbar.

—Ayer hablé mucho tiempo con Ben sobre este tema y me dio consejos para orientarnos.

—La orientación es esencial, pero ¿sabes cómo encontrar el agujero del Bosque Ciego? ¡Es la única vía conocida para pasar al sur!

—¿Quieres que atravesemos el Bosque Ciego? —inquirió Tobías.

—Es la única solución para no perder un tiempo precioso.

—¿Por qué tienes tanto miedo a perder tiempo? —preguntó Ámbar.

—No lo sé —mintió Matt—. Siento que hay que darse prisa.

«Para que no nos atrapen —quiso añadir—. El Raupéroden se acerca, no está lejos, estoy seguro.»

—Y ¿qué crees que vamos a descubrir en el sur? —demandó Tobías.

—Por qué los cínikos secuestran a los panes. Por qué esa reina quiere verme a toda costa. Qué hacen. Por qué allí el cielo es rojo. Hay tantas preguntas que me atormentan.

La verdad es que ya no soportaba sentirse perseguido y quería saber. Matt tenía la loca esperanza de que si bajaba al sur viviría con certezas y no con angustias.

Y sus dos amigos lo acompañaban en esta búsqueda imposible.

Seguidos de cerca de una perra tan alta como un poni.

De este modo, la Alianza de los Tres dejó la isla Carmichael para dirigirse hacia un gigantesco bosque poblado de criaturas extrañas y peligrosas.

Tres amigos.

49

La persecución

Franklin había cabalgado toda la jornada, estaba rendido y hambriento. Antes de que el crepúsculo se adueñara de las sombras de la vegetación, el jinete se detuvo, desensilló el caballo y lo cepilló metódicamente. Luego lo dejó pastar sujeto con una correa de bastante longitud.

El Caminante de Largo Recorrido encontró un tocón de árbol que le sirvió de mesa e improvisó un taburete con un tronco que estaba caído entre las hojas. Cuando se dormía al aire libre, lo más importante era aislarse del suelo, para que la humedad y, sobre todo, el frío no se metieran en el cuerpo.

Con un poco de aplicación, consiguió encender un fuego y no tardó en poner a cocer un puñado de pasta en la única cacerola que tenía.

Una vez saciado, Franklin se preparó el lecho. Cayó la noche y la fauna nocturna inició su concierto.

Su caballo, que había bautizado como *LaTouf* a causa de sus crines imposibles de peinar, se puso a relinchar.

—¡Cálmate, *LaTouf*, ya voy! ¿Qué pasa ahora? ¿Te ha asustado una serpiente?

El caballo estaba muy alterado, Franklin nunca lo había visto así. Golpeaba el suelo con los cascos, daba vueltas y tiraba de la correa.

—¡Tranquilo! ¡Te vas a hacer daño!

El chico no se atrevía a acercarse: temía que *LaTouf* lo pisoteara o lo enviara contra los árboles de una patada.

De repente, el nudo de la correa se deshizo y el caballo quedó libre. Franklin intentó sujetar la cuerda, pero no fue lo bastante rápido y *LaTouf* se lanzó al galope entre los troncos.

El muchacho soltó un torrente de improperios. Ya podía despedirse de su esperado descanso. Lo primero que tenía que hacer era recuperar el caballo, sin él, su periplo no tenía ningún sentido.

Estaba muy oscuro y decidió encender una vela.

Apartó un helecho para volver a su campamento y una silueta negra con una capucha surgió ante él.

El adolescente se sobresaltó y lanzó un grito.

La silueta era muy alta y estaba subida a una especie de zancos de piel blanca. Bajó como un elevador hasta que la capucha estuvo a la altura de la cara de Franklin. Dos párpados se abrieron sobre dos faros que se pasearon por el Caminante de Largo Recorrido.

—¡Eh! —gritó el muchacho, deslumbrado.

El zancudo lo examinó con su mirada penetrante; luego los ojos se apagaron y retrocedió para dejar pasar a Franklin.

—¿Esto qué es? —murmuró.

Un ruido como de algo que se arruga llamó su atención y descubrió, un poco más lejos, una gran sábana de tinieblas que flotaba a un metro del suelo, ondeando bajo un viento que solo ella parecía percibir. De repente, aparecieron unos brazos y unas manos, como si quisieran salir de la seda. La sábana restalló en el aire y se deslizó despacio en dirección a Franklin.

En el ángulo superior, empezó a emerger una forma.

Una larga cabeza hecha de aristas y cavidades, similar al cráneo de un esqueleto, con los agujeros de los ojos más agudos de lo normal. La frente era demasiado alta y la arcada ciliar prominente.

De la calavera, escapó una voz gutural, acompañada por silbidos.

—¿Dónde… está… el niño?

Franklin retrocedió un paso, cada vez más incómodo.

—¿De qué niño habla? —se oyó articular.

—De Matt…, el niño Matt.

El chico se estremeció al escuchar esta voz que provenía de muy lejos, porque las entrañas de esa cosa no estaban realmente allí, en esa extraña sábana, sino mucho más lejos... «En otro mundo», pensó Franklin.

—No... no sé a qué se refiere —mintió adivinando que se escondía algún misterio en ello.

Antes de que el joven pudiera reaccionar, el Raupéroden se abalanzó sobre él, una docena de manos de seda surgieron para cogerlo y levantarlo. Lo alzaron hasta que su cabeza estuvo a la altura de la calavera.

—¿Dónde está... Matt? —volvió a preguntar la voz cavernosa.

Esta vez, Franklin se dio cuenta de que estaba en grave peligro. Durante sus viajes, se había enfrentado a muchas criaturas, pero ninguna tan aterradora como esta.

—Ha... ha abandonado la isla —contestó Franklin—. ¡Se ha marchado al... al oeste!

La cabeza del Raupéroden giró en el sentido de las agujas del reloj y volvió a su posición.

—Siento... el miedo —soltó—. Siento... la mentira.

Dos brazos se introdujeron bajo la ropa del Caminante de Largo Recorrido y le tocaron la piel. El contacto fue frío, como el del hielo.

«¡Como el de la muerte!», corrigió Franklin mientras sentía un gemido de terror subir a su garganta.

—¡Habla o sufre! —le ordenó la extraña calavera.

Ante el silencio del adolescente, el Raupéroden metió aún más sus brazos bajo la ropa del muchacho para tocar el corazón. El frío penetró en su pecho y Franklin experimentó un dolor atroz, sintió cómo su ritmo cardiaco aminoraba a pesar de la angustia, aplastado por una fuerza invisible.

—¡Van al oeste! —gritó Franklin—. ¡Al oeste! ¡Deténgase! ¡Deténgase, es atroz!

—¡Mentira!

El frío se propagó por su cuerpo, subió a su garganta y atenazó de pronto su cerebro, estrechándolo con sus garras monstruosas. El sufrimiento se volvió insoportable, Franklin sintió que su corazón se debilitaba, que se encontraba a las puertas de la muerte, mientras un puño glacial atravesaba su mente. Tuvo la sensación de que le clavaban una docena de agujas en el cerebro y no pudo soportarlo más.

—¡Al sur! —gritó Franklin—. ¡Van camino del sur! ¡Piedad, detenga esto, piedad!

—Al sur... —repitió el Raupéroden.

Vaciló un momento y el chico creyó que iba a liberarlo. Pero el monstruo lo aspiró. Antes de que pudiera vaciar sus pulmones gritando, Franklin había desaparecido dentro de la sábanas negra.

El Raupéroden flotó unos segundos sobre la hierba mientras reflexionaba. Luego dijo con su voz infernal:

—¡Al sur!

Y una veintena de zancudos salieron de debajo de los helechos para avanzar juntos, sin el menor ruido, en dirección al sur.